KB047396

이상
문학상
작품집

2015년도 이상문학상 작품집
제39회 대상 수상작 김숨 〈뿌리 이야기〉 외 7편

2015년도 제39회 이상문학상 작품집

뿌리 이야기 외 7편

문학사상

제39회 이상문학상 대상 수상작 선정 이유서

2015년도 제39회 이상문학상 대상 수상작으로 김숨 씨의 중편 〈뿌리 이야기〉를 선정한다.

〈뿌리 이야기〉는 인간을 나무에 비유해, 산업화와 개발로 인한 현대사회의 황폐함과 현대인의 뿌리 뽑힘, 그리고 낯선 곳으로의 이주移住가 초래하는 고통을 문학적으로 승화하는 데 성공한 명작이다. 작가는 다른 곳으로 이식되는 나무의 불안과 고통을 삶의 터전을 떠난 뿌리 들린 사람들, 예컨대 철거민과 입양아 그리고 종군위안부 등 외롭고 소외된 사람들의 삶과 긴밀하게 병치하고 있다. 뿌리 들린 나무의 모티프를 통해 작가가 독자에게 보여주는 것은 산업화와 기계문명으로 인해 뿌리를 상실해가는 현대인의 불안과 방황이다. 그리고 옆으로 뻗어나가는 천근성 뿌리와 깊이 내리박는 심근성 뿌리의 조화와 공존을 통한 새로운 삶의 가능성까지 제시한다.

이상문학상 심사위원회는 김숨 씨의 〈뿌리 이야기〉에서 이루어낸 소설적 성취를 높이 평가하여 이 작품을 2015년도 제39회 이상문학상 수상작으로 선정한다.

2015년 1월

이상문학상 심사위원회

최일남, 김윤식, 이태동, 윤후명, 김성곤

차례

1부

대상 수상작 그리고 작가 김숨

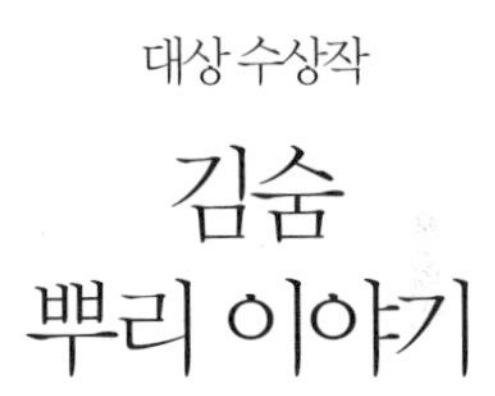

대상 수상작

김숨
뿌리 이야기

1974년 울산에서 태어나 1997년 대전일보 신춘문예에 〈느림에 대하여〉가, 1998년 문학동네 신인상에 〈중세의 시간〉이 각각 당선되어 문단에 나왔다. 소설집으로 《투견》《침대》《간과 쓸개》《국수》, 장편소설로 《백치들》《철》《나의 아름다운 죄인들》《물》《노란 개를 버리러》《여인들과 진화하는 적들》이 있다. 2006년 대산창작기금을 수혜했으며, 현재 '작업' 동인으로 활동 중이다. 대산문학상, 현대문학상, 허균문학상 등을 수상했다.

*

뿌리마다 특유의 냄새가 있어. 당신 겨드랑이처럼 습진 땅에 내려 물기를 흠씬 머금은 뿌리일수록 냄새가 짙고 깊지. 침묵하게 하는 냄새가 나. 억지로 침묵을 강요하는 게 아니라 저절로 침묵에 잠기게 하는 냄새. 웨이퍼처럼 외피가 쉽게 바스라지는 뿌리의 냄새는 뭐랄까 날벌레 떼 같아. 부산스럽고 삽시간에 흩어져버리지. 아카시아 뿌리에서는 톡 쏘는 냄새가 나. 냄새에 가시가 박혀 있어. 꽁치 가시처럼 자잘한 가시들이 냄새 새새에…….

입을 벌리고 냄새를 맡아봐…… 목젖이 떨리도록 입을 벌리고 냄새를 맡다 보면 뿌리가 혀로 번져오는 것이 느껴져. 그물처럼 혀를 뒤덮고, 목구멍을 지나, 폐 심장 간 같은 장기들을 하나씩 장악하면서 발목 아래까지 번져 나가는 것이.

불을 꺼. 커튼을 치고, 문을 닫아. 한 점의 빛, 겨자씨만 한 한 점의 빛조차 떠돌지 못하도록 문을 단단히…… 겨자씨를 본 적 있어? 지름이 고작해야 일 밀리미터인 겨자씨를. 가만, 저건 무슨 빛이지? 저 빛…… 부엌 쪽에서 떠도는 빛 말이야. 멀티탭 플러그를 빼. 저기 저 빛은 또 뭐지? 전화기 코드도…… 커튼 새로 빛이 새어 드는군. 회칼처럼 벼려진 빛이 새어 들고 있잖아. 커튼을 여며, 실국수 가락 같은 빛조차 함부로 새어 들지 못하도록.

입을 벌려, 혀뿌리가 들여다보이도록 입을…… 더, 더 벌리고 냄새를 맡아봐. 질게 간 먹물 같은 암흑이 냄새에 집중하게 하지.

뿌리 냄새를 맡는 동안에는 시간이 하찮게 여겨져. 시간을 초월한 기분이랄까. 수십 수백 년이 눈 깜짝할 새 흘러가버린 듯싶다가도, 누비 바느질을 하듯 일 초가 더디게 흘러가는 듯하지.

날이 밝으면 청계산 쪽으로 뿌리를 찾으러 갈 거야. 그곳에 가면 굴삭기에 뿌리가 쳐들린 나무들이 지천으로 널렸을 거라고 귀띔해 주더군. 도로를 놓으려고 산을 파헤치고 있나 봐. 파헤쳐지는 산은 얼마든지 있으니까. 터널을 뚫느라, 도로를 놓느라, 아파트를 짓느라. 자, 어서 입을 벌리고 냄새를 맡아봐. 청계산에 내가 찾는 뿌리가 있을지 모르지. 뿌리라고 다 같은 뿌리가 아니니까. 그곳에 혹시 내가 찾는 뿌리가 있을지 모르지, 내가 바라는 형상을 그리면서 뻗어 나간 뿌리가…….

나는 민달팽이처럼 기어서 뿌리에 다가간다. 두 가닥의 뿌리가 열십자로 엇갈려 뻗어 나가면서, 엇갈린 지점에 저절로 생겨난 움푹한 곳에 얼굴을 파묻는다. 실뿌리들이 소소소 일어 이마와 귓바퀴를 간질이고, 독기 서린 잔뿌리 끝이 목을 찔러오지만 얼굴을 더, 서슴서슴 주저하면서도 얼굴을 더…… 변심한 애인이 깊이 잠들기를 기다려 가장 은밀한 곳을, 외설스러우면서도 성스러운 곳을 탐하듯.

숨을 토한 뒤 입을 벌린다. 늑골 새새가 들뜨고 벌어지는 느낌이 들 만큼 공기를 깊이 들이마신다. 배가 빵빵하게 부풀도록 들이마시고 뿌리 냄새를 맡으려 애쓴다. 비릿한 듯 쌉싸래하고 시큼한 냄새가 맡아진다.

날콩의 비릿한 냄새와 냉이 뿌리의 달고 쌉싸래한 냄새, 덜 익은 자두의 시큼한 냄새…… 그 셋 중 가장 끝까지 남는 시큼한 냄새가 날카롭게 느껴진다. 바늘이나 못의 뾰족하게 곧추선 날카로움이 아니라 깨진 거울이나 사금파리의 절단면이 지닌, 서늘히 날 선 날카로움이다.

날카로움이 다 같은 날카로움이 아니라는 걸 나는 알고 있다. 모서리가 품은 날카로움도 있지만, 달걀이 품은 날카로움도 있다는 걸, 연둣빛 새순이 품은 날카로움도, 아기 무릎이 품은 날카로움도, 따뜻하고 폭신한 식빵이 품은 날카로움도 있다는 걸.

바늘귀만 한 빛 한 점 떠다니지 않는 곳에서 그의 목소리가 공허하게 울리고 있는 듯하다.

저 뿌리를 봐.

"저 뿌리를 보라니까…… 라르고largo의 생명력으로 땅속을 장악해갔을 뿌리를…… 관조된 시간이 느껴지지 않아? 뿌리가 땅속에서 일보一步 일보…… 극한의 기호를 필요로 할 만큼 미분된 시간을 기록하듯 내딛는 동안 땅 위 지상으로 뻗은 가지들에는 잎과 꽃이 수없이 피었다 지고 열매가 맺혔겠지. 문득문득 새들이 날아들었을 거야. 사십육억 년이나 삼십이억 년 우주를 떠돌던 운석이 지구로 떨어지듯 새들이 날아들어, 둥지를 틀고 알을 낳기도 했겠지."

전류가 불안정하게 흐르는 필라멘트처럼 그의 목소리가 떨렸다.

"뿌리?"

나는 물었다.

"거기 뿌리……."

그의 손가락들은 그러나 아무 곳도 가리키지 않았다.

"어디?"

"거기, 뿌리가 있잖아."

"뿌리가 어디 있다는 거야?"

"거기 호두나무 뿌리가…… 호두나무는 백 년을 살아도 뿌리가 삼 미터를 넘지 못해. 대신에 뿌리를 너르게 내리지. 삼 미터면 지금 당신과 내 거리쯤 되겠군."

그러나 그로부터 나는 겨우 서너 발짝 떨어져 있었다. 한 발짝이 일 미터나 될 리 만무했지만 나는 따져 묻지 않았다.

"뿌리가 어디 있는데?"

"거기, 당신 발아래……."

"아래?"

"아래……."

묵직한 돌덩이처럼 혀를 눌러오던 '아래'. 아래가 어디를 가리키는 낱말인지 모르겠어서 나는 혼란스러웠다.

일 년 전 하지 즈음의 저녁나절이었다. 장마전선이 제주 남동쪽 해상에서 소멸하면서 대구와 밀양에는 폭염주의보가 내렸다. 지하철 시청역 근처였다. 물이 마른 흔적처럼 흐릿한 내 그림자로부터 슬쩍 비켜난 곳에 그가 서 있었다.

오 년 전 그가 처음 오브제로 선택한 뿌리는 단풍나무 뿌리였다. 그즈음 우리는 사 년째 진전 없는 연인 관계를 이어오고 있었다. 마흔이 코앞인 현실을, 임신과 출산을 감당하기에 고령이라는 현실을 깨달은 즈음이기도 했다. 부모와 여동생들의 강압에 못 이겨 그 몰래 맞선을 보러 다니던 즈음이기도 했다. 적령기에 결혼해 출산을 끝낸 여동생들은 적당하다 싶은 상대만 있으면 내게 허락도 구하지 않고 맞선 날짜를 잡았다. 그의 작업실에서 단풍나무 뿌리를 보던 날도 맞선을 보았다. 경기도 파주 쪽에 분양 받은 아파트가 한 채 있다는 상대 남자와 CGV에서 영화까지 보고 헤어지는 길에 나는 불쑥 그의 작업실에 들렀다.

"정원수로 심었던 단풍나무 뿌리야."

작업실 한가운데에 덩그러니 놓인 것을 가리켜 그가 그렇게 일러주기 전까지, 그것이 뿌리라고는 나는 차마 생각 못 했다. 철사 수십 가닥을 마구 뭉쳐놓은 것 같은 그것은 흡사 말벌집 같았다. 발로 툭 차면 수백 마리의 말벌이 중고차 엔진 소리보다 요란한 굉음을 내면서 날아오를 것 같았다.

"땅에 묻기 전 전족을 하듯 고무줄로 감아놓아서 뿌리가 가늘고 억세졌어. 뿌리가 사방으로 뻗지 못하게 고무줄로 친친 감아놓아서. 악다구니 치듯 뒤엉켜 자라느라 뿌리가 미쳐버린 거야."

"그래서?"

내가 대뜸 그렇게 물은 것은 정원이나 들판, 산에 있어야 할 뿌리가 작업실에 있는 이유에 대해서, 그가 정작 아무 설명을 해주지 않아서였다.

"작업을 해볼까 해."

내가 아무 말 못한 것은, 뿌리가 그와 어울리지 않는 오브제라는 판단이 들어서였다.

"뿌리가 마르기를 기다리는 중이야."

그는 뿌리가 마르는 동안 더 억세어지고 가늘어질 뿐 아니라 검어질 것이라고 했다. 그러나 내가 보기에 단풍나무 뿌리는 건조기에 넣고 급속히 건조시킨 듯 메말라 있었다.

"마르면서 뿌리가 허공에 대고 그리는 형상이 조금씩 달라지고 있어. 부피가 줄고 오그라들면서 잔뿌리들이 집착하듯 서로 더 엉켜드는 것 같아."

단풍나무 뿌리가 그리는 형상이 시시각각으로 미묘하게 달라지는 것이 느껴지는지 그의 눈가가 떨렸다.

며칠 뒤 그의 작업실을 다시 찾았을 때 단풍나무 뿌리는 패널 위에 놓여 있었다. 깎아지른 절벽을 움켜잡고 버티듯 먹빛 패널에 악착같이 매달려 있었다.

*

시큼한 냄새가 엷어지면서 배후 세력처럼 떠오르는, 지린 듯 달고 쌉싸래한 냄새…… 마비의 기운을 풍기는 그 어떤 수상스러운…… 아무리 못해도 내 육체보다는 거대하리라, 짐작한다. 내 둔

감한 후각에 잡힐 듯 잡히지 않는 그 어떤 냄새만으로.

그러나 뿌리가 얼마나 거대한지, 어떠한 형상을 그리고 있는지, 어떤 빛깔인지, 얼마나 뒤틀려 있는지 나는 모른다. 원뿌리에서 지파支派처럼 갈라져 나온 곁뿌리가 몇 가닥이나 되는지, 곁뿌리들이 저마다 어느 방향을 향해 흘러갔는지.

나는 뿌리를 보지 못했다.

자정 즈음 찾은 그의 작업실에는 태곳적에나 존재했을 법한 농도 짙은 어둠이 들어차 있었다. 광목 특유의 톡톡한 질감이 느껴지는 침묵이 뿌리를 덮고 있었다.

내가 보지 못한 뿌리가 여태껏 본 그 어떤 뿌리보다, 육인용 식탁만 하던 능수버들 뿌리보다 거대할 것 같다. 거대할 뿐 아니라 조금씩 자라고 있을 것 같다. 0.5밀리미터 샤프심으로 꾹꾹 점을 찍어 늘리듯 뿌리가 조금씩 자라고 있을 것 같다. 밑동이 잘리고 땅에서 뽑힌 뿌리라는 것을, 죽은 뿌리라는 것을 잘 알면서도 시나브로 자라고 있을 것 같다.

뿌리에 새겨진 존재들을 떠올려본다. 지렁이, 뱀, 두더지, 땅강아지, 불개미, 엉겅퀴 뿌리, 이끼, 흙, 자갈, 썩은 낙엽…….

뿌리의 움푹한 곳에 파묻고 있던 얼굴을 든다. 무릎을 가슴께로 끌어 모으고 뿌리를 향해 몸을 둥글게 만다. 태아처럼 둥글게, 둥글게 말면서 뿌리로 더 바싹 다가가는 내 배꼽께를 한 가닥의 뿌리가 기습적으로 찔러온다. 원뿌리나 잔뿌리는 아니다. 원뿌리에서 갈라져 나온 곁뿌리들 중 하나일 것이다.

원뿌리에서 몇 가닥의 곁뿌리가 갈라져 나왔는지, 나는 모른다.

땅 위 지상에서 줄기가 가지를 치는 동안 땅 아래 지하에서는 원뿌리가 곁뿌리를 친다는 것을 그는 내게 귀띔해주었다. 잎이 풍성한 나무일수록 그 나무를 지탱해주는 것은 근원인 원뿌리가 아니라 곁뿌리라고. 대나무 같은 외떡잎식물의 경우는 처음의 원뿌리가 거의 자라지 않고 포말이 일듯 실뿌리가 무성하게 자라는 특징이 있다고.

하필이면 배꼽께를 찔러 와 탯줄처럼 느껴지는 곁뿌리로 손을 뻗는다. 우엉 굵기의 그 뿌리 끝에 실뿌리들이 안개처럼 자우룩이 피어나 있다. 가만가만 실뿌리들을 쓰다듬다 말고 곁뿌리 끝, 뿌리골무로 분류되는 조직을 조심스럽게 만지작거린다. 세포 덩어리로, 골무 모양과 흡사해 뿌리골무로 불리는 조직이다. 흙이 켜켜로 쌓여 벽돌처럼 단단한 땅속에 길을 내면서 뻗어 나가야 하는 뿌리가 상하지 않도록 보호해주는 역할을 하는 그 조직이 또한, 중력의 방향을 감지하는 역할을 한다고 했던가. 중력의 방향을 감지해, 뿌리가 나아가야 할 방향을 일러주는 역할을 한다고.

내게 뿌리골무를 설명해주기 위해 그가 선택한 뿌리는 하필이면 양파 뿌리였다. 냉장고 신선실에서 꺼낸 양파에서 뿌리를 한 가닥 떼어내 손바닥 위에 놓더니, 뿌리 끝을 짚어 보이면서 그 부분이 뿌리골무라고, 그 안에 생장점이 존재한다고 그는 알려주었다. 손바닥 위의 양파 뿌리가 새로 생겨난 손금만 같아 나는 슬그머니 손가락들을 오므려 그 뿌리를 덮었다.

내 무디고 뭉툭한 손톱들이 뿌리골무 같다. 무심결 그를 향하던 손가락들에 박힌 손톱들이, 그를 향하던 순간 보랏빛으로 질리던 손톱들이, 중력의 방향을 감지해 뿌리가 나아갈 방향을 잡아준다는 뿌리골무 같다.

땅속 모든 뿌리가, 한 가닥의 실뿌리도 예외 없이 그의 발치로 뻗어 나가는 상상을 한다.

탈피하는 뱀들처럼 몸서리치면서.

보지 못한 뿌리가 어떤 표정을 짓고 있을지 불현듯 궁금하다.

복숭아나무 뿌리였다. 경기도 안산 과수원에서 구해왔다는 그 뿌리가 짓고 있는 표정을 보라고, 그는 내게 간곡히 주문했다. 나는 그에게 '미소 분석 알고리즘'을 통해 분석한 모나리자의 미소에 대해 들려주고 있었다. 행복, 놀라움, 분노, 혐오, 공포, 슬픔. 그렇게 여섯 가지 감정으로 모나리자의 미소를 수치화해 분석한. 일리노이 대학 연구진과 공동으로 개발한 미소 분석 알고리즘은 여섯 가지 감정이 발생할 때 생기는 입의 굴곡과 눈 주위의 주름 모양을 관찰해 점수를 매기는 식으로 인간의 감정을 수치화해 분석했다. 알고리즘을 통해 분석한 모나리자의 얼굴에서는 행복감 83퍼센트, 혐오감 9퍼센트, 두려움 6퍼센트, 분노 2퍼센트가 나왔다고 했다. 모나리자의 미소가 신비하고 오묘한 것은 아이러니하게도 83퍼센트나 되는 행복감 때문이 아니라, 9퍼센트의 혐오감과 6퍼센트의 두려움, 2퍼센트의 분노 때문이라고 했다. 내 이야기를 흥미롭게 듣던 그는 갑자기 아주 중요한 걸 깜박했다는 듯 정색을 하고 내게 말했다.

복숭아나무 뿌리가 그리는 표정을 보라니까.

저 표정을 좀. 뿌리가 사방으로 뻗치고 엉기면서 그리는 형상이 마치 인간의 얼굴이 짓는 표정 같지 않아? 땅속에 파묻혀 있을 때는 저 표정과는 사뭇 다른 표정이었을 거야. 흙이 켜켜로 쌓여 잉어 비늘만 한 빛 한 점 떠돌지 않는 땅속에 파묻혀 있을 때는…… 다른 표정을 짓고 있었을 거야.

지구상에 존재하는 것들 중 가장 풍부하고 절묘한 표정을 짓는 것은 인간의 얼굴이 아니라 나무뿌리가 아닐까.

저 복숭아나무 뿌리가 땅속에서 수분을 빨아올리기 위해 안간힘을 쓸 때 지었을 표정을 상상해봐, 줄기와 가지들이 휘청 흔들릴 때 지었을 표정을, 진분홍 꽃이 다투듯 피어날 때 뿌리가 지었을 표정을. 원뿌리가 새로 곁뿌리를 칠 때마다, 곁뿌리에서 실뿌리가 한 가닥 한 가닥 돋을 때마다 미묘하게 달라졌을 뿌리의 표정을 상상해봐.

내가 찾는 뿌리는 아니지만, 저 복숭아나무 뿌리가 짓고 있는 표정이 마음에 들어. 여섯 가지 감정이라고 했나? 행복, 놀라움…… 분노, 혐오, 슬픔…… 그리고 공포였던가? 모나리자의 표정이 신비한 것이 9퍼센트의 혐오감과 6퍼센트의 두려움과 2퍼센트의 분노 때문이라고 했나?

저 복숭아나무 뿌리가 짓는 표정을 풍부하고 특별하게 만들어주는 것은, 공포와 슬픔일 거야. 33퍼센트의 공포와 19퍼센트의 슬픔.

33퍼센트의 공포와 19퍼센트의 슬픔이라니…… 나는 뒤미처 의아해한다. 그가 어떻게 그렇게 확신에 차서 말할 수 있었는지. 마치 미소 분석 알고리즘으로 복숭아나무 뿌리가 짓는 표정을 분석한 결과를 들려주듯 말할 수 있었는지. 그 무엇에 대해서도, 스스로에 대해서도, 어쩌면 스스로에 대해서는 더더욱 확신하는 법이 없는 그였다. 확신하고, 단정 짓는 것을 죄악으로 생각하는 그였다.

19퍼센트의 슬픔이라고 말할 때 그의 얼굴이 짓고 있는 표정에는 39퍼센트의 슬픔과 39퍼센트의 공포가 깃들어 있었다. 나머지 22퍼센트를 채우고 있는 감정은 그런데 행복도, 놀라움도, 분노도, 혐오도 아닌 다른 그 어떤 감정이었다. 그의 얼굴이 짓는 표정에서만 발견할 수 있는, 내 녹슬고 무딘 감정 해독 능력으로는 도무지 짚어낼 수 없는 감정이었다.

나머지 22퍼센트를 채우고 있던 감정…… 둘일 수도, 셋일 수도, 넷이나 다섯일 수도, 어쩌면 그보다 더 많을 수도 있는 감정에 대해 생각하던 나는 의문한다. 원뿌리에서 여러 가닥의 곁뿌리가 갈라져 나오듯, 슬픔이라는 감정에서 여러 결의 감정이 갈라져 나오는 것은 아닐까. 그 곁뿌리들에서 실뿌리가 돋듯, 애초의 감정에서 갈라져 나온 여러 결의 감정들에서 아주 미미하고 섬세한 감정들이 돋는 것은 아닌가 하는…… 나머지 22퍼센트를 채우고 있던 것은 어쩌면 실뿌리처럼 자잘하게 돋은 감정들이 아니었을까.

일주일쯤 뒤 그의 작업실을 다시 찾았을 때 복숭아나무 뿌리는 방부액을 뒤집어쓰고 있었다.

오브제로 쓸 뿌리가 적당히 건조되면 진균류 번식과 썩는 것을 방지하기 위해서, 그가 방부액 처리를 한다는 것을 나는 알고 있다. 원목에 흔히 사용하는 방부액을 을지로 4가 화학약품 전문 상점에서 구해온다는 것을. 컬러스테인이라는 친환경 착색 도료이기는 하지만, 그것을 뿌리에 바르고 뿌릴 때 그가 마스크도 쓰지 않고, 위생장갑도 끼지 않은 채 작업한다는 것을.

그는 작업실에 없었다. 방부액이 뿌리에 스며들어 마르기를 기다리는 동안 그는 다른 뿌리를 찾아 떠났다.

*

뿌리가 손을 떠오르게 한다고 나는 언젠가 그에게 고백한 적이 있다. 한 여인의 손을 떠오르게 한다고, 실은 모든 뿌리가 다 그녀의 손을 떠오르게 한다고.

어릴 때 고모할머니가 서너 해 우리 집에 들어와 살았던 적이 있었다. 그녀에게 따로 내어줄 만큼 방이 넉넉하지 않아서 나는 그녀와 한방을 써야 했다. 할아버지를 비롯해 가족들이 그녀의 존재를 썩 달가워하지 않는다는 걸 눈치챈 데다, 그녀가 살러 들어오던 날 저녁 밥상에 올라온 감자탕에서 시래기만 가만가만 건져 먹던 그녀의 모습이 어린 내 눈에 궁상스럽게 보여서였을까. 나는 그녀와 한방을 쓰는 것이 싫었다. 온종일 방 안에 틀어박혀 박제 새처럼 기척조차 내지 않는 그녀가 소름 끼치기조차 했다. 학교에서 돌아와 무심결 방문을 열 때마다 방구석에 숨듯 웅크리고 있는 그녀를 발견하고 소스라치게 놀라고는 했다.

그녀가 슬그머니 내 손을 잡아온 것은, 한방을 쓴 지 보름쯤 지나서였다. 팥죽을 먹은 날 밤이었다. 그녀의 손이 이불을 들추고 몰래 파고들어오는 것을 나는 고스란히 느끼고 있었다. 내가 깔고 누운 요가 사방이 트인 허허벌판이라도 되는 듯 그녀의 손이 주저하는 것을, 달걀 삶는 시간쯤 뜸을 들인 뒤에야 뜨문뜨문 템포를 고르면서 요 바닥을 더듬어오던 것을, 막상 내 손에 이르자 움찔 경직되던 것을, 냉기가 돌던 그녀의 손가락들이 내 손등을 덮어오던 것을, 깍지를 껴오던 것을…….

"깍지를 껴올 때 내 손가락마다 뿌리가 감겨오는 것 같았어, 끈덕지게……."

탄식하는 내게 그는, 포도나무 뿌리의 이미지가 떠오른다고 중얼거렸다. 그래서였을 것이다. 그가 충북 영동 쪽 포도밭으로 뿌리를 찾아 떠나면서 나와 동행한 것은. 한 시까지는 사무실에 들어가야 한다는 나를 태우고 막무가내로 경부고속도로를 내달린 것은.

이태 전 그는 내가 다니던 여행사 근처까지 찾아온 적이 있었다. 어버이날이라서 거리에는 카네이션 꽃바구니와 꽃다발을 파는 임시 좌판들이 즐비했다. 그의 왜건은 감시카메라가 설치된 버스정류장 근처에 비상깜빡이를 깜박거리면서 불안하게 서 있었다. 버스를 기다리는 사람들을 헤치고 왜건 조수석에 오르는 내 손에는 충동적으로 산 카네이션이 한 다발 들려 있었다. 차창 밖으로 국회의사당이, 63빌딩이 지나가는 것을 바라보면서 나는 점심시간이 그리 길지 않다는 것을 깨달았다. 직원이 달랑 둘뿐이라 교대로 먹어야 했기 때문에 거의 늘 삼십 분 안으로 점심을 해결했다. 교자를 고명으로 띄운 사골칼국수를, 바닥이 지글지글 끓는 돌솥비빔밥을, 숙주를 산더미처럼 얹은 베트남쌀국수를 십 분 만에 해치우는 것은 내게 그리 어려운 일이 아니었다. 왜건이 한남대교를 건너 경부고속도로 진입로로 들어설 때까지도, 통행권을 끊고 서울 톨게이트를 통과할 때까지도 우리는 서로 아무 말 하지 않았다. 안산휴게소를 지나칠 즈음에야 나는 두 주 전 이메일로 그에게 결별을 통보했다는 것을 깨달았다. 단 한 줄의 문장으로 충분했던 이메일이 수신 확인조차 안 된 상태로 떠돌고 있다는 사실 또한.

"늦어도 한 시까지 들어가야 해."

나는 그에게 여행사가 문을 닫을지 모른다고 털어놓으려다 말았다. 몇 달째 적자를 면치 못하던 여행사는, 후쿠시마 원전 사고로 일본여행 상품이 죽을 쑤는 바람에 관리비조차 제대로 못 내고 있었다. 여행사가 문을 닫는다는 것은 내게 직장이 사라진다는 것을, 서른여섯 살에 백수가 된다는 것을 의미했다. 나는 무심결 카네이션 꽃잎을 뜯고 있었다. 꽃잎은 질겼다. 조용하고 집요하게 뜯고 있는 것이 생 꽃잎이 아니라 인조 꽃잎 같은 착각이 들도록. 시들지도, 짓무르지도 않는 꽃잎을 뜯고 있는 것은.

"휴게소에 들러 요기를 하고 가는 게 좋겠어. 화장실에도 들르고."

옥산휴게소 표지판이 보이자 그는 속도를 높였다. 그제야 나는 그에게서 풍기는 그 어떤 냄새를 맡았고, 옅은 듯 코를 예리하게 찔러오는 그것이 방부액 냄새라는 것을 어렴풋이 짐작할 수 있었다.

"점심을 먹자고 이곳까지 온 거야?"

유부우동과 노란 단무지를 앞에 놓고 나는 투덜거렸다.

"영주 선배라고 알지? 그 선배 이모가 포도밭을 하는데 오늘 포도밭을 갈아엎나 봐. 십오 년이 넘은 늙은 포도나무들이라더군."

그가 중얼거리는 소리를 흘려들으면서 나는 튀긴 유부에서 기름이 번져 나와 우동 국물로 번지는 것을 바라보았다.

내가 우동을 한 가락 한 가락 건져 입속으로 가져가는 동안 핸드폰에는 음성 메시지가 한 통, 부재중 전화가 다섯 통 찍혀 있었다. 나는 미끌미끌한 우동 가락을 씹지 않고 천천히 식도로 삼켰다. 세 통 다 여행사 대표번호였다.

"포도나무 뿌리는 천근성이야. 태생적으로 뿌리를 깊게 내리는 나무가 아니지. 뿌리 뻗음이 얕아서 땅 표면 가까이 뿌리를 내리지. 포도나무 뿌리가 그악스러워 보이는 것은 그 때문이지. 깊게 뿌리를 내리지 못하니까, 거머리처럼 땅 표면에 달라붙어서 옆으로, 옆으로 산란하게 영역을 확장해나가는 거야. 이삼 미터까지 영역을 확장하지. 소나무도 천근성이지. 경주 헌강왕릉과 정강왕릉에 가면, 자연적으로 만들어진 소나무 뿌리 계단이 있어. 땅 위로 튀어나온 소나무 뿌리들이 층층 낮고 너른 계단을 형성하고 있지. 소나무 뿌리 계단을 올라가면 진달래가 지천으로 핀 왕릉이 나와…… 호두나무 같은 심근성 나무는 뿌리를 깊이, 단순하게 내리지. 당신을 처음 봤을 때 심근성 나무에 가깝다는 생각이 들었어."

심근성 나무에 가깝다는 이야기를 그는 전에도 내게 한 적이 있었다.

서울 돈암동에서 태어나고 자란 나는 세검정 쪽에 있는 대학교에 입학할 때까지 돈암동 일대를 떠난 적이 없었다. 내 부모는 대중목욕탕이 딸린 집에서 자식들을 낳고 키웠다. 일대에 아파트 단지를 조성하기 위해 집들을 마구 허물 때도, 내가 태어나고 자란 집은 용케 살아남았다. 의외로 서울 토박이가 귀한 서울에서 나는 대대로 서울 토박이였던 것이다. 여행사에 근무했지만 그 흔한 일본 온천 여행 한 번 다녀온 적 없었다. 한때 여행 가이드를 꿈꾸었지만, 친하게 지내던 가이드가 북해도의 노천 온천이 딸린 호텔에서 심장마비로 세상을 뜬 뒤로 여행 가이드에 대한 환상을 버렸다. 벌써 십이 년도 더 전 일이었지만, 그 여행 가이드가 머물렀던 호텔 호수가 501호실이라는 것을 나는 아직 기억하고 있었다.

왜건이 대전을 지나 터널을 통과할 때 나는 문득 그에게 물었다.

"당신은 천근성 쪽일까?"

어떤 포도농장들은 포도나무들 사이사이에 민들레나 토끼풀 같은 잡풀을 심기도 한다는 걸 그는 모르는 듯했다. 포도나무가 물을 얻으려 잡풀과 경쟁하느라 뿌리를 땅속 깊이 내리는 효과를 볼 수 있기 때문에 전략적으로 그렇게 한다는 것을, 천근성인 포도나무 뿌리가 태생적인 기질을 거스르고 땅속 깊이 내리면 생산량은 줄어들지만 품질이 좋아지기 때문에 그렇게 한다는 것을, 수평을 지향하는 천근성 식물과 수직을 지향하는 심근성 식물을 밀식하면 뿌리의 모양과 성장 특성이 달라 공존이 가능하다는 것을, 심근성 식물만 심었을 때는 경쟁하듯 키 재기를 하면서 서로를 도태시킨다는 것을, 천근성 식물만 심었을 때는 영역을 더 차지하기 위해 서로가 서로를 말려 죽인다는 것을.

오후 느지막이 영동군 황간면 포도나무 밭에 도착했을 때, 그곳에서는 포도나무를 갈아엎는 작업이 한창이었다. 우리는 시동을 끈 왜건에 앉아 포도나무 밭을 어떤 식으로 갈아엎는지, 늙은 포도나무들이 어떻게 뿌리 뽑히는지, 뿌리 뽑혀 내동댕이쳐지는지 구경했다. 장난감 같은 소형 굴삭기의 바스켓 발톱에 포도나무 뿌리가 딸려 올라오는 것을, 수십 가닥으로 갈려 사방팔방으로 뻗은 뿌리가 땅을 뒤집고 올라오는 것을, 가늘고 뒤틀린 뿌리들이 끝을 모르고 올라오는 것을.

굴삭기 바스켓 발톱에 뿌리가 들리는 순간 마른 흙먼지가 푸슬푸슬 일었다. 흙먼지가 왜건 안으로 들이치는데도 그는 차창을 올리지 않았다.

포도밭은 야트막이 경사진 곳에 자리하고 있었다. 경사가 불러일으키는 착시 때문에 허공은 기울어져 보였다. 마지막 포도나무 뿌리가 들릴 때 나는 허공이 기울어지면서 천지가 뒤흔들리는 것을 느꼈다. 검누런 흙먼지와 먹빛 어스름, 연보랏빛 노을이 어우러져 대기는 오묘한 빛깔을 띠었다. 포도나무 뿌리와 가지가 악다구니 치듯 뒤엉켜 절경을 이루는 풍경 속으로 걸어 들어가는 그를, 나는 차창 너머로 무기력하게 바라보았다. 뿌리들이 절규하면서 그를 집어삼키고 있었다.

그가 포도나무 뿌리 앞에 바투 앉아 있는 모습을 상상한다. 산양의 발목처럼 길고 흰 초의 심지에 불을 붙이는 모습을. 심지에서 혓바닥만 한 촛불이 일고, 작업실 벽과 천장으로 포도나무 뿌리의 그림자와 그의 그림자가 일렁일렁 번졌을 것이다. 검게 타드는 심지를 중심으로 웅덩이를 만들면서 고이는 촛농을 떨어뜨리기 위해 그는 초를 기울였을 것이다. 심지에 매달린 촛불이 길게 늘어나면서, 포도나무 그림자와 그의 그림자도 덩달아 길어졌을 것이다.

불안정한 뿌리를 안정적으로 고정시키기 위한 방편으로 그가 찾은 것은 촛농이었다. 촛농을 떨어뜨려 뿌리를 덮는 것이었다. 점묘點描화를 그리듯 한 방울, 한 방울 떨어뜨려 촛농 막을 뿌리 전체에 입히는 것이었다.

원뿌리와 곁뿌리, 실뿌리가 어지럽게 얽히고 뻗은 뿌리는 결코 다루기 쉬운 오브제가 아니었다. 뿌리는 요동치는 오브제였다. 수분을 흠씬 머금은 뿌리도, 메말라 철사처럼 억세진 뿌리도, 각질이 일듯 외피가 너저분하게 벗겨진 뿌리도 요동쳤다. 죽은 뿌리도 요동쳤다.

그가 오브제로 선택하는 뿌리에는 한 가지 공통점이 있었다. 천재지변의 화를 입었거나, 개발이라는 명목하에 살던 곳에서 내쫓긴 철거민들처럼 하루아침에 굴삭기에 파헤쳐진 뿌리라는 것이었다. 하루아침에 제자리에서 들려 내쫓긴 뿌리라는 것이었다.

사철나무 뿌리였던가. 촛농으로 뒤덮기 위해 그는 백 자루하고도 열한 자루의 초를 더 태워야 했다고 했다.

한없이 더딜 수밖에 없는 그의 작업 방식이 답답하게 느껴졌는지, 지인 하나는 그에게 촛농 대신 파라핀을 권유해왔다. 내게 그를 소개시켜준, 내가 알고 있는 그의 몇 안 되는 지인들 중 하나였다. 그 지인은 파라핀을 녹여 브러시로 발라주는 방식이, 촛농을 한 방울씩 떨어뜨리는 방식보다 훨씬 수월하고 빠를 것이라고 조언했다. 파라핀은 초에 비해 가격이 저렴할뿐더러 녹여서 쓰기에도 용이했다. 크기가 작은 뿌리일 경우 액체 상태로 녹인 파라핀에 푹 담갔다 꺼내기만 해도 전체적으로 고르게 도포되는 효과를 볼 수 있을 것이라고. 오지랖이 넓은 편인 그 지인은 성경책만 한 파라핀 네 덩어리를 그에게 택배로 보내오기도 했다. 파라핀을 녹여서 뿌리에 입히는 방법을 고민하지 않았던 것은 아닌지, 그는 지인의 권유를 썩 내켜하지 않았다.

한 자루의 초에서 몇 방울의 촛농을 얻을 수 있는지 문득 궁금하다.

그 시간을, 그 더딘 시간을, 그 더디고 긴장된 시간을…… 이르자면 점묘의 시간을 가학처럼 즐기기 위해 그가 촛농을 고집하는 것이 아닌지.

점묘의 시간이 혹 뿌리의 시간일지 모르겠다고 중얼거려본다. 한 점 한 점 찍어 선을 만들듯, 미미하지만 부단하고 가열하게 뻗어 나가는 뿌리의 시간일지 모르겠다고.

사철나무 뿌리에 촛농을 똑 떨어뜨리면서 그는 내게 물었다.

내가 왜 여기 있는 것이지?

어릴 때 버림받은 기억이 있는 사람이 갖는 트라우마와 사랑받지 못하는 것은 전혀 다른 문제라더군. 자신이 입양아라는 사실은커녕 의심조차 한 적 없을 정도로 양부모로부터 사랑을 듬뿍 받고 자란 입양아가 우연히 친부모로부터 버림받은 사실을 알게 되었을 때 몹시 혼란스러워한다더군. 뒤미처 자기 자신에 대한 근원적인 질문에 휩싸여서 말이야. 자신이 유기된 존재였다는 것을, 불필요한 존재였다는 것을 깨달으면서, 자기 자신이라는 존재에 대한 질문으로 괴로워한다지.

내가 왜 여기에 있는가? 내가 왜 없는 게 아니라 있는가? 하는 근원적이고 실존의 문제와 닿아 있는 질문 때문에 말이야.

혹시 스스로에게 그런 질문을 던진 적 있어? 내가 왜 여기에 있는 것인지, 내가 왜 없는 게 아니라 있는 것인지. 그런 질문을 스스로에게 한 적 없어? 내가 왜 여기에 있는지 말이야.

내가 왜 없지 않고 있는 것일까…….

신기하지 않아? 수백 수천 번을 해도 모자란 그 질문을, 수만 번을 해도 모자란 그 질문을, 대부분의 사람들이 죽을 때까지 자기 자신에게 하지 않는다는 게 말이야. 심지어 죽음을 앞두고서도 말이야. 늘 두 번째 서랍 속에 넣어두던 손톱깎이가 어느 날 세 번째 서랍 속에 들어 있어도, 그것이 어째서 그곳에 들어 있는지 의아해하면서 말이야. 식탁 놓을 자리로, 소파를 놓을 자리로 어디가 더 적당할지 수 번을 진지하게 고민하면서 말이야.

여기 있는 게…… 없지 않고 있는 게…… 그냥 당연한 것인가? 어떻게 그게 당연하게 생각될 수 있지?

태어난 자리, 태어난 그 자리, 태어난 바로 그 자리에서 죽음을 맞는…… 생生과 사死의 자리가 같은 나무들은 한 번쯤 스스로에게 그런 질문을 할까. 수령 삼사백 년 된 나무들 같은 경우 문득 내가 왜 여기에 있는지 스스로에게 물을까?

그런데…… 내가 왜 여기 있는 것이지?

그는 내가 아니라 자기 자신에게 묻고 있었다. 시선은 나를 향하고 있었지만, 질문은 그 자신을 향하고 있었다. 그것이, 그가 자신에게 던진 몇 번째 질문이었을지 나는 헤아리지 못했다. 처음 던지는 질문은 아니라는 걸, 이미 수차례 던진 질문이라는 걸 알았지만. 내가 지켜보고 있어서였을까. 초를 든 그의 손은 불안정하게 떨리고 있었다. 그 바람에 촛농은 사철나무 뿌리를 비껴 그의 발등 위로 떨어졌다.

*

H은행 본사 건물 앞에는 메타세쿼이아가 세 그루 트라이앵글 구도로 심겨 있다. 일 년 전 그가 그곳에서 나를 기다린 적이 있었다. 포도나무 뿌리처럼 천근성인 메타세쿼이아 뿌리에서는 유방 뿌리가 자랐다. 아기에게 젖을 물리려 앞섶을 조심스레 풀어헤치듯 땅을 찢고 유방 뿌리를 지상에 내밀었다. 메타세쿼이아는 1945년 이전까지 화석으로만 알려져 있다가, 중국 사천성과 호북성에서 발견되면서 유명해진 나무였다. 살아 있는 화석으로 불리는 것도 그 때문이었다.

그날 이 도시에는 태풍 경보가 내렸다. 일본 동쪽 해상을 통과한 태풍이 시속 이 킬로미터로 북상하고 있었다. 내가 탄 버스가 경유하는 도로마다 확성기가 장착된 트럭이 태풍에 대비할 것을 몇 번이나 당부하면서 지나갔다. 태풍에 대비해 사람들은 창문마다 신문지나 노란 테이프를 붙였다. 퇴근 전 나도 여행사 사무실 창문에 노란 테이프를 붙였다. 차창 너머, 신문지나 누런 박스테이프를 붙인 아파트 창문들을 보면서 나는 이삿짐을 떠올렸다. 이십 층이 넘는 고층 아파트가 이사를 가기 위해 꾸린 상자 더미 같았다. 날이 밝으면 이삿짐 트럭들이 몰려와 상자들을 나누어 싣고 멀리 떠날 것 같았다. 상자 속 사람들이 밥을 먹다 말고, 출근하기 위해 넥타이를 매다 말고, 화장을 하다 말고, 양치질을 하다 말고 멀리 실려갈 것 같았다.

그와 연락할 아무런 방법이 없다는 걸 깨달은 것은 약속 시간이 이십 분이나 지나서였다. 퇴근 시간이라 도로는 중고차 전시장을 방불케 했다. 영동 황간면 포도밭에서 그는 핸드폰을 분실했다. 두 정거장 전에 내려 약속 장소로 다급히 걸어가던 나는 충동적으로 핸드폰 매장 유리문을 열고 들어섰다.

결국 한 시간 늦게 약속 장소에 도착했을 때, 그는 세 그루의 메타세쿼이아가 그리는 삼각형 속에 서 있었다. 삼 미터가 넘는 메타세쿼이아들이 전동 드릴처럼 흔들리고 있었다. 나는 유방 뿌리들을 밟으면서 그 곁으로 다가갔다.

"이식할 때 나무가 엄청난 공포감에 사로잡힐 수도 있다는 생각을 인간이 전혀 못하는 것 같아."

늦은 것에 대해 따져 묻는 대신에 그는 그렇게 말했다. 그가 메타세쿼이아들을 날개처럼 달고 훌쩍 날아갈 것 같아 나는 불안했다.

"태어난 자리에서 떠나지 않으려고 나무가 얼마나 애를 쓰는지 모른다는 듯이 말이야. 나무가 온 에너지를 다해, 온 집중을 다해, 전력투구로 서 있다는 것을 모른다는 듯이 말이야."

"늘 서 있으니까."

논리를 벗어난 말로 나는 항변했다.

"뭐?"

"나무는 늘 그 자리에 서 있으니까."

"어째서 실뿌리 한 가닥까지, 모세혈관 같은 실뿌리 한 가닥까지 나무가 온전히 제자리에 서 버티고 있을 수 있도록 사력을 다한다는 생각은 못 하는 거지?"

"나무들은 늘 그 자리에 서 있으니까."

논리를 벗어난 그 말만 나는 앵무새처럼 반복했다.

"나무는 자신이 태어난 자리를 떠나지 못하는 존재야. 죽어서도 그 자리를 떠나지 못하는 존재지. 태어난 자리에서 꽃을 피우고, 열매를 맺고, 늙고, 병들고, 조용히 죽음을 맞는 존재…… 태어난 자리와 죽는 자리가 같은 존재."

나는 고개를 저었다. 그가 메타세쿼이아 세 그루를 날개처럼 매달고 날아가버리기 전에 나는 그저 그를 데리고 이 도시의 어디로든 숨고 싶었다.

"이 나무들이 얼마나 멀리서 날아왔는지 알아?"

어디서 그 나무들을 데리고 왔는지 신문에서 읽은 적이 있었지만, 기억나지 않았다. 기억나는 것은, H은행 본사 건물 앞에 최초로 메타세쿼이아 세 그루가 심긴다는 소식이었다. 유명 건축가가 설계해 지은 건물 앞에 심길 메타세쿼이아들은 그즈음 신문에 실릴 만큼 화제였었다.

"천이백 킬로미터……."

"……?"

"이 나무들이 이동해온 거리 말이야. 인간이 이 나무들을 태어난 자리에서 천이백 킬로미터나 떨어진 곳에 데려다 놓은 거야. 생각해봐. 한번 뿌리를 내리면, 뿌리를 내린 자리에서 일 미터도 움직이지 않는 존재가 천이백 킬로미터나 되는 거리를 날아왔다고 생각해봐. 비행기를 타고 열 시간만 이동해도 시차 때문에 고생을 하면서, 나무가 감당해야 하는 시차는 어째서 생각 못 하는 거지?"

시차라는 말이 푸르스름한 멍처럼 심장에 번져와 나는 손으로 왼쪽 가슴께를 꾹 눌렀다.

"뿌리가 들릴 때 나무가 감당해야 하는 공포에 대해서는 어째서 생각 못 하는 걸까."

뿌리 뽑힐 듯 흔들리는 메타세쿼이아들보다 그는 더 격하게 흔들리고 있었다. 날아가지 못하도록 그의 발등에 못이라도 박아 넣고 싶은 심정이도록. 그를 붙들어둘 수 있다면 발가락마다에라도, 발가락 마디마디에라도.

"얼마나 공포를 느꼈을까? 뿌리 뽑힐 때 메타세쿼이아들이 얼마나 공포를 느꼈을까?"

태풍에 나무들이 쓰러지고, 간판들이 철새처럼 날아갈 때, 신문지와 누런 테이프를 붙인 창문들이 경기를 일으키듯 떨 때 나는 그의 작업실에 있었다. 그즈음 그가 작업 중인 사철나무 뿌리가 오공본드를 뒤집어쓰고 마르고 있었다. 나는 사철나무 뿌리의 이쪽에,

그는 저쪽에 있었다.

허공을 향해 절규하고 있었어. 저 사철나무 뿌리가…… 잔뿌리 한 가닥 한 가닥이 비명을 지르고 있었어. 신경증적으로 구불거리는 잔뿌리들이 마치 내 머리카락 같아서였을 거야. 내 머리카락 한 올 한 올이 비명을 지르는 것 같았다니까. 보행로를 확장하고 보도블록을 새로 깔면서 땅에서 파헤쳐진 것 같았어. 깨진 보도블록이 한쪽에 수북이 쌓여 있었지. 사철나무 뿌리에서 멀지 않은 곳에서 설렁탕 식당 대형 환풍구가 엄청난 소음을 내면서 바람을 토하고 있었어. 환풍구에서 쉴 새 없이 토해지는 후덥지근한 바람에서 소뼈 우리는 노린내가 났어. 24시간, 365일 문 닫는 날 없이 영업을 하는 설렁탕 식당이었어. 전직 대통령이 다녀간 뒤로 유명세를 타서, 주차요원까지 둘 정도로 손님이 몰려드는 설렁탕 식당이었지. 24시간 한시도 식지 않고 솥에서 소뼈가 우려지고 있다는 생각을 하니까 기분이 이상했어. 환풍구가 쉴 새 없이 토하는 바람이, 사철나무의 뿌리를 의뭉스럽게 핥는 바람이 소뼈가 우려지면서 풍기는 연기와 열기에 찌든 바람이라는 생각을 하니까.

곁뿌리가 하수구 철망 구멍에 빨대처럼 꽂혀 있었어. 하수구 바닥이라도 움켜잡고 버티고 싶었을 거야. 하수구 바닥 썩은 오물이라도, 내장이 터져서 죽은 쥐라도……. 곁뿌리가 내 팔 같았어. 내 팔이 악취 나는 하수구 구멍 속으로 뻗어 있는 것 같았어.

땅에서 들린 뿌리에게 허공은 죽은 어머니의 자궁 속과 같을 거야.

*

작업실 곳곳에 널려 있는 것들을 하나하나 호명하듯 중얼거려본다. 뿌리 작업에 필요한 재료들이다. 컬러스테인, 오공본드, 브러시, 핸디코트, 젯소, 못.

뿌리에 촛농을 떨어뜨리기 전, 그는 여러 작업 단계를 거쳤다. 촛농을 떨어뜨리는 것은 마지막 단계이자 가장 긴 시간과 인내를 필요로 하는 작업이었다. 촛농을 떨어뜨리기 전 차례로 거치는 일련의 단계는 어쩌면 촛농을 떨어뜨리기 위한 만반의 준비 단계인 셈이었다.

뿌리를 구해 와 그가 가장 먼저 하는 일은 그것이 건조되기를 기다리는 것이었다. 마치 시차에 적응할 시간을 주듯 그는 사오 일 뿌리를 내버려두었다. 뿌리가 잘 말랐다고 판단되면 방부액인 컬러스테인을 발랐다. 그는 브러시를 사용해 뿌리에 컬러스테인을 발라주었는데, 실뿌리나 뒤틀림이 심한 부분은 분무기로 분사했다. 뿌리를 고정시킬 패널에도 그는 꼼꼼하게 컬러스테인을 발랐다.

컬러스테인만으로는 습기와 뒤틀림을 방지할 수 없었기 때문에 그는 뿌리에 오공본드도 한 차례 발라주었다. 일종의 박제 처리로, 그것을 바르면 뿌리가 딱딱하게 굳었다. 불안하게 요동치지 않았다. 철물점에서 흔히 구할 수 있는 오공본드를 발라줄 때마다 그는 회의했다. 강력한 접착력을 가진 오공본드를 뿌리에 입히는 것을 그는 내켜 하지 않는 게 틀림없었다. 본드라는 물질 자체를 싫어하는 것 같았지만, 선택의 여지가 없는지 그는 묵묵히 오공본드를 뿌리 전체에 꼼꼼히 발라주었다.

다음 단계로 흰색 젯소를 물과 희석해 칠했다. 젯소를 바르면 물감이 잘 스며드는 효과가 있기 때문이라고 했다.

촛농을 떨어뜨리기 전 마지막으로 거치는 단계는 못을 박는 것이었다. 그는 못을 박아 뿌리를 패널에 고정시켰다. 뿌리가 기본적으로 갖는 무게 때문에 접착제로는 뿌리를 패널에 고정시키는 것이 불가능했다. 못을 박기 전 그는 혈 자리를 찾듯 신중하게 못 박을 자리를 찾았다.

두 달 전 작업실을 찾았을 때 그는, 촛농을 떨어뜨리기 전 거치는 그 모든 단계를 끝내고 가장 마지막 단계인 못을 박아 넣는 작업을 하고 있었다. 대개의 경우 나는 연락 없이 그의 작업실을 찾았고, 다섯 번 중 한 번밖에 그를 만나지 못했다. 뿌리를 오브제로 끌어온 뒤로는 열 번에 한 번으로, 확률이 10퍼센트로 줄어들었다. 그날 내가 작업실을 찾은 것은 그를 만나기 위해서가 아니었다. 그가 구해다 부려놓았을 뿌리가 궁금해서도 아니었다. 관성이라는 지팡이가 눈먼 나를 그의 작업실로 이끈 것이었다. 관계를 지속시키는 것은 '관성'이라는 생각을 하면서 나는 뻑뻑하고 무거운 작업실 철문을 조심스레 열었다.

혹시나 뿌리를 훼손할까 염려되는 듯 그는 조심스럽고 신중하게 못을 박았다. 그래서일까, 그가 뿌리가 아니라 자신의 손에, 장심혈이라는 부위에 못을 박아 넣고 있는 것만 같았다.

뿌리라는 오브제가 작품으로 승화하기 위해 거쳐야 하는 여러 단계 중 어쩌면 가장 단순하고 무식한, 그래서 오히려 세심한 주의가 요구되는 그 단계를, 그는 못 박음이라고 했다.

못 박음.

패널이라는 제한된 세계에 뿌리라는 자아自我를 고정시키기 위해 못 박음이라는 과정을 거치는 거지. 자아를 옴짝달싹 못하게 고정시키는 거야.

정희 선배는 예수의 수난공로를 떠올리더군. 뿌리에 못을 박는 내 행위를 지켜보더니 말이야. 십자가에 못 박힘을 당하는 예수가 뿌리에 겹쳐 떠오른다고……. 정희 선배다운 해석이라는 생각이 들었어. 그 선배의 해석은 늘 극적인 데가 있으니까. 그 선배에게는 작품에 극적인 의미 부여가 필요하다는 강박이 있는 것 같아. 정희 선배…… 당신도 알지? 지구상에서 가장 위대한 존재가 인간이 아니라 나무라고 생각한다는 그 선배 말이야. 한남동 갤러리에서 있었던 개인전에 함께 갔었잖아.

뿌리를 패널 위에 놓고 못을 박을 때, 고정시킨다는 생각밖에는 다른 아무 생각도 하지 않는다고 했더니 생각 좀 하고 살라고 면박을 주더군. 농담이라는 걸 잘 알지만, 나는 심각해질 수밖에 없었어.

고정이라는 단어가 내게는 쉽지 않아.

그 어떤 사물이나 존재를 어딘가에 고정시킨다는 게, 내게는 불가능한 일처럼 어렵게 여겨져. 옷에 단추를 매달아 고정시키는 것조차 말이지. 벽 못에 액자를 걸어 고정시키는 것조차, 옷걸이에 모자를 걸어 고정시키는 것조차, 심지어 시선을 한곳에 고정시키는 것도.

그래서일 거야. 못을 그만 박아도 된다는 걸 잘 알면서 자꾸 박게 돼. 하나 더, 하나 더, 하나만 더, 딱 하나만 더…… 고정이 제대로 안 된 것 같은 의심이 드니까, 못을 자꾸…… 불안하니까 계속 박게 돼.

정희 선배는 내가 환조 형식이 아니라 부조 형식을 취한 것에 의문을 갖더군. 뿌리라는 입체적인 오브제를 끌어오면서 평면인 패널에 그것을 고정시키려 애쓰는 내가 이해되지 않았나 봐. 환조 형식을 일부러 거부하는 것은 아니야.

포도나무 뿌리를 실은 그의 왜건을 타고 영동을 벗어나, 한밤의 경부고속도로를 달리면서 나는 그에게 미처 못한 이야기를 해주었다. 시간이 한참 흘러서야 고모할머니가 종군위안부였다는 사실을 알게 되었다는 걸. 그때는 그녀가 이미 세상을 떠나 그 어디에도 없었다는 것을.

왜건 뒷자리에 실린 포도나무 뿌리가 나는 그 어떤 뿌리보다 더 고모할머니의 손 같았다. 일 년여를 한방에서 지내는 동안 밤마다 이불 속을 더듬어오던, 잠들려 하는 내 손을 슬그머니 움켜쥐던 고모할머니의 손이 시공을 초월해 그의 왜건 뒷자리에 실려 있는 것 같았다. 밤마다 내 손을 움켜쥐던 그녀의 손은 쪼그라들어, 겨우 아홉 살이던 내 손보다 작아 보였다.

대형 화물트럭들이 무섭게 내달리는 경부고속도로를 서둘러 벗어나고 싶은지, 그는 왜건 속도를 시속 백삼십 킬로미터까지 높였다. 속도를 견디지 못하고 공중분해 되지 않을까 염려스러울 만큼 왜건은 흔들림이 심했다. 포도나무 뿌리가 차창을 긁으면서, 뿌리에 묻어 있던 흙이 부스스 떨어져 날렸다. 뿌리는 운전석과 조수석까지 뻗어 있었다. 그와 나 사이로 금처럼 뻗은 뿌리가 가늘게 떨고 있었다.

남귀덕…….

중얼거리는 소리를 들었는지 그가 나를 흘끔 바라보았다.

"고모할머니 이름이 남귀덕이었어."

한 번도 불러본 적 없는 이름을, 부를 일이 없을 것 같던 이름을 나는 그렇게 부르고 있었다.

영동 황간면 포도밭에 다녀온 뒤로 나는 고모할머니의 손이 내 손을 슬그머니 그러잡는 착각에 사로잡히고는 했다. 출퇴근 지하철 안에서, 길을 걷다가 문득 고개를 수그리고 손을 물끄러미 내려다보았다.

며칠 전 나는 우연히 위안부 피해자에 대한 기사를 읽었다. 정부에 등록한 위안부 피해자 237명 중 182명이 사망하고 55명밖에 남지 않았다고 했다. 그 55명도 평균 나이가 88세가 넘어 머지않아 하나둘 세상을 뜰 것이라고 했다. 고모할머니가 죽은 뒤에도 가족들은 그녀가 위안부였다는 사실을 쉬쉬하는 듯했다. 할아버지를 비롯해 그녀의 일곱 형제들이 차례로 세상을 뜬 뒤로 친척들은 아무도 그녀를 애써 기억해내려 하지 않았다.

*

손톱은 하루에 0.1밀리미터씩, 뿌리가 가장자리로 자라는 데 여섯 달 정도 걸린다든가. 발톱은 그보다 두세 배 더. 머리카락은 하루에 0.2에서 0.4밀리미터씩, 속눈썹은 하루에 0.18밀리미터씩. 그렇다면 포도나무 뿌리가 자라는 속도는 얼마나 될까.

포도밭을 떠나기 전 나는 그가 고른 포도나무 뿌리 곁에 잠시 혼자 남겨졌었다. 다들 어디로 가버리고 포도밭에는 나 혼자였다. 폐비닐을 태우는 연기가 공기 중에 나방 떼처럼 날렸다. 세보지 않았지만 사오십 가닥쯤 되는 뿌리들 중 나는 가장 긴 뿌리를 골라, 한 뼘 두 뼘 그 길이를 재나갔다. 세 뼘, 네 뼘, 다섯 뼘…… 열아홉 뼘.

원뿌리를 뒤덮은 외피가 바스라지면서 손에 묻어난다. 수분이 마르면서 비늘처럼 일어난 외피다. 뿌리에 따라 외피의 두께가 다르다는 것을, 외피가 두터우면 두터울수록 건조 과정에서 산란히 일어난다는 것을 그는 내게 알려주었다.

잔멸치 같은 외피 부스러기를 입에 넣고 천천히 씹는다. 쓴맛이 입안에 퍼진다. 외피를 조금 더 떼어 입에 넣는다. 그렇게 뿌리를 조금씩 먹어치우는 것도 나쁘지 않을 것 같다는 생각이 든다. 외피를 그렇게 조금씩 뜯어 먹어치운 뒤, 실뿌리를 한 가닥 한 가닥 뽑아 입으로 가져가는 상상을 한다. 뿌리를 주식으로 하는 벌레처럼, 그가 나무뿌리를 구해오는 족족 먹어치우는 것도 나쁘지 않을 것 같다.

뿌리는 오브제로 적당하지 않았다. 그도 그것을 모르지 않았다. 그를 이해해줄 것 같은 지인들조차 그가 하고많은 오브제를 놔두고 하필이면 나무뿌리를 선택했는지 의아해했다. 나무뿌리는 잘 썩는 데다 쉽게 부러지고 바스러졌다. 애초에 영구성을 기대하기 어려운 데다, 가변적인 형태를 고정시키기 위해서 세심한 절차를 거쳐야 했다. 더구나 나무뿌리는 그것이 갖는 상징성이 뻔했다. 나무뿌리는 전혀 새롭지 않을뿐더러, 상상력을 자극하지 않았다. 더구나 그는 그 전까지 평면 회화적인 유화 작업에 몰두했다. 그는 최대한 평면적이고 추상적으로 표현하려고 애썼다. 종이나 천 같은 부정형不定形 물질이 갖는 특유의 질감에 흥미 있어 하면서도, 오브제 작업을 고집스럽게 거부했다. 그가 오브제 작업을 시도한 것은 미대에 다닐 때였다. 고유의 물질과 그것을 다루는 사람 사이에도 궁합이 있다는 것을 깨달았고, 그것을 깨달은 것만으로도 충분했다는 고백을 그는 내게 한 적이 있었다. 선후배들로부터 외도라는 비난을 들을 정도로 그의 뿌리 작업은 의외였다. 더구나 그즈음 그는 그의 작업에 흥미 있어 하던 갤러리와의 전속계약을 앞두고 있었다. 갤러리와의 전속계약은 물론, 십오 년 동안 묵묵히 해온 작업을 하루아침에 중단하면서까지 부정형미술로 선회한 까닭에 대해 그는 침묵했다. 왜 하필 뿌리인지, 더구나 나무뿌리인지에 대해 설명을 요구하는 이들을 그는 구태여 납득시키려 애쓰지 않았다.

실제 나무뿌리를 오브제로 썼기 때문에 그는 아날로그적인 방식으로 작업을 할 수밖에 없었다. 그를 아끼는 한 선배는 그에게 아날로그적인 방식을 고집하는 이유를 대놓고 묻기도 했다. 그는 그런 게 아니라고 항변했지만, 내 눈에도 그가 쓸데없이 아날로그적인 방식을 고집하는 듯 보였다. 오브제로 쓸 나무뿌리를 찾아다니는 것은 물론, 어렵게 구한 나무뿌리를 작업실까지 가져오는 것은 만만치 않은 발품과 시간, 비용을 필요로 했다. 도로와 터널을 놓기 위해 산을 깎고 파헤치는 곳이 있다는 소문을 들으면 그는 그곳이 아무리 먼 곳일지라도 차를 몰고 내달렸다. 한낮이든 새벽이든 가리지 않았다. 뿌리를 찾아 헤매고 다니느라 그의 얼굴은 새카맣게 그을렸고, 그의 손은 방부액 냄새에 찌들었다. 그의 몸 곳곳은 뿌리에 긁히고 찔려 멍이 들고 딱지가 앉았다.

충남 부여 쪽에서 찾은 능수버들나무 뿌리를 서울 홍제동 작업실로 옮기기까지 소요된 기간은 꼬박 두 달이었다. 그의 왜건 적재함에 싣기에는 뿌리가 너무 울울해 용달차를 불러야 했다. 겨우 작업실에 가져다 놓은 뿌리를 오브제로 쓰기 위해서 건조시키고, 방부액을 바르고, 방부액이 마르기를 기다리는 것도 일이었다. 나무뿌리를 건조시키는 것은 만만치 않은 일이었다. 빛과 바람과 습도가 결정적인 역할을 했는데, 그의 작업실은 바람이 잘 들지 않는 데다 습한 반지하였다. 건조 과정에서 썩어 짓무르는 바람에 버려야 했던 뿌리가 한두 개가 아니었다.

나무뿌리에는 강박증자의 욕망과 히스테리의 욕망이 다 있는 것 같아. 욕망을 요구로 눌러버리는가 하면, 욕망을 불가능한 것으로 만들어버리지.

언젠가 그가 어려움을 호소했을 만큼 나무뿌리는 까다로웠다. 산과 들, 강과 저수지에서 발견했을 때만 해도 그에게 흥분과 영감을 불러일으키던 나무뿌리가 작업실에서는 조금의 흥분과 영감도 주지 못하는 경우가 종종 있었다. 방부액과 오공본드를 바르고 난 뒤에야, 혹은 촛농까지 입히고 난 뒤에야, 허망하게도 수십 개의 못을 박아 패널에 고정시키고 나서야 실망감을 주는 뿌리도 더러 있었다. 하나의 뿌리를 두고, 그는 정신착란을 겪듯 혼란스러워하기도 했다. 뿌리가 바뀌었다면서 그가 골목에서 용달차 기사와 말다툼을 벌이는 모습을 목격한 적도 있었다.

그가 한번은 조치원 쪽 저수지에서 찾은 느티나무 뿌리를 용달차 기사에게 부탁하고 급하게 서울로 올라온 적이 있었다. 웬만한 뿌리의 경우 그는 자신의 왜건으로 실어 날랐지만, 난분분 뻗어 다칠 염려가 있거나 거대한 뿌리의 경우는 용달차를 불러 작업실까지 실어 날랐다. 그가 찾은 뿌리들 중에는 인부까지 불러 날라야 할 만큼 큰 뿌리도 있었다. 우연히 그의 작품을 접한 재미 사업가가 미국으로 출국하기 전 그를 만나고 싶어 했다. 구순을 넘긴 그 재미 사업가는 그의 뿌리 작품을 보고 아이처럼 눈물을 흘렸다고 했다. 뿌리를 찾으러 전국의 산과 들을 뒤지고 다니느라 그는 유일한 생계 수단인 미술학원 강사 일을 쉬고 있었다. 작업실 월세가 두 달이나 밀릴 정도로 그는 경제적으로 압박을 받고 있었다. 그러나 그가 서울에 도착했을 때 허망하게도 재미 사업가는 출국하고 한국에 없었다. 밤 아홉 시가 지나서야 느티나무 뿌리를 싣고 나타난 용달차 기사와 인부에게 그는 뿌리가 바뀌었다고 항의했다. 화가 난 용달차 기사는 뿌리를 골목에 부려놓고 가버렸다.

그는 불개미로 들끓는 굴참나무 뿌리를 작업실에 들였다 된통 애를 먹은 적도 있었다. 충북 단양 터널 공사 현장에서 찾아낸 굴참나무 뿌리였다. 나무뿌리를 찾아다니느라 지친 그가 잠든 동안 불개미들이 줄을 지어 흘러나왔다. 불개미들이 그리는 불그스름한 곡선은 굴참나무 뿌리가 아니라, 그의 몸에서 흘러나온 혈관처럼 작업실 사방으로 퍼졌다. 꼬박 서른 시간이 지나서야 그가 깨어났을 때 불개미들은 그의 작업실 구석구석으로 숨어들었다. 불개미들이 일사분란하게 작업실을 점령해갔지만 그의 눈에는 한 마리도 띄지 않는 듯했다. 불개미는 그의 어머니가 보내오는 반찬들에서도 들끓었다.

"방부액하고 오공본드로는 한계가 있어. 썩는 걸 어느 정도 방지하겠지만 영구적이지는 않으니까."

"왜 하필 나무뿌리지?"

나는 식탁 위 불개미로 들끓는 샌드위치를 집어 쓰레기통 속에 처넣었다.

그의 말대로 방부액과 오공본드로는 한계가 있었다. 오브제로 뿌리를 포기하지 못하는 한, 그것을 반영구적으로 보존하는 방법을 그는 고민할 수밖에 없었다. 엄밀히 말해서 그는 뿌리를 오브제로 선택하기 전에 선행되었어야 할 고민을 뒤늦게 하고 있는 셈이었다. 작업한 뿌리를 패널에 고정시키고 아크릴을 씌우는 방법이 있었지만 그는 썩 내켜 하지 않았다.

아크릴을 씌울 때 뭐랄까, 뿌리를 장사 지내는 기분이야. 관棺 속에 뿌리를 가두는 것 같아.

*

하나 더, 하나 더, 하나만 더, 딱 하나만 더…… 그것은 어떤 심정일까? 딱 하나만 더…… 그렇게 스스로에게 허락을 구하면서 못을 박고 또 박고 또 박는 심정은. 그만 박아도 된다는 걸, 이미 너무 많은 못을 박았다는 걸 잘 알면서도 못을 하나 더, 하나만 더, 딱 하나만 더 박을 수밖에 없는 심정은. 못을 하나 더, 하나만 더, 딱 하나만 더 박고도 안도감이 들지 않아 불안해하는 심정은…….

뿌리라는 '자아'를 패널이라는 '세계'에 고정시키기 위해 그가 박아 넣은 못의 개수를 세본 적이 있었다. 우면산에서 구해온 아카시아 뿌리였다. 삼 년 전 집중호우로 산사태가 났을 때 우면산에서는 수없이 많은 아카시아가 뿌리 뽑히고 쓰러졌다. 그즈음 그는 우면산에서 구한 아카시아 뿌리로 한참 작업을 했다. 아카시아 뿌리를 닥치는 대로 자신의 작업실로 날랐다. 방부액이 미처 마르기 전에 그는 아카시아 뿌리를 구하러 전기톱과 곡괭이와 삽을 챙겨 우면산으로 향했다. 아카시아 뿌리는 그의 작업실을 온통 점거했다. 침대와 식탁, 욕실마저도 아카시아 뿌리가 차지했다. 그 어느 날 밤 작업실을 찾은 나는 그 안으로 한 발짝도 내딛지 못하고 서 있었다. 아카시아 뿌리들이 얼키설키 뒤엉켜 만드는 미로에 함부로 발을 내디뎠다가는 헤어나지 못하리라는 두려움이 앞서서였다. 구두 벗은 발을 뿌리들 속으로 내딛지 못하고 나는 속수무책의 심정으로 그를 바라보았다. 그는 침대를 차지한 아카시아 뿌리에 방부액을 바르고 있었는데, 마치 병들어 죽어가는 여인의 육체에 몰약을 바르는 듯 에로틱하고 불온한 분위기마저 흘렀다. 가랑이가 벌어지듯 마름모꼴로 벌어진 곁뿌리와 곁뿌리 사이로 그의 머리가 낮게 숙여지고 있었다. 아카시아 뿌리들이 발산하는 독취가 얼굴이 얼얼하도록 짙게 퍼져 있었다. 아카시아 뿌리들이 다 어디로 갔는지 나는 모른다. 현관과 옷장 속까지 차지한 아카시아 뿌리들은 어느 날 그의 작업실에서 감쪽같이 사라져버렸다. 내가 아카시아 뿌리를 다시 본 것은 9인전展이 열리는 갤러리에서였다.

패널 위 아카시아 뿌리는 오후 세 시를 가리키고 있었다. 허벅지만 한 원뿌리뿐 아니라 다섯 가닥의 곁뿌리들도 하나같이 암묵의 합의를 한 듯 오후 세 시 방향으로 뻗어 있었다. 뿌리가 사방으로 퍼지지 않고 한 방향을 향해 뻗어 있는데도 불구하고 가지런히 정돈된 느낌이 아니라 산란하고 기형적인 느낌마저 주었다. 그 아카시아 뿌리에 그가 박아 넣은 못은 모두 99개였다. 99개의 못은 굵기와 길이가 조금씩 달랐는데, 그중에는 나사못도 있었다. 가로 이십 미터, 세로 이십 미터에 달하는 대형 패널에 매달려 있는 아카시아 뿌리 앞에 미동 없이 서 있던 그는 구두 소리를 요란하게 울리면서 전시장을 뛰쳐나갔다. 방부액과 오공본드를 바른 아카시아 뿌리가, 99개의 못을 박아 패널에 고정한 아카시아 뿌리가 요동치고 있었다. 요동치는 것이 아카시아 뿌리가 아니라는 걸, 아카시아 뿌리의 그림자라는 걸, 조명을 받아 패널 밖으로 일렁일렁 뻗은 그림자라는 걸, 성장 촉진제를 뿌린 듯 길게 뻗은 그림자가 불러일으키는 착시 현상에 불과하다는 걸 잘 알면서도 나는 그 앞에 더는 버티고 서 있을 수 없었다.

도망치듯 전시장을 나서다 홀쩍 뒤를 돌아다본 것은 그가 나를 부르는 소리 때문이 아니었다. 관 속에서 죽은 자가 살아나듯 아카시아 뿌리가 패널에서 일어나 나를 덮쳐오는 것 같아서였다. 어지럽게 박힌 99개의 못을 탄식처럼 토하면서.

집으로 돌아오는 버스 안에서 나는 생각했다.

그에게 뿌리 작업은 뿌리를 장사 지내는 의식이기도 하다고. 죽은 자를 관 속에 안치시키듯, 죽은 뿌리를 패널에 고이 안치시키는 의식을 치르는 것이기도 하다고.

그 어느 날 밤, 나는 전지가위를 집어 들고 능수버들나무 뿌리 곁으로 바투 다가가 앉았다. 잔멸치 같은 실뿌리에 대고 전지가위의 두 날을 조심스럽게 벌렸다. 홍게 다리 같은 날이 맞물리면서 실뿌리가 잘려 장판지로 떨어지는 것을 지켜보았다. 그 옆 파르르 떨고 있는 실뿌리에 대고 전지가위의 날을 한껏 벌렸다.

실뿌리에 대고 전지가위의 날을 벌릴 때마다 나는 스스로에게 물었다. 정말로 그럴까? 태어난 자리에서 뿌리가 들릴 때 나무들은 공포를 느낄까? 뿌리를 단단히 내리고 있는 땅이 삽이나 곡괭이질에 파헤쳐질 때 나무들은 가위에 눌린 것처럼 공포에 떨까? 이식한 나무가 어쩌다 말라 죽는 것은 뿌리 내리고 있던 자리에서 들리던 순간의 공포를 극복하지 못해서일까?

실뿌리가 한 가닥도 남아나지 않았을 때에야 그가 깨어나고 있었다. 그의 주변에 어지럽게 널린 실뿌리들이 잘린 귀뚜라미 다리처럼 떨었다. 어리둥절하고 방심한 표정이 어려 있던 그의 얼굴이 경악으로 일그러지는 것을, 나는 전지가위를 꽉 움켜쥐면서 지켜보았다. 타다 만 흰 초들이 그의 등 너머에서 숨을 죽이고 있었다.

"무슨 짓을 한 거지?"

핏발 선 그의 눈동자가 흔들렸다.

"저 뿌리가 당신을 집어삼키려 해서……."

나는 항변했다. 그날 밤 작업실 문을 열고 들어섰을 때 그는 능수버들나무 뿌리 곁에서 잠들어 있었다. 덜 건조되어 썩은 물비린내를 역하게 풍기는 능수버들나무 뿌리에서는 거부하기 힘든 억척스런 기운이 느껴졌다. 저수지나 강기슭 같은 질척한 땅에서 자라는 나무뿌리들 특유의 강한 생명력이 발산하는 억척스러움일 것이었다.

"내가 이 뿌리를 구하느라 얼마나 헤매고 다녔는지 알아?"

그는 실뿌리를 한 가닥 집어 들었다. 능수버들나무 뿌리가 아니라 자신의 사지에서 잘린 것이기라도 한 듯.

*

더듬더듬 미궁의 사건을 역추적하는 심정으로 원뿌리를 찾는다. 쥐어짠 듯 뒤틀린 뿌리가 손에 만져진다. 수십만 킬로미터를 묵묵히 달린 마라토너의 허벅지처럼 경탄스러운 그것이 원뿌리이리라 나는 확신한다. 원뿌리가 땅속에서 뒤채고 되착이고 주춤 떨면서 맥을 짚듯 뻗어 나갔을 시간을, 한 가닥 한 가닥 곁가지를 쳐 나갔을 시간을 짐작해본다. 한자리에 못처럼 단단히 박혀 있던 뿌리가, 수십만 킬로미터를 달렸을 마라토너의 허벅지와 닮았다는 것이 일종의 수수께끼이자 신비 같다.

울산에 살고 있다는 것과 아버지가 지방방송국 엔지니어였다는 것 말고, 나는 그의 부모에 대해 아는 것이 거의 없었다. 도대체 어떤 분들인지 궁금해하는 내게 그는 오히려 되물었다. 그러게, 어떤 분들일까? 농담으로 받아들이기에는 그의 표정이 지나치게 진지했다. 그렇다고 부모와의 관계가 나빠 보이지는 않았다. 작업실 냉장고에는 그의 어머니가 택배로 부친 밑반찬들이 떨어지지 않고 들어 있었다. 밀폐 용기에 넣어 보내오는 연근조림이나 아몬드멸치볶음 같은 밑반찬들에서는 각별한 정성이 느껴졌다. 어느 날인가는 당일 택배로 성게미역국과 소고기불고기, 꼬치산적, 가자미식해, 도라지무침, 굴배추겉절이를 생일축하카드와 함께 보내오기도 했다. 택배가 도착했을 때 나는 마침 그의 작업실에 있었다. 그날이 그의 생일인 줄 까맣게 몰랐던 나는 슬쩍 나가 케이크를 사 왔다. 케이크에 초를 꽂고 불을 붙이려는 내게 그는 오늘은 자신의 생일이 아니라고 단호하고 차가운 어조로 말했다. 오늘은 내 생일이 아니야, 오늘은……. 오늘 태어나지 않았다던 그의 말이 내게는 다르게, 그 어느 날에도 태어나지 않았다는 말로 들렸다. 오늘은 물론 그 어느 날에도 태어나지 않았다는 말로 들렸다. 그래서일까? 그 말이 내가 왜 여기에 있는가, 하는 물음보다 더 근본적인 물음으로 들렸다. 그의 말대로 오늘 태어나지 않았다면 그는 어느 날에 태어난 걸까. 오늘도, 오늘도, 오늘도, 오늘도 태어나지 않았다면…… 오늘도…….
그 말이 마치 자신이 세상에 태어난 날뿐 아니라, 자신의 존재 자체를 부인하는 말처럼 들리기까지 해 꺼림칙했다. 정확한 생일을 묻는 내게 그는 모르겠다는 말만 되풀이했다.

어릴 때 그가 경주에서 살았었다는 사실도 나는 불과 며칠 전에야 알았다. 굴참나무 뿌리에 촛농을 한 방울 한 방울 떨어뜨리면서 그는 중학교를 졸업할 때까지 경주에 살았었다고 말했다. 굴참나무 뿌리 위로 촛농을 떨어뜨리기 위해 그가 초를 기울일 때마다, 촛불이 길고 가늘어지면서 너울너울 춤을 추었다.

경주에 살 때 마당에 심긴 매화나무의 뿌리를 캐는 과정을 지켜본 적이 있어. 경주에서 울산까지 출퇴근하기가 만만치 않았을 텐데, 아버지는 경주에서 살고 싶어 하셨어. 경주와 아무 연고도 없으면서 말이지. 방송국 엔지니어셨지만 아버지에게 고도古都에 대한 환상이 있었던 것 같아. 어느 날 경주 집을 정리하고 울산 아파트로 이사를 가버렸지만 말이야.

아버지가 다니던 방송국 사람들이 경주 집에 다녀간 적이 있는데, 국장이라는 분이 마당에 심긴 매화나무를 보고 노골적으로 탐을 냈나 봐…… 하루는 수업을 마치고 집에 갔는데 우비를 입고 장화를 신은 사내가 매화나무를 파내고 있었어. 온종일 비가 내렸거든. 장마철이었을 거야. 사내는 매화나무 밑동에 대고 삽질을 하고 있었어. 마루에서 잔치국수를 먹으면서 사내가 매화나무 뿌리를 파내는 걸 구경했지. 삽으로 흙을 풀 때 풍기던 냄새와 잔치국수의 멸치육수 냄새가 뒤섞여 만들어내던 냄새를 지금도 잊을 수가 없어. 청국장 콩 삶는 냄새도 났던 것 같아. 옆집 할머니가 청국장을 만들어 팔았거든.

화단 젖은 땅에 삽을 푹 무심하면서도 힘 있게 꽂아 넣던 소리가 생생해. 혹시 숫돌에 날이 무뎌진 식칼의 날을 가는 소리를 들어본 적 있어? 그 소리와 비슷하지. 삽으로 퍼 올릴 때마다 젖은 흙냄새가 마당에 짙게 퍼졌어.

매화나무 뿌리가 삽날에 다치지 않게 사내는 고랑을 내듯 땅을 팠어. 매화나무를 중심으로 둥글게 고랑을 내듯.

군청색 우비에 달린 모자를 푹 뒤집어쓰고 있어서 사내의 얼굴을 볼 수 없었어. 마당에는 산딸나무도 있었는데 온통 하얀 꽃으로 뒤덮여 있었어. 방수 코팅을 한 종이를 오리고 붙여서 만든 꽃처럼 온종일 비가 내려도 결코 젖지도, 짓무르지도, 시들지도 않을 것 같은 하얀 꽃으로…….

울산으로 이사를 오던 해 그 사내가 죽었다는 소식을 들었어. 간암 말기라고 했던 것 같아. 그 사내가 심한 말더듬이였다는 걸 죽고 나서야 알았어. 인생이 순탄했던 사람은 아니었나 봐. 쉰 넘어 식당을 하는 여자에게 장가를 들었는데 사기를 당했다는 소식을 들은 것도 같고.

요즘 그 사내가 부쩍 자주 보여. 늘 그렇듯 우비를 입고 꿈에 나타나…… 젖어 번들거리는 군청색 우비를 입고서. 다른 사람들에게는 그 사내가 이미 오래전에 죽은 사람인지 몰라도 내게는 그렇지 않아.

꿈에서 우비를 입고 우두커니 서 있는 그 사내를 볼 때마다 내 의지로는 거부할 수 없는 절대적인 존재처럼 느껴져. 두렵도록 절대적인 존재…… 오래전에 죽은 사람에 지나지 않는데, 그가 그렇게 두려울 수가 없어.

그런데 내가 왜 여기 있는 거지?

햇수로 팔 년을 다닌 여행사가 문을 닫은 것은 그가 그렇게 물어 온 즈음이었다. 내가 왜 여기 있는 거지? 여행사 사장은 경북 영덕으로 내려가 자리를 잡을 계획이라고 했다. 영덕이요? 영덕이라는 곳이 생경하고 갑작스러워 나는 반문했다. 여행사 사장의 고향은 전주였다. 영덕대게로 유명한 영덕, 몰라? 도리어 어이없어 하는 사장에게 나는 더는 아무것도 물을 수 없었다. 마지막으로 출근하던 날, 나는 평소처럼 퇴근해 지하철을 타고 집으로 갔다. 조금 늦은 저녁을 먹은 뒤 텔레비전을 보다가, 목욕탕 청소를 도와주었다. 나보다 역사가 오래된 목욕탕은 찜질 시설을 갖춘 대형 목욕탕의 위세에 밀려 나이 든 단골들이나 찾았다. 한때 목욕탕을 팔 생각까지 했던 부모님은 일하는 사람 하나 쓰지 않고 바지런히 몸을 놀려 겨우 유지해나가고 있었다. 다니던 여행사가 문을 닫았다는 사실을 나는 부모님과 자매들에게 알리지 않았다.

탕 속 물이 하수구 구멍으로 소용돌이치면서 삼켜지는 것을 지켜보면서 나는 중얼거렸다. '내가 왜 여기 있는 거지?' 탕이 텅 비었을 때 나는 그 질문이 실은 아주 오래된 질문이라는 걸 깨달아야만 했다. 태어나고 자란 동네를 떠나서 살았던 적이 없는 내 안에서, 녹슬고 부식된 목욕탕 간판만큼이나 오래되었다는 걸. '탕' 자에서 'ㅇ'이 떨어진 간판을 부모님은 구태여 바꾸지 않고 있었다.

오늘 낮에 나는 버스를 타고 H은행 앞을 지나갔다. 세 그루의 메타세쿼이아 아래에는 가벼운 등산복 차림의 세 남녀가 서 있었다. 일행인 듯한 그들은 아직 오지 않은 일행을 기다리는 듯했다. 메타세쿼이아들은 꿈을 꾸듯 잔잔히 흔들리고 있었다. 나는 버스에서 내려, 메타세쿼이아들 아래 서 있는 세 사람 중 아무나 붙들고 묻고 싶었다. 메타세쿼이아들이 얼마나 먼 곳에서 날아왔는지, 얼마나 먼 곳에서 날아와 그곳에 그렇게 서 있는 것인지 아느냐고. 두 정거장을 더 가 버스에서 내려 허겁지겁 뛰다시피 H은행 앞에 이르렀을 때, 메타세쿼이아 아래 서 있던 세 사람은 그새 가버리고 없었다. 나는 세 그루의 메타세쿼이아 그림자가 엇갈리면서 만들어내는 그늘 속으로 들어갔다. 가지들에 촘촘히 돋은 잎들이 서로서로 쓰다듬는 소리가 들려왔다. 그 소리에 섞여 그의 목소리가 들려왔다.

얼마나 멀리 보내졌을까?

태어난 자리에서 뿌리 뽑혀 얼마나 멀리…… 야멸차고 매정했을 손아귀에 의해 뿌리 뽑혀 몇 킬로미터나…… 십 킬로미터? 이십 킬로미터? 삼십 킬로미터? 아니면 그보다 더 멀리…….

서른세 살이 되어서야 알았어. 돌도 안 지난 나를 입양하셨다니까, 태어나자마자 버려진 것 같아. 버려지는 순간 버려지고 있다는 것을 본능적으로 알지 않았을까? 뿌리 뽑히듯 뽑혀 버려지는 순간 알지 않았을까? 부모님은 내가 입양아라는 사실을 별 충격 없이 받아들일 수 있을 것이라고 생각하셨나 봐. 매일매일 최선을 다해 내게 사랑을 주었다고 확신해서겠지. 자라는 동안 부모님이 날 한결같이 사랑하고 아끼는데도 이상하게 놀이공원에 버려진 느낌이었어. 내가 남자가 아니라 여자였다면 아이를 일곱쯤 낳았을 거야.

마흔다섯 살에 첫 아이를 낳고서야 비로소 우주와 자신이 탯줄 같은 끈으로 연결되어 있다는 안도감에 눈물을 흘렸다는 여자를 만난 적 있어.

영동에서 구해온 포도나무 뿌리, 그 뿌리를 나는 며칠 전 다시 보았다. 경복궁 근처 백 년도 더 된 한옥을 개조해 만든 갤러리에서였다. 정희 선배가 카페 겸 갤러리를 내면서 대학교 때부터 눈여겨본 후배 몇 명에게 전시할 기회를 제공해준 것이었다.

부엌을 개조해 만든 전시실, 공중곡예를 하듯 허공에 위태롭게 매달려 있는 그 뿌리가 영동에서 구해온 뿌리라는 것을, 나는 단박에 알아차렸다. 말리고, 방부제 처리를 하고, 오공본드를 바르고, 촛농을 입히는 동안 형태가 달라졌음에도 불구하고. 두 평 남짓한 전시실 입구 옆 명조체로 '남귀덕'이라고 적힌 작품명을 보았던 것이다.

나는 선뜻 전시실 안으로 발을 내딛지 못했다. 포도나무 뿌리가 드리우는 흰색으로 넘쳐나는 전시실 천장과 벽과 바닥에 포도나무 그림자가 드리워져 있었기 때문이었다. 귀기가 감도는 그 그림자 속으로 들어서면서 나는 깨달았다. 고모할머니가 이불 속을 더듬어 찾던 것은 단순히 내 손이 아니었다는 걸…… 그녀가 그토록 찾던 것은 흙이었다는 걸. 태어나고 자란 자리에서 파헤쳐져 내팽개쳐진 뿌리와도 같은 자신의 존재…… 잎 한 장, 꽃 한 송이, 열매 한 알 맺지 못하고 철사처럼 메말라가던 자신의 존재를 받아줄 흙이었다고…… 뿌리 뽑혀 떠돌던 그녀의 존재를 그나마 내치지 않고 품어줄 한 줌의 흙.

포도나무 뿌리를 구해오고 두 주쯤 지났을까. 불쑥 작업실에 들른 나는 그가 촛농을 떨어뜨리는 모습을 마침 구경할 수 있었다.

포도나무 뿌리로 촛농이 떨어져 굳는 순간은 극적인 데가 있었다.

그 순간이 특별한 순간이었다는 것을 한옥을 개조해 만든 갤러리에 다녀오고 나서야 알았다.

그 순간은, 고모할머니와 그가 만나는 순간이기도 했던 것이다. 액체로 흐르던 촛농이 포도나무 뿌리 위로 떨어져 고체로 굳는 순간은. 아무 데도 둘 곳 없던 고모할머니의 손과 태어나자마자 버려져 자신의 생일조차 모르는 그가 만나는 순간이었던 것이다. 생전 만날 일 없던 두 존재가 만나는 순간이었던 것이다. 기적 같은 그 순간을 촛불이 흔들리면서 조용히 지켜보고 있었던 것이다.

그는 신중하게 정조준하듯 촛농을 떨어뜨렸다. 다른 뿌리들에 비해 뒤틀림이 심한 포도나무 뿌리로 촛농을 고르게 떨어뜨리는 일은 고도의 집중을 요구했을 것이다.

죽기 전 고모할머니가 살아남은 몇 번째 위안부였을지 궁금해한 적이 있었다. 살아남은 위안부가 55명에 불과하며, 그들도 머지않아 세상을 뜰 거라는 기사를 읽고 난 뒤였다. 내가 알기로 고모할머니는 살아생전 위안부 등록을 하지 않았다. 알 만한 사람은 다 아는 비밀을 끝까지 비밀로 덮고 살았던 것이다. 그녀가 세상을 뜨고 몇 년이 흘러서야 어머니가 그녀에 대해 아버지에게 지나가듯 이야기하는 소리를 우연히 들었다. 아홉 시 뉴스를 보다가 위안부 관련 기사가 나오자 어머니는 까맣게 잊고 있던 그녀를 떠올린 것이었다. 어머니는 그녀가 위안부 등록을 하지 않은 것에 대해, 그래서 정부에서 지원해주는 생활안정 지원금을 받지 못한 것에 대해 아쉬워했다. 정부에서 주는 지원금을 받아 생활하셨으면 혼자서도 충분히 생활하셨을 거 아니에요, 괜히 이 집 저 집 떠돌면서 눈칫밥 안 먹고……. '생활'이라는 지극히 평범한 말이 실은 얼마나 무시무시하고 징그러운 말인지 그때 나는 깨달았다.

뿌리를 구하러 그가 철거촌도 뒤지고 다닌다는 것을 나는 알고 있다. 흰 방독면으로 입을 가린 인부들이 빈집들의 창문과 문짝을 떼어내고, 천장을 뜯고, 벽을 허무는 동안 나무를 찾아다녔다.

"철거라고 쓰여 있었어……."

"……?"

"발치拔齒를 앞둔 입처럼 벌어진 대문 너머로 모과나무가 한 그루 보였어. 줄기에 철거라고 쓰여 있었어…… 붉은 라커로 철거라고 휘갈겨 쓰여 있었어……."

"……."

"모과나무 줄기에 철거, 철거……."

그가 고개를 저으면서 철거라고 중얼거릴 때마다 그의 입속 어금니들이 뿌리 뽑혀 뒤흔들리는 것 같았다.

"내 심장과 같은 위치였어……."

"……?"

"우연이겠지만 내 심장과 같은 위치에 그렇게 쓰여 있었던 거야. 팔을 벌리고 모과나무를 끌어안아 봤거든. 안아보고 싶어서…… 내 심장과 정확히 같은 위치더군. 철거라는 단순하고 무시무시한 글자가 하필이면 내 심장과 같은 위치에 쓰여 있었던 거야. 그래서였을까? 철거라는 글자가 인두처럼 내 심장을 지져오는 것 같았어."

그가 철거될 모과나무 아래에 서 있을 때 나는 목욕탕 탈의실 거울을 들여다보고 있었다. 어머니가 심한 독감에 걸려 혼자서 여탕 청소를 해야 했다. 빗과 드라이기를 정리하다 말고 문득 거울을 들여다보았다. 아버지와 어머니, 그 어느 쪽도 뚜렷하게 닮지 않은 모호한 얼굴이 누구를 닮았는지 서른아홉 살이 되어서야 깨닫고 있었다. 거울 속 얼굴은 뜻밖에도 고모할머니인 그녀를 닮아 있었다. 무표정한 내 얼굴 위로 그녀의 얼굴이 습자지처럼 겹쳐 떠올랐던 것이다. 놀라운 일이었지만, 불가능한 일은 아니었다. 고모할머니인 그녀의 몸속에 흐르는 피가 내 몸속에도 흐르고 있을 것이기 때문이었다. 아이가 제 부모보다 고모나 삼촌을 더 닮는 경우가 종종 있다는 것을 나는 모르지 않았다. 스무 살에 결혼한 친구가 자신의 딸이 배다른 여동생을 닮았다고 불평하는 소리를 나는 들은 적이 있었다. 그 친구는 심지어 자신의 딸이 배다른 여동생이 하는 행동을, 자신이 끔찍이 싫어하는 행동을 하는 걸 보고 까무러치는 줄 알았다고 토로했다. 그렇지 않아도 그 친구는 아버지의 사랑을 배다른 여동생에게 빼앗겼다는 피해의식에 사로잡혀 있었다.

거울 아래 어지럽게 흩어진 머리카락들을 주우면서 나는 의문했다. 그녀도 그렇게 느낀 것은 아닌지…… 장조카의 딸인 내가 고모할머니인 자신을 닮았다고. 자신을 꼭 닮은 나를 보면서 자신의 어린 날을 떠올렸던 것은 아닌지.

*

마분지 같은 커튼으로 새벽빛이 스며든다. 빛 한 점 떠돌지 않던 작업실에 푸르스름한 새벽빛이 번지면서 뿌리의 전체적인 윤곽이 서서히 드러난다. 뿌리가 한 가닥 지평선처럼 떠오른다. 팔 굵기의, 원뿌리는 아니고 곁뿌리다. 취광이 감도는 그 뿌리 너머로 또 다른 뿌리가 떠오른다. 그 너머로 또 다른 뿌리가…….

첩첩 떠오르는 뿌리들 너머에 그가 태아처럼 웅크리고 누워 있을 것 같다.

중중첩첩 착시를 일으키면서 떠오르는, 지평선 같은 뿌리들을 넘고 넘어야만 그에게 닿을 수 있을 것 같다.

"당신에게 미처 말하지 못한 것이 있어……."

뿌리들 너머 그에게 들리도록 나는 또박또박 힘을 주어 말한다. 내 목소리가 일으킨 파장에 실뿌리들이 아지랑이처럼 일어나는 것이 고스란히 느껴진다.

"죽는 순간에 고모할머니가 손에 꼭 그러잡고 있던 게 뭐였는지 알아? 가제손수건도, 보청기도 아니었어. 내 손…… 내 손이었어. 내가 그렇게 고백할 때마다 어머니는 질색을 하면서 내가 잘못 기억하고 있는 것이라고 나무라지만, 내 손이 기억하고 있는 걸…… 고모할머니가 돌아가신 게 우리 집을 떠난 지 이태도 더 지나서였지만, 그녀가 돌아가신 곳이 양로원이지만, 내 손이 분명히 그렇게 기억하고 있는 걸…… 일흔두 살의 나이로 숨을 거두던 날 밤, 그녀의 손이 이불을 들추고 더듬어오는 걸 다 느끼고 있었어. 잠든 척 시치미를 뚝 뗀 채 다 느끼고 있었어. 그녀의 손이 내 손을 찾아 더듬더듬…… 더듬어오는 것을."

• 뿌리를 오브제로 한 작업과 관련해 이영선 화가에게 조언을 구했음을 밝힌다.

자선 대표작

김숨

왼손잡이 여인

1

자신의 왼손이 사라지고 없다는 아내의 주장을 나는 처음에 대수롭지 않게 받아들였다. 따분하다 못해 심신이 나른하게 늘어지던 일요일 저녁이었다. 게다가 그녀의 왼손이 정말로 사라진 것은 아니었으니까. 그녀의 왼손은 여전히 오른손과 마찬가지로 그녀 몸에 달려 있었다.

"어디로 갔지……?"

부엌에서 저녁을 하던 아내가 그렇게 중얼거렸을 때만 해도 나는 휴대전화를 찾는 거겠지, 생각했다. 냉장고 안을 살피고 식탁 주변을 두리번거리던 그녀는 욕실과 방들, 베란다를 분주히 오갔다. 전골냄비에서 조기찌개 국물이 흘러넘치는 줄도 모르고.

"뭘 찾는데?"

부엌으로 다급히 걸어가 가스레인지 불을 끄면서 나는 그녀를 다그쳤다.

"사라졌어……."

"뭐가?"

"손이……."

"손?"

그렇게 물으면서도 나는 잘못 들었나 싶었다.

"왼손이…… 감쪽같이……."

나를 바라보는 그녀의 얼굴이 물 젖은 쌀피처럼 일그러졌다. 나는 그녀가 당연히 농담을 건네는 것이라고 생각했다. 그녀의 왼손이 멀쩡히 왼팔 손목에 대롱대롱 달려 있을 뿐 아니라, 조기 비늘이 현실감 있게 묻어 있었기 때문이었다. 위생장갑을 끼지 않고 조기를 손질했는지 그녀의 왼손에서는 조기 특유의 비린내까지 폴폴 풍겼다. 농담치고는 너무 재미없었지만, 그녀의 노력이 가상해 나는 억지로 웃어주었다. 일상에서 농담 한마디 할 줄 모르는 무미건조한 그녀의 성격이 나는 평소 은근히 불만이었고, 본인도 그걸 알고 있었다.

"조기찌개에 넣은 것 아니야?"

내 말에 그녀가 웃을 줄 알았는데, 오히려 정색이 되었다. 가스레인지 쪽으로 다급히 걸어가더니 전골냄비 뚜껑을 열고 국자로 뒤적거렸다.

"없어……!"

그녀의 탄식에 가까운 중얼거림을 나는 건성으로 흘려버렸다. 그녀와 농담 같지도 않은 농담을 할 기분이 아닌 데다, 바람이나 쐴 겸 마트에 담배를 사러 다녀왔다.

식탁에는 저녁 식탁이 대충 차려져 있었다. 자신의 왼손을 찾는다고 그녀가 국자로 마구 헤집는 바람에 살이 부서졌지만, 조기찌개는 얼큰하니 그런대로 먹을 만했다.

"안 먹어?"

내가 밥을 거의 다 비우도록 아내가 수저조차 들지 않고 있었다.

"손이 없어서…… 왼손이……."

"그럼 오른손으로 먹으면 되잖아."

불쑥 치미는 짜증 때문에 나는 그 순간 그녀가 왼손잡이라는 사실을 잠시 망각했다. 밥공기 옆, 시치미 뚝 떼고 있는 그녀의 왼손을 나는 흘기듯 바라보았다. 난처해하던 그녀가 마지못한 듯 오른손을 벌려 숟가락을 그러잡았다. 그때까지는 그래도 그럭저럭 괜찮았다.

밤새 아내는 침대 시트와 베개가 축축이 젖도록 식은땀을 흠씬 흘리면서 앓았다. 몸이 불덩이였다. 어디가 어떻게 아프냐는 내 물음에 그녀는 왼팔 손목이 끊어지는 것 같다는 말만 헛소리처럼 중얼거렸다. 환지통이라던가. 신체의 절단되고 없는 특정 부위가 존재한다고 인식해 생긴다는 통증이. 불의의 교통사고로 절단해 더는 존재하지 않는 다리에, 말하자면 있지도 않은 다리에 지속적으로 가해지는 환상幻想 통증 때문에 고통스러워하는 사람을 보기는 봤다. 그러나 멀쩡히 붙어 있는 손이 없어졌다는 착각에 휩싸여 통증을 느끼는 사람은 아내가 처음이었다.

호되게 앓고 난 뒤부터였다. 아내는 왼손을 쓰지 않았다. 일부러 작정하고 왼손을 쓰지 않는 것인지, 왼손이 정말로 사라지고 없다고 믿기 때문에 쓰지 않는 것인지 모르겠지만 왼손을 거의 쓰지 않았던 것이다. 왼손이 사라졌다는 것을 스스로에게, 그리고 남들에게 각인시키려는 듯. 수저질과 걸레질, 빗질, 설거지도 그녀는 오른손으로 했다. 옷 단추를 채우고, 글씨를 쓰고, 화장을 할 때도, 포도송이를 한 알 한 알 따 먹을 때도, 그녀는 오른손을 썼다. 사과 껍질을 깎을 때조차 그녀는 오른손에 과도를 쥐고 깎았다.

그러니까 그녀는 쓰지 않음으로써, 아무 짝에도 쓸모없는 무용지물로 만들어버림으로써, 자연스럽고 집요하게 자신의 왼손을 거세시키고 있었다. 왼손이 왼팔 손목에 버젓이 달려 있는데도 불구하고, 손가락 하나하나에 피가 흐르고 있는데도 불구하고.

생식기生殖器는 아니지만 거세 말고는 내 머릿속에 딱히 떠오르는 적절한 단어가 없었다. 거세가 아니면 뭘까 싶기도 했다. 부인否認, 방치, 폐지, 외면, 회피도 떠올랐지만 거세가 가장 적절해 보였다.

중학교 일학년 겨울방학, 포경수술을 받기 위해 비뇨기과 수술대 위에 누워 있을 때 말고 거세라는 단어를 의식적으로 떠올렸던 적이 있던가. 첫 몽정을 경험한 직후라 더 그랬을까. 누나 방에서 분홍의 레이스 달린 브래지어를 몰래 만지작거리다 어머니에게 들킨 바로 다음 날이라서? 국부마취를 해 무감각해진 내 성기의 일부가 메스에 의해 잘려 나가는 동안, 가윗날이 살을 자르는 이상야릇한 소리가 들려오는 동안, 나는 성적 욕망에 눈뜨기 시작한 성기가 도려내지는 공포감에 떨어야만 했다.

혹시나 왼손이 사라지는 환상을 아내가 경험한 것은 아닐까 싶은 의심도 들었다. 상상 속에서 일어난 거세도 일종의 거세라면, 거세의 한 방식이라면. 만약 그렇다면 다행이라는 생각이 한편으로 들었다. 그녀의 왼손에 벌어진 거세 방식이 그마나 극단적이지 않았으니까. 상상하기조차 끔찍하지만, 그녀가 칼로 손목을 내리쳐 왼손을 절단하지는 않았던 것이다. 만일 그랬다면, 나는 그녀를 강제로라도 정신병원에 입원시켰을 것이다. 왼손이 사라졌다는 그녀의 주장과 믿음이 정신분열증을 암시하는 결정적 증상일 테니까.

아무튼 초지일관 그녀는 왼손을 쓰지 않았다. 얼떨결에라도 왼손을 쓰지 않았던 것이다. 그렇게 두 주쯤 지났지만, 왼손이 사라졌다는 그녀의 주장을 나는 여전히 심각하게 여기지 않았다. 이미 말했듯 그녀의 왼손이 정말로 사라진 것은 아니었으니까. 나는 다만 그녀가 당장이라도 자신의 왼손이 그 어디로도 사라지지 않았다는 것을, 지난 삼십이 년 동안 그랬듯 왼팔 손목에 보기 좋게 달려 있다는 것을 깨닫기를 바랐다.

공교롭게끔 아내는 왼손잡이였다. 오른손을 사용하게 되면서, 나는 그녀가 왼손잡이였음을 새삼 깨달았다. 그냥 왼손잡이가 아니라 완벽한 왼손잡이였다는 것을. 왼손만을 노상 쓰고, 잘 쓰던 그녀였으니 오른손 사용이 서투른 것이야 당연했다. 오른손보다 왼손을 사용하는 게 편하니까 왼손잡이가 되지 않았겠는가. 하지만 그녀는 좀 지나친 데가 있었다. 살면서 오른손을 단 한 번도 써본 적 없던 사람처럼 오른손 사용을 어색해하고 어려워했다. 젓가락질을 못해 식탁이 지저분하도록 반찬을 흘리는 것쯤 괜찮은데, 칼이라도 쥐어져 있으면 저러다 손을 베는 게 아닐까 싶을 만큼 아슬아슬했다. 사과 껍질 깎는 모습을 불안히 지켜보다 과도를 빼앗은 적도 있었다.

결혼해 살면서 아내가 왼손잡이인 것을 특별하게 생각했던 적이 있던가. 아니면 그 때문에 거슬리고 불편했던 적이. 억지로라도 떠올려보려 했지만 기억나는 게 하나도 없었다. 주변에 왼손잡이는 생각보다 흔했다. 왼손잡이는 불구가 아니었다. 오른손을 쓰는 게 예의라는 사고방식은 구태의연한 선입견에 불과했다. 내가 알았거나 알고 있는 왼손잡이의 경우 대개가 양손잡이였는데, 나는 때때로 그들이 부럽기도 했다. 왼손으로 글씨를 쓰는 사람을 보면 왠지 멋있어 보이기도 했다. 그녀가 지독한 왼손잡이이듯, 나는 지독한 오른손잡이였던 것이다. 왼손 사용이 우뇌를 발달시켜 감성과 상상력, 공간지각 능력을 높인다는 사실을 안 뒤로는 왼손잡이가 오른손잡이보다 우월하게 여겨지기까지 했다.

멀쩡한 왼손을 놔두고 오른손만 쓰게 되면서 평소 아내에게 없던 버릇이 생겼다. 밥을 먹다 말고, 텔레비전을 보다 말고, 화장을 하다 말고, 그녀는 문득 목을 풀린 혁대처럼 늘어뜨리고 주위를 두리번거렸다. 욕실이나 부엌으로 걸어가다 흠칫 멈추어 서서 자신의 발밑을 유심히 살피고는 했다. 밤에 자다 말고 깨어나 어둠 속을 기묘한 눈빛으로 응시했다. 장롱이나, 서랍장, 싱크대 속을 다급히 살피고는 했다.

그날도 그랬다. 횡단보도를 건너다 말고 아내가 갑자기 서버린 것이다. 시끄럽게 울리는 경적 소리를 듣고서야 나는 그녀가 6차선 도로 한복판에 서 있다는 것을 깨달았다. 신호등이 빨간불로 바뀌어 차들이 들이받을 듯 내달리는데도, 그녀는 두리번두리번 발밑만 살폈다. 파란불로 바뀌기를 기다려 나는 그녀를 연행하다시피 도로 밖으로 끌고 나왔다.

"미쳤어!"

"왼손이 떨어졌나 싶어서……."

그걸 변명이라고 중얼거리다니 기가 막혔다.

그녀는 정말로 철석같이 자신의 왼손이 사라지고 없다고 믿는 것일까. 마른 장작이 타오르듯 솟구치는 불길한 의심을 나는 애써 꺼뜨려 잠재웠다. 완벽한 왼손잡이였으니, 오른손으로 살아가는 게 불편해서라도 자신의 황당한 주장을 슬그머니 철회하리라 기대했다. 그러니 그녀가 왼손 때문에 잘 다니던 직장마저 그만둘 줄 짐작이나 했겠는가.

2

아내는 치기공사였다. 경력 칠 년 차인 나름 숙련공이었다. 이직으로 고민하는 경우는 있어도, 실직을 염려할 일은 없었다. 더구나 치아 성형의 일종인 래미네이트 전문 치기공사였다. 그녀는 자신이 하는 일을 적성에 맞아 할 뿐 아니라 만족해했다. 지금에야 고백하지만, 결혼을 결심하기까지 그녀에게 어엿한 기술—고수익을 보장하는 대단한 기술은 아니지만—이 있다는 점은 내게 지대한 영향을 미쳤다. 남자 혼자 벌어서 가정을 꾸려 나가기에는 세상이 만만치 않다는 것을, 나는 일찌감치 결혼한 친구나 형들을 보면서 절감했다. 서운한 감정이 추슬러지지 않아, 나는 그녀에게 어떻게 의논 한마디 없이 직장을 관둘 수 있느냐고 따져 물었다. 분양 받은 아파트 융자금이 아직 반이나 남아 있었다. 다달이 일정 금액을 갚아야 하는 은행 융자와 이자, 생활비를 감당하기에는 내 월급이 빤했다.

"왼손 때문에……."

또 왼손이란 말인가? 내 눈길이 저절로 그녀의 왼손으로 향했다. 손가락이 둥글게 말린 그녀의 왼손은 고장 난 괘종시계의 묵직한 추처럼 축 늘어져 있었다.

"아무래도 왼손이 없으니까, 일을 할 수가……."

치기공사인 아내에게 손은 몹시 중요했다. 치기공은 손가락의 섬세한 감각을 특별히 요구하는 기술이었다. 얇디얇은 세라믹을 층층퇴적층처럼 쌓아 올려 치아 색깔에 맞는 래미네이트를 제작하는 정교한 작업이 아닌가. 오른손으로 일상생활은 그럭저럭 가능하지만, 치기공사로서 그녀가 밥 먹듯 해온 일은 어려울 것이었다. 젓가락질도 못하는 오른손으로 집게를 쥐고 세라믹을 집는 것이 쉽지 않으리란 건 불 보듯 뻔했다. 나는 그러나 미처 거기까지 생각 못 했다. 그녀의 왼손이 정말로 사라지고 없는 것은 아니었으니까. 자신의 왼손이 사라졌다고 한 지 한 달이 지나도록 그녀가 별말 없이 출근했던 데다, 설마 직장에서마저 버젓이 있는 왼손이 없다고 우길까 싶었다. 그런데 그게 아니었던 걸까.

"왼손이 없기는, 왜 자꾸 멀쩡히 달려 있는 왼손이 없다고 우기는 거야?"

"어디 있는데……? 내 왼손이……."

그녀가 의혹 가득한 눈초리로 나를 추궁하듯 쳐다보았다.

"어디? 당신 왼팔에 달려 있잖아."

"내 왼팔에……?"

믿을 수 없다는 듯 그녀의 얼굴이 일그러졌다. 주저하듯 천천히 고개를 수그리고 자신의 왼팔을 내려다보았다. 설마 하는 기대감 깃든 표정이 절망적인 표정으로 바뀌는 데 불과 일 초밖에 걸리지 않았다.

"왼팔 어디……?"

내 눈에는 분명히 보이는 왼손이 그녀의 눈에는 보이지 않는단 말인가. 하지만 어떻게 그럴 수 있는가. 삼 년 전 라섹 수술을 받은 그녀는 나보다 시력이 좋았다. 내 눈에는 흐릿한 얼룩이나 글자도 그녀의 눈에는 또렷하게 보였던 것이다. 지난봄 건강검진 때 받은 시력검사에서 양쪽 눈 다 시력이 1.3이 나왔다고 한껏 자랑하지 않았나. 불과 두세 달 새 시력이 급격히 나빠졌을 리 없었다.

"여기 이렇게, 손목에 달려 있잖아."

나는 오른손을 뻗어 그녀의 왼손을 낚아채듯 잡았다. 힘없이 붙들린 왼손을 그녀의 얼굴 가까이 가져갔다. 기역 자로 꺾인 왼손 엄지손가락이 그녀의 눈동자를 찌를 듯 가리켰다.

"어디…… 내 왼손이 어디 있는데……?"

그녀는 진지했다. 나보다 진지했다. 진지함을 가장할 만큼 그녀는 의뭉스런 사람이 아니었다. 그렇다면 내 눈에는 똑똑히 보이는 왼손이 그녀의 눈에는 정말로 보이지 않는단 말인가. 기가 막혔다. 나는 뿌리치듯 아내의 왼손을 놓았다. 울화가 치밀어 집에 있을 수 없었다. 아파트 근처 편의점에서 캔 맥주를 사 마시고 돌아오니, 그녀는 부엌에 있었다. 어깨 위로 번쩍 들어 올려진 그녀의 오른손에 들린 것은 식칼이었다. 싱크대가 뒤흔들리도록 그녀가 식칼을 내리쳤다. 우지직 뼈 부러지는 소리가 내 귀에 또렷하게 들렸다.

"뭐…… 하는 거야?"

목소리가 저절로 떨려 나왔다.

"마트에서 삼계탕용 닭을 싸게 팔기에 한 마리 샀는데…… 그냥 닭볶음탕이나 하려고…… 매운 게 먹고 싶다면서……."

식칼이 다시 그녀의 어깨 위로 들어 올려졌다. 나는 그러나 그녀가 토막 내고 있는 것이 닭이 아니라 왼손만 같았다. 자신의 왼손이 사라지고 없음을 남편인 내게 똑똑히 일깨워주기 위해 도마 위에 자신의 왼손을 올려놓고 식칼로 그렇게 부엌이 통째로 흔들리도록…… 끔찍하고 소름 끼쳐 거기까지밖에 더는 상상할 수 없었다.

눈에 보이는 것, 실재하는 것만을 믿는 인간이 바로 나란 인간인 걸, 아내는 잘 알 터였다. 눈에 보이지 않는 것, 실제로 존재하지 않는 것을 나는 믿지 않았다. 귀신이나 유에프오를 봤다고 떠드는 인간들을 나는 신뢰하지 않았다. 헛것을 본 것은 정신이 잠깐 어떻게 된 것이지, 정말로 본 것이 아니었다. 그러니 나는 그녀의 왼손이 사라졌다는 것을 인정할 수 없었다. 내 눈앞에서 그녀의 왼손이 증발하듯 사라지지 않는 한, 나는 인정할 수도 따라서 믿을 수도 없었다.

아무 기척 없었지만 숨소리가 고른 것으로 봐서 아내가 잠들지 않았음을 나는 알 수 있었다. 나는 오른손을 뻗어 그녀의 왼손을 슬그머니 잡았다. 잠들기 전 그녀의 왼손이 아무 일 없다는 것을 다시금 확인하기 위해서. 그래야만 안심하고 잠들 수 있을 것 같았다. 왼손이 사라지거나 하지 않았지만 뭔가 이상했다. 내가 익히 알던 그 손이 아니었다. 연애 시절 질리도록 잡아 권태로울 만큼 익숙한, 익숙하다 못해 내 손보다 더 내 손처럼 느껴지던 손이…… 그 손이 아니었던 것이다. 냉기가 돌듯 싸늘하고, 푸석푸석 부은 듯한 게…….

내가 잘 알던 그녀의 왼손은 따뜻한 편이었고, 부드러운 듯 야무졌다. 나는 예민한 편이 아니었다. 그녀의 머리 스타일이 바뀌어도 모를 만큼 둔한 내가 이상하다고 느끼면, 말 그대로 이상한 거였다. 그녀의 왼손이 한없이 낯선 게, 모르는 여자의 손을 은근슬쩍 잡고 있는 듯 불온하고 께름칙한 기분마저 들었다.

아내의 왼손이 아니라면, 내 오른손이 붙들고 있는 이 손은 누구의 손이란 말인가?

이방異邦 여자의 손처럼 낯선 아내의 왼손을 놓아버리려다 말고, 나는 깍지 끼듯 꼭 움켜잡았다. 그대로 놓아버리면, 그녀의 왼손이 정말로 사라져 없어질지 모른다는 불안이 엄습해서였다.

왼손을 내 가슴 쪽으로 끌어당기는데도 아내는 기척조차 없었다. 나는 자신의 심장 바로 위에 아내의 왼손을 올려놓았다. 백 미터 달리기를 하고 났을 때만큼이나 격렬히 뛰는 내 심장을 그녀의 왼손이 고스란히 느끼도록. 내 간절한 바람과 달리 그녀의 왼손은 내 심장 박동을 전혀 못 느끼는 듯했다. 내 심장이 그토록 뛰는데도 그녀의 왼손이 죽은 새처럼 옴짝달싹 안 했던 것이다.

혹시나 싶어 나는 그녀의 왼손을 내 그곳으로 가져갔다. 심장 위에서와 마찬가지로 죽은 새처럼 처연하게 늘어져 있는 그녀의 왼손 아래, 내 성기가 저절로 부풀어 올랐다. 점점 부풀어 올라 꼿꼿해지는 것이 그녀의 왼손에 고스란히 전달될 것이었다. 그러나 그녀의 왼손은 새끼손가락조차 가늘게 떨지 않았다.

설마 사라지고 없다는 착각에 아내가 사로잡히던 그 순간, 왼손이 저 스스로 무감각 상태가 되어버린 걸까?

그럴 리 없다고 나는 스스로를 다그쳤다. 당장이라도 왼손이 사라지지 않았다는 것을, 그녀에게 어떻게든 일깨워주고 싶었다. 바늘 끝으로 콕 찔러서라도, 찌릿찌릿한 전기 자극을 주어서라도, 망치로 때려서라도…… 물리적 자극을 고문처럼 가하면 자신의 왼손이 사라지지 않았다는 것을, 오른손과 마찬가지로 변함없이 자신의 몸에 속해 있다는 것을 그녀가 깨닫지 않을까.

비록 상상의 수준에서 거행된 거세에 불과할지라도, 아내의 왼손은 화단에서 뿌리 뽑혀 내던져진 식물처럼 시름시름 말라갔다. 쓰지 않고 고이 모셔두어 살이 통통히 오를 줄 알았는데 웬걸 비쩍 야위어갔다. 각질이 일도록 살결이 거칠어지고, 혈관들이 메마른 땅 위로 뻗은 덩굴줄기처럼 불거졌다. 더디긴 하지만 꾸준히 자라는 손톱만이 그녀의 왼손에 피와 영양분이 끊어지지 않고 공급되고 있음을 증명해주었다. 그녀가 돌보지 않는 동안 제법 손톱이 자랐지만 거슬리지 않는지 그녀는 깎으려 하지 않았다. 치기공사이다 보니 자라기 무섭게 손톱을 바짝 깎던 그녀가 아니던가.

3

아내가 선천적인 왼손잡이가 아닐지 모른다는 의심이 든 것은,

처조카의 돌잔치에 다녀온 뒤였다. 타고난 왼손잡이가 아닐지 모른다는. 말하자면 그녀가 스스로의 의지와 노력으로 왼손잡이가 된 것이 아닌가 하는 강한 의심에 나는 사로잡혔다. 막내 처제의 아들 돌잔치에 모인 처가 식구들이 하나같이 오른손잡이였던 것이다. 사진으로밖에 본 적 없는, 쉰 살도 못 넘기고 간암으로 돌아가셨다던 장인이 혹시나 왼손잡이가 아니었을까 싶었지만, 둘째 처제와 장모에게 물어본 결과 아니었다. 돌연변이일 뿐이라고 스스로를 이해시키고 넘어가려 했지만, 어째 그녀와 어울리지 않았다.

선천적으로 왼손잡이로 타고나는 것과 후천적으로 왼손잡이가 되는 것은 달랐다. 같은 왼손잡이면서, 같은 왼손잡이가 아닌 것이다.

만일 아내가 노력으로 왼손잡이가 된 것이라면, 왼손을 상실했다는 그녀의 믿음이 위험천만할 수 있으리란 우려가 들었다. 어느 날 그녀가 물리적인 방법을 동원해서라도 스스로 왼손을 거세하는 불상사가 벌어지지 않을까? 오로지 자신의 왼손이 사라지고 없다는 것을 보다 확실하게 하기 위해서. 제목조차 기억나지 않는, 재작년 극장에서 아내와 봤던 프랑스 영화의 장면이 불현듯 떠오르는 게, 불안했다. 음산한 분위기의 여주인공이 에덴이란 숲에서 정사를 벌이다 절정의 순간에 자신의 클리토리스를 잘라내던 장면이었다. 거의 모든 장면들이 구역질나도록 끔찍하고 악의적이던 그 영화를 보러 가자고 조른 쪽은 내가 아니라 그녀였다. 나는 영화 제목조차 모른 채 어두컴컴한 극장 안으로 그녀가 이끄는 대로 따라 들어갔다. 그녀는 혹 여주인공이 자신의 클리토리스를 잘라내던 장면에서, 자신의 왼손을 자르는 장면을 오버랩시켰던 건 아닐까.

"당신 왼손 말이야, 언제부터 그렇게 왼손만 썼어?"

"……?"

"처제들은 전부 오른손잡이인데, 당신만 왼손잡이인 게 그전부터 좀 이상했거든. 돌아가신 장인어른도 오른손잡이셨다던데…… 도대체 언제부터 왼손잡이가 된 거야?"

언제부터 자신이 왼손을 쓰기 시작했는지 그녀는 잘 기억나지 않는 듯 눈 초점을 아슴아슴 흐렸다. 아니면 기억하고 싶지 않은 것인지 몰랐다. 언제부터 왼손을 쓰기 시작했는지 기억하고 싶지 않을 만큼, 그녀는 완벽한 왼손잡이가 되고 싶었던 게 아닐까. 타고나기를 오른손잡이가 아니라 왼손잡이라고 스스로 믿고 싶을 만큼.

"고등학교 일학년 때부터……."

그녀의 목소리는 의외로 무덤덤했다.

"그럼, 그전까지는 오른손을 쓴 거야?"

그녀가 고개를 주억거렸다.

"선천적인 왼손잡이는 아닌 거네?"

그때까지 시선을 딴 데 두고 있던 그녀가 돌연 나를 빤히 응시했다. 그녀의 입은 봉합수술 자국처럼 고집스럽게 다물려 있었다. 초점이 또렷하게 돌아온 그녀의 눈빛에서 원망과 분노, 씁쓸함이 한꺼번에 읽혔다. 결코 질문해서는 안 되는 것을 질문한 듯한, 밝히지 않고 묻어두어야 할 것을 까발린 듯한, 발각당해서는 안 되는 것에 헤드라이트 불빛을 내쏜 듯한 묘한 죄책감에 사로잡혀 나는 더는 질문할 수 없었다.

식탁에서 종이쪽지를 한 장 발견한 것은, 그녀의 고백을 들은 지

사나흘 지나서였다. A4 용지 반만 한 종이에 글자들이 날아갈 듯 휘갈겨 쓰여 있었다. 그녀가 오른손으로 쓴 글자들이 틀림없었다. 젓가락질도 못하는 오른손으로 글씨를 잘 쓸 리 만무했다. 종이쪽지를 휴지통에 버리려다 말고 나는 글자들을 읽어 내려가기 시작했다.

> 그러나 오늘은 활짝 열려진 나의 집 안
>
> 갑자기 반대로 놓인 전화 수화기
>
> 노트 옆에 놓인 연필
>
> 그 옆에 손잡이가 왼쪽으로 돌려진 찻잔
>
> 그 옆 반대쪽으로 깎다 만 사과
>
> 역시 왼편으로 젖혀진 커튼
>
> 또한 왼쪽 재킷 주머니에 들어 있는 열쇠 꾸러미
>
> 그대 자신을 드러냈구나, 왼손잡이 여인이여!
>
> 혹은 내게 어떤 신호를 보내려 했는가?*

시인지 노래인지 모르겠지만, 아내가 후천적으로 왼손잡이가 되었음이 다시 한 번 입증되는 순간이었다. 왼손잡이 여인이여! 그 부분에서 왼손잡이가, 왼손잡이 여인이 되고자 했던 그녀의 열망이 내게 강렬하게 느껴졌던 것이다. 그 부분만 3D 입체 영상으로 보일

* 페터 한트케의 소설《왼손잡이 여인》에서 인용.

만큼 여러 번 덧쓰여 있었던 것이다. 그러니까 그녀는 고등학교 일학년 때부터 부단히 왼손잡이 여인이 되려 했고, 되었던 것이다.

아내의 오른손이 참으로 안됐다는 동정심이 불쑥 들었다. 그녀가 왼손에 집착하는 동안 오른손은 자연스럽게 외면과 무시를 당했을 것이었다. 녹슬든 말든 신발장 구석에 처박아둔 공구처럼.

선천적으로 아무리 왼손잡이로 혹은 오른손잡이로 타고났다 해도, 양손 모두 써야 하는 경우가 얼마나 많은가. 세수하고 머리 감을 때도 그렇고, 무거운 상자를 들 때도, 운동화 끈 묶을 때도……. 인간의 지체 중 불필요해 잉여에 지나지 않는 부분이 있던가. 쓸모가 있으니까, 인간 몸에 붙어 있는 것이 아니겠는가. 저마다 고유한 역할과 기능이 있으니까, 퇴화해 없어지지 않고 딱 붙어 있는 것이. 평소 진화론에 대해 별 관심 없지만, 인간이 유구한 시간 진화를 거쳐 지금의 모습과 신체 구조를 갖게 되었다고 나는 생각했다. 꼬리 같은 쓸모없는 기관들은 퇴화하고 꼭 필요한 기관들만 붙어 있는 모습으로.

지독한 여자라는 말이 저절로 중얼거려졌다. 독하지 않고서야 어떻게 치기공사 자격증을 딸 만큼 완벽한 왼손잡이가 될 수 있었겠는가. 그럭저럭 글씨 쓰고, 젓가락질할 만큼 왼손이 길들여질 수는 있어도, 미세하고 정교한 치공 작업까지 해낼 만큼 그렇게……. 시장에서 해장국 식당을 하다 보니 독해질 대로 독해진 어머니에게 질려 순한 여자만 보면 은근히 끌리던 내가 아니던가. 토끼처럼 순해서 그나마 그녀를 사랑했던 게 아닌가.

노력할 게 있고, 하지 말아야 할 게 있었다. 왼손잡이 여인이 되기 위해 아내가 기울였을 노력이 후자라고 나는 생각했다. 내 어머니가 입에 달고 사는 말마따나 세상은 타고난 대로, 생긴 대로, 주어진 대로 사는 게 가장 속 편했다.

불쌍하고 안쓰러운 손은 오른손인데, 왼손으로 자꾸 내 눈길이 갔다. 오늘 저녁만 해도 그녀의 왼손을 흘금흘금 바라보느라 라면이 퉁퉁 불어 터지는 줄도 모르지 않았나. 젓가락이 쥐어진 오른손이 라면 가닥을 건져 먹으려 고군분투하는 동안에도 왼손이 내 눈길을 잡아끌었다. 고군분투라는 말은 어쩌면 맞지 않는지 모르겠다. 마지못해 오른손을 사용한다는 느낌을 그녀는 주었던 것이다. 오른손잡이로 타고났으면, 아무리 그동안 오른손을 방치했더라도 금방 익숙해져야 하는 게 맞지 않나 싶었다. 그녀는 그러나 왼손이 사라졌다면서 오른손만을 쓴 지 두 달이 지나도록 오른손 쓰기를 매한가지로 어색해하고, 내켜 하지 않았다.

왼손에 대한 아내의 그토록 강한 집착을 고려할 때, 사라지고 없어야 할 손은 왼손이 아니라 오른손이어야 맞는 게 아닌가. 어째서 오른손이 아니라 왼손인가. 식탁에서 종이쪽지를 발견한 뒤로 내 머릿속에서 떠나지 않는 질문 때문에 나는 괴로웠다. 왼손에 대한 과도하다 못해 병적인 집착, 왼손잡이 여인으로 살고자 하는 지나친 바람이 왼손을 거세시키는 지경에까지 이르게 한 것은 아닐까.

여주인공이 자신의 클리토리스를 거세하는 영화를 보고 난 뒤, 등심 스테이크를 먹으면서 아내가 했던 말이 뒤미처 의미심장하게 되새김질 되었다. 레어로 주문해 피가 뚝뚝 흐르는 고깃덩이를 나이프로 썰면서 아내가 이렇게 중얼거렸던 것이다.

"눈을 뜨고 있었어…… 거세의 순간에 여자 주인공이 눈을 뜨고 있었어……."

거세라는 단어가 이 년도 더 전 이미 그녀의 입에서 흘러나왔던 것이다. '존재하지 않을 때 비로소 존재한다'는 별 이상한 소리도 중얼거렸던 것 같다. 역설을 좋아하지 않을뿐더러 즐길 줄 모르는 나로서는 도무지 흥미를 느낄 수 없는 말이었다. 여주인공이 눈을 감고 있었는지 뜨고 있었는지 나는 전혀 기억나지 않았다.

4

파출소에서 연락이 온 것은 부산 출장에서 돌아오는 열차 안에서였다. 밤 열한 시가 넘은 늦은 시간이었다. 열차에서 내려 지하철을 탈지, 택시를 탈지 고민하고 있는데 경고처럼 휴대전화가 울렸다. 모르는 번호였다. 받을까 말까 고민하다 통화 버튼을 눌렀다. 관할 파출소 박 모 경사라고 자신을 밝힌 남자는 간단하고 신속하게 내 신분을 확인한 뒤, 기물파손과 절도혐의로 김민정이라는 여자가 파출소에 연행되어 있으니 보호자로서 출두할 것을 요구했다.

김민정은 아내의 이름이었다. 요즘 유행한다는 보이스피싱일 거라고 나는 속으로 생각했다. 남자가 어서 돈을 부치라고 요구해오기를, 제발 그러기를 기다렸다. 길에 떨어진 돈도 줍지 않고 지나칠 만큼 소심하고 도덕적인 그녀가 기물을 파손하고, 남의 물건을 훔쳤을 리 없었다. 김민정은 흔한 이름이었다. 내가 알고 있는 김민정만 해도 아내 말고 둘이나 더 있었다. 경리부 여직원의 이름도, 거래처 사장 와이프의 이름도 김민정이었던 것이다. 동명이인이기를 바라는 것 말고, 시속 삼백 킬로미터로 어둠 속을 내달리는 열차 안에서 내가 할 수 있는 것은 아무것도 없었다. 열차에서 내리자마자 나는 모범택시를 잡아타고 파출소로 달려갔다. 동명이인이기를 그렇게나 바랐지만 그녀가 맞았다. 파출소 구석 장의자에 그녀가 버려진 미아처럼 홀로 앉아 있었다.

대체 어찌된 영문인지 나는 통화한 김 모 경사로부터 경위를 들을 수 있었다. 아내가 의수족 상점에 침입해, 전시되어 있던 의수義手를 훔쳐 달아나다 잡혔다고 했다. 그 과정에서 의수가 진열되어 있던 유리 진열장이 산산이 깨졌다고 했다. 믿으려 하지 않는 내게 경찰은 증거물로 아내가 훔쳤다는 의수를 보여주었다. 사람 손하고 똑같이 생겼지만 사람 손은 아닌 의수를 보고도 나는 믿기지 않았다.

"저 여자가 정말로 이걸 훔쳐 달아났단 말입니까?"

저 여자라는 말이 저절로 내 입에서 튀어나왔다. 정물처럼 고요한 저 여자가 내 아내라는 사실마저 나는 믿기 힘들었다. 파출소로 허겁지겁 들어서는 나를 보고도 본 척 만 척이던 그녀가 스르르 몸을 일으켰다. 긴장한 표정의 그녀가 바라보는 것은 그러나 내가 아니라 증거물인 의수였다.

사정사정한 끝에 의수족 상점 주인은 아내를 선처해주었다. 물론 파손된 기물과 그녀가 훔친 의수 값, 정신적 피해보상비까지 합쳐 적잖은 돈을 지불해야 했지만. 상점 주인은 여든 살 넘은 노인으로 죄를 지으면 응당 벌을 받아야 한다고 믿는, 융통성이라고는 눈곱만치도 없는 고집불통이었다. 자신이 저지른 일을 해결하느라 내가 동분서주하는 동안 그녀가 한 일이라고는, 사라지지도 않은 왼손을 그리워하는 일이었다. 평범하고 순진해 보이는 여자가 어째서 그런 짓을 저질렀는지 노인은 궁금해했다. 사십 년 넘게 한자리에서 의수족 상점을 했지만 간이 배 밖으로 나온 것도 아니고, 벌건 대낮에 대놓고 의수를 도둑맞은 경우는 처음이라고 했다.

"실은 제 와이프가 얼마 전에 왼손을 잃었거든요."

생각지 않았던 거짓말이 술술 내 입에서 튀어나왔다. 아내의 왼손 때문에 지난 석 달 동안 내가 감내해야 했던 피해와 고통을 그런 식으로라도 보상받고 싶었던 것인지도 모르겠다.

"그럼 그 손이 의수였군. 어째 수상하더라니……."

상점 주인이 검버섯으로 뒤덮인 얼굴을 쪼그라뜨리고 쯧쯧 혀를 찼다.

"어떻게 수상한데요?"

"아무리 진짜처럼 만들어도 가짜는 다 표 나게 되어 있거든!"

노인의 왼쪽 눈동자가 꿰뚫듯 나를 응시했다.

"그럼 제 와이프 손이…… 그러니까 왼손이 가짜…… 손이라는 겁니까?"

어디서 망치라도 구해다 의수족 상점에 진열된 의수와 의족들을 때려 부수고 싶도록 화가 치밀었다. 방금 내 입으로 아내가 얼마 전 왼손을 잃었다고 말했지만, 어디까지나 거짓말이었다. 그런데 그녀의 왼손이 가짜라니…… 야위다 못해 앙상했지만, 그녀의 왼손은 가짜가 아니었다.

"내 눈은 못 속인다니까."

노인의 왼쪽 눈동자는 의안이 아닐까 의심스럽도록 미동조차 없었다. 검고 또렷한 그 눈동자가 풍기는 그로테스크한 분위기가 노인의 얼굴 전체에 드리워졌다. 오싹 소름이 끼쳐 다급히 돌아서는 내게, 의수를 새로 맞추려거든 자신의 상점에서 맞추라는 당부를 노인은 잊지 않고 건넸다. 의수족 상점 같은 곳에 다시는 올 일 없다고 중얼거리면서도, 나는 흘끗 간판을 올려다보았다. '평화의수족'이라고 쓴 진녹색 간판이 내 눈에 사진 찍히듯 들어왔다.

'평화의수족'에서 아내가 훔친 의수는 지금 식탁 위에 전시되듯 놓여 있다. 지상에서 허락된 마지막 양식을 바라보듯 그녀는 의수 앞을 지키고 앉아 있었다. 말은 안 했지만, 그녀는 그것이 사라진 자신의 왼손일지 모른다고 생각하는 듯했다. 그래서 훔친 게 아니겠는가. 공교롭게도 의수는 그녀의 왼손과 거의 비슷하게 생겼다.

문득, 내가 믿어주지 않아서 아내가 일부러 저러는 게 아닌가 싶은 의심이 들었다. 그렇게 의심하기에는 그녀의 행동이 정신과 치료를 요하는 증상처럼 병적으로 치닫고 있었지만, 그러고도 남을 여자가 아닌가 싶었다. 고등학교 일학년 때부터 왼손을 쓰기 시작해 베테랑 치기공사가 된 독한 여자이니.

"왼손이 사라졌다는 당신 말, 믿어주지."

그러나 어느 때보다 진진한 내 말을 그녀는 들은 척도 하지 않았다. 그녀가 오른팔을 벌리더니 의수를 자신의 품에 끌어안았다.

"믿어줄 테니까, 이쯤에서 그만 끝내는 게 어때."

의수를 품에 꼭 끌어안은 채로 그녀는 식탁 의자가 뒤로 끌리도록 몸을 일으켰다. 나를 식탁 앞에 세워둔 채 그녀는 거실 베란다 쪽으로 자박자박 걸어갔다. 베란다 창문을 활짝 열더니 의수를 십오 층 허공에서 떨어뜨렸다. 너무 순식간에 벌어진 일이라 내가 말리고 할 새가 없었다. 그녀가 떨어뜨린 것이 의수가 아닌 왼손이라고 착각했기에 나는 얼어붙은 듯 꼼짝할 수 없었다. 그녀의 왼손이 비닐 같은 허공을 찢듯 십오 층 아래로 떨어져 살이 찢기고, 뼈가 부러지고, 피를 사방으로 튀기면서 콘크리트 바닥에 널브러져 있는 끔찍한 광경이 저절로 그려졌다. 하필이면 지난겨울 우울증을 앓던 주민이 십삼 층 자신의 집 베란다에서 떨어지는 사고가 있었는데, 출근길이던 아내와 나는 우연히 현장을 목격했다.

지난 석 달여 동안 그랬듯, 아내의 왼손이 무사하다는 것을 확인한 나는 간신히 정신을 차리고 베란다 쪽으로 성큼성큼 걸어갔다. 베란다 밖으로 고개를 내밀고 십오 층 아래를 살폈지만, 의수는 보이지 않았다. 놀이터에 모여 놀고 있는 아이들만 내 눈에 들어왔다.

"의수를 왜 떨어뜨린 거야?"

고소공포증이 있는 나는 현기증에 휩싸여 물었다. 그녀가 조금 전 떨어뜨린 의수처럼 내 몸이 십오 층 아래로 떨어지는 것만 같아 매달리듯 난간을 움켜잡았다. 놀이터에서 아이들이 떠드는 소리가 환청처럼 들려왔다.

"내 왼손이 아닐까 싶었는데…… 아니었어."

그녀가 고개를 저었다.

"……?"

"내 왼손에는 흉터가 있다는 걸 깜박했어……."

"흉터?"

그녀의 왼손에 흉터가 있던가. 나는 그녀의 왼손을 바라보았다. 그러나 내가 알고 있는 한 그녀의 왼손에 흉터 따위는 없었다.

"당신 왼손에 무슨 흉터가 있다고 그래?"

"일곱 살 때 나무에 박힌 못에 찔린 적이 있거든, 대못에…… 손바닥 중앙을 녹슨 대못이 관통하는 바람에 손가락에 마비가 오고, 손등이 복어 배처럼 부풀도록 염증이 심했는데, 잠결에 아버지가 어머니에게 조심스럽게 건네는 소리를 들었어…… 그 소리를 듣고 어머니가 흐느껴 우시던 게 생각나……."

"장인어른이? 뭐라고 하셨는데?"

"내 왼손을 잘라내야 할지 모른다고……."

그런 일이 있었던가.

"어머니가 어찌나 흐느껴 우시던지 잠든 동생들이 깨어나 영문도 모른 채 따라 울었어…… 나는 잠든 척해야 했어…… 내가 깨어난 걸 알면 아버지가 내 왼손을……."

그런 일이 있었던가. 아내의 목소리와 표정은 어느 때보다 담담했다. 일곱 살 때면, 장인어른이 정육점을 할 때인가? 돌아가신 장인어른이 처자식을 먹여 살리기 위해 정육점을 했었다는 이야기를 장모님으로부터 들은 적이 있었다. 장인어른의 기일 날이었다. 개미 한 마리 못 죽일 만큼 순한 양반이 오죽했으면 정육점을 했겠느냐면서 장모는 딸들과 사위들 앞에서 눈시울을 붉혔다. 정육점에 딸린 단칸방에서 온 식구가 살았었다니, 자신의 아버지가 정육용 칼로 돼

지나 소의 살덩어리를 도려내고 자르는 모습을 아내는 질리게 봤을 것이다. 고작 일곱 살이던 그녀가 느꼈을 공포, 거세 공포가 조금은 이해되면서도 한편으로 그런 공포쯤 겪지 않고 어린 시절을 보낸 사람이 있을까 싶었다. 나와 형들만 해도 어머니로부터 손모가지를 잘라버리겠다는 말을, 발모가지를 분질러버리겠다는 말을 귀 따갑게 들으면서 자라지 않았나.

그날 밤, 나는 아내가 잠들기만을 기다렸다. 스탠드 주황 불빛 아래서 왼손을 살폈다. 손금이 거미줄처럼 퍼진 손바닥에서 내가 발견한 것은 그러나 흉터가 아니라 깨알만 한 점點이었다. 점인 줄 알았는데 대못이 남긴 흉터였나? 그렇게 중얼거리려니 점이 못 대가리처럼 보였다. 일곱 살 때 박혔다던 대못이 그렇게 그녀의 왼손 한가운데 박혀 있는 것만 같았다. 나는 손톱으로 점을 긁어보았다. 점은 단단히 들러붙어 떨어지지 않았다. 나는 그럴 수만 있다면 면도날로 긁어서라도 점을, 아니 흉터를 제거하고 싶었다.

5

의수족 상점에서 의수를 훔치는 짓 따위를 다시 저지르지는 않았지만, 아내는 나름 부지런히 자신의 왼손을 찾는 눈치였다. 자신의 왼손을 바로 눈앞에 두고도 그녀는 문득 주위를 두리번거렸다. 때로는 그 어디에도 자신의 왼손이 없을지 모른다는 절망감에 휩싸인 표정으로, 때로는 왼손을 금방이라도 찾을 수 있으리란 기대감에 찬 표정으로, 때로는 절망감과 기대감이 반반씩 뒤섞인 표정으로, 때로는 찾고 찾다 지쳐 자신이 뭘 찾고 있는지조차 모르겠다는 권태로운 표정으로, 그리고 때로는 왼손을 찾기는 찾지만 자신이 왜 왼손을 찾아야 하는지 모르겠다는 듯 냉소적이고 혐오감에 찬 표정으로…….

잃어버리지도 않은 왼손을 찾는 그녀가 어떤 때는 딱하다는 생각이 들기도 했다. 아무리 두리번거려 봐야 왼손을 찾을 수 없다는 것을, 내가 너무나 잘 알고 있기 때문이었다. 그렇잖은가. 잃어버리지도 않은 것을 어떻게 찾겠는가. 뭔가를 찾는다는 것은, 그 뭔가를 상실했다는 것을 전제로 했다.

"내가 찾아줄까?"

내가 오죽했으면 얼떨결에 그런 말을 다 그녀에게 건넸겠는가.

"뭘……?"

"당신 왼손 말이야."

"당신이……?"

"신혼여행 때 당신이 칠칠맞게 잃어버린 모자도 내가 찾아줬잖아. 당신이 택시에 떨어뜨린 휴대전화도 일일이 택시 회사에 전화해 찾아준 적 있잖아. 기억 안 나?"

"기억나……."

그럼에도 아내는 내가 자신의 왼손을 찾아줄 거라고는 눈곱만치도 기대하지 않는 표정이었다. 자신의 왼손이 사라졌음을, 사라지고 없음을 내가 처음부터 믿지 않았고, 단 한순간도 믿지 않았을 뿐 아니라, 믿으려 하지조차 않았다는 것을, 그리고 여전히 믿지 않는다는 것을 그녀는 잘 알고 있었던 것이다.

"혹시 극장에 왼손을 떨어뜨린 거 아니야?"

악의에 찬 농담을 나는 그녀에게 건넸다.

"극장……?"

"결혼 이 주년을 기념하기 위해 영화를 보러 갔던 극장에……."

나는 그렇게 중얼거리면서 문제는 아내가 아니라 내게, 나 자신에게 있는지도 모르겠다는 의혹에 사로잡혔다. 훔친 의수를 십오 층 허공에서 떨어뜨리는 퍼포먼스를 관람한 뒤로, 나는 그녀의 왼손에 홀리듯 사로잡히고 있었던 것이다.

어느 날부터인가 왼손만이 내 눈에 들어왔다. 왼손밖에 내 눈에 들어오지 않았다. 아내를 바라보고 있으면, 다른 부분은 실루엣처럼 흐릿해지면서 왼손이 막 떠낸 판화처럼 짙게 부각되었다. 그녀와 대화를 나눌 때조차 나는 얼굴이 아니라 왼손을 내려다보고 말했다. 나 자신도 의식 못 하는 사이에 그녀의 왼손을 흘끔거렸다. 속수무책으로 나는 그렇게 그녀의 왼손에 끌리고 있었다. 그녀 자체에 그렇게까지 끌린 적이 있던가 싶을 정도였다. 그녀를 만나기 전에 사귀었던 몇 안 되는 여자들은 물론, 대학시절 짝사랑했던 여자에게조차 나는 그렇게까지 끌렸던 기억이 없었다. 나는 심지어 출근하는 지하철 안에서도, 회사에서 업무를 처리하면서도 그녀의 왼손을 생각했다. 퇴근해 집에 돌아가자마자 내가 황급히 가장 먼저 찾는 것은 그녀의 왼손이었다. 부서 회식이 있어 술을 마시다 말고 그녀의 왼손을 보기 위해 집으로 달려간 적도 있었다. 이박 삼일 제주도 출장도 후배에게 미루었다. 잠들기 위해 불을 끄고 침대 위에 누워 있으면 그녀가 아니라, 그녀의 분신이자 모든 것인 왼손과 그렇게 나란히 누워 있는 듯한 착각에 사로잡혔다.

정작 문제는, 아내의 왼손에 사로잡힐수록 내가 설명이 불가능한 불안에 시달린다는 데 있었다. 저 손이 실재하면서도 실재하지 않는다는 모순, 아내의 왼손이기도 하면서 아내의 왼손이 아니기도 하다는 모순이 불러일으키는 불안인지 몰랐다. 내가 극복하기에는 난해하고 어려운 모순임을 잘 알기에. 대학교에서 행정학을 전공하고 철학서 한 권 정독한 적 없는 나란 인간이 감당하기에는 지나치게 형이상학적이고 철학적인 모순이었다.

단지 모순 때문만은 아닐지 몰랐다. 아내의 왼손이 사라질까 봐, 사라지고 없을까 봐 나는 두려워하고 있는 것인지 몰랐다. 그래서 현관문을 열고 집 안으로 들어서자마자 그녀의 왼손을 찾는 게 아닐까. 그녀가 아니라, 그녀의 왼손을.

나는 인정하고 싶지 않았다. 왜냐하면 나는 여전히 그녀의 왼손이 사라지고 없다는 것을 인정할 수 없었고, 인정하고 싶지 않았으며, 하늘이 두 쪽 나더라도 인정해서는 안 된다고 믿었기 때문이었다. 그러니 내가 그녀의 왼손으로 인해 느끼는 불안과 두려움은 점점 고조될 수밖에 없었다.

급기야 아내의 몸이 조금씩, 쥐가 감자를 파먹듯 조금씩 사라지고 왼손만 오롯이 남을 것 같은 불안감에 시달리는 지경에 나는 이르렀다. 그녀의 부쩍 수척해진 얼굴도, 다소 긴 편인 목도, 비록 풍만하지 않지만 만족감을 주던 젖가슴도, 둥글게 굽은 등과 잘록한 편인 허리도, 팔도, 통통한 편이던 허벅지도, 오래 서 있으면 부종으로 혈관이 터질 듯 부푸는 종아리도, 외면과 홀대에도 불구하고 악착같이 그녀의 몸에 붙어 떨어질 줄 모르는 오른손마저 사라지고 왼손만 남을 것 같았다. 그녀의 왼손과 평생을 살아야 하는 게 아닐까, 늙어 죽는 날까지 밤마다 그녀의 왼손을 끌어안고 잠들어야 하는 것은…….

그녀의 왼손만 있으면 된다는, 젖가슴과 클리토리스마저 사라지고 없어도 그녀의 왼손만 남아 있으면 된다는 극단으로까지 나는 치닫고 있었다.

늦은 밤 내 앞에는 소주병과 잔멸치가 담긴 접시, 고추장 종지, 조리용 가위가 놓여 있었다. 나는 잔 그득 소주를 따라 입에 털어 넣었다. 고추장 찍은 잔멸치를 입에 넣고 우물우물 씹으면서 작은방으로 들어갔다. 잠시 뒤 작은방에서 나오는 내 손에는 아내의 독사진이 들려 있었다. 연애 초기 변산반도로 단둘이 여행 갔을 때 내가 찍어준 사진이었다. 내가 그녀의 왼손을 처음 잡은, 애인 사이로 발전하는 데 결정적인 역할을 한 의미 있는 여행이었다. 채석강을 거닐다 은근슬쩍 그녀의 왼손을 잡을 때만 해도, 훗날 이러한 혼란과 시련이 내게 주어지리라고 어디 상상이나 했겠는가. 그날 나는 그녀의 왼손을 처음 잡았을 뿐 아니라, 첫 잠자리도 했다. 횟집에서 얼근히 오르는 술기운을 빌려 건넨, 함께 자고 싶다는 내 요구를 그녀는 거절하지 않았다. 자신의 왼손을 허락한다는 것은 그녀에게 있어서, 자신의 모든 것을 허락한다는 의미가 아닐까. 그러니까 최후의 보루나 다름없는 왼손을 내가 얼떨결에 덥석 잡아 조신하던 그녀를 무장해제시킨 게 아닐까. 사진 속 그녀는 선캄브리아대부터 형성되었다는 퇴적암을 배경으로, 왼손을 새처럼 흔들면서 함박웃음을 짓고 있었다. 나는 가위의 김칫국물 밴 날을 벌려 그녀의 얼굴을 도려내기 시작했다. 그녀의 얼굴이 제거된 자리에 둥그스름한 구멍이 생겼다. 오른팔과 오른손을 도려내자 기다란 구멍이 생겼다. 나는 몸통과 두 다리도 주저 없이 도려냈다. 왼쪽 어깨와 왼팔, 왼손만 남았다. 왼손에 가윗날이 뻗치지 않도록 조심하면서 왼쪽 어깨와 왼팔마저 도려냈다. 퇴적암을 배경으로 남은 것은 그녀의 왼손뿐이었다. 층층 퇴적암이 불러일으키는 착시인지, 그녀의 왼손이 사람 손이 아니라 수억 년 전 멸종한 생물의 화석 같았다.

왼손만 달랑 남은 아내의 사진을 안주 삼아 소주 두 병을 급하게 비운 나는 한순간 필름이 끊겼다.

다음 날 두통을 느끼면서 깨어났을 때, 나는 소파에서 자고 있었다. 베란다에 내놓은 고목나무 화분 앞에 쪼그려 앉아 오른손으로 시든 줄기와 잎을 솎아내고 있는 아내가 내 시야에 들어왔다. 자잘한 화분들도 아내의 발밑에 쪼르르 놓여 있었다. 그녀가 오른손만을 쓰게 되면서 물을 거의 주지 않아 식물들이 시름시름 말라갔다. 어디 식물뿐인가. 취미이던 요리도 그녀는 거의 하지 않았다. 감자, 당근, 햄만을 넣고 멀겋게 끓인 카레가 요 며칠 그녀가 요리한 유일한 음식이었다. 맞벌이를 하면서 남편의 아침을 꼭 챙기고 살림을 척척 잘 해내던 그녀가 아니던가. 베란다로 눈부신 초가을 햇살이 쏟아져

들어왔다. 햇살과 바람, 잎들 속 그녀는 꿈속 여자처럼 아련했다. 불과 두 달 전의 완벽한 왼손잡이이자, 완벽한 아내였던 그녀를 절실히 그리워하던 나는 소스라치게 놀랐다.

그녀의 왼손…… 그 왼손이 없었다.

나는 주저하면서 베란다로 걸어갔다. "왼손을 어쩐 거야?"

그녀가 고개를 외로 꼬고 나를 올려다보았다.

"설마…… 잘라버리기라도 한 거야?"

떨려서 말이 제대로 안 나왔다. 그녀가 흙 묻은 오른손을 옷에 문지르면서 천천히 몸을 일으켰다.

"왼손을 정말로……."

나는 간신히 그녀의 왼팔을, 왼팔 손목 아래를 살폈다. 왼손이 시치미 떼듯 아무렇지 않게 손목에 달려 있었다. 고목나무 잎들에 가려져 그녀의 왼손이 보이지 않았던 것이다. 바람에 살랑살랑 흔들리는 잎들과 햇빛이 만들어낸 착시 때문에……. 그녀가 무심히 나를 지나쳐 갔다. 베란다 창으로 들이치는 바람을 맞으면서, 내 발등으로 깨진 거울 조각처럼 떨어지는 햇살을 맞으면서, 도로에서 들려오는 차 소리를 들으면서 나는 한참을 멍하니 서 있었다.

6

상상 속에서 행해지는 거세도 일종의 거세임을, 경우에 따라 국부마취제와 차가운 메스가 동원된 외과적 거세보다 더 확실한 거세가 될 수 있음을, 내가 받아들이는 수밖에 다른 도리가 없었다.

돈 드는 것도 아니니 그냥 그렇다고 인정하자, 아내의 왼손이 사라지고 없다고…… 내가 아까부터 열병에 휩싸인 소년처럼 바라보고 있는 것이 그녀의 왼손이 아니라고 생각하자…… 그녀에게 남은 것은 오른손, 젓가락질마저 서툰 오른손뿐이라고…… 그녀가 십오년 넘게 방치하는 바람에 무참히 녹슬어 머리카락 한 올 집어 들 때조차 손가락 마디마다 삐걱삐걱 비명을 내지르는 오른손뿐이라 생각하자.

순전히 의지와 노력으로 치기공사 자격증까지 딸 만큼 완벽한 왼손잡이가 되었으니, 아내가 마음만 먹으면 얼마든지 완벽한 오른손잡이로 돌아올 수 있으리라고 나는 믿고 싶었다. 선천적으로 오른손잡이로 타고났으니, 그녀가 조금만 노력하면 금방 오른손을 자유자재로 쓸 수 있으리라고. 지금부터라도 오른손잡이로 사는 것이 정상적으로 사는 것이기도 하다고, 본디 타고난 대로 사는 것이기도 하다고, 나는 장본인인 그녀가 아닌 스스로에게 주입시키고 있었다. 하지만 이미 너무 늦은 걸까.

퇴근 전 회사에서부터 마음을 다잡고 집에 갔을 때, 아내는 저녁할 생각도 않고 식탁에 우두커니 앉아 있었다. 막차 끊긴 대합실처럼 휑한 분위기가 부엌과 거실에 감돌았다. 찻잔이 그녀 앞에 놓여 있었다. 나는 식탁으로 가 그녀 맞은편에 앉았다. 붉은 꽃무늬 찻잔 안에는 검은 커피가 반쯤 담겨 있었다. 그 옆, 어떻게든 외면하려 했으나 그녀의 왼손이 강하게 내 시선을 잡아끌었다. 손가락들이 육십도쯤 안으로 말린 왼손은 그녀의 몸과 분리된 채 동떨어져 홀로 외로이 존재하는 듯했다. 깎지 않고 방치한 손톱들이 무섭게 자라 아라베스크 덩굴무늬를 만들고 있었다.

"무슨 생각을 그리 골똘히 하고 있어?"

나는 오른손을 미끄러뜨리듯 아내의 왼손으로 뻗었다. 자석의 대립하는 양극처럼 그녀의 왼손이 내 오른손을 밀어내는 것이 느껴졌다.

"응? 무슨 생각을 그리……?"

그녀가 마지못한 듯 고개를 들어 나를 바라보았다.

"찻잔 손잡이가 왼쪽으로 돌려져 있어서……."

나는 얼른 찻잔에 눈길을 주었다. 찻잔 손잡이가 정말로 왼쪽으로 돌려져 있었다. 그것은 그녀가 왼손으로 찻잔을 들고 커피를 마셨다는 증거이리라. 그렇지 않고서야 찻잔 손잡이가 왼쪽으로 돌려져 있을 리 없었다. 그렇다면 자신의 몸에 왼손이 멀쩡히 달려 있다는 것을 그녀가 깨닫기라도 한 걸까.

"그거야, 당연한 거 아니야?"

대입시험 결과를 기다릴 때보다 더 떨렸지만, 나는 여유를 가장한 미소를 얼굴에 띠우고 조심스럽게 말을 건넸다.

"당연하다니……?"

모호하던 아내의 얼굴이 게 등딱지처럼 굳었다.

"왼손잡이 여인이잖아, 당신."

나는 오른손 손가락들을 벌려 그녀의 왼손을 덥석 포획하듯 움켜잡았다. 손톱들이 송곳처럼 내 손바닥 여기저기를 찔러왔지만, 나는 오른손에 젖 먹던 힘까지 끌어 모았다. 여차해 그녀의 왼손이 달아

나지 못하게. 세상에 태어나 그 무언가에 그렇게까지 매달렸던 적이 있나 싶을 정도였다.

"왼손잡이 여인의 찻잔 손잡이가 왼쪽으로 돌려져 있는 거야, 당연하지 않아? 왼손으로 찻잔을 들고 마실 테니, 안 그래?"

이제 그만 왼손이 변함없이 자신의 몸 일부로 존재한다는 것을 그녀가 인정하기를 바랐다.

"내 왼손이 그럼…… 방금 전에 사라졌다는 거야……?"

저건 또 무슨 헛소리인가?

"나는 내 왼손이 아주 오래전에 사라진 줄 알았어…… 그런데 방금 사라졌다는 거야?"

아내의 그 말에 치 떨리도록 배신감을 느낀 나는, 관자놀이를 지나는 힘줄이 불거지도록 오른손에 힘을 끌어모았다. 우두둑 소리가 났다. 그것은 그녀의 왼손이 내지르는 비명 소리였다. 내 오른손에 잡혀 놓여나지 못하는 그녀의 왼손이 내지르는 외마디 비명……. 으스러지는 고통에 비명을 연발하는 왼손과 달리, 그녀의 얼굴은 어느 때보다 평온했다. 그럴 수만 있다면, 나는 그녀의 왼손을 내 입속에 넣고 통째로 삼켜버리고 싶었다. 손톱들이 악다구니 치듯 내 혀와 입천장을 갈기갈기 찢어놓는 한이 있더라도.

우두둑, 아내의 왼손이 또 한 번 외마디 비명을 내질렀다. 그 순간 나는 그저 내 오른손과 그녀의 왼손이 함께 사라지기를 간절히 바랐다. 그녀의 왼손을 놓아주지 않으려는 내 오른손에서 피가 방울져 떨어졌다. 선홍색 피…… 그것은 그녀의 왼손이 흘리는 피가 아니라, 내 오른손이 처절히 흘리는 피였다. 그녀의 독 오른 손톱이 구멍을 낼 기세로 내 손바닥 깊숙이 박혀왔다.

포식자에게 잡혀 털이 뽑히고 살이 죄 뜯겨 뼈밖에 남지 않은 새.

엑스레이로 촬영한 아내의 왼손이 꼭 그랬다.

왼손 손등에 십자 모양으로 금이 가고 새끼손가락과 약지 손가락 마디가 골절되었다는 의사의 설명에 그녀는 아무 말이 없었다. 왼손이 사라졌다고 믿고 있는 그녀로서는, 엑스레이 속 사진이 자신의 왼손이리라고는 전혀 의심 못 하는 눈치였다. 의사는 금 간 뼈가 아물 때까지 부목을 대고 붕대로 감아야 할 것 같다고 말했다. 나는 이왕이면 깁스를 해달라고 부탁했다. 그녀의 왼손이 어쩌다 그 지경이 되었는지 알 리 없는 의사는 그러나 굳이 깁스까지 할 필요 없다면서 일언지하에 내 부탁을 거절했다.

"다 제 아내를 위해서 부탁드리는 겁니다. 제 아내가 어찌나 부지런한지 한시도 손을 놀리지 않는 사람이라서 말이에요. 저 지경이 되어서도 글쎄 설거지를 하겠다고 고무장갑을 끼려는 걸 제가 간신히 말려 병원까지 끌고 왔다니까요. 더구나 제 아내는 왼손잡이입니다…… 오른손으로는 문손잡이조차 겨우겨우 돌리는 왼손잡이 여인이요."

의사가 동의를 구하는 눈빛으로 바라보았지만, 그녀는 눈길조차 주지 않았다.

"그렇다면야……."

처치실이라고 쓰인, 반쯤 열린 문 너머로 나는 그녀의 왼손에 깁스가 대어지는 시술 과정을 처음부터 끝까지 똑똑히 지켜보았다. 흰

가운을 걸친 남자에게 자신의 왼손을 맡긴 채 아무 말 없는 그녀는 그림 속 정물 같았다. 석고붕대를 씌우기 전 남자는 솜 붕대로 그녀의 왼손을 감쌌는데, 마치 죽은 자를 염殮하는 것 같았다. 남자가 축축이 물 적신 석고붕대로 환부患部인 그녀의 왼손을 지우듯 덮는 순간, 나는 저도 모르게 탄식을 내질렀다. 석고붕대가 굳을 때까지 그녀는 처치실에서 나오지 않았다.

석고붕대가 잘 감기고 굳었는지 확인차 의사는 아내를 다시 진료실로 불렀다.

"단단히 잘 굳었네요. 망치로 내리쳐도 끄떡없겠는걸요."

의사가 건네는 농담에 그녀는 웃지 않았다. 나라도 웃어주고 싶었지만, 웃음이 도저히 나오지 않았다.

집에 돌아오자마자 나는 깁스 풀 날짜를 달력에 표시해두었다. 그녀가 기억하지 못할 게 빤하니 나라도 기억하고 있어야 했다. 정확히 사 주 뒤 의사는 깁스를 풀러 오라고 했다. 아교질이 나와 금간 뼈가 붙기에 충분한 시간은 아니지만, 사 주 이상 깁스를 할 정도는 아니라고 의사는 설명해주었다.

망치로 내리쳐도 끄떡없겠다는 의사의 말은 그저 농담이 아니었다. 석고붕대는 콘크리트 벽만큼 단단했던 것이다. 철옹성 같은 석고붕대 속에 자신의 왼손이 들어 있을지도 모른다는 의심을 그녀는 전혀 못 하는 듯했다. 깁스를 한 뒤로 그녀는 오히려 부쩍 자주 목을 길게 빼고 주위를 두리번거렸다. 왼손을 찾는 것이리라. 왼쪽으로 손잡이가 돌려진 찻잔은 여전히 식탁 위에 놓여 있었다.

그녀는 전혀 답답해하지 않았다. 고등학교 삼학년 여름 농구를 하다 발목을 삐끗해 깁스한 경험이 있는 나로서는, 깁스가 사람을 얼마나 속 터지게 하는지 잘 알고 있었다. 통 깁스가 아닌 반 깁스였는데도, 어찌나 갑갑하던지 좋은 대학교에 못 들어간 탓을 깁스로 돌릴 정도였다. 하기는 왼손이 없다는 믿음이 지나쳐 뼈가 어긋나고 으스러지는데도 일말의 통증도 느끼지 못하던 그녀가 아닌가.

사 주는 그리 긴 시간이 아니었다. 깁스 풀 날짜가 점점 다가오는가 싶더니, 풀지 못하고 지나버렸다. 깜박한 것은 아니었다. 회사 업무용 달력에까지 날짜를 표시해둔 내가 잊을 리 잊는가. 어쩌다 보니 그렇게 됐다. 그리고 어쩌다 보니 그렇게, 일주일이 훌쩍 지나버렸다. 토요일, 병원에 아내를 데려갈 생각도 않고 칩거하던 나는 집 공기 중에 떠도는 낯선 냄새를 맡았다. 고소한 듯 큼큼한, 평소 집에서 맡을 수 없던 냄새였다. 구린내까지는 아니지만 어디서 시작된 냄새인지 알 수 없어서인지 께름칙하고 거슬렸다. 추적 결과 냄새의 근원지가 다름 아닌 그녀의 왼손이라는 사실을 나는 어렵지 않게 알아냈다. 왼손에 감긴 석고붕대가 오래되어 풍기는 냄새였다. 일요일 밤, 나는 아무래도 더는 미루어서는 안 되겠다는 생각이 들어 그녀에게 통보하듯 말했다.

"내일 두 시쯤에 집에 올 테니까, 병원 갈 준비하고 있어. 주차장에 차 대기시키고 전화할 테니 미리 준비하고 있다가 나와."

그러나 다음 날도 아내는 깁스를 풀지 못했다. 병원에 가지 못한 것이다. 약속을 지키지 않은 쪽은 그녀가 아니라 나였다. 점심을 굶으면서까지 급한 업무를 처리하고 집으로 그녀를 태우러 갔다. 근무시간에, 그것도 월요일에 억지로 외근을 만들어 나온 것이었다. 휴대전화를 꺼내 들었지만 나는 그녀에게 전화하지 않았다. 김밥 한 줄을 사 먹고 나는 직장에 복귀했다.

하루하루 미루다 보니, 깁스를 풀기로 한 날짜보다 한 달이나 훌쩍 지나버렸다. 나는 두려워하고 있었다. 깁스를 풀었을 때 정말로 그녀의 왼손이 사라지고 없을까 봐. 왼손이 사라지고 텅 빈 공간만 휑하게 남아 있을까 봐. 나는 그녀가 아예 평생 그렇게 왼손에 석고붕대를 달고 살기를 바라는 마음마저 들었다. 그러나 그럴 수는 없었다. 피가 잘 통하지 않는 것이 틀림없는 게, 왼팔 손목을 경계로 멍이 든 듯 푸른빛이 띠를 만들고 있었다. 고소한 듯 큼큼한 냄새는 점점 불쾌한 구린내로 바뀌었다.

아내의 왼손을 내가 애써 수수방관하는 동안, 왼팔 손목에 감돌던 푸른빛이 번지듯 퍼져 왼팔 전체에 골고루 감돌고 있었다. 석고붕대를 떼어내지 않으면 왼손을 절단해야 하는 끔찍하고 살벌한 사태가 그녀에게 일어날지 몰랐다. 당장 그녀를 병원으로 데려가 깁스를 풀어야 했다. 쥐도 자주 났다. 쥐가 하도 나 그녀는 밤에 잠을 거의 못 잤다. 푸른빛은 차차 짙어져 검은빛을 띠었다. 팔이 그 지경이니 손은 어떨지 불 보듯 뻔했다. 장마철 벌레 먹고 짓무른 복숭아처럼 물컹물컹 썩어 들고 있지 않을까. 스스로 진통제를 찾아 먹을 만큼 고통스러워하면서도 그녀는 깁스를 풀어달라고 내게 사정하지 않았다. 자신의 왼손이 어딘가로 사라지고 없다는, 불변하는 믿음 때문일 것이었다.

석고붕대로 깁스한 아내의 왼손이 어둠 속에 떠올랐다. 둥그스름하게 부푼 그녀의 왼손을 홀린 듯 바라보면서 나는 고대 아랍풍의 사원을 떠올리고 있었다. 호빵처럼 둥근 지붕을 얹은 백白의 사원…… 저 사원 안으로 희고 둥근 사원 안으로 들어갈 수 있다면…… 그럴 수만 있다면, 나는 미라처럼 잠들어 있을 손가락들에 입을 맞추고 싶었다. 그러나 사원으로 들어가는 입구는 솜 붕대와 석고붕대에 의해 철저히 차단되어 있었다.

7

조수석의 아내는 차창 밖만 응시할 뿐 아무 말이 없었다. 횡단보도 앞에서 신호를 받고 섰다. 기어를 중립에 넣고, 횡단보도를 건너는 사람들을 바라보았다. 사람들의 정처 없이 흔들리는 왼손을 나는 바라보고 있었다. 저기도 왼손, 저기도 왼손, 저기도 왼손…… 왼손이 넘쳐났다. 없지도 있지도 않은, 아내의 왼손이 그중에 있기라도 한 듯, 나는 왼손들을 하나하나 유심히 노려보듯 바라보았다.

"깁스 풀고, 명동으로 칼국수 먹으러 갈까?"

차를 출발시키면서 나는 부러 가벼운 투로 그녀에게 물었다. 연애 때 자주 사 먹던 칼국수를 먹어본 지 언제인가 싶었다. 왼손에 쥔 젓가락으로 미끄러운 칼국수 면을—사골육수 국물에 만 면이라서인지 유난히 미끄러웠다—잘도 건져 먹던 아내의 모습이 떠오르면서 울컥 분노인지, 서러움인지 알 수 없는 감정이 북받쳤다. 그녀는 젓가락으로 면을 한 가닥씩 건져 중간에 이로 끊지도 않고, 국물 속으로 떨어뜨리지도 않고 끝까지 먹는 기예를 선보였다. 칼국수라는 음식을 좋아해서가 아니라, 재주를 부리듯 면을 건져 먹는 재미 때문에 그녀는 줄기차게 내 앞에서 칼국수를 먹었던 게 아닐까.

"더워서……."

그녀가 옹알이처럼 중얼거린 그 말이 내게는 '왼손 때문에……' 라고 들렸다.

"냉면은 어때? 마포 쪽에 유명한 냉면집이 있다던데……."

그녀는 그러나 아무 대꾸가 없었다.

처치실 앞 좁아터진 대기실은 손이나 손목, 발이나 발목, 목이나 어깨에 깁스하거나 붕대를 친친 감은 사람들로 북적거렸다. 대기실에서 사지가 온전한 사람은 오로지 나 혼자였다. 비밀스럽게 닫혀 있던 처치실 문이 열리고 오른발을 깁스한 남자가 걸어 나왔다. 남자는 대기실을 두리번거리다 절룩절룩 아내의 옆으로 와서 앉았다. 남자가 아내의 깁스한 왼손을 흘끔거리는 게 느껴졌다. 저 남자도 아내처럼 자신의 오른발이 어느 날 갑자기 사라지고 없다는 착각에 사로잡힌 사람일지 모른다고 나는 속으로 중얼거렸다. 남자뿐 아니라 정형외과 처치실 앞에 모인 모든 사람이…… 목 길이를 미美의 기준으로 삼는 부족처럼 목에 깁스한 사람마저도. 처치실에서 아내의 이름을 호명하는 소리가 들려왔다.

"금방 끝날 거야, 고작 깁스를 푸는 건데 뭐."

나는 아내의 등을 떠밀 듯 두드렸다. 그녀가 마지못해 몸을 일으켰다. 흠씬 두드려 맞은 듯 푸르뎅뎅한 왼팔을 힘없이 늘어뜨리고 처치실로 비치적비치적 걸어갔다. 처치실, 악어 입처럼 벌어진 문으로 들어서기 전 아내가 불현듯 뒤를 돌아다보았다. 나를 바라보는 그녀의 얼굴에 어린 표정을 나는 그러나 읽을 수 없었다.

아내가 들어간 지 삼 분쯤 지났을까. 처치실에서 전기톱 소리가 들려왔다. 통 깁스의 경우, 칼날조차 뚫지 못할 만큼 견고하게 굳은 석고붕대를 전기톱으로 잘라 제거한다는 것쯤 나는 알고 있었다. 그러니 저 소리는 전기톱의 고르게 벼려진 날들이 정신없이 회전하면서 석고붕대를 가르는 소리일 것이었다. 하지만 내게는 단순히 석고붕대를 가르는 전기톱 소리로 들리지 않았다. 소음에 지나지 않는 전기톱 소리가 그렇게 의미심장하게 들리기는 처음이었다. 뭐랄까, 굳이 예를 들어 비유하자면 정육점에서 전기 절단기에 우족이나 쇠꼬리를 자를 때 나는 소리와 비슷했다.

"손을 자르는 소리예요." 대기실에 모인 모든 사람에게 들릴 만큼 내 목소리는 컸다. "내 아내의 왼손을 말입니다."

잠깐 끊겼던 전기톱 소리가 재차 들려왔다.

수상 소감

김숨

소설을 쓰는 시간

마부위침磨斧爲針. 당나라 시선 이백이 공부를 포기하고 고향으로 돌아가는 길에 도끼를 갈아 바늘을 만들고 있는 노인을 보고 감동해 다시 정진했다는 이야기를, 새해 벽두에 들었습니다. 노인이 이백에게 말했다지요.

"얘야, 비웃지 마라. 중도에 그만두지만 않는다면 언젠가는 이 도끼로 바늘을 만들 수 있단다."

노인의 믿음을 저의 믿음으로 다짐하고 일어서는 찰나에 수상 소식을 전해 들었습니다.

기쁨과 함께 불안이 밀려들었습니다. 더럭 겁이 났습니다. 모두가 힘든 때 제게만 축복이 주어진 것 같아 미안한 마음도 들었습니다. 기쁨과 불안과 겁과 미안한 마음을 다스리기 위해 새로 소설을 쓰기 시작했습니다. 써야만 하는 수상 소감을 미루어둔 채로요. 새로 시작한 소설이 어느 정도 꼴을 갖출 때까지 수상 소감을 쓰지 못하리라는 것을 잘 알면서요. 소설을 새로 쓰기 시작할 때, 저 자신을 비로소 망각하는 동시에 저 자신에게 비로소 몰두할 수 있기 때문입니다. 이삼십 대 내내 저를 지켜준 것은 '소설을 쓰는 시간'이었습니다. 청탁을 받지 못하던 시절에도 저를 지켜준 것은 '소설을 쓰는 시간'이었습니다. 수인囚人이 법정에서 선고받은 실형 기간처럼, 소설을 쓰는 시간은 저를 꼼짝없이 가두는 동시에 저를 해방시켜주었습니다.

노인의 믿음을 다시금 마음에 새깁니다. 그 믿음으로 도끼를 갈고, 또 갈아 얻은 바늘.

그 바늘로 뜯어지고 해진 양말을 깁듯,

그 바늘로 자투리 천들을 이어 조각보를 만들듯,

그 바늘로 빈부귀천을 가리지 않는 만인의 옷을 짓듯,

그 바늘로 삼라만상을 수놓듯, 소설을 쓰겠습니다.

저의 소설 쓰기가 바느질처럼, 업(보)이면서 업을 만들지 않는 일이기를 바라고 바랍니다.

소설마다 운명이 있다는 생각을 했습니다. 오묘하게도 그 소설을 쓴 사람은 저이지만, 제가 어쩌지 못하는 운명이 주어지는 것 같습니다. 〈뿌리 이야기〉와 심사위원 선생님들께서 제게 그것을 깨우쳐 주었습니다.

여전히 저는 소설 청탁 전화를 받을 때 가장 가슴이 떨립니다. 소설을 발표할 지면을 얻는다는 것이 얼마나 소중하고 고마운 일인지, 잊지 않겠습니다.

모든 분들께 두 손 모아 감사하다는 말씀을 전하고 싶습니다.

문학적 자서전

김숨

울산, 추부, 목동 18번지 그리고 서울

울산

그곳에는 거대한 선박을 만드는 조선소가 있다고 했습니다. 전국에서 사내들이 몰려와 조선소 노동자가 되었다고 했습니다. 사내들은 먹고살기 위해 파독 광부도 되었고, 중동 근로자도 되었고, 파병군이 되어 월남 전쟁터로도 떠났습니다. 그 시절의 사내들은 처자식을 먹여 살리고 어떻게든 가난에서 벗어나려 어디로든 떠났다고 했습니다. 저는 조선소가 멀지 않은 곳에서 태어났다고 했습니다. 탯줄은 방어진 바다에 던져졌다고 했습니다. 말도 그곳에서 익히고 걸음마 역시 그곳에서 익혔는데도 불구하고, 그곳에 대한 기억이 저에게는 없습니다. 그래서 그곳은 제 안에 그 어떤 공간보다 더 강렬하게, 상징적이고 동화적인 공간으로 자리를 잡았습니다. 망치를 든 사내들이 여의도 규모의 거대한 선박에 개미 떼처럼 매달려 노동에 힘쓰는 장면에 홀리듯 이끌려 《철》이라는 소설을 썼습니다.

추부

그곳은 방앗간과 신작로와 저수지와 개척교회와 나무젓가락공장이 있는 시골 마을이었습니다. 버스는 친정나들이 하듯 드문드문 다녔습니다. 밤나무와 아카시아나무와 무덤들 천지인 산이 동서남북 사방을 둘러싸고 있었습니다. 생生과 사死가 샴쌍둥이처럼 꼭 붙어 마을 여기저기를 돌아다녔다. 아버지는 사우디아라비아인가 쿠웨이트인가에 가 있다고 했습니다. 어머니와 제 형제들은 아궁이가 딸린 사랑방에 생쥐 가족처럼 모여 살았습니다. 마당 한쪽에는 돼지축사가 있었습니다. 할아버지는 벼농사를 짓고 꿀벌을 쳤습니다. 바가지 머리를 한 여자아이들은 봄이 되면 논두렁을 돌아다니면서 냉이와 달래와 쑥을 캤습니다. 저는 말싸움도 못하고, 고무줄놀이도 못하고, 공기놀이도 못하고, 사방치기도 못하는 아이였습니다. 집에서 기르는 닭이 무서워 마당을 건너갈 엄두조차 못 내는 아이였습니다. 닭 벼슬은 태양보다 붉었습니다. 어느 날 마당에서 증발하듯 사라진 닭은 제 기억 속에서는 여전히 영원불멸의 물상처럼 붉은 벼슬을 뽐내고 있습니다.

그 어느 날 마을 전체가 기이한 정적에 휩싸였습니다. 이상하게 무서워 방 밖으로 나갈 엄두를 못 내는 제게 엄마가 벌건 김치전을 가져다주었습니다. 마을 어느 집인가 초상이 났다고 했습니다. 초상집에서 부쳤다는 김치전이 무서웠습니다. 지상의 음식 같지가 않아서 먹지 않았습니다. 다음 날인가, 그다음 날인가, 흰 종이꽃을 거품처럼 뒤집어쓴 상여가 신작로 들깨가루처럼 이는 흙먼지 속으로 사라지는 광경을 보았습니다.

소설을 쓰다 보면, 그 시절 저의 머리에 음화처럼 새겨진 장면들이 저절로 떠오르는 순간이 있습니다. 방앗간 양철지붕에서 참새 떼가 그물처럼 펴지면서 날아오르던 장면, 검은 가마솥에서 명주실을 뽑듯 하얀 김이 모락모락 올라오던 장면, 방앗간 삼촌이라고 부르던 노총각이 시멘트를 바른 수돗가에서 닭의 모가지를 비틀던 장면, 상고나 공고에 다니는 오빠들이 저수지로 몰려가던 장면, 눈에 백내장이 끼어 누에고치가 된 노인이 된장에서 구더기를 건져 마당으로 휙 던지던 장면, 가겟방 할머니가 양은 주전자에 막걸리를 퍼 담던 장면, 여자아이들이 신작로 가에 참새 떼처럼 앉아 라면 부스러기를 먹던 장면, 알전구 노란 불빛 아래서 할아버지가 황금 같은 꿀을 뜨던 장면, 공장에 다니던 마을 처녀가 공장에서 돌아와 어금니가 부서져라 껌을 씹던 장면, 냇가에서 잡은 물고기의 배를 따 부레를 꺼내던 장면…….

추부초등학교에 입학한 지 얼마 안 되어 버스를 타고 그곳을 떠나왔습니다.

대전, 목동 18번지

변두리에는 유난히 백수가 많았습니다. 백수가 아닌 이들도 백수나 다름없었습니다. 경부선 기찻길 너머에는 넝마주의와 벽돌공장 사내들이 살았습니다. 아버지가 어느 날 백수가 되자 어머니는 담벼락을 허물고 부엌을 터 구멍가게를 냈습니다. 부엌이 하루아침에 구멍가게로 바뀌어 있었습니다. 하루아침에 구멍가게의 동전을 세는 소녀가 된 저에게, 단골이자 이웃들의 삶을 엿볼 수 있는 특권이 주어졌습니다.

삼삼오오 모여 부업 뜨개질을 하던 여자들, 알로에를 키우던 대머리 아저씨, 골프장 캐디라는 그의 딸, 성모여고에 다니던 정윤희 만큼 어여쁘던 언니, 지명수배 중인 운동권 아들 때문에 일 년 삼백 육십오 일 내내 가슴을 졸이던 아줌마, 바람이 나 코흘리개 아들을 버리고 집을 나간 여자, 대머리 양복쟁이, 말더듬이 미장이, 기린처럼 목이 길던 도배공, 저녁이면 파자마 차림으로 대문 앞을 쓸던 초등학교 선생님, 병풍에 수자수를 놓아 먹고 살던 여자와 그녀의 술주정뱅이 남편과 공주 같은 딸, 다락방 같은 방에서 핫도그를 만들어 팔던 늙은 부부, 목과 팔이 쇠젓가락 같던 연탄가게 사내, 역도선수 같은 버스기사 남편과 머리가 가분수인 아들을 둔 여자…….

십 원짜리 동전을 세면서 그들의 일상을 엿보았습니다. 그들의 일상이 얼마나 비참하고 위대한지, 십 원짜리 동전을 세고 또 세면서……. 중학교를 졸업할 때까지 제 손에서는 십 원짜리 동전 특유의 비릿한 냄새가 가실 날이 없었습니다.

서울

이십 대 후반에 올라온 서울은 기이한 곳이었습니다. 우선은 소음에 적응하는 것이 쉽지 않았습니다. 지하철이 싫었습니다. 타기만 하면 속이 울렁거리고 멀미가 나서 요구르트를 상비약처럼 가지고 다닌 적도 있었습니다. 생동감 넘치는 서울이라는 곳에서 오히려 깊은 무력감에 빠져 살았습니다. 얼굴이 회색 벽돌처럼 단단하게 굳는 것이 느껴졌습니다. 온종일 웃지 않았습니다. 서울에 올라온 지 십오 년이나 되었는데도 여전히 지하철을 탈 때마다 어떤 각오와 다짐을 저 스스로에게 해야만 합니다.

집은 많은데 집이 없는 사람들로 넘쳐나는 곳이 서울이라는 곳이었습니다. 사람들은 그래서 두더지처럼 지하에 굴을 파 그 안에 들어가 살거나, 비둘기처럼 옥상에 간이 집을 짓고 살거나, 바벨탑처럼 언제 무너질지 모르는 다세대주택에 모여 살거나, 싸구려 밀폐용기 같은 고시원에서 살았습니다.

서울에는 계단이 참 많기도 했습니다. 계단을 아무리 오르고 올라도 천국의 문은 나오지 않았습니다. 서울에는 후미진 골목 또한 참 많기도 했습니다. 골목은 많은데 고양이들과 비둘기들이 마음을 놓고 숨어들 골목은 없었습니다.

사람들은 한 시간 이상 버스와 지하철을 갈아타면서, 정년 보장이 없는 직장으로 출근을 했습니다. 저를 비롯해 제 주변의 선후배들 대부분은 그때부터 이미 계약직 인생을 살고 있었습니다. 마흔이 저를 비롯해 우리 모두의 정년 나이 같았습니다.

해가 떨어지면 아직 늙지 않은 사내들은 호프집에 모여 검게 튀긴 닭을 안주로 맥주를 마시고, 조금 늙은 사내들은 감자탕이나 족발을 안주로 소주를 마시고, 늙은 사내들은 천변 굴다리 밑에 모여 바둑을 두었습니다. 아주 늙은 사내들은 도로변 싸구려 모텔 같은 요양원에서 흰 콩과 검은 콩을 고르면서 "집에 가야지, 집에 가야지"를 옹알이처럼 중얼거렸습니다.

집이 늘 모자랐기 때문에 업자들은 아무 데나 집을 지었습니다. 햇빛 한 점 들지 않는 자리에, 남보다 못한 사촌의 영정사진을 걸듯 창문을 냈습니다.

제 소설은, 울산 시절과 추부 시절과 목동 18번지 시절과 서울 시절이 어우러져 탄생하는 것 같습니다. 이질적인 네 개의 공간이 시차와 거리를 무시하고 혼합되어 창조해낸 공간, 숲 속 백 년쯤 묵은 저수지처럼 기이한 공간.

저는 오늘도 그 공간으로 낚싯줄을 드리워 소설이라는 묘한 물고기를 낚아 올립니다.

작가론 · 작가가 본 작가

장승리 · 시인

밝은 태양 아래 만월의 효과

꿈 이야기부터 해야겠다.

그녀가 수상 소식을 들었다는 날 새벽에 나는 그녀가 나오는 꿈을 꿨다. 꿈에서 그녀는 울면서 소설을 저장해놓은 파일이 날아갔다고 말했다. 다행히 돕는 손길이 있었고 나중에 그녀는 파일이 복구될 것 같다고 했다. 아침에 일어나 노파심에 백업은 필수라는 문자를 보냈지만 좋은 꿈일지도 모르겠다는 생각을 했다. 그러기를 바랐다.

나는 소설보다 그녀의 얼굴에 먼저 반응이 됐었다. 일면식도 없는 사진 속 그녀의 얼굴을 가끔씩 들여다보고 있곤 했을 정도다. 말을 걸어오는 얼굴이었고 말을 걸고 싶은 얼굴이었다. 그렇게 사진으로만 보던 얼굴을 이제는 종종 눈앞에서 보는 행운을 얻게 됐다. 우연히 어떤 자리에서 만나게 된 그녀에게 어느 날 연락이 왔고 귀가 전이던 나는 약속 장소로 한달음에 달려갔다. 그리고 그날 내 가방 속에 있던 클리퍼드 커즌이 연주한 모차르트 피아노 협주곡 음반을 그녀에게 선물로 주었다. 그 음반의 두 개의 CD 중 하나를 집에 놔두고 나왔던 터라 나중에 주기로 했는데 그것이 그녀 집으로의 초대로 이어졌다. 그렇게 집을 좋아하고 음악을 좋아하고 강아지를 좋아하는(그녀는 포그, 포아와 나는 바하, 람스, 니나와 살고 있다. 바하와 니나는 그녀의 애정 어린 보살핌 아래 포그, 포아와 여러 날을 사이좋게 지내기도 했다.) 우리는 친구가 되었다.

하루는 그녀의 얼굴을 보고 있는데 문득 누군가에게는 그려보고 싶은 얼굴이겠다는 생각이 들었다. 반대의 경우도 있겠지만 그림으로라면 모를까 이상하게도 사진으로는 포착할 수 없을 것 같은 그녀의 어떠함은 그것이 무엇인지 잘 모르겠는 채로 그녀의 표정에 잘 드러나 있었다. 표정보다 깊은 표면이 또 있을까. 아니, 표정보다 깊은 내면이라는 게 달리 있을까.

이전에 썼던 어떤 글에서 나는 이렇게 말했다.

어쩌면 김숨의 소설은 표정이라는 사건에 대한 기록일지도 모른다. 아니, 어떻게 표정 하나도 사건이 될 수 있는지 그녀의 소설은 보여준다. 이 사건은 사람을 넘는 법이 없다. 종결되는 법도 없다. 그것은 바닥에 닿지 못하고 떠도는 눈물의 수심 같은 것일까.

그리고 그녀는 내게 이런 글을 써서 준 적이 있다.

숫자 0을 닮은 소설이 있습니다. 시작에 대한 이야기이자, 끝에 대한 이야기. 시작과 끝이 만나 0이라는 텅 빈 무한의 공간을 만들어내는 소설. 제게는《빌라 아말리아》가 그렇습니다.

나는 이 글이 본인의 소설에 대한, 혹은 본인이 쓰고 싶어 하는 소설에 대한 이야기일 수도 있겠다는 생각을 했다. 〈아네스 바르다의 해변〉이라는 영화에서 아네스 바르다가 했던 말이 떠오른다.

어딘지 몽유병자 같은 인물상(인) 제라르 필립에게 대낮에 '함부르크 왕자'의 복장을 요청했어요. 제가 생각한 건 밝은 태양 아래서(의) 만월의 효과였어요.

그녀에게 '함부르크 왕자'의 복장을 입힐 필요는 없으리라. 대낮에 보게 되는 그녀의 다크 서클을 떠올리면 더 그렇다. 밝은 태양 아래서의 만월의 효과. 나는 이 말이 그녀와 그녀의 소설과 닿아 있다고 느낀다. 불속에서 흐르는 물 같기도, 물속에서 타오르는 불 같기도 한 그녀와 그녀의 소설은 그렇게 1보다는 2를 2보다는 0을 닮았는지도 모르겠다.

〈뿌리 이야기〉를 발표하기 전에 그녀는 제목에 대한 내 의견을 물었다. 나는 되물었다. '뿌리 이야기'를 제목으로 염두에 두고 있는 이유를. 내색은 하지 않았지만 그때 그녀가 대답으로 해줬던 이야기들이 나는 마음에 들었다. 나중에 나는 그녀에게 내가 좋아하는 소설 중에 제목이 이야기로 끝나는 소설이 있다고 말해주었다. 페터 한트케의 《아이 이야기》가 그것이라고. 그리고 생각했다. 그녀의 〈뿌리 이야기〉가 그런 제목을 가진 소설 중에 내가 좋아하는 두 번째 소설이 될 수도 있겠다고.

그녀는 뿌리가 뽑혀 이식당하는 나무를 생각하면 공포감을 느낀다고 말했다. 결국 공포심이 이 소설을 쓰게 만든 계기이자 원동력이었을 것이다. 루이스 부르주아는 예술의 목적은 두려움을 극복하기 위한 것 그 이상도 그 이하도 아니라고 했다. 내가 이 말을 메모해놓은 이유와 그녀가 〈뿌리 이야기〉를 쓴 이유가 그리 다르지 않으리라.

뿌리는, 뿌리라는 것은 어쩌면 환상일지 모른다. 그러나 그런 환상에 기대서라도 뿌리를 내리고자 하는 우리의 어떠함은 환상이 아니다. 그것은 엄연한 현실이다. 그러기에 환상이 부재할 때가 더 문제일 수 있다. 환상이라는 버팀목이 없다면 없는 현실을 살아야 할지도, 그건 어쩌면 사는 게 아닐지도 모른다. 그녀의 어떠함에서 시작된 〈뿌리 이야기〉는 실은 우리의 어떠함에 뿌리를 내리고 있는 것이다.

그녀가 타고난 소설가라고 느껴지는 순간들이 있다. 사실, 많다. 한번은 이런 일도 있었다. 그녀에게 〈비키퍼The Beekeeper〉라는 영화에 대한 이야기를 하고 있었는데 여느 때처럼 주의 깊게 듣고 있던 그녀의 얼굴에 미세한 변화가 일어났다. 내 이야기가 다 끝나기도 전에 그녀는 '벌'이라는 제목으로 소설을 구상하고 있었다. 아니, 이미 소설의 구상을 끝마쳤다. 잠시 다른 곳에 가 있는 눈동자와 자신에게 찾아온 소설이 새어 나갈까 꽉 다문 입술, 곧 묘하게 얼굴 전체로 번지는 행복감이 이를 알려줬다. 반은 쓴 거라고, 그녀가 말했다.

방금 전 통화를 하다 그녀가 새 소설을 쓰는 중이었다는 걸 알게 됐다. 수상과 관련된 글을 쓰고 있을 거란 내 예상은 보기 좋게 빗나갔다. 타고난 것이 어떻게 탁월한 것이 될 수 있는지 그녀의 일상은 그렇게 보여주고 있었다.

그녀는 언젠가 자기는 선량한 사람이 좋다고, 그런 사람에게 끌린다고 말했다. 그런 사람이 있다면 그녀야말로 그중 하나일 것이다. 자신을 선량한 사람으로 생각하지 않으니 어쩌면 더. 선량함이 부산물 같다는 생각을 하기도 하는 난 아직도 그녀가 말하는 선량한 사람이 어떤 사람인지 잘 모르겠다. 하지만 선량한 사람이 좋다는 그녀가 좋다. 궁금하다. 자신도 다 알지 못할 그녀의 어떠함이. 그리고 그것이 그녀의 소설을 어디로 끌고 갈지.

꿈 이야기로 이 글을 마무리 지어야겠다.

그녀와 나는 함께 작고 여린 나뭇잎들을 찬찬히 바라보고 있었다. 장면이 바뀌어 그녀가 내 앞에 커트 머리 가발을 쓰고 나타났다. 머리에 가발을 고정시키려고 꽂은 여러 개의 머리핀이 눈에 들어왔다. 지금 이 순간, 그녀가 쓰는 소설이 그 머리핀 같은 것일지도 모르겠다는 생각과 그녀가 쓰려는 소설이 그 머리핀 같은 것일지도 모르겠다는 생각이 교차한다. 이 꿈 이야기를 해줬을 때 그녀는 시 같다고 말했다. 그녀의 수상을 진심으로 축하한다.

작품론
〈뿌리 이야기〉와 김숨의 작품세계

장두영 · 문학평론가

뿌리를 보는 시간

1. 뿌리의 표정

나무뿌리를 오브제로 선택한 미술가의 작업은 소설 〈뿌리 이야기〉의 아날로지다. 뿌리의 형태와 질감을 어루만지면서 거기에 내재한 의미를 이끌어내는 미술가의 작업이란 종군위안부, 입양아, 철거민 같은 뿌리 뽑힌 자들의 고통과 슬픔을 따라가는 소설의 서사적 구도와 기능상 일치하기 때문이다. 미술가는 "저 뿌리를 봐" "복숭아나무 뿌리가 그리는 표정을 보라니까"라고 말한다. 뿌리 뽑힌 자들의 생생한 표정이 보여주는 것이 자신의 작업이며 또한 그것이 소설의 주제라고 선언하는 셈이다.

그런데 미술가는 치명적인 난제 하나를 안고 있다. 그것은 뿌리라는 오브제가 지닌 '익숙함'이다. '나무뿌리는 그것이 갖는 상징성이 뻔했다. 나무뿌리는 전혀 새롭지 않을뿐더러, 상상력을 자극하지 않았다.' 물론 뿌리 뽑힌 자의 고통과 슬픔이 중요하지 않다거나 의미 없다는 뜻은 아니다. 그러나 예술의 독창성이라는 측면에서는 기존의 익숙함을 벗어나 새로운 상상력의 여지를 '어떻게' 확보할 것인가가 무엇보다 중요하다. 그것을 해결하지 못하면 아무리 매력적인 소재라 할지라도 예술성의 확보에는 실패할 것이다.

소설 속 인물이 맞닥뜨린 난제는 고스란히 소설 〈뿌리 이야기〉가 해결해야 할 과제로 이어진다. 인간을 나무에 비유해 뿌리 뽑힌 자들의 표정을 상징적으로 다루면서도 그간의 문학적 전통에 이어진 주제의 익숙함이라는 한계를 극복해야 한다. 실상 이 소설이 다루는 소재는 만만치 않은 문학적 전통의 무게를 짊어지고 있다. 철거민은 1970년대 이후 리얼리즘 문학의 주요 소재이며, 종군위안부는 일제강점기를 배경으로 한 역사 소설이나 역사 인식의 문제를 중점적으로 다룬 소설에서 빈번히 다룬 소재이고, 입양아가 겪는 심리적 고통 역시 정체성의 혼란을 다룬 소설의 단골 소재다.

결론부터 말하면 김숨의 〈뿌리 이야기〉는 뿌리 뽑힌 자들이라는 익숙한 주제를 다루면서도 자유로운 상상력과 새로운 접근법으로 익숙함의 무게를 벗어나는 데 성공한 작품이다. 이 소설은 전통적인 리얼리즘 소설과는 많은 차이를 보인다. 가령 철거촌에 대한 묘사를 보자. 이 소설은 철거민의 삶이 파괴당하는 과정을 묘사하지 않으며, 사회경제적 모순에 대한 분석으로 이어지지도 않는다. 대신 뿌리가 뽑힌 채 철거촌에 남겨진 나무를 보면서 뿌리가 뽑힐 때 나무가 느꼈을 공포감에 초점을 맞춘다. 이성이 아니라 감정을, 인간이 아니라 나무를, 냉철한 분석이 아니라 모호한 감상에 기대는 것이 이 소설의 '어떻게'다.

복숭아나무 뿌리가 그리는 표정을 보라니까.

저 표정을 좀. 뿌리가 사방으로 뻗치고 엉기면서 그리는 형상이 마치 인간의 얼굴이 짓는 표정 같지 않아? 땅속에 파묻혀 있을 때는 저 표정과는 사뭇 다른 표정이었을 거야. 흙이 켜켜로 쌓여 잉어 비늘만 한 빛 한 점 떠돌지 않는 땅속에 파묻혀 있을 때는…… 다른 표정을 짓고 있었을 거야.

지구상에 존재하는 것들 중 가장 풍부하고 절묘한 표정을 짓는 것은 인간의 얼굴이 아니라 나무뿌리가 아닐까.

저 복숭아나무 뿌리가 땅속에서 수분을 빨아올리기 위해 안간힘을 쓸 때 지었을 표정을 상상해봐, 줄기와 가지들이 휘청 흔들릴 때 지었을 표정을, 진분홍 꽃이 다투듯 피어날 때 뿌리가 지었을 표정을. 원뿌리가 새로 곁뿌리를 칠 때마다, 곁뿌리에서 실뿌리가 한 가닥 한 가닥 돋을 때마다 미묘하게 달라졌을 뿌리의 표정을 상상해봐.

뿌리의 표정을 보기 위해서는 역설적으로 '시각'을 포기해야 한다. 눈을 감고 '상상'해야 뿌리에 묻어 있는 고통을 감지할 수 있다. 더구나 살아 있는 뿌리는 사람들이 발을 딛고 있는 땅 아래에 감추어져 있기에 눈으로 볼 수 없다. 뿌리를 보려면 투시력을 발휘하여 땅속을 꿰뚫어보아야 한다. 아니, 엄밀히 따지자면 그것은 투시력이 아니라 땅 밑에 뿌리가 얼기설기 펼쳐져 있다고 상상하는 능력이다.

또한 '뿌리마다 특유의 냄새'가 있어 그 냄새를 잘 맡아야 한다. 냄새를 잘 맡기 위해서는 불을 끄고 커튼을 치고 문을 닫아 단 한 점의 빛도 들어오지 않게 해야 한다. '질게 간 먹물 같은 암흑이 냄새에 집중하게 한다.' 암흑 속에서 시간은 더디게 흐르고 뿌리가 거쳐온 수십 수백 년의 시간이 순식간에 펼쳐진다. 때로는 실뿌리가 이

마와 귓바퀴를 간질이고, 잔뿌리 끝이 목을 찔러오는 촉감에 의존할 수도 있다. 서서히 다가오는 손에 관한 외설스러운 상상과 성스러운 상상이 뒤섞이는 암흑의 공간에서 비로소 뿌리의 표정을 볼 수 있다. 반(反)리얼리즘적 상상력이다.

눈을 감은 상태에서 보려고 하는 뿌리의 표정은 '33퍼센트의 공포와 19퍼센트의 슬픔'이다. 모나리자의 미소가 신비로운 것은 표정의 83퍼센트를 차지하는 행복감이 아니라 나머지 혐오감 9퍼센트, 두려움 6퍼센트, 분노 2퍼센트 때문이라고 한다. 양적인 문제가 아니라 질적인 문제다. 뿌리의 표정이 풍부하고 절묘한 것은 겉으로 드러난 외관의 형태나 색감이 아니다. 껍데기 속에 숨겨진 본래의 의미를 끄집어내야 한다. 구체적으로는 뿌리가 뽑힐 당시의 '공포', 원치 않은 이주로 인한 '슬픔'이며, 이러한 감정은 뿌리가 겪은 고통의 역사로 환원된다. 눈을 감고, 이성적 분석과 판단을 잠시 중단한 채 상상력의 자유로운 발산을 통해 '뿌리 뽑힌 자들'을 바라보려는 새로운 문학적 시도다.

2. 점묘의 시간

뿌리의 분화 형태는 감정의 펼쳐짐과 닮아 있다. 원뿌리에서 여러 가닥의 곁뿌리가 갈라져 나온다. 슬픔이라는 하나의 감정에서 여러 결의 미미하지만 섬세한 감정이 갈라져 나온다. 각각의 갈라져 나온 미묘한 슬픔의 산물들을 한꺼번에 모으면 분화되기 이전의 슬픔이 어떤 의미를 지니는지 알 수 있을지도 모른다. 슬픔이라는 원뿌리를 온전히 이해하기 위해서는 여러 가닥의 곁뿌리와 미세하게 뻗어나간 잔뿌리들을 일일이 어루만져야 한다는 것이다. 그는 파라핀을 쓰라는 주위의 권유를 무시한 채 점묘화를 그리듯 촛농을 한 방울씩 떨어뜨려 촛농 막을 뿌리에 입히는 단조롭고도 지루한 작업을 반복한다. 곁뿌리와 잔뿌리 하나하나와 대화를 나눔으로써 개별적으로 존재하는 슬픔이나 고통의 조각을 수집하려는 집요한 시도로 읽을 수 있지 않을까 싶다.

뿌리의 분화 형태는 암세포의 확산 구조와도 닮아 있다. 김숨의 소설에서는 암 환자가 빈번하게 등장한다. 간이나 쓸개(〈간과 쓸개〉 외 다수), 심지어 혀에 암이 생긴 경우(〈국수〉)도 있고, 대개 말기 암 판정을 받은 상태다. 〈뿌리 이야기〉에서도 간암에 걸린 사내가 배경처럼 잠깐 등장했다가 퇴장하는데, 스쳐지나가는 듯한 짧은 분량의 언급에도 불구하고 '서늘히 날 선 날카로움'을 각인시키기에 충분하다. 암세포가 퍼지듯 슬픔의 곁뿌리와 잔뿌리들이 존재를 잠식한다. 말기 암처럼 머지않아 존재를 죽음으로 이끌게 될 치명적인 슬픔이다. 이러한 슬픔이란 작가의 다른 단편 〈육(肉)의 시간〉에서 표현된 바대로 '이 세상 어딘가에서 엄연히 벌어지고 있는 일이면서도 비현실적일 만큼 처참하고 속수무책인 일들'에 가깝다. 속수무책의 한복판에서 존재는 더욱 왜소해진다.

또한 뿌리의 분화 형태는 손금의 형태를 닮아 있다. 그가 양파 뿌리를 '나'의 손바닥 위에 얹어놓았을 때, '손바닥 위의 양파 뿌리가 새로 생겨난 손금만 같아서 나는 슬그머니 손가락들을 오므려 그 뿌리를 덮었다.' 뿌리의 표정에 남겨져 있다는 슬픔의 흔적은 고통스러운 운명의 산물이다. 악다구니 치듯 뒤엉킨 뿌리는 거센 세파 속에서 굴곡이 심한 인생을 살아온 사람의 주름살을 떠올리게 한다. 종군위안부로 끌려간 소녀, 부모로부터 버림받은 아이, 뿌리가 뽑혀 천이백 킬로미터 떨어진 곳에 이식된 메타세쿼이아의 손금과 뿌리에는 고통의 운명이 선연하게 아로새겨져 있을 것 같다. 지극히 비관적인 운명론이다.

무엇보다도 매우 느리게 이루어지는 그의 뿌리 작업 자체가 라르고largo의 생명력으로 뻗어간 뿌리의 분화 과정과 닮아 있다. 뿌리를 건조시키기 위해 많은 시간을 할애하고, 썩지 않게 하기 위해 잔뿌리 하나하나에 방부액과 오공본드를 바르는 작업은 '누비손바느질'을 연상케 한다. 한 땀 한 땀 정성을 들이는 장인처럼 그는 작업을 '아주 느리게' 진행한다. 심지어 그의 작업은 '마치 병들어 죽어가는 여인의 육체에 몰약을 바르는 듯 에로틱하고 불온한 분위기마저 흘렀다'고 묘사된다. 네크로필리아의 야릇하고 섬뜩한 분위기를 풍길 정도로 느리게 탐닉하는 작업을 진행하면서, 그는 뿌리의 표정을 상상한다. 수많은 뿌리에서 각기 다른 표정을 상상한다. 그의 작업은 나무의 전 생애를 재현하는 성스럽고 에로틱한 의식이다.

한 자루의 초에서 몇 방울의 촛농을 얻을 수 있는지 문득 궁금하다.

그 시간을, 그 더딘 시간을, 그 더디고 긴장된 시간을…… 이르자면 점묘의 시간을 가학처럼 즐기기 위해 그가 촛농을 고집하는 것이 아닌지.

점묘의 시간이 혹 뿌리의 시간일지 모르겠다고 중얼거려본다. 한 점 한 점 찍어 선을 만들듯, 미미하지만 부단하고 가열하게 뻗어 나가는 뿌리의 시간일지 모르겠다고.

점묘의 작업이 죽은 뿌리의 슬픔을 재구성하는 것이라고 할 때, 그의 작업은 죽은 자의 고통을 떠올리며 애도하는 일이 된다. 그는 '죽은 자를 관속에 안치시키듯, 죽은 뿌리를 패널에 고이 안치시키는 의식'을 치르고 있다. 그러나 일반적인 의미에서 애도 작업은 사랑하는 대상이 더 이상 존재하지 않는다는 현실을 인정한 끝에, 그 대상에 부과하였던 모든 리비도를 철회함으로써 고통스러운 상황에서 빠져나오는 것을 의미한다. 이와 달리 에로틱한 분위기를 풍기는 그의 작업은 지속적으로 리비도를 부과하는 결과를 낳는다. 지속적으로 슬픔의 심연에 깊이 몸을 담근다. 적당한 선에서 애도를 종료함으로써 현실로 돌아와야 한다는 권유를 의식적으로 거부하는 형국이다.

그가 뿌리의 표정에 깃든 슬픔에 몰두하는 것은 어쩌면 그것이 자신의 슬픔과 대면하는 길이기 때문인지도 모른다. 그의 뿌리 작업은 자신을 낳은 친부모로부터 버림받았다는 사실을 알게 된 후 시작되었다. '갤러리와의 전속계약은 물론, 십오 년 동안 묵묵히 해온 작업을 하루아침에 중단하면서까지' 뿌리 작업에 매달렸다는 것은 그만큼 그가 겪은 슬픔이 거대했음을 알려준다. 그가 나무뿌리의 슬픔에 집착하는 것은 결국 슬픔의 근원을 이해하려는 무모하면서도 애처로운 몸부림이다. 또한 그것은 뿌리 들린 자신의 존재를 어떤 식으로든 '고정'시키려는 안간힘이다.

점묘의 시간을 서사의 중심 내용으로 삼은 〈뿌리 이야기〉는 슬픔을 상상하고 재연하는 과정을 다룬 소설이 된다. 뿌리가 뻗어나가듯 천천히 이루어지는 그의 뿌리 작업을 옆에서 지켜보는 '나'의 시선을 통해 독자들은 슬픔의 곁뿌리와 잔뿌리들을 하나씩 바라볼 수 있게 된다. '나'가 눈을 감고 뿌리의 냄새를 맡을 때 함께 그 냄새를 상상하면서, '나'의 배꼽 근처를 찔러오는 한 가닥 뿌리의 감촉을 함께 상상하면서, 메타세쿼이아와 입양아의 슬픔을, 나아가 세상의 모든 뿌리 뽑힌 자들의 슬픔을 상상하게 된다. 이 점에서 이 소설은 상상에의 동참을 유도하는 이야기다.

3. 실은 아주 오래된 질문

도시에 태풍 경보가 내리고, 광풍이 불어 가지가 사납게 흔들릴 때, 정작 나무는 무슨 생각을 할까, 혹시 나무도 불안감을 느끼지 않을까? 나무가 감정을 느끼다니, 황당하기 그지없는 질문이다. 그러나 어이없어 코웃음을 치다가도 가만히 따져보면 제법 그럴싸하게 들리기도 한다. "이식할 때 나무가 엄청난 공포감에 사로잡힐 수도 있다는 생각을 인간이 전혀 못하는 것 같아." "뿌리가 들릴 때 나무가 감당해야 하는 공포에 대해서는 어째서 생각 못 하는 걸까." 같은 상상들. 뿌리의 표정을 보기 위해서 눈을 감고, 냄새와 촉감에 의존하여, 자유로운 상상력을 발휘해야 한다는 것을 상기하자. 애초에 〈뿌리 이야기〉는 이와 같은 발산적인 상상력에서 출발하여 창작되었고, 소설은 그러한 상상력의 여지를 허용하는 독자에게만 더욱 풍성한 뿌리의 표정을 보여준다. 그런 끝에 소설은 독자에게 다음과 같은 질문을 던지기도 한다.

> 혹시 스스로에게 그런 질문을 던진 적 있어? 내가 왜 여기에 있는 것인지, 내가 왜 없는 게 아니라 있는 것인지. 그런 질문을 스스로에게 한 적 없어? 내가 왜 여기에 있는지 말이야.
>
> 내가 왜 없지 않고 있는 것일까…….

'내가 왜 여기 있는지, 내가 왜 없는 게 아니라 있는 것인지'라는 질문은 복합적인 의미를 산출한다. 첫째, 부모로부터 버림받은 입양아의 입장에서 이 질문은 공포와 슬픔으로 이어진다. 아이를 낳자마자 버릴 만한 상황이었다면 혹시 뱃속에 든 아이를 지우려고 하지 않았을까, 만약 그랬다면 나는 이 세상에 없었을 것인데, 어째서 지금 없지 않고 있는 것일까? 자신의 존재가 말살될 수도 있었으리라는 사실에서 공포는 시작되고, 자신을 낳은 부모로부터 환영받지 못한 존재였다는 사실의 확인으로 인해 슬픔은 가중된다.

둘째, 뿌리가 들린 나무의 입장에서 이 질문은 외부의 폭력에 의해 뒤틀리고 꺾인 자신의 운명에 대한 깊은 공포로 이어진다. 대부분의 평범한 나무는 태어난 자리에서 꽃을 피우고, 열매를 맺고, 늙고, 병들고, 조용히 죽음을 맞이하는 운명을 타고나게 마련이다.

그러나 간혹 뿌리가 들리는 나무는 굴삭기의 폭력에 의해 운명이 뒤틀리고 꺾인다. 천이백 킬로미터 떨어진 곳에 이식되고 나서도 뿌리가 들릴 때의 공포는 잊을 수 없다. '내가 왜 여기 있는가?'라는 질문은 어떠한 폭력적인 운명의 뒤틀림으로 인해 뿌리가 들려 이 낯선 곳에 오게 되었을까 하는 탄식의 한숨으로 이어진다.

셋째, 종군위안부였던 고모할머니의 입장에서는 공포와 슬픔, 나아가 폭력에 짓밟힌 운명에 대한 처절한 한 맺힘으로 이어진다. 여기에 주위 사람들의 수군거림과 경멸, 심지어 가족들마저 그녀를 외면하는 상황에서 '내가 왜 없지 않고 있는 것일까'라는 질문은 너무도 가슴 아픈 상처로 돌아온다. '고모할머니가 죽은 뒤에도 가족들은 그녀가 위안부였다는 사실을 쉬쉬하는 듯했다.' 엄연히 실재했던 공포와 슬픔을 아예 없었던 것인 양 덮어버리려는 은폐 시도 속에서 '내가 왜 여기 있는 거지?'라는 질문은 참담하고 참혹하기만 하다.

> 신기하지 않아? 수백 수천 번을 해도 모자란 그 질문을, 수만 번을 해도 모자란 그 질문을, 대부분의 사람들이 죽을 때까지 자기 자신에게 하지 않는다는 게 말이야. 심지어 죽음을 앞두고서도 말이야. (……) 여기 있는 게…… 없지 않고 있는 게…… 그냥 당연한 것인가? 어떻게 그게 당연하게 생각될 수 있지?

대부분이 사람들은 '내가 왜 여기 있는 거지?'라는 질문을 까맣게 잊고 살아간다. 존재의 이유에 관한 질문이란 모든 존재가 품지 않을 수 없는 근원적이고 실존적인 질문이지만, 정작 사람들은 그토록 중요한 질문을 망각한 채 살아간다. 자신이 유한한 존재라는 자명한 원리 역시 망각하고 살기는 마찬가지, 사람들은 자신이 언젠가는 죽는다는 사실에 신경 쓰지 않고 살아간다. 존재 이유에 관한 성찰과 그로 인한 반성이 이루어질 여지는 조금도 없다. 남은 것은 생활의 '관성'이다. 아무 진전 없는 연인 관계를 청산하기로 오래전부터 마음먹었으나 오늘도 여전히 '나'를 그의 작업실로 이끈 것이 관성의 끈질긴 위력이다.

> 탕 속 물이 하수구 구멍으로 소용돌이치면서 삼켜지는 것을 지켜보면서 나는 중얼거렸다. '내가 왜 여기 있는 거지?' 탕이 텅 비었을 때 나는 그 질문이 실은 아주 오래된 질문이라는 걸 깨달아야만 했다. 태어나고 자란 동네를 떠나서 살았던 적이 없는 내 안에서, 녹슬고 부식된 목욕탕 간판만큼이나 오래되었다는 걸.

'나'는 여태껏 태어나고 자란 동네를 떠나서 살았던 적이 없는 존재다. 한곳에 뿌리를 내리고 꽃을 피우고, 열매 맺고, 그곳에서 죽음을 맞이하는 대다수 평범한 나무처럼 살아왔다. 굴삭기의 폭력에 뿌리가 들려 천이백 킬로미터 떨어진 곳에 이식된 메타세쿼이아와는 대비되는 삶이다. 오로지 관성으로 추동되는 삶. 그동안의 '나'가 존재의 이유 따위에 관심을 가지지 않았던 것은 한 번도 뿌리 들림을 겪지 않았기 때문이다. 존재에 관한 질문이 없고, 자기반성도 없고, 상상마저 없어, 뿌리 들린 자들을 향한 연민이나 공감과는 거리가면 삶이다.

그런 '나'에게 이제 '내가 왜 여기 있는 거지?'라는 질문이 찾아온다. 팔 년간 다니던 여행사가 문을 닫아 실직 상태가 된 시점에 제기된 질문이다. 실직이란 아마도 '나'의 생애 최초의 '뿌리 들림'일 듯하다. 의도하지 않은 계기로 인해 관성으로 이루어진 생활의 궤도에서 잠시 이탈하는 수준의 '뿌리 들림'이다. 이런 정도는 부모에게 버림받는 일이나, 천이백 킬로미터 떨어진 곳에 이식되는 일이나, 종군위안부로 끌려가는 일과는 비교할 수 없을 정도로 미약한 것이다. 그러나 자신의 존재에 대한 성찰과 반성을 촉발하기에는 충분하다. 더욱이 그러한 질문이 실상 아주 오래전부터 지속적으로 제기되었지만 그동안 미처 깨닫지 못하고 있을 뿐이었음을 알게 된다.

존재의 이유에 관한 오래된 질문을 통해 '나'는 자신의 삶을 되돌아보는 동시에 타인의 고통과 슬픔에 대해 공감하는 능력을 갖게 된다. 어린 시절 고모할머니의 손이 이불을 들추고 파고들어와 손등을 덮고 깍지를 껴왔을 때, 어린 '나'는 뿌리가 악착같이 감겨오는 것 같은 착각 속에서 소름끼치게 놀라곤 했다. 그러나 '내가 왜 여기 있는 거지?'라는 질문을 거친 후 '나'는 고모할머니가 이불 속을 더듬어 찾던 것은 '태어나고 자란 자리에서 파헤쳐져 내팽개쳐진 뿌리와도 같은 자신의 존재…… 잎 한 장, 꽃 한 송이, 열매 한 알 맺지 못하고 철사처럼 메말라가던 자신의 존재를 받아줄 흙이었다'는 사실을 이해한다. 상상에서 시작된 뜬금없는 질문은 꼬리에 꼬리를 물어 이윽고 타인의 고통에 대한 이해로 이끈다. 미처 알아차리지 못했던 것을 뒤늦게 깨달음으로써 생기는 깊은 후회와 함께…….

4. 뿌리골무의 생장점

뿌리는 뿌리의 확산 방향에 따라 천근성과 심근성으로 구분된다. 천근성은 말 그대로 뿌리 뻗음이 얕아 땅 표면에 달라붙어 뿌리가 수평으로 확장하는 유형이고, 반대로 심근성은 뿌리를 깊이, 단순하게 수직으로 내리는 유형이다. 고모할머니의 손을 연상케 하는 포도나무나 천이백 킬로미터 떨어진 곳에 이식된 메타세쿼이아가 대표적인 천근성 식물이고, 어린 시절 부모로부터 버림받은 입양아인 그 역시 천근성의 존재다. 이런 식의 분류를 따를 때 태어난 동네에서 줄곧 살고 있는 '나'는 호두나무 같은 심근성의 부류에 넣을 수 있다.

중요한 것은 천근성과 심근성의 공존 가능성이다. '수평을 지향하는 천근성 식물과 수직을 지향하는 심근성 식물을 밀식하면 뿌리의 모양과 성장 특성이 달라 공존이 가능하다.' 〈뿌리 이야기〉에 나오는 인물로 치자면, 천근성 인물인 고모할머니와 그가 심근성 인물인 '나'와 함께 뿌리내릴 수 있다는 것이다. 공포와 슬픔으로 가득한 인물이 조용하고 평온하게 살아온 인물과 어울려 서로에게 의지하며 살아갈 수 있다는 것은 뿌리 들린 자들의 고통을 어루만질 수 있다는 희망의 가능성이며, 동시에 반드시 그래야만 한다는 당위의 천명이다.

뿌리 들린 자들의 고통을 어루만지기 위해서는 우선 천근성 존재가 내뻗는 손을 내치지 말아야 한다. 천근성의 뿌리는 얕게 뿌리를 내리는 속성상 그악스러울 정도로 옆으로, 옆으로 뿌리를 확장한다. 탈피하는 뱀들처럼 몸서리치는 잔뿌리들은 집착하듯 서로 더 엉겨든다. 예를 들어 보도블록 공사로 인해 파헤쳐진 사철나무의 곁뿌리는 하수구 철망 구멍을 향해 그악스러움을 발산한다. '하수구 바닥 썩은 오물이라도 움켜잡고서, 내장이 터져서 죽은 쥐를 움켜잡고서라도' 버티려고 애쓰고 있다. 뿌리 들림의 공포 속에서 어떻게든 태어난 자리를 떠나지 않으려는 안간힘이다. 이불 속에서 파고드는 고모할머니의 손이 그악스럽게 느껴졌던 것도 자신의 존재를 받아줄 '한 줌의 흙'에 대한 간절한 소망 때문이었다. 천근성 특유의 그악스러움이란 삶을 유지하려는 간절함의 서툰 표현일진대 그들이 내미는 손을 내쳐서는 안 된다.

또한 뿌리 들린 자들의 고통을 어루만지기 위해서는 같은 하늘 아래 고통을 당하는 사람이 엄연히 존재하고 있음을 인식하고, 그들의 슬픔의 잊지 않기 위해 노력해야 한다. 다들 고모할머니가 위안부였다는 사실을 숨기기에만 급급했다. '친척들은 아무도 그녀를 애써 기억해내려 하지 않았'으며, '알 만한 사람은 다 아는 비밀을 끝까지 비밀로 덮고 살았던 것이다.' 진실의 은폐와 슬픔의 망각을 넘어서기 위해서는 '남귀덕'이라는 고모할머니의 이름 석 자를 천천히 불러주어야 한다. 그 이름을 불러줌으로써 그녀의 존재를 온전히 되살리고, 진정으로 그녀를 애도할 수 있다.

'나'는 서른아홉 살의 어느 날 거울 속 무표정한 자신의 얼굴 위에서 고모할머니의 얼굴이 겹쳐 떠오른 것을 발견한다. 그녀의 몸속에 흐르는 피가 '나'의 몸속에도 흐르고 있을 것이기에, 간혹 아이가 고모나 삼촌을 닮는 경우가 있기에 충분히 있을 수 있는 일이라며 받아들인다. 한 걸음 더 나아가 그녀도 자신과 꼭 닮은 조카의 딸을 보면서 자신의 어린 날을 떠올렸을지도 모른다는 상상을 펼치기도 한다. 어릴 때는 그녀가 소름끼치기조차 했지만 시간이 흐른 후 그녀와 자신 사이에 탯줄처럼 연결된 운명의 끈을 발견하게 되는 장면은 두 존재 사이의 공감과 소통의 가능성을 보여준다.

> 죽는 순간에 고모할머니가 손에 꼭 그러잡고 있던 게 뭐였는지 알아? 가제손수건도, 보청기도 아니었어. 내 손…… 내 손이었어. 내가 그렇게 고백할 때마다 어머니는 질색을 하면서 내가 잘못 기억하고 있는 것이라고 나무라지만, 내 손이 기억하고 있는 걸…… 고모할머니가 돌아가신 게 우리 집을 떠난 지 이태도 더 지나서였지만, 그녀가 돌아가신 곳이 양로원이었지만, 내 손이 분명히 그렇게 기억하고 있는 걸…… 일흔두 살의 나이로 숨을 거두던 날 밤, 그녀의 손이 이불을 들추고 더듬어오는 걸 다 느끼고 있었어. 잠든 척 시치미를 뚝 뗀 채 다 느끼고 있었어. 그녀의 손이 내 손을 찾아 더듬더듬…… 더듬어오는 것을.

고모할머니의 손과 '나'의 손이 그러잡고 있는 소설의 결말은 천근성과 심근성의 공존 가능성을 다시 한 번 강조한다. 두 인물이 서로 손을 맞잡았다는 것은 논리적으로는 설명할 수 없는 비현실적인 환상이지만, 건네는 손을 내치지 않고, 이름을 온전히 불러준 끝에 이끌어낸 환상이라는 점에서 강한 설득력을 지닌다. 나아가 이러한 환상은 타인의 고통을 직시하고 상대방에게 온기를 건네야 한다는 당위적 메시지를 현실 세계를 향해 보내고 있어 '현실에 틈입하기 위한 환상'이라 부를 만큼 독특한 면모를 보인다.

두 인물이 손을 잡고 있는 것은 뿌리의 얽힘이다. 각각 수평과 수직으로 향한 원뿌리의 얽힘이 아니라 원뿌리에서 뻗어나온 곁뿌리들이 얽힌 결과다. 곁뿌리의 끝에는 생김새가 골무를 닮은 세포 덩어리인 뿌리골무 조직이 있다. 뿌리골무는 흙을 뚫고 땅속에 길을 내는 뿌리를 보호하는 역할을 하고, 중력을 감지해 뿌리가 뻗어갈 방향을 일러주는 역할을 한다. 무엇보다도 뿌리골무 안에는 생장점이 존재하고 있다는 점에서 뿌리골무는 그 자체로 생명력의 원천이라 볼 수 있다. 두 손의 맞잡음은 곁뿌리의 얽힘이자 뿌리골무 생장점의 교차가 된다.

결국 뿌리 뽑힌 자의 공포와 슬픔, 고통을 보듬어주는 치유의 상상력은 느리지만 끊임없이 생명력을 생성하는 뿌리골무의 생장점에서 솟아난다. 눈에 보이지는 않지만 눈을 감은 채 냄새를 맡고 감촉을 느끼면서 상상을 하면 생장점에서 흘러나오는 생명력이 보일지도 모른다. 이러한 희망적인 결말은 차갑고 삭막한 기운만이 감돌던 작가의 이전 작품에서는 쉽게 찾을 수 없던 새로운 요소다. 물론 이러한 결말이 섣부른 위안으로 비약하는 것은 아니다. 거짓 위안은 현실을 망각하게 만드는 위험한 수단일 수 있으므로 마땅히 경계해야 한다. 그보다는 뿌리골무의 생장점처럼 눈에 잘 보이지는 않지만 실재하는 가능성을 믿으며 계속해서 타인의 고통을 상상하고, 그러한 상상에 이어진 자기반성을 통해 결국은 현실을 직시해야 한다는 당위를 강조하는 효과를 발휘한다.

이에 작가의 소설적 생장점이 앞으로 어떻게 전개될지 궁금하다. 뿌리골무의 생장점처럼 끊임없이 생명력이 발휘되기를 바라마지 않는다.

2부

우수상 수상작

전성태
소풍

1994년 〈닭몰이〉로 실천문학 신인상을 받으며 등단했다. 소설집 《늑대》《매향埋香》《국경을 넘는 일》과 장편소설 《여자 이발사》, 평전 《김주열》, 3인 르포집 《길에서 만난 세상》이 있다. 신동엽창작상, 채만식문학상, 무영문학상, 오영수문학상, 현대문학상 등을 수상했다.

공원 주차장에 빈자리가 없어서 세호네 가족은 다시 진입로로 빠져나왔다. 그때는 세호 처 지현이 운전대를 잡고 있었다.

딸아이가 유치원에서 배운 동요를 흥얼거리느라 차 안은 라디오를 켜놓은 것 같았다. 행운을 가져다준다는 수줍은 얼굴의 미소, 운운하는 소절이 역시 어렵고 입에 붙지 않은 모양이었다. 제 오빠가 제법 선생 노릇을 하며 반복해 잡아주고 있었다. 팔순 장모는 뒷좌석 아이들 틈에 앉아 눈을 감고 있었는데 멀미에 시달리는 듯 보였다. 그래도 아이들 재롱으로 생긴 엷은 미소가 입가에 묻어났다. 가슴에는 딸아이가 색종이로 만든 카네이션이 달려 있었다.

세호는 간신히 실려가는 기분으로 조수석에 앉아 있었다. 숙취와 피로로 만사가 귀찮았다. 다만 아내한테 오늘만은 가시 같은 소리를 듣지 않기를 바랐다. 친정에 올 때마다 당신은 만날 그러더라고 아내 지현이 쑤셔서 그들은 신혼 때부터 지긋지긋하게 싸워왔다. 그는 억울했다. 매일 피곤했고, 처갓집 오는 날이 대부분 체력이 방전되는 주말이었을 뿐이지 결코 처갓집 가기 싫어 꿍한 적은 없었다.

"오빠, 네 잎 클로버 본 적 있어?"

딸아이가 문득 노래를 멈추더니 제 오빠에게 물었다.

"응. 저번에 도장에서 캠프 가서 찾기 게임 했어."

"오빠도 찾았어?"

"쿠키런 왕딱지 뽑기보다 어려워. 민지가 찾은 걸 봤어."

"되게 어렵네. 그래서 어떻게 됐어?"

"뭐가?"

"민지 언니 말이야. 행운이 찾아왔어?"

"소원을 빌고 기다리고 있대."

"무슨 소원인데?"

"그걸 내가 어떻게 아냐? 소원을 말하면 안 된다는데."

"아빠, 정말이야?"

"응?"

"네 잎 클로버 찾고서 소원 비는 거, 말하면 안 돼?"

"오빠 말이 맞아. 소원을 비밀로 해야 행운이 와."

세호는 주차할 데가 없나 살피느라 건성으로 대답했다. 딸아이가 생각에 빠지며 차 안이 조용해졌다.

주차요금 정산소를 앞두고 지현이 주차권을 찾았다. 내비게이터 박스에 당연히 있어야 할 주차권이 보이지 않았다. 그녀는 대시보드와 바닥까지 훑어보고 나서 남편을 바라보았다. 그게 왜 내게 있겠어, 하는 눈빛으로 세호는 주머니를 뒤지는 시늉을 했다. 처가에서 나올 때 들른 김밥 체인점 영수증이 바지주머니에서 나왔다. 세호는 아내에게 핀잔을 주었다.

"만날 그래. 잘 찾아봐."

지현은 세호에게 맡겨둔 숄더백을 낚았다.

그러는 사이 그들 차례가 되었다.

약이 바짝 오른 지현은 주차요금 징수원에게 항의했다.

"주차장이 꽉 찼으면 통제든 안내든 제대로 해줘야 할 것 아니에요."

징수원 여자는 어버이날 기념 축제 탓이라고 양해를 구했다. 부스에서는 무전기 소리가 자글거렸고, 여자는 지친 기색이 역력했다. 세호는 아내보다도 그 여자를 더 이해할 것 같았다. 지현이 여자를 올려다보며 말했다.

"주차장만 돌다가 나왔다고요, 두 바퀴나."

"한 바퀴야, 엄마."

뒤에서 딸아이가 재빨리 제 엄마 말을 받았다.

"두 바퀴야!"

아내는 소리쳤다. 차 안팎으로 분위기가 싸늘해졌다. 징수원 여자가 부스 밖으로 팔을 내밀었다.

"주차권을 주시면 처리해드릴게요."

"방금 왔다니까요. 지금 제 말을 못 믿는 거예요?"

"아니에요. 취소처리 하는 데 필요해서요."

여자가 밀려드는 차량들을 보며 재촉하듯 말했다.

지현은 한숨을 내쉬었다. 그녀는 숄더백을 뒤집어서 치마에다가 소지품을 쏟아놓았다. 화장품, 지갑, 휴대폰, 물티슈와 함께 카드전표와 영수증이 한 무더기 쏟아졌다. 지현은 영수증을 한 장씩 들춰보았다. 누가 봐도 시위하는 몸짓이었으므로 세호는 머리를 내둘렀다. 징수원 여자는 입매가 샐쭉해졌다.

이윽고 주차차단기가 올라갔다.

일 킬로미터 남짓한 진입로 역시 바깥 차선에다가 차들을 세우느라 차량 흐름이 막히고는 했다.

"이제 우리 소풍은 끝난 거야?"

딸아이가 풀죽어 말했다. 아이들은 공원 광장에서 대여하는 사륜자전거를 타지 못하게 된 걸 아쉬워했다. 세호는 무거운 몸을 돌려 아이들을 달랬다.

"진입로 쪽 숲으로 가보자."

세호는 아내의 안색을 살폈다. 지현은 막힌 길을 묵묵히 바라보며 별말이 없었다.

"아빠, 오디 따 먹던 그 숲 말예요?"

잠자코 앉았던 아들 녀석이 아는 체를 했다.

"오디?"

세호는 얼른 떠오르지 않았다.

"작년에 그 숲으로 소풍 갔잖아요. 아빠랑 캐치볼도 했는데."

"아, 공 주우러 갔다가 오디를 발견했지?"

"우리 또 가요, 네?"

아들 녀석이 좌석 사이로 얼굴을 내밀며 졸랐고, 덩달아 딸아이도 끼어들었다.

"난 네 잎 클로버 찾을래."

"……오디가 지금 철인가?"

세호는 작년 나들이를 떠올리며 중얼거렸다. 등 뒤에서 장모가 잠긴 목청을 틔우는 소리가 났다.

"원, 벌써 그게 익었을라. 보리 익을 때나 돼야지."

장인 기일 때였던 모양이다. 세호는 손을 뻗어 딸아이 볼을 쓰다듬어주며 아쉽게 말했다.

"한 달은 더 기다려야겠는걸."

진입로를 한참 빠져나오자 도로 정체가 차츰 풀렸다. 이제 돗자리 펼 데를 살피느라 아이들까지 입을 다물고 온 가족이 오른편 창밖을 내다보았다. 세호는 작년에 그들 가족이 한나절을 보냈던 소나무 숲이 그냥 멀어져가는 걸 지켜보았다.

"세워봐, 엄마. 저기야!"

아들 녀석이 다급하게 외쳤다. 녀석은 운전석과 조수석 사이, 그러니까 제 엄마와 아빠에게 참견할 만한 위치에다가 열한 살의 몸을 밀어넣었다.

"차 세울 데가 없잖아."

지현이 퉁명스레 말했다. 아들은 잠시 수꿀해졌다. 그러나 아이는 이내 특유의 활력을 찾아 다시 주절거렸다.

"그런데 아까부터 무슨 냄새 나지 않아, 밥솥에서 나는 냄새 같은 거?"

녀석이 제 아빠 쪽으로 코를 내밀고 큼큼거리자 세호는 팔을 뻗어 밀어냈다.

"그렇게 앉아 있으면 위험하다고 했지."

왠지 세호는 아들 녀석의 태도가 마음에 들지 않았다. 술 냄새 난다고 짐짓 힐난하는 듯싶었다. 그는 아내에게 볶일 때처럼 짜증이 치밀었다. 목구멍에서 들큼한 트림이 올라왔다.

그는 차창을 내리고 바람을 쐬었다. 차는 철쭉이나 조팝나무 같은 키 작은 관목으로 꾸민 정원을 지나갔다. 정자가 있는 널찍한 잔디밭에는 행락객들이 진을 치고 있었다. 그늘막이나 인디언텐트를 친 가족이 있는가 하면, 가스버너를 켜고 고기 굽는 행락객도 보였다.

백여 미터나 더 진입로로 나와서 지현이 갓길에 차를 세웠다. 조금 전 그들이 타고 온 도시외곽도로가 코앞에 보였다. 인도 너머로 버팀목을 댄 어린 느티나무 조림지가 있고, 그 뒤로 메타세쿼이아 숲이 울울했다.

"자, 내리자."

지현이 사이드브레이크를 채우며 말했다.

"그늘져서 춥지 않을까?"

세호는 무슨 방풍림처럼 솟은 메타세쿼이아 숲을 내다보며 중얼거렸다.

뒷좌석에서 장모가 내리고, 아들과 딸이 차례로 내렸다. 아이들은 곧장 숲으로 내달렸다. 지현이 소리쳤다.

"뛰면 안 돼! 동생 데려가야지!"

어른들은 제자리에 서서 아이들을 바라보았다. 세호는 가슴을 펴고 숨을 들이마셨다. 사는 게 별것 있나, 하는 생각이 스쳤다. 저렇게 드라마 한 장면 같은 풍경이면 족했다. 저것 한 컷 건지려고 새벽부터 고속도로를 타고 내려왔다는 생각이 들자 그는 다섯 시간 분량의 구질구질한 필름을 버리고 손을 터는 사람처럼 마음이 산뜻해졌다.

"장모님, 날씨 참 좋네요."

지현은 트렁크에서 간식거리가 담긴 쇼핑백을 꺼내고 세호에게 자동차 열쇠를 건넸다.

"돗자리 챙기면서 무릎담요도 있나 찾아봐."

"먼저 가서 애들 좀 챙겨."

세호가 말했다. 아이들은 이미 숲으로 사라지고 보이지 않았다.

아내와 장모가 멀어지는 모습을 보고 나서 세호는 트렁크로 허리를 접었다. 호텔 미니바에 납품하는 술 상자에서 그는 샘플형 위스키 한 병을 꺼냈다. 트렁크에 머리를 그대로 박고 그는 드링크제 비우듯 한 모금에 위스키를 넘겼다. 그는 범퍼에 한 발을 올리고 섰다. 숨이 좀 트이는 것 같았다. 손가락 마디까지 번져오는 술기운을 느끼며 그는 조금 더 서 있었다.

돗자리는 종이박스에 눌린 채 트렁크 깊숙이 묻혀 있었다. 박스를 보고는 마음이 무거워졌다. 요양원에서 받아온 아버지의 유품을 두 달째 싣고 다니는 중이었다. 사십구재도 다 치르고 난 시점에 요양원에서 연락이 왔다. 그의 아버지가 정신을 놓은 채 요양원 침상에 누워 지냈으므로 개인 소장품 같은 게 있으리라 생각지 못했다. 입원하면서 입고 간 육 년 묵은 누추한 옷가지와 구두를 그는 어떻게든 처리해야 했다. 화장터로 가져가서 소각하라는 조언도 있었고, 시절이 바뀌었으니 아파트 재활용함에 넣어도 된다는 소리도 있었지만 그는 어느 쪽으로도 실행을 못하고 있었다. 그는 아버지를 잃고 나서 생각보다 고통과 슬픔이 크지 않는 데 일종의 자기혐오 같은 감정을 갖고 있었다. 물론 자기 스스로에게 요구하는 애도의 강도가 어느 정도여야 한다는 암시 같은 건 없었다. 다만 이래도 되나 싶을 만큼 무덤덤한 자신이 문득문득 혐오스러울 뿐이었다. 늦은 밤

택시에 몸을 부리고 귀가하는 취중이면 그 마음이 일어났다. 그건 어젯밤에도 마찬가지였다. 그는 택시에서 내려 제 집 아파트를 올려다보며 중얼거렸다.

"나한테 새끼들이 있어서 그래. 아비를 잃은 아비들은 다 그래."

정말 그는 그렇게 소리치고 싶었다.

그는 돗자리를 꺼낸 자리에 다시 박스를 밀어 넣었다. 트렁크 한 귀에서 야구글러브가 눈에 띄었으나 귀찮은 생각에 손을 거두었다. 그는 가죽가방에서 위스키 샘플을 한 병 더 챙겨서 점퍼 주머니에 넣고 트렁크를 닫았다.

선글라스를 꺼내 쓰고 물로 입을 헹구고 나서 그는 천천히 가족이 사라진 길로 들어섰다.

볕에 나앉기에는 따갑고, 그늘로 들자니 아까운 날씨였다. 그제는 비가 내렸고 어제는 흐렸다. 행락객들도 봄볕을 좇아 나왔겠지만 죄다 나무에 홀린 것처럼 메타세쿼이아 숲으로 들어가 있었다.

숲 입구에서 그는 푯말로 만든 안내문을 만나 발걸음을 세웠다. 이 도시에 소재한 농업고등학교에서 연구조림지로 조성한 낙우송落羽松 숲이라는 안내문이었다. 그는 낙우송이 메타세쿼이아의 별칭이 아닐까 생각했는데 안내문에는 메타세쿼이아와 함께 낙우송과의 대표 수종이라고 적혀 있었다. 그다음 구절은 낙우송이 별개의 수종이라는 사실을 분명하게 알려주었다. 중국이 원산지인 메타세쿼이아와는 달리 낙우송은 미국이 원산지였다. 수피에 이끼가 오르고 그 끝이 가늠되지 않는 늠름한 나무를 세호는 묵묵히 바라보았다. 그의 눈썰미로는 메타세쿼이아와 딱히 구별할 만한 점을 찾을 수 없었다.

잎사귀 빛깔이 메타세쿼이아보다 더 옅고 부드러우며 갈색 수피에 붉은 기운이 감도는 것 같았지만 어디까지나 그의 느낌에 불과했다. 그는 안내문을 설치한 연도를 보고는 낙우송 수령이 사십 년이 넘었다는 걸 계산해냈다. 저 거목들이 고작 제 나이쯤 되었다는 사실에 그는 왠지 위축감이 들었다.

아내한테서 숲 속 카페 쪽으로 오라는 문자메시지가 왔다.

세호는 숲으로 발을 들여놓았다. 네 줄로 기둥처럼 선 나무들은 그 인위적인 간격과 대열만으로도 볼거리였다. 오른편으로도 왼편으로도 끝이 보이지 않았다. 풀이나 관목 없이 낙엽만 두껍게 쌓인 숲길은 폭신폭신했으며 공기는 축축하고 서늘했다. 그 원시림 같은 그늘에 서서 그는 옷을 여미고 가족을 찾아 두리번거렸다. 그는 불현듯 아이들이 그리웠고, 이유 없이 불안해졌다.

이내 그는 오솔길에서 화살표가 그려진 흰 안내판을 발견했다. 카페 사이프러스 40m.

그는 왼편으로 몸을 돌렸다. 딸의 목소리가 환청처럼 들려왔다. 예의 그 '네 잎 클로버'라는 동요를 부르는 목소리가 틀림없이 들려왔다. 그는 돗자리와 담요를 겨드랑이에 꼭 끼고 걸음을 재게 놀렸다.

"아빠!"

딸아이가 소리쳤다. 두 아이는 해먹에 올라 누워 있었다. 연둣빛 해먹은 낙우송 두 그루 사이에서 제법 운치 있게 흔들리고 있었다. 오솔길이 휘어지는 곳, 숲에 면하여 'Café Cyprès'라는 상호를 내건 작은 통나무집이 있었다. 마당으로 난 발코니에 육인용 테이블이 놓여 있었고, 그곳은 그늘 한 점 없이 볕이 발랐다.

카페 출입문으로 지현과 장모가 걸어 나왔다. 노인은 작년에 가벼운 뇌경색을 앓은 후 걸음걸이가 다소 부자연스러워졌다. 노인은 딸의 소매라도 잡으려는 몸짓으로 오른손을 멈칫거리며 따르고 있었는데 아내는 부주의하게도 성큼성큼 발코니로 걸어왔다. 테이블에 짐을 부려놓으며 지현이 세호에게 말했다.

"따로 자리 잡지 말고 여기서 쉬자."

세호가 해먹을 힘껏 흔들어주자 아이들이 비명을 질렀다. 그는 킬킬 웃으며 발코니로 올라섰다. 그는 장모의 어깨에 담요를 덮어주고 맞은편 자리에 조금은 서먹하게 앉았다.

"김 서방은 웬 땀을 그렇게 흘려?"

"제가요?"

세호는 이마를 훔쳐냈다.

"날이 좀 덥지 않아요?"

"요새도 바쁜가?"

"부서를 옮겨서 덜합니다."

세호는 선글라스를 고쳐 썼다.

"몸이 저번보다 더 축났어."

지현이 낯을 만지는 세호에게 눈을 흘겼다.

"해외출장이 잦아져서 얼굴 보기가 더 힘들어졌어. 홍콩에서 어제 돌아왔는걸. 술을 팔러 다니는 건지 마시러 다니는 건지……."

"바쁘면 좋은 거지."

노인이 딸에게 타박조로 말해놓고 사위를 건너다보았다.

"사돈어른은 웬만한가?"

세호는 당황한 얼굴로 노인을 쳐다보았다. 평소 장모가 뭉치고 돌려서 내놓는 말투에 갈피를 못 잡기는 하지만, 돌아가신 아버지를 두고 안부를 묻는 건지 위로를 하는 건지 얼른 대답할 수가 없었다. 그래도 익숙한 딸이라고 지현이 장모의 말을 심상하게 받았다. 그녀는 쇼핑백에 싸온 멜론을 깎고 있었다.

"아버님이 오랫동안 고생 많으셨는데 이제 편히 쉬시겠지. 살아 계실 때 내가 저이한테도 한 얘기지만, 치매 그거, 지켜보는 사람이 괴롭지 정작 본인은 죽음도 모르고 두고 가는 회한도 없고, 꼭 나쁘지만도 않은 것 같아."

노인은 가만히 입을 다물었다. 노인은 묵상하듯 한동안 그러고 있었다. 세호는 노인이 무릎 짚은 손을 꼭 쥐었다가 푸는 행동을 유심히 지켜보았다.

"그래서 어디에다가 모셨니?"

"어머, 내가 엄마한테 말 안 했나, 용인 납골당에 모셨다고? 좋더라, 가깝고 깨끗하고. 시어머니도 그쪽으로 모셔오려고 해."

카페에서 여주인이 팥빙수와 커피를 테이블로 내왔다. 지현이 과도로 멜론에서 씨앗을 긁어내며 주인에게 말했다.

"과일을 가져왔는데 좀 먹어도 되겠지요?"

"그러세요" 하고 주인이 대답했다.

"여기 참 좋네요."

지현이 해먹에 오른 아이들 쪽을 바라보며 흐뭇하게 웃었다. 그러고는 과장된 목소리로, "너희 신발은 벗고 올라가야지" 하고 소리치고는 주인 여자를 올려다보았다.

"괜찮아요. 우리 아들이 태국 갔다가 사 온 거예요. 지난달에 입대를 했는데 손님들이 좋아해서 그냥 뒀어요."

"얘들아, 팥빙수 먹자."

지현이 손을 까불렀지만 아이들은 기척이 없었다. 저희끼리 무슨 비밀이라도 나누는지 아이들은 해먹에 누워 소곤거리고 있었다. 세호는 아이들을 데려오려고 자리에서 일어났다.

"오빠가 말해."

아빠가 나타나자 딸아이가 말했다.

"네가 말해."

"무슨 일인데?"

세호는 두 아이를 번갈아 바라보았다.

"있잖아……."

딸아이가 머뭇거리며 입을 뗐다.

"할머니가 이상해. 아까 나한테 지현아, 하고 엄마 이름을 불렀어."

"그것 가지고 할머니가 이상하다는 거야? 아빠도 가끔 너희 이름 잘못 부를 때가 있잖아."

"그것뿐이 아니에요."

아들 녀석이 주위를 살피며 말했다. 아들은 비밀처럼 속삭였다.

"옷에다가 쉬하신 것 같아요."

"뭐? 언제?"

세호는 아들을 건너다보며 물었다.

"아까요. 차에서 냄새 난다고 할 때요."

세호는 피식 웃었다.

"아니야, 인마."

그래놓고 그는 아들 코에다가 입바람을 후, 하고 불어주었다. 아들이 인상을 쓰며 고개를 틀었다.

"술 냄새였네."

"자, 이제 팥빙수 먹으러 가자."

두 아이는 세호의 어깨에 매달렸다. 세호는 두 아이를 어깨에다가 하나씩 메고 발코니로 옮겼다. 장모가 아이들에게 멜론 접시를 밀어주었으나 아이들은 팥빙수를 당겼다. 장모는 멜론을 다시 세호 앞으로 밀어주었다.

"아빠, 네 잎 클로버 찾을래."

딸아이가 아들보다 먼저 스푼을 놓았다. 세호는 커피 잔을 든 채 말했다.

"그럴까? 근데 요새 배운 그 노래를 먼저 듣고 가면 안 될까?"

딸아이가 머리를 흔들었다.

"그 노래는 재롱잔치 때 불러야 한단 말이야. 선생님이 그때까지 엄마 아빠한테 비밀로 해야 한댔어."

"다 아는데 무슨 비밀이야."

아들 녀석이 이죽거렸다. "그래?" 하고 세호가 말했다.

"근데 외할머니는 재롱잔치 때 못 오시잖니? 그러니 우리는 귀 막고 있을 테니까 할머니한테만 불러드려."

그는 두 귀를 막는 시늉을 하며 딸을 바라보았다. 노인도 벙글거리며 거들었다.

"하이고, 아까 보니 우리 강아지가 또박또박 잘하더라. 어디 할미가 먼저 들어볼까."

아이는 고민하는 눈빛으로 어른들을 둘러보았다.

"그럼, 귀 막아…… 오빠는?"

아들 녀석은 듣는 척도 않고 이죽거렸다. 세호는 눈을 부라려서 아들이 스푼을 내려놓게 했다. 드디어 딸아이가 의자 위로 오르더니 혀짤배기소리로 노래를 시작했다. 율동을 곁들여가며 부르는 게 제법 귀염성 있는데 제 엄마의 입술 놀림을 따라 어려운 대목도 잘 넘겼다.

깊고 작은 산골짜기 사이로
맑은 물 흐르는 작은 샘터에
예쁜 꽃들 사이에 살짝 숨겨진
이슬 먹고 피어난 네 잎 클로버

랄랄라 한 잎
랄랄라 두 잎
랄랄라 세 잎
랄랄라 네 잎

행운을 가져다준다는
수줍은 얼굴의 미소
한줄기의 따스한 햇살 받으며
희망으로 가득한 나의 친구야

빛처럼 밝은 마음으로 너를 닮고 싶어

아이는 노래가 끝나기 무섭게 바닥으로 뛰어내려 제 아빠 등 뒤로 숨었다. 어른들이 박수를 쳤다.

"그런 조막만 한 입으로 그걸 다 어찌 외누? 할미는 한 줄도 못 따라 부르겠구나."

노인이 스웨터 주머니를 뒤적거려 만 원 한 장을 아이에게 안겼다.

용돈을 제 크로스백에 챙겨 넣은 아이가 세호의 손을 흔들었다.

"네 잎 클로버 찾으러 가, 아빠!"

"커피 조금 남았는데."

세호는 커피를 한 모금 넘기고 테이블에 잔을 내려놓았다.

"그래. 외할머니 뵈러 왔으면서 너희끼리 놀면 어떡해? 네 잎 클로버는 집 곁에 가서도 찾을 수 있잖아."

그래도 딸아이는 몸을 꼬았다. 지현이 혀를 찼다.

"재는 뭐에 꽂히면 사족을 못 써요."

"소원이 있단 말이야."

아이가 새침하게 말했다.

"뭔데?"

"말하면 행운이 사라지잖아."

어른들이 웃었다. 세호가 물었다.

"그러니까 비밀이구나?"

아이는 입술을 사리물고 다시 고개를 끄덕였다. 세호는 몸을 기울여 아이에게 귀를 바짝 댔다.

"아빠한테만 말해봐."

아이는 단호하게 고개를 저었다. 노인이 지현에게 물었다.

"우리 강아지가 찾겠다는 게 뭐냐?"

"토끼풀. 이파리 네 개 달린 거 찾겠다고 재가 저러우."

아아, 노인은 고개를 끄덕였다.

"그럼 어디 이 할미랑 가서 찾아볼까?"

노인이 담요를 벗어놓고 일어섰다.

"아니에요, 장모님. 제가 갈게요."

세호는 만류하며 일어섰다. 노인이 손사래를 쳤다.

"우리 강아지들하고 놀고 싶어서 그래. 이런 날이 또 언제 있을라."

노인은 아이들을 내몰듯 손짓을 해서 앞세웠다.

"토끼풀은 그늘에서는 안 나니라. 풀밭으로 가야지. 어서 가자."

아이들은 양쪽에서 노인의 손을 잡고 마당으로 내려섰다. 지현이 아이들에게 일렀다.

"할머니 힘드시니까 너무 오래 있지 마. 하나씩만 찾고 와."

노인과 아이들이 숲을 가로질러가는 모습을 부부는 지켜보았다. 세호는 작으나 충만한 행복이 지금 막 곁을 스쳐가는 걸 느꼈다. 아내는 흐뭇한 표정을 짓고 있었다. 그런 눈빛 너머로 위태롭고 간절한 기색도 읽어냈다. 그는 아내가 안쓰러웠다. 부부만 남은 테이블에 적막이 흘렀다. 세호가 말했다.

"가보지 않아도 될까?"

숲에 시선을 그대로 두고 지현은 나른한 목소리로 대답했다.

"엄마가 함께 가셨잖아."

"그러니까 말이야. 괜찮겠지?"

지현이 남편을 건너다보았다.

"왜? 무슨 일 있어?"

"아니야. 애들이 이상한 소리를 해서……."

그는 작심한 듯 당겨 앉았다.

"장모님이 조금 이상하시지 않아?"

"뭐가 이상해?"

"애들 말로는 옷에 실수를 하신 것 같다던데?"

아내는 실소를 터뜨렸다. 그녀는 남편이 실없는 소리를 한다는 투로 말했다.

"아는 척하지 마. 노인네들은 종종 그래. 애들이 참 요망하네."

"꼭 그것만이 아니야."

그는 대답거리를 생각했고 아내는 표정 없이 기다렸다.

"모르겠어. 암튼 느낌이 좀 그랬어. 설마 그렇지 않겠지?"

그는 머리를 흔들었다.

"이이도 참…… 요실금이야, 오래전부터 앓고 있는."

잠시 두 사람은 말이 끊겼다.

"당신, 아버님 보내고 힘들어?"

지현이 조금 나긋해진 얼굴로 말했다.

"고모가 그러더라, 생전에 데면데면했어도 당신 맘이 천천히 오래갈 거라고."

그런 소리를 세호는 장례를 치르며 여러 사람에게 들었다. 그는 아내에게 가만히 말했다.

"그렇지 않아. 그런 거 없어. 그렇지만 당신이 치매가 무슨 복인 것처럼 말하지 않았으면 좋겠어. 남 애기처럼 하지 않았으면 좋겠어."

"여보!"

지현이 발끈했다. 그녀는 금방 울 것 같았다.

"그런 뜻이 아닌 것 알잖아. 어떻게 그렇게 말해."

"나도 알아. 위로하느라 하는 소리란 거 알아. 그래도 당신한테서 그런 말 듣는 건 싫어."

"봐, 당신은 솔직히 충격이 큰 거야. 예민해졌고 부쩍 술도 늘고. 이참에 회사 옮기면 안 돼?"

"난데없이 무슨 회사 이야기야?"

세호는 피식 웃었다.

"예민하게 굴었으면 미안해. 부서 옮기고 경기도 안 좋고 해서 스트레스 받아서 그래. 곧 괜찮아질 거야."

지현이 길게 한숨을 쉬었다. 시선을 돌리고 앉은 그녀는 거짓말처럼 눈물이 글썽했다.

"우리도 이런 카페 하나 차려볼까?"

아내가 중얼거렸다. 햇볕이 그들의 등으로 따스하게 내리쬐고 있었다. 해먹과 노란 햇살과 연둣빛 낙우송 그늘과 그리고 온전히 그들에게 편입되지 않을 것 같은 시간들이 몽환적인 분위기를 자아내고 있었다. 세호는 졸음에 겨운 사람처럼 중얼거렸다.

"한 십 년 뒤에. 이런 데다가."

그리고 그는 커피 잔을 들고 일어났다. 그는 아내에게 물었다.

"당신 커피 좀 더 마실래?"

"줘. 내가 갖다 줄게."

지현이 손을 내밀었다.

"아니야. 화장실에도 다녀오려고."

그는 머그잔을 들고 카페로 들어갔다. 그는 주인 여자에게 리필을 부탁했다.

"반만 주세요."

머잖아 커피가 나왔다. 커피는 잔 가득 채워져 있었다. 그는 고맙다고 인사하고 화장실로 갔다. 세면대에 커피를 반 남짓 붓고 주머니에서 위스키를 꺼내 잔에 부었다. 위스키 향이 진했다. 커피는 마시기 적당하게 식었다. 그는 세면대 앞에서 연거푸 두 모금을 마셨다.

그는 주인 여자에게 팥빙수와 커피 값을 계산했다. 창밖으로 보니 아내는 흔들리는 해먹에 누워 있었다.

그는 발코니로 돌아와 아내를 바라보며 남은 술을 천천히 마셨다. 해먹이 가만히 멈추고, 아내는 가슴에 두 팔을 올리고 반듯이 누워 있었다. 잠든 모양이었다. 그는 담요를 가져다가 아내를 덮어주었다.

그는 테이블로 돌아와 장의자에 드러누웠다. 팔을 들어 시계를 보았다. 오후 세 시가 지나고 있었다.

그는 딸아이의 울음소리에 잠에서 깼다. 장모와 아이들이 돌아와 있었다. 손목에 꽃시계를 묶은 딸아이가 훌쩍이고 있었고, 장모는 난처한 얼굴로 딸아이를 달랬다. 얼굴이 발갛게 익은 아들아이도 골이 난 아이처럼 입이 튀어나와 있었다. 지현이 화들짝 놀라서 해먹에서 내려서며 물었다.

"너희들 또 싸웠어?"

아들 녀석이 펄쩍 뛰었다.

"안 싸웠어."

"어디 다쳤어?"

노인이 손을 내저었다.

"아무리 찾아도 이파리 넉 장 달린 게 없어야. 나라도 찾았으면 좀 좋으련만 원, 눈이 까물까물해서 뭐가 보여야지. 이 조막만 한 손으로 그것 찾겠다고 볕에 쪼그려 앉아설랑…… 어휴, 딱해 혼났다."

노인은 손녀의 낯을 썩썩 훔쳐주며 안타까움에 어쩔 줄 몰라 했다.

"그만 울어. 할미가 이제 알았으니까 많이 찾아놨다가 담에 내려올 때 줄게. 아가 그만 울어라. 하이고, 참."

세호는 아이 앞에 무릎을 꿇고 손을 당겼다.

"에이, 창피하게 그거 못 찾았다고 울어?"

아이가 잦아든 울음을 다시 터뜨리며 말했다.

"내가 꼭 빌고 싶은 소원이 있었단 말이야."

그 말을 듣고 세호는 아이를 꼭 껴안았다.

"아빠한테 말해봐. 아빠가 들어줄 수 있는 소원이면 들어줄게."

아이는 도리질을 했다.

"그건 아빠가 들어줄 수 없는 일이야. 하느님밖에 못해."

더 묻는다고 될 일은 아닌 것 같았다. 아마도 제 할아버지를 위한 기도이거나 외할머니를 위한 소원이었는지 모른다. 세호는 아이를 안아서 해먹에 앉혔다. 그래놓고 돌아섰더니 노인이 눈물이 글썽해서 서 있었다.

"하이고, 참! 할미가 온 밭을 토끼풀 밭으로 만들어서라도 우리 강아지 소원을 들어줄란다."

그는 장모의 손을 이끌어서 발코니에 앉혔다. 그는 뭐라도 해야 할 것 같아서 궁리를 하다가 좋은 생각이 떠올랐다.

"애들아, 우리 보물찾기 할래?"

아이들이 호기심을 드러냈다. 그는 지갑에서 만 원권 지폐를 꺼냈다.

"자, 이걸 아빠가 숨길 테니 찾는 사람이 갖는 거야. 어때?"

"좋아요."

아들이 손을 들어 아빠와 하이파이브를 했다. 딸아이도 울음기가 싹 가셔 있었다. 세호는 해먹에서 딸아이를 안아 내렸다. 그는 아이들을 낙우송 뒤에 세웠다.

"숨바꼭질 해봤지? 규칙은 똑같아. 너희들은 술래처럼 무궁화꽃이 피었습니다, 를 열 번 헤아려. 그동안 아빠가 보물을 숨겨놓고 올게."

그는 돌아서서 아내에게 말했다.

"당신은 심판이야. 눈 뜨고 훔쳐보는 애 있으면 아웃시켜."

세호는 아이들을 등지고 낙우송 숲으로 들어갔다. 그는 열 걸음쯤 걸어서 낙우송 뒤로 몸을 숨겼다. 지폐를 돌돌 말아 나무줄기 옹이진 데에다가 끼웠다. 그는 물러서 보물 숨긴 데를 바라보았다. 그는 다시 지폐를 조금 더 빼놓았다. 아이들이 찾기에 어렵지도 쉽지도 않을 만큼 숨겨진 것 같았다.

그는 아이들 곁으로 돌아갔다.

"자, 출발!"

두 아이가 뛰어갔다. 그는 아이들을 따라가서 낙우송 둥치들을 일일이 손으로 짚으며 놀이터의 경계를 알려주었다.

"이 안에 있어."

아이들이 주로 땅바닥을 보고 다니길래 그는 소리쳤다.

"힌트! 땅바닥에는 없습니다."

그제야 아이들이 나무를 옮겨 다니며 살펴보았다.

세호는 아이들을 남겨두고 발코니로 돌아왔다. 모녀가 무슨 얘기 끝에 웃고 있었다. 장모가 사위 들으라고 말했다.

"어멈이 어렸을 때 얘기네. 얘가 소풍날만 되면 울고 돌아왔어."

"엄마는, 내가 언제 그랬다고 자꾸 그래."

"자네도 알다시피 욕심이 좀 많은 아인가. 그런 애가 다른 애들 다 찾는 보물을 한 번도 아니고 번번이 못 찾으니까 아주 분해서 노상 울고 오는 거야."

노인이 오늘 본 표정 중에 가장 밝게 웃으며 딸과 사위를 바라보았다.

"어이구, 참. 나는 기억도 없는데 자꾸 우기실까. 한 번이나 울었는지는 몰라. 그리고 왜 한 번도 보물을 못 찾아? 사학년 땐가 상품으로 공책도 받아왔구만."

"그랬지. 애가 하도 울고 다녀서 한번은 왜 그 우리 뒷집 양가네 아들 있잖니, 그 콧구멍이 번한 둘째아들 말이다. 코에 비 들겠다고 다들 한마디씩 하던 애."

"아, 양코?"

"걔가 보물찾기 선수 아니었냐. 표를 몇 장씩 찾아서 동무들한테 장사도 하던 애였지. 그 집 여편네한테 들어보니까 그게 다 비결이 있더구나. 소풍 가면 선생님들만 쳐다보고 있다가 보물 숨기러 갈 때 뒤를 밟아서 훔쳐본 모양이더라. 한번은 내가 걔한테 천 원이나 쥐여주고 부탁을 했지 않겠냐. 네가 가는 길에다가 살짝 한 장만 흘려놓으라고 말이야."

"세상에, 그런 일이 있었어?"

지현은 기가 막혀서 웃음도 나오지 않는다는 표정이었다. 노인은 어떤 동요도 없이 차분하게 말을 이었다.

"그래서 지금도 나는 그 양가네 둘째아들을 좋아한다. 입이 아주 무거운 애니까."

"뭔 애가 징그럽게 영악했대. 암튼 엄마는 기억력도 좋소, 그런 걸 다 기억하게."

"비밀이었으니까."

"참 대단한 비밀도 간직하고 사셨소."

핀잔을 주는 딸을 노인은 어린애 보듯 애틋하게 바라보았다.

아이들이 뛰어왔다. 아들 녀석이 지폐를 손에 치켜들고 찾았다고 소리쳤다. 딸아이가 뒤따라와 상심한 목소리로 말했다.

"또 해."

이번에는 아이들 엄마가 나섰다. 세호는 지갑에서 지폐 하나를 꺼냈다.

"한 장 더 내놔. 지금껏 당신은 엄마한테 뭘 들었어? 당신 딸이 울고 오는 꼴을 또 봐야겠어?"

"엄마, 내 얘기해?"

딸아이가 제 이야기인 줄 알고 물었다.

"아냐. 너도 눈 크게 뜨고 잘 찾아봐."

지현은 지폐 두 장을 들고 숲으로 들어갔다. 세호는 아이들을 끌어다가 제 무릎에다가 얼굴을 묻게 했다. 아이들은 신이 나서 무궁화꽃이 피었습니다, 를 세었다.

머잖아 아내가 돌아왔다. 아들 녀석이 뛰어가다 말고 돌아서서 제 엄마에게 물었다.

"힌트는요?"

아내가 소리쳤다.

"낙엽이 참 폭신폭신하더라."

아이들이 다시 뛰어갔다.

이번에는 어른들이 애들 보물 찾는 모습을 흐뭇하게 구경했다. 거의 동시에 아이들이 발밑에서 돈을 주워들었다. 딸아이가 제 오빠보다 날래게 뛰어왔다. 눈이 동그래져서 지폐를 흔들었다. 아들 녀석은 터벅터벅 걸어와서는 시시하다고 말했다.

"이제 돌아가야 할 시간이 됐네."

세호는 자리를 털고 일어났다.

"한 번만 더 하고 가. 보물찾기 재미있단 말이야."

딸아이가 발을 구르며 떼를 썼다. 아내가 세호에게 고개를 까닥였다.

"그럼 이번에는 할머니한테 숨기라고 할까?"

노인은 손사래를 쳤다.

"할머니!"

두 아이가 노인의 팔을 붙들고 졸랐다.

노인이 스웨터 주머니를 뒤적이더니 손을 내저었다. 세호는 얼른 지갑을 꺼냈다. 지폐는 그게 전부였던 모양이었다. 지갑에서는 연금복권 다섯 장과 몇 장의 명함과 그리고 출장길에 남긴 백 달러짜리 지폐가 한 장 나왔다. 그는 점퍼 주머니를 뒤졌다. 무슨 빳빳한 영수증이 나왔는데 공원 마크가 찍힌 주차권이었다. 그는 왜 이게 여기 있담, 하는 표정으로 아내를 바라보았다. 지현이 흘겨보았다.

그는 얼른 백 달러 지폐를 뽑아서 장모에게 건넸다.

"할 수 없이 이걸로 해야겠어요."

노인은 마지못해 받아들었다. 그녀는 발코니를 내려가서 숲으로 힘겹게 걸어갔다. 세호는 딸을, 지현은 아들을 가슴에 품어 눈을 가렸다.

이번에는 두 부부가 큰 소리로 무궁화꽃이 피었습니다, 를 셌다. 아들 녀석이 머리를 꿈지럭거려서 지현은 아이 등을 후려쳤다.

"반칙할 거야?"

한참 만에 노인이 돌아왔다.

"내가 참 별짓을 다 한다."

부부는 아이들을 풀어주었다.

아이들이 보물을 찾는 동안 어른들은 짐을 정리했다. 해가 기울어서 발코니는 그늘이 되었다. 지현은 담요를 노인의 어깨에 덮어주었다.

아들 녀석이 돌아왔다.

"못 찾겠어요. 힌트를 주세요, 할머니."

딸아이는 아직 숲에 남아 이 나무 저 나무를 옮겨 다니며 보물을 찾고 있었다.

"나무를 봐. 아주 꼭꼭 숨겨놨단다. 지현이한테도 알려줘."

"엄마, 뭘 나한테 알려줘?"

"아이쿠, 내 정신머리 좀 보게."

그러면서 노인은 손녀딸 이름이 얼른 생각나지 않는 듯 인상을 썼다. 아들이 숲으로 달려갔다.

부부는 노인을 부축해 마당으로 내려서서 아이들을 기다렸다. 아이들이 돌아오면 바로 떠날 생각이었다.

숲에서 아이들이 소리쳤다.

"못 찾겠어요!"

세 사람은 숲으로 들어갔다. 아이들은 지쳐서 서 있었다. 지현이 생글거리며 말했다.

"그럼 이번 판은 포기한 거다."

"싫어요. 힌트를 더 주세요."

아이들은 제 할머니를 바라보았다. 이미 노인은 나무 한 그루 앞에 허리를 접고 서 있었다. 부부와 아이들이 다가갔다. 네 사람은 빙 둘러서서 나무에게 말을 걸듯이 들여다보았다. 노인이 고개를 갸우뚱하고는 그 옆 나무로 자리를 옮겼다. 다시 가족들은 노인을 따라갔다. 노인이 한숨을 내쉬며 뒤로 물러났다. 노인은 천천히 고개를 돌려 숲을 둘러보았다. 얼굴이 점점 사색이 되어갔다.

가족들은 각자 흩어져서 아무 말도 없이 숲을 더듬었다.

"엄마, 나무에 숨긴 거 확실해?"

"할머니, 여기까지 오시진 않았죠?"

노인은 모르겠는 표정으로 고개를 저었다.

잠시 후 그들은 다시 노인 곁으로 모였다.

세호가 말했다.

"어머니, 괜찮아요. 이제 가야겠는걸."

그는 손목시계를 보고 아이들을 돌아보았다.

"서울까지 돌아가려면 늦겠다."

그러자 지현이 신경질적으로 소리쳤다.

"어디를 가? 찾고 가. 엄마, 꼭 찾아. 잘 기억해봐."

세호는 아내에게 눈을 부릅떴다. 그는 눈짓으로 노인을 가리켰고, 노인은 아무도 없는 숲에 버려진 아이처럼 혼이 빠져 있었다. 지현이 손바닥에 얼굴을 묻고 땅바닥에 주저앉았다.

"엄마, 정말 왜 이래?"

세호는 아내를 일으켜 세웠다. 그는 아이들을 몰면서 장모의 소매를 끌면서 말했다.

"자, 이제 가자."

노인이 울상이 되어 자꾸 뒤를 돌아보았다.

"괜찮아요, 장모님. 아무 문제없어요."

조경란

기도에 가까운

1996년 동아일보 신춘문예에 단편 〈불란서 안경원〉이 당선되어 등단했다. 소설집 《불란서 안경원》《나의 자줏빛 소파》《코끼리를 찾아서》《국자 이야기》《풍선을 샀어》, 중편소설 《움직임》, 장편소설 《식빵 굽는 시간》《가족의 기원》《우리는 만난 적이 있다》《혀》, 산문집 《조경란의 악어 이야기》《백화점》 등이 있다. 문학동네작가상, 오늘의 젊은 예술가상, 현대문학상, 동인문학상 등을 수상했다.

최근 몇 년 동안 미호는 옆에 노인들밖에 없는 기분이었다. 노인들이라고 해야 세 사람뿐이기는 했지만 그들의 나이를 모두 합하면 이백 살도 넘을 것이다. 서른네 살이 된 지금 미호는 그들과 멀리 떨어진 곳에 와 있다.

세 노인들 중 한 사람은 죽었고 한 사람에게는 죽음이 다가오고 있는 중이며 다른 한 사람은 미호와 크게 관계가 없는 노인이기는 하다. 사실 그렇다. 그래도 내일 어떤 일이 생긴다면 짐을 꾸려 다시 집으로 돌아가야 한다.

얼굴도 모르는 먼 친척이나 옛날에 한번 알던 사람이 죽어가면서 어마어마한 유산을 남겨주는 것. 그런 뜻밖의 일이 미호에게 일어날 리 없다. 주변에서도 그와 유사한 일이 일어났다는 말을 미호는 들어본 적 없었다. 그러고 보니 이복동생의 시아버지가 떠오른다. 중국에서 무슨 무역업을 하던 분이었다. 아픈 데도 없이 건강검진을 받기 위해서 차를 몰고 혼자 병원에 간 그날 사망하고 말았다. 그 전날인가 가족이 다 모인 저녁 모임에서 기분이 좋아진 그분이 동생과 동생의 남편, 다섯 살 된 조카아이, 시어머니 되는 분에게 용돈이나 하라며 현금으로 천만 원이 든 봉투를 각각 나누어주었다는 말을 들었다. 장례를 치를 때까지 누구도 병원 주차장에 세워둔 그분의 자동차에 관해서 떠올릴 겨를이 없었던 모양이다. 글쎄, 주차비만 육십만 원 넘게 나왔다니까요. 동생은 전화로 푸념을 했다. 하루저녁 용돈으로 받은 천만 원과 고인의 주차비 육십만 원 중 어느 쪽이 더 큰 금액일까 미호는 머릿속으로 계산하고 있었다. 동생은 시아버지가 남긴 유산에 관해 이야기하고 싶어 하는 것 같았지만 미호가 그런 대화에 적절한 사람이 아니라는 판단을 했는지 화제를 돌렸다. 아무튼 지금 이복동생의 시아버지가 생각난 건 유산에 대해 말하기 위해서가 아니다. 그럼 건강검진을 받으러 유유히 자동차를 몰고 병원에 들어간 그날 어떤 사람은 죽음을 맞이할 수도 있다는 것 때문인가.

그런 돌연한 죽음에 대해서는 생각하지 않는 게 상책이겠지만 미호가 알고 지내던 어떤 노인에게는 불가능한 일이었다. 그 노인에게 미호도 무엇인가를 하나 받은 적이 있다.

데이케어센터에서 돌아올 어머니를 마중하기 위해 대문을 닫고 골목으로 내려가던 길이었다. 좁은 골목 입구에 커다란 검은색 자동차 한 대가 보였다. 동네에서는 볼 수 없는 자동차라 더 눈에 띄었다. 골목 안으로 진입할 수 없을 거라고 판단했는지 보조석 문을 열고 한 남자가 차에서 내렸다. 미호가 조금만 늦게 나왔다면 미호의 구석진 집을 찾기 위해 집집마다 주소를 확인하고 다녀야 했을 거였다. 그 자동차를 타고 다니던 시절에도 미호는 언제나 골목 입구가 아니라 대로변까지 걸어 내려가곤 했으니까.

슈트를 입고 선글라스를 쓴 남자가 미호에게 정중하게 고개를 숙였다. 안녕하셨습니까. ……오랜만이에요. 짧은 인사를 주고받자 더는 할 말이 없었다. 여긴 어쩐 일이냐고 물을 필요는 없어 보였다. 오 실장이 말해주지 않아도 미호는 저절로 그 노인의 죽음을 알아차릴 수 있었다. 모두가 고문顧問님이라고 불렀던 노인. 그런데 왜 저를? 미호의 표정은 그래 보였을 것이다. 전해 드리라는 게 있었습니다. 오 실장은 자동차 쪽으로 걸음을 옮겼다. 그 몇 걸음 뒤를 따라 걷는 동안 미호는 허 고문이 결국 어떻게 죽게 되었는지, 그가 자신에게 전해주라고 한 게 무엇인지, 데이케어센터의 차가 벌써 와 대로변에서 자신을 기다리고 있는 것은 아닌지 바삐 생각하느라 정작 아무 말도 못 하고 있었다. 핸들에 손을 댄 채 미스터 주라고 불렸던 허 고문의 기사가 목례를 했다. 오 실장도 미스터 주도 모두 서른 갓 넘었을까 싶은 청년들이었다. 허 고문을 보좌하던 사람들이 대개 그랬듯.

문을 열어도 될까요? 하는 얼굴로 오 실장이 자동차 뒷좌석 문손잡이를 잡은 채 미호를 한 번 돌아보았다. 오 실장 뒤에 선 채로 미호는 고개를 약간만 내밀었다. 그 안에 무엇이 있는지 알고 싶어 하지 않는 사람처럼.

허 고문이 죽기 전에 미호에게 남긴 것이 태연히 미호를 올려다봤다.

장소는 경기도 어딘가에 있다는 문화비즈니스재단이라고 했다. 문화와 비즈니스. 이게 무슨 뜻이에요? 미호는 어리둥절한 채로 일을 맡긴 선배에게 물었다. 그쪽에서 교통비까지 준다고 했으니 일단 택시를 불러, 가서 내 대신 중국어 원고만 읽어주면 돼. 그날 그 센터에서 열리는 강연자인 선배는 급성맹장으로 병원에 입원해 있었다. 이런 경우엔 그냥 취소하셔야 하는 거 아녜요, 선배? 거기 오너가 계획이 틀어지는 걸 싫어한댄다. 대타라도 구해달라고 한 건 그쪽이야, 강연료도 엄청나게 많다, 거기서 너 반 준다. 지하철을 두 번 갈아타고 양재역까지 나가 미호는 택시를 탔다. 몇 개의 골프장들과 공원을 지났다. 재단은 삼 층 높이의 직사각형 유리를 연상시키는 건물이었다. 미호는 선배의 원고를 읽었다. 강연장에 모인 사람들은 모두 여섯 명뿐이었고 중국인으로 보이는 사람은 아무도 없었다.

강연이 끝난 후 한 젊은 여자가 미호를 삼 층으로 안내했다. 출입문을 마주한 두 벽의 모서리 앞쪽 놓여 있던 책상에서 한 노인이 일어났다. 저희 재단 고문님이십니다. 비서가 미호에게 말했다. 중키에 적당히 마르고 숱이 없는 짧은 은발의 노인. 강연장에서 입고 있던 군청색 점퍼를 어느 틈엔가 양복으로 갈아입은 모양이었다. 강연 내내 한 손에 들고 있던 무전기도 지금은 들고 있지 않았다. 무전기에서 나는 지지직거리는 소음이 미호의 목소리보다 큰 순간도 있었고 아무도 그것에 개의치 않는다는 점에서 미호는 당혹스러움이나 불쾌감도 느끼지 않았다. 미호는 대신 온 사람일 뿐이었다. 중국어가 유창하지는 않더군요. 자리를 권하며 허 고문이 말했다. 강연장에 모인 여섯 사람 모두 이 재단의 직원들이었던 걸까. 주로 번역 일만 해서요, 그런 데다. 비즈니스 용어가 어렵죠. 네. 저가 직원들의 능력을 끌어올리고 싶어서요. ……네. 지금은 어떤 책을 번역하고 있습니까?

그 넓은 공간에 가구라고는 같은 목재로 보이는 책상과 테이블과 낮은 책장 하나가 전부였다. 밖으로 난 두 벽은 모두 유리로 돼 있었고 헐벗은 산이 보였다. 취향에 따라서는 심플하고 간결한 방이라고 말할 수 있을지도 몰랐다. 미호에게는 불필요하게 넓고 휑해 보여서 안정감을 느끼기 어려운 방이었다.

저가 좁고 높은 데 있질 못해서요.

노인이 웃을 때마다 목소리 끝에 새된 여자애 목소리가 묻어나와 미호는 어깨를 움츠리곤 했다. 방배동이 집이라는 노인이 양재역까지 자동차를 같이 타고 가는 게 어떻겠느냐고 하기에 택시를 타고 경기도만 나가면 알아서 가겠다고 거절했다. 그러자 노인이 이해할 수 없다는 표정으로 말했다. 방향이 같은데 뭐 하러 기름값을 낭비합니까? 차창 밖으로 해가 지고 있었다. 노인의 말은 빨라지고 이야기는 두서없어졌다. 몇 번인가 미호는 오른손 엄지로 왼손 손바닥을 꾹꾹 찌르곤 했다. 지하차도를 지날 때 옆에 앉은 노인이 입을 굳게 다물고는 안전벨트를 매는 것을 보았다. 떨리고 있는 노인의 손도.

저가 보기보다 겁이 많아서요.

두 손으로 안전벨트를 움켜쥔 노인이 미호를 보며 미소 지었다. 소리 내 웃지 않을 땐 눈가로 길게 주름이 잡혔다. 양재역에서 내릴 때 노인은 세 장의 명함을 건네주었다. 명함에 적힌 직함들은 문화와 비즈니스라는 단어의 결합만큼이나 미호에게는 연결이 되지 않는 것들이었다. 세 장의 명함에 공통점이 있다면 노인의 이름 뒤에 붙은 고문이라는 직함뿐.

피로가 몰려왔다. 누구를 대신해서 한 일 뒤에는 늘 그랬다. 어머니는 잠들어 있었다. 옷을 갈아입는 동안 다락방에서 CCTV를 돌려 보았다. 미호가 없는 반나절 사이에 어머니가 한 일은 바나나 두 개를 먹고 두 손으로 얼굴을 북북 문지르고 미동도 없이 방바닥에 앉아 있다가 침대로 들어가 누운 것이 다였다. 혼자 있는 사람이라면 그럴 수 있는 행동들이었다. 누구라도 다. 미호는 아직도 CCTV로 혼자 있을 때의 어머니를 보는 게 불편했고 그것은 자연스러워지지 않을 거라고 생각했다. 잠든 어머니의 양말을 벗기면서 미호는 중얼거렸다. 오늘 이상한 수다쟁이 노인을 만났어, 엄마. 자기가 설계하고 지은 건물들은 모두 삼 층까지만이래. 무너질까 봐. 그리고 잠을 못 잔대. 자다가 못 깨어날 거 같아서. 엄마도 그래요? 상상만 해도 으스스해. 독일 개하고만 사는 노인이라니. 집은 얼마나 썰렁할까. 이상한 노인이야. 엄마가 그랬잖아요, 너무 솔직한 사람은 믿지 말라고. 미호는 어머니 옆에서 잠들었다. 크고 사납고 공격적인 개들. 셰퍼드, 사냥개들, 검고 날렵한 다리와 발달된 허리와 엉덩이를 가진 수렵용 개들. 그런 수십 마리의 야생 개들 속에서 한 노인이 무전기에 대고 죽는 게 무서워, 죽는 게 무서워, 라고 속삭이며 새된 소리로 웃는 꿈을 꾸었다.

비서를 통해 연락이 왔다. 노인이 연변 미래기술학교에서 강연하게 될 연설문을 번역해달라고 했다. 미호는 책상 옆 테이블에 놓인 CCTV를 들여다보면서 두 페이지짜리 연설문을 번역해 넘겼다. 구축構築이라는 단어가 열 번쯤 나왔다. 그런 번역 일이 두어 번쯤 들어왔다. 이복동생은 한 달에 한 번쯤 안부 전화를 했다. 어머니는 어디로도 가고 싶어 하지 않았다. 억지로 옷을 챙겨 입히려고 들면 지금까지 미호가 한 번도 들어보지 못한 무시무시한 욕설을 퍼붓곤 했다. 뇌가 줄어들면서 단정하고 예의 바르고 청결했던 어머니도 사라졌다. 그래도 같은 엄마지? 같은 엄마지? 미호는 어머니의 팔이나 어깨를 잡고 흥얼거렸다. 서로가 기운을 잃지 말아야 했다. 아직은 모든 게 너무 일렀다.

그래도 어머니가 이른 저녁부터 아침 대여섯 시까지 규칙적으로 잠을 잔다는 건 다행한 일이었다. 어머니가 잠든 후부터 미호는 다락방으로 올라가 번역 일을 하곤 했다. 순간순간 고요했다. 어머니를 처음 요양원에 보내고 미호가 한 일은 냉장고를 정리한 거였다. 몇 년쯤 먹고도 남을 만한 떡들을 어머니는 냉동실에 차곡차곡 얼려두고 있었다. 딱딱한 떡 봉지가 발등을 찧을 때도 있어 냉동실 문을 열 땐 주의해야 했다. 미호는 매일 저녁 언제적 것인지도 모를 떡들을 먹으며 중국어를 우리말로 옮기는 일을 했다. 일이 많다고 불평을 해보는 상상을 하면 즐거워질 수 있었다. 어머니 명의의 집에서 미호와 어머니가 아래층 방으로 옮겨간 게 이태 전이다. 세 가구가 사는 집이었다. 그 집에서 꼼짝도 하지 않겠다는 어머니를 설득할 수 있는 유일한 방법이었다. 언니 어머니를 요양원으로 보내지 않는 건 실수예요, 두 사람 모두 불행의 구덩이 속으로 떨어지는 거라구요. 이럴 때는 남과 같은 이복동생의 말이 맞을지도 몰랐다. 그러나 어머니는 요양원에 있을 때 자신은 불행하다고 했다. 조금도 새지 않는 발음으로, 초점도 정확한 눈으로 미호를 쳐다보며 말했다. 집에 데려다주세요. 미호는 어머니를 다시 집으로 모셔왔고 책상이 있는 다락방에 CCTV를 들여놨다.

초여름이 지날 무렵 반지하에 새로운 세입자가 들어왔다. 계약할 때는 연변 억양의 중년 여자였던 것 같은데 막상 이사를 들어온 사람은 누가 봐도 할머니 소리를 들을 만한 노파였다. 제 이모가 살 거예요. 계약서를 쓴 중년 여자가 배시시 웃었다. 그 할머니는 무엇을 하려는지 기다란 쇠파이프 같은 걸 들고 비좁은 대문 앞에 우두커니 서 있었다.

이따금 미호는 어머니의 죽음에 대해 그려보곤 했다. 그때 자신이 무엇을 하고 있을까에 대해서. 그건 어머니의 죽음과 상관없는 일일지도 모른다. 미호는 어떤 사람의 죽음은 죽음 자체가 아니라 남아 있는 사람에게 주는 기억들, 순간들이 더 큰 영향을 끼칠 거라고 이해하고 있었다. 미호가 죽음에 관해 알고 있는 사실은 많지 않았다. 그래서 어머니의 죽음이 필연적이라면 평화롭게, 깨끗한 정적 속에서 이루어졌으면 하고 바랄 뿐이었다.

독일 개는 미호의 상상과는 달랐다. 저는 개 한 마리랑 살고 있어요, 저먼 헌팅 테리어죠. 처음 만난 날 노인이 말했을 때부터 미호는 밑도 끝도 없이 커다랗고 사나운 셰퍼드나 도베르만 같은 종을 떠올렸던 것이다. 저먼 헌팅 테리어라는 개를 본 적도 없는 데다가 알고 있는 독일 개의 종류는 그게 다였으니까. 노인의 개는 전체적으로 검고 주둥이와 가슴과 발의 끝부분만 황갈색을 띤, 체구가 작은 개였다. 그렇긴 해도 몸통에 비해 굵은 꼬리가 등처럼 평평하게 뻗쳐 있는 게 꽤나 민첩해 보였고 사냥감을 쫓는다면 결코 포기하지 않을 집요함을 드러내 보이고 있는 듯했다. 가정견으로 적합해 보이지 않는다는 미호의 인상과 달리 개는 넓은 보폭으로 미호와 노인 사이를 활발하게 왔다 갔다 했다.

이름이 뭐예요?

미호는 처음 온 사람을 보고도 짖지 않는 개를 보며 노인에게 물었다.

하나 지어주시지요.

집에서의 노인은 그동안 문화비즈니스재단에서 두어 번 봤을 때와는 달라 보였다. 낮의 생기나 활력은 모두 사라져버린 듯했다. 재봉이 뛰어난 슈트를 입었을 때의 위력도. 미호는 고개를 끄덕였다. 누구든 집에서는 뒤를 의식하며 고개나 등을 곧추세우고 걷거나 앉지 않을 테니까. 게다가 자정 무렵이었고 노인은 침실에 있기 편한 가운을 입고 있었다. 미호는 면접을 보러 갈 때처럼 바지 정장에 굽이 있는 검정색 구두를 신고 왔다.

저 앤 귀머거리예요.

나가보라는 뜻인지 노인은 오 실장에게 손짓을 했다. 항상 슈트를 차려입고 한밤중에도 선글라스를 벗지 않는 오 실장은 조명 아래서 있을 때면 솔직히 말해 노인에게 죽음을 알리러 온 사람 같아 보이기도 했다. 대문에서부터 노인이 있는 침실 옆의 실내까지 미호를 안내해준 오 실장이 미닫이문을 반쯤 열어두고 나갔다. 불을 다 켜고 돌아다녀도 그 집 전체를 돌아볼 수도 구조를 알아낼 수도 없을 것 같았다. 어딘가에 굴 같은 것을 파놓았을지도 알 수 없었다. 그 집에서 두 달 동안 미호가 본 것은 침실 옆의 거실 같은 실내에 놓여 있던 몇 개의 고가구들과 오래된 저울들, 한쪽 구석의 협탁 테이블, 그 위에 새 모형의 장식용 나무, 그리고 기역 자로 놓인 소파와 암체어 하나였다. 올라온 계단 수를 세보면 그곳은 삼 층 높이쯤 될 것 같았다. 노인이 자랑하고 싶어 할 조망은 어두워서 보이지 않았다. 미호는 노인이 권하는 소파의 가운데 자리에 앉았다. 가운 끈을 너무 단단히 조여 매 어딘가 우스꽝스러워 보이는 노인은 미호의 왼쪽 암체어에 앉았다. 그의 발치에 고개를 빳빳이 세운 독일 개가 어슬렁거렸다. 귀머거리 개라니, 그래도 이름은 하나 있어야 하지 않을까. 미호는 눈으로 벽시계를 찾았다.

시간이 되면 저가 알아서 침실로 들어갈 겁니다.

눈치가 빠른 노인이었다. 붉은 융단 속에 파묻히듯 앉아 있는 노인을 맞바라보았다. 막상 할 말이 떠오르지 않았다. 허 고문에게 이 일을 제안 받았을 때 꺼리고 망설인 이유는 어렵지도 않은 일을 하면서 지나치게 많은 보수를 받게 된다는 점 때문이었다. 노인이 가장 불안을 느낀다는 자정에서부터 세 시까지. 세 시간 동안 노인과 대화를 주고받기만 하면 되는 일이었다. 그 시간에 엄마가 깨어나는 일은 없었다. 미호가 알기로는 그랬다. 그러나 일주일에 한 번이기는 해도 그 시간에 집을 비우는 일이 가능하기만 한 것은 아니었다. 해본 적이 없는 일들은 미호에겐 모두 가능하다고 여겨지지 않았다. 미호는 그 일을 하기로 했다. 스스로 내린 결정이었다. 어머니가 맑은 정신으로 돌아오는 순간이 있었다. 미호는 어머니한테 그 일에 대해 말했다. 어머니는 괜찮다고 말하지 않았다. 너 하고 싶은 대로 해, 너 하고 싶은 대로 해, 무덤덤하게 말했다. 예상을 빗나간 반응이었다. 내가 뭘 아니, 내가 뭘 아니. 죽 그릇에 숟가락을 푹 꽂아 넣으며 어머니가 미호를 뚫어지게 봤다. 제정신일 때의 어머니가 무섭게 느껴진 건 처음이었다.

그런 이야기는 노인에게 하지 않을 참이었다.

노인도 입을 다물고 있었다. 미호가 이해하기론 노인에게 혼자 이야기를 들려주는 게 아니라 두 사람이서 대화를 나누는 거였다. 적당한 화제가 어디에 있을까. 미호는 손톱이 뾰족한 오른손 엄지로 왼손 손바닥을 찔러대고 있었다. 누군가와 이렇게 마주 앉아 대화라는 걸 나눠본 게 언제였는지 기억하기 어려웠다. 어머니가 맑은 정신으로 돌아올 때도 있지만 그건 짧은 순간일 뿐이다. 어머니한테 뭔가를 당부하고 주의시키고 확인시키는 것만으로도 너무나 부족한.

미호는 노인에게 묻고 싶은 게 있었다. 저 개는 왜 귀머거리가 되었는지, 노인이 경험한 진짜 두려운 죽음은 어떤 것이었는지. 미호는 묻지 않았다. 고용인들은 질문 받는 걸 좋아하지 않을 테니까. 묻고 싶은 게 많은 것도 아니었다. 정적 속에서 개의 숨소리가 등을 떠미는 것 같았다.

요즘엔 중국 식물학자가 쓴 책을 번역하고 있어요.

저가 식물도 좋아합니다. 저 아래가 다 정원이에요.

노인은 손을 뻗어 통창을 가리켰다.

미호는 노인에게 최초의 육상식물들에 관한 이야기를 들려주었다. 관다발은 없고 어둡고 습한 서식지에서 눈에 띄지 않는 모습으로 자라는 식물들. 이끼나 뿔이끼, 그리고 그 밖의 선태식물들에 대해서. 이십 분쯤 지나가는 기분이었다. 미호는 등받이에 등을 기댔다. 노인이 흥미를 갖고 있다면 연의 씨에 관해 말할 수 있었다. 바람과 나비와 벌에 의해서가 아니라 새의 깃털에 달라붙어 옮겨지는 씨에 대해서도.

좀 지루하군요.

…….

그런 이야긴 책에도 나오니까요.

미호는 노인을 보았다. 그 노인이 만만하다고 느낀 적은 없었다. 한 시가 넘고부터 노인의 눈 주위가 퀭해지는 것 같았다. 세 시가 가까워올 무렵엔 시체처럼 보일지도 몰라. 하마터면 그렇게 내뱉을 뻔해 미호는 생각지도 않은 말을 꺼내버렸다.

세입자가 새로 들어왔는데 연변 할머니예요, 혼자 사시구요.

어, 그런데요?

말을 나눠본 적은 아직 한 번도 없는데요. 저랑 신경전 같은 걸 벌이고 있는 중이에요.

뭐 때문에요?

암체어에 몸을 깊숙이 파묻고 앉아 있던 노인이 흥미가 생긴다는 듯 억양을 조금 높였다.

시간이 흐른 후 미호는 새벽에 허 고문과 나누었던 이야기들을 떠올려볼 때가 있었다. 정확히는 그 순간들. 지금도 미호는 왜 그런 일을 두 달 동안이나 한 번도 빠짐없이 했으며 막상 그 일을 그만두게 되었을 때 뒤에 남겨진 것 같은 기분이 들었는지, 애초부터 왜 그런 제안을 받아들였는지에 대해서. 그날 처음 본 독일 개 때문이었을까? 그렇다고 해도 그건 그 개가 귀가 먹었거나 저택에서 본성을 잃어가고 있는 듯 보였기 때문은 아닐 거다. 미호가 죽음을 진지하게 여기게 되기 이전에 한 생각은 앞으로 혼자 살아가야 하는 것에 관한 문제였다. 어머니의 병은 진행되면 되었지 회복될 수 없는 병이었다. 아프기 전부터 미호도 모르게 어머니는 늙어가고 있었다. 사람은 나이가 들면 곁에 누군가 필요로 하게 되고 그것이 의존이라든가 의지라는 말과 바꿔 써도 무방하다는 것을 서서히 알아차려가고 있던 중이었다. 어머니가 아프기 이전부터. 노화는 천천히 일어나는 것 같지만 실은 그렇지 않다. 그렇다고 알아차리는 순간 곤두박질치는 속도로 일어난다. 적어도 어머니의 경우엔 그랬다. 원하든 원치 않든 누군가를 필요로 하는 것은 당연한 일 같았고 그것이 늙어가는 일의 가장 큰 서글픔이 아닐까 느껴졌던 것이다. 제 손으로 얼굴도 씻지 못하는 때가 한 번은 온다. 그런 시간이 미호에게도 닥쳐올 것이었다. 자신이 늙어가서가 아니라 누군가에게 의존해야만 하는 쇠약함에 격통을 느끼게 될. 내 옆에는 누가 남아 있을까. 준비도 계획도 세울 수 없는 일은 많았다. 자명한 사실은 미호는 곧 혼자 남겨진다는 데 있었다. 한여름에도 서늘한 기운이 느껴지던 그 저택에서 독일 개를 본 순간 미호는 노인 옆에 있는 건 바로 그 생물체 하나밖에 없다는 느낌을 받았다. 아무리 많은 것을 손에 쥐고 있는 노인이라고 해도.

미호는 매주 금요일 밤 미스터 주가 모는 자동차를 타고 자정에 맞춰 노인의 집으로 갔고 심야택시를 이용해 집으로 돌아오곤 했다. CCTV 속의 어머니는 이불을 발로 차낸 자세로 몸을 뒤척이지도 않은 채 잠들어 있었다. 리와인드시켜 보지 않으면 화면 속의 어머니는 이미 죽은 사람처럼 보일 때도 있었다.

세입자 할머니는 쇠파이프를 대문 한쪽 기둥에 고정시켜버렸다. 마작을 하러 드나드는 여자들과 남자들 중 누군가 시멘트를 발라주었을지도 모른다. 할머니 혼자 했다고 믿기 어려울 만큼 정교한 솜씨였다. 낮은 대문 한쪽 위로 이십 센티미터쯤 솟은 그 쇠파이프에 빨랫줄을 동여매곤 나머지 한쪽을 미호의 집 계단 난간에다 이어 묶었다. 대문 기둥에서부터 약간 기운 듯한 팽팽한 빨랫줄 하나가 걸린 셈이다. 그 문은 뒤쪽의 세입자들을 위해서 진짜 대문 옆으로 떨어져 만든 쪽문에 가까웠다. 마당이랄 것도 없었다. 그 쪽문에서부터 미호의 계단까지는 불과 서너 걸음밖에 되지 않아 문을 드나들 때마다 빨랫줄이 오른쪽 시야를 가리는 기분이 들게 했다. 거기에 아직 아무것도 걸려 있지 않은데도. 어머니와 이 층에서 그 아래층 방으로 옮긴 후 미호는 건조대를 사서 실내에서 세탁물을 말리곤 했다. 옥상에다 빨래를 널 수 있는 집은 거기 세 든 가구뿐이다. 예전에 어머니와 살던.

미호는 계단에 걸터앉아서 빨랫줄을 올려다보았다. 아무 무게가 없는 줄이었다. 세탁물도 걸리지 않은 줄 하나가 시야를 가린다는 느낌을 주는 건 이상한 일이었다. 쳐다보고 있을수록 완강해 보이는 것도. 미호는 자리에서 일어나 계단 난간에 묶어놓은 줄을 풀기 시작했다. 특별한 매듭법으로 묶은 것인지 여간해서 풀리지 않았다. 고집을 부리고 싶어지는 일이 있었다. 풀어버린 빨랫줄을 대충 말아

대문 기둥 아래 놓았다. 빨랫줄에 불과한데도 몸을 묶어버리고도 남을 밧줄 뭉치처럼 보여 미호는 손을 털고는 얼른 안으로 들어가버렸다. 할머니가 어떤 반응을 보일지 알 수 없었다. 거기에 빨랫줄을 매시면 안 됩니다. 단단히 벼르긴 했지만 그 이후는 장담할 수 없었다. 왜 안 되느냐고 할머니가 반문하면 어떻게 하지? 미호는 데이케어센터에서 다른 노인들과 말싸움을 해 일찍 모셔온 어머니에게 짐짓 명랑한 소리로 물어보았다. 기분이 상해 있던 어머니가 니까짓 게 뭘 아니? 뭘 아니? 호통을 쳐댔다.

허 고문에게 한 말은 사실이 아니었다. 그 연변 할머니와 신경전을 벌이고 있다고 여기는 사람은 미호뿐일 테니까. 할머니는 미호가 한쪽을 풀어버린 빨랫줄을 틀림없이 보았을 텐데도 그대로 두었다. 미호네로 찾아오지도 않았고 그 한쪽 줄을 다시 계단 난간에 묶지도 않았다. 할머니가 그 줄에 손 하나 안 댄 채 가만히 그 자리에 두는 게 미호는 더 신경이 쓰였다. 노인들은 미호가 아는 것보다 얼마나 눈치가 빠르고 노회한 걸까. 기름칠이 필요한 쪽문은 열고 닫을 때마다 다락방으로도 소리가 들려왔다. 미호는 회전의자를 빙글빙글 돌렸다. 바닥에 뭉쳐놓은 빨랫줄을 할머니가 대문 기둥에 둘둘 말아 검은 비닐봉지를 씌워놓은 것은 열흘도 더 지나서였다. 골목 밖에서 보면 쪽대문 한쪽 위에 검은 비닐봉지가 봉긋 솟아 있는 모양새였다. 빨랫줄에 대한 집념도 포기도 아니었다. 혹은 둘 다를 의미하는 것일까. 그러나 그게 무엇이든 할머니를 찾아가 검은 봉지까지 치워달라고 말할 자신은 없었다. 밤에는 양감을 가진 조기弔旗 같아 보여도 말이다.

그럼 화가 나겠군요.

이야기를 듣고만 있던 노인이 씩 웃었다.

그럴 때도 있긴 한데요. 안 그럴 때도 있어요.

언제요?

햇빛이 쨍한 날요.

저가 생각할 땐, 그게 죄책감 같은 게 아닐까요?

제가 도로 묶어둬야 할까요?

그냥 두세요. 그 할머니가 알아서 할 겁니다.

고문님이 어떻게 아세요?

때를 기다리는 거겠죠.

빨래를 널어도 좋은 때를요?

집주인 마음이 풀어질 때를요.

노인은 웃었다. 새벽 세 시가 가까운 시간에.

이제 엄지로 손바닥을 찌르지 않는군요.

미호는 네? 하는 얼굴로 무릎 위에 올려둔, 자신의 느슨히 벌어진 두 손을 내려다보았다. 노인은 그 사실에도 즐거워하는 것 같았다. 일을 시작한 지 한 달이 지나가고 있던 때였다. 그 주 일요일 늦은 아침에 시장을 가려고 문을 밀고 나왔을 때 미호는 노인의 말이 맞았다는 것을 인정해야 했다. 할머니는 이제 때가 되었다는 듯 빨랫줄을 계단 난간에다 묶었고 그 길이를 다 차지하는 첫 세탁물을 널어두었다. 커다랗고 무거워 보이는, 반으로 반듯하게 접은 추동 이불 한 채를.

거실에서 노인을 기다려야 하는 일이 생기기도 했다. 시간대가 다른 나라에서 걸려온 전화를 받거나 출장에서 늦게 돌아오는 때가 있기도 했지만 노인은 일정을 변경하는 걸 좋아하지 않았다. 미호는 약속된 세 시간 동안 그 거실에 있기만 하면 되었다. 혼자 있을 땐 어려울 게 없었다. 개도 옆에 있었다. 개가 소리에 민감해야 한다고 여기는 건 주인의 착각일 수도 있다고 미호는 생각했다. 개가 민감해하는 건 주인의 움직임이었다. 소리가 아니라 시각 신호의 문제라고 해야 할까. 미호는 귀가 아래로 축 처지고 등이 좁아서 굴 같은 데 들어가기 적당해 보이는 그 개와 가까워졌다. 그럴 일도 별로 없다시피 했지만 무언가 지시하고 싶은 게 있으면 손으로 가리키거나 팔을 이용하면 됐다. 귀머거리 개의 특징이란 한마디로 제가 짖는 소리를 들을 수 없다는 것 외에 없어 보였다. 눈에 보이지 않는 움직임. 개가 알아차릴 수 없는 건 그 정도뿐이었다. 더러 슬쩍 누군가 거실을 들여다보고 가는 것 같을 때가 있었다.

그 저택에는 오 실장과 미스터 주 외에도 여러 명의 사람들이 살고 있었다. 요리사나 정원사, 어쩌면 잔디 깎는 사람까지. 돌이켜보면 빈집이 아니었는데도 어떻게 그렇게 아무런 냄새가 나지 않았을까 싶을 때가 있기도 했다. 밥 냄새는커녕 개 비린내나 가구의 냄새, 화병의 꽃 냄새조차. 미호가 살고 있는 세계와는 다른 데였다. 그런데도 이쪽 공간을 들여다보는 그것은 이 저택에 살고 있는 사람들이 아니라 다른 무엇처럼 느껴졌다. 실체도 그림자도 없는. 오늘은 어떤 이야기를 할까 떠올리고 있는 미호와 개, 그리고 그 자리에 있거나 없는 노인을 지켜보고 있다는 생각에 빠지게 될 때도 있었다. 그런 생각을 하기엔 더없이 적당한 시간이기도 했다. 그 실체는 그림자도 소리도 기척도 없었기 때문에 감각이 예민한 개도 알아차리지 못하는 것 같았다. 미호가 먼저 느낄 수 있는 건 아마 어머니와 살고 있어서일까. 죽음에 가까워지고 있는 사람 곁에서. 초침이 째깍, 움직일 때 낯선 덩어리가 몸의 우묵한 데를 지그시 밀고 들어오는 듯한 느낌을 받을 때가 있다. 그것은 미호가 노인에게 이야기를 들려주고 있는 순간에도 미닫이문 밖으로 슬쩍 지나가기도 하였다. 지금의 이 천상적인 질서는 곧 사라지리라. 그것은 매우 부드럽고 정중하게 속삭이는 것 같았다. 그럴 때면 미호는 저도 모르게 개의 뻣뻣한 털을 쓸어대며 너도 죽음에 대해 알고 있니? 눈으로 묻고는 했다. 손 신호를 보내기도 전에 그것은 사라져버릴 테니까.

오 실장이 독일 개를 미호에게 데리고 왔을 때는 그 저택을 드나들지 않게 된 지 이 년쯤 지난 후였을 것이다. 이상하리만큼 그때의 일들이 기억나지 않았다. 노인과 나누었던 대화도 미호가 노인에게 했던 말도. 누가 먼저 말을 꺼낸 것도 아닌데 그 시간을 마치게 된 이유도. 딱히 특별한 일이 있었던 것 같지는 않다고 미호는 기억하지만 노인에게는 그게 아닐 수도 있었을까. 한번은 노인이 병든 어머니 때문에 소리 내 울어본 적이 있느냐고 묻기에 없다고 대답했다. 왜요? 혹시 모친이 돌아가시고 나면 뜻밖에도 기쁨이 느껴질지 몰라서 그런 건 아니고요? 묻고는 예의 그 계집아이 소리가 섞인 소릴 내며 웃었다. 그 순간이 걸린다면 그건 노인에게가 아니라 미호에게 그래야 맞는다. 늘 같은 시각 같은 자리에 서 있던 미스터 주의

자동차가 보이지 않았다. 충분히 기다렸다가 미호는 집으로 돌아갔다. 고개를 끄덕였고 이렇게 여름이 지나가는구나, 했다. 그게 끝이었다. 그 재단에서 다시 미호에게 번역을 의뢰하거나 다른 일을 부탁해온 경우도 없었다. 그게 아니었다고 해도 그 노인과는 더 가까워질 수 없었을 것이다. 그가 미호에게 언제나 죽음을 상기시킨다는 이유만으로도. 그렇게 노인과 그 저택에서 본 것들을 잊어갔다. 한 번은 저녁 뉴스를 보다가 화면 속에서 노인을 본 것 같았다. 여러 명의 양복을 갖춰 입고 나이가 엇비슷한 사람들 속에 섞여 다른 나라에서 온 정부 관리들과 건배를 하고 있었다. 그 사람이 정말 허 고문인지 아닌지 확신할 수 없으면서도 선뜻 안도감 같은 게 느껴졌던 걸 보면 노인과 그때의 시간들을 다 잊은 것은 아닌지도 몰랐다. 개에 관해서도 마찬가지였다. 미호가 그 개와 주고받았던 몇 가지 신호들이 있었고 그것을 혼자 있을 때 해보기도 했다. 큰 동작일 필요도 없었다. 손가락으로 방향을 가리키거나 턱을 치켜들어도, 손바닥을 한 번 쳐봐도 그 신호를 알아들을 수 있는 건 미호 옆에 없었다.

데이케어센터에서 더 이상 어머니를 돌봐줄 수 없다는 결정을 내렸다. 사나워지고 더 공격적이 된 어머니가 다른 노인들에게 끼칠 영향은 미호가 보지 않아도 짐작할 수 있었다. 그 상대가 미호일 때가 많아지곤 했으니까. 어머니는 딸을 알아볼 수 없었고 자신이 누구인지도 잊어갔다. 어머니가 씻은 듯 다 나아 미호에게 왜 남들같이 결혼도 하고 취직도 하지 못하는 거냐고 잔소리하는 게 불만인 상상을 해보는 것도, 손톱으로 손바닥을 찔러대는 것도 도움이 되지 않았다. 어머니를 모신 곳은 경기도에 있는 요양병원이었다. 미호는 일주일에 세 번씩 어머니를 찾아가서 이야기했다. 이복동생이 보내온 전복과 큰 폭으로 오른 전기 요금에 대해서. 세입자 할머니가 빨랫줄을 이용하는 방식에 대해서도. 빨래를 널지 않을 때 할머니는 미호네 계단 쪽 줄을 풀어 대문 기둥에 말아 비닐봉지로 덮어두었다가 필요할 때만 다시 줄을 맸다. 번거로운 일일 텐데……. 신경이 쓰이는 건 여전했지만 이전과 같지는 않았다. 세탁물이 많지도 않은 게 미호에게도 다행으로 느껴졌다. 햇빛이 좋을 땐 그 줄에다 우리 빨래도 좀 갖다 널고 싶어지더라, 엄마. 어머니는 알아듣는 것 같지 않았지만 말을 하고 있으면 멍한 눈으로라도 미호를 보려고 하긴 했다.

가는 길은 가깝지 않았다. 미호는 지하철과 시외버스를 타고 어머니를 보러 갔다. 버스가 문화비즈니스재단에서 멀지 않은 곳을 지날 땐 저절로 눈이 가곤 했다. 그 건물에는 어느 틈엔가 고급 한정식 식당이 들어왔고 이 층은 지역 갤러리로 이용되고 있는 모양이었다. 미호가 독일 개를 전달받기 얼마 전의 일이었다. 그래서 미호는 노인이 어느 날 갑자기 죽은 것은 아니라고, 잠을 자다 아침에 눈을 뜨지 못한 상태로 숨을 거둔 건 아니었다고 알아차릴 수 있었다. 노인이 얼마간이라도 자신의 죽음을 준비하고 맞은 거라고 믿는 편이 나았다. 어머니 외에 그 노인에 관한 이야기는 해본 적이 없었다. 미호는 노인을 만난 적이 없다고도 말할 수 있을까. 그것은 가능하지 않았다. 어쨌든 귀머거리 개와 살게 된 데다 아침을 적극적으로 맞아야 한다는 걸 가르쳐준 사람도 그 노인일 테니까.

개는 사료도 잘 먹었고 가끔 허 고문이 까다롭고 길들이기 어려운 녀석이라고 했던 말들이 이해가 되지 않을 만큼 문제를 일으키지도 않았다. 개가 원하는 것은 두 가지밖에 없었다. 하루에 한 번 산책시켜주는 것, 그리고 껴안지 않는 것. 미호가 개에게 원하는 것도 있었다. 밤에 새끼 늑대처럼 창을 향해 짖지 말 것, 그리고 새 주인을 찾아주면 그때도 미호에게 왔을 때처럼 순순히 따라가 살 것.

짐을 꾸려놓고 미호는 당근과 브로콜리를 다져 넣은 죽을 쑤었다. 어머니에게 가는 길엔 언제나 생각이 많아졌다. 그 길이 마지막일 수도 있었다. 그렇게 여기기만 하면 아무 데도 가지 못하고 가지 않는 게 맞았다. 그 길이 마지막이 아닐 수도 있으며 어머니가 지금처럼만이라도 살아 있어줄 거라고 기대하면 어디든 갈 수 있었다. 삼 개월. 그 안에 무슨 일이 일어날지 미호도 알 수 없었다. 이번에는 남을 대신해서 맡은 일이 아니었다. 미호는 지원서를 썼고 숙소와 체제비의 일부를 지원받는 조건으로 다른 나라에서 온 번역가들과 지낼 기회를 갖게 되었다. 비행기를 타면 한 시간 반 안에 갈 수 있었다. 포기할까 망설인 것은 한순간일 뿐이었다. 미호는 서류를 작성하고 비자를 준비했다. 지금은 미호 자신이 원하는 것을 하는 게 어머니도 원하는 거라고 믿고 싶었다. 예전의 어머니였다면 그랬을 테니까.

미호는 숟가락으로 죽을 떠 어머니 입에 넣어드렸다. 땅 아래서 무엇인가 어머니를 지속적으로 끌어당기고 있는 것 같았다. 사람은 죽어서 하늘로 간다는 말은 틀릴지도 몰랐다. 더는 구부러지고 늘어질 게 없어 보였다. 늙은 어머니의 모든 것은 그래 보였다. 미호는 다물어지지 않은 어머니의 입과 턱 주변을 손수건으로 닦았다. 밖에 뭐가 있어요, 엄마? 해바라기밖에 없네, 나 좀 보세요, 이제 한참 있다 올 건데. 어머니는 내내 창밖만 내다보고 있었다. 사람과 사람이 한 번 눈을 마주치는 게 보통의 일이 아니라는 걸 미호는 알아갔다. 어머니가 미호 쪽으로 고개를 돌리며 다물어지지 않는 입술을 움직였다. ……개, 개, 개. 응? 뭐라고, 엄마? 개, 개. 아, 그 독일 개? 그 개는 어떻게 하고 갈 거냐고 묻고 싶은 거예요? ……거, 거.

미호는 어머니에게 연변 할머니 이야기를 들려주었다. 개가 사라져서 문을 열어보니까 미호네 계단과 그 할머니 방 출입구 사이를 활달하게 왔다 갔다 하더라는 이야기를. 사냥개로 타고난 그 개를 할머니가 쫑쫑아 쫑쫑아, 자신의 개처럼 부르고 쓰다듬는 것을 지켜본 이야기를.

사람들은 모두 기차를 타고 고향으로 가고 없었다. 명절에 도시에 남아 있는 사람들은 관광객들이나 미호 같은 외국인들밖에 없는 것 같았다. 아침부터 가랑비가 내리는 날이었다. 미호는 때가 일러 보이는 외투를 걸쳐 입고 다리 난간에 몸을 기대고 섰다. 길고 완만한 곡선의 운하를 따라 오래된 가옥들이 양쪽으로 늘어서 있고 몇 개의 아치형 석교들 위로 우산을 받쳐 든 사람들이 경치를 둘러보고 있었다. 수로를 중심으로 발달한 마을이었다. 기와지붕 아래도 아직 걷지 못한 세탁물들이 널려 있고 차를 파는 데서는 붉은 등을 켜기 시작하는 게 보였다. 미호는 차양을 친 작은 나무배 몇 척이 수로를 오가고 있는 것과 다리 옆에서 금붕어를 파는 상인들과 버들가지들이 휘늘어져 비치고 있는 강물을 내려다보았다. 지금은 괜찮았지만 이곳에 온 후 울음을 터뜨린 적이 한 번 있었다. 그날 어머니가 미호에게 한 말이 개, 개가 아니라 가, 가, 가였다는 사실을 깨달은 순간. 가, 엄마는 괜찮다, 가, 미호야.

세 노인들 중 한 사람은 죽었고 한 사람에게는 죽음이 가까이 다가오는 중이며 다른 한 사람은 미호와 크게 관계가 없다. 그래도 어쩔 수 없는 일이 있었다. 뒤에 남겨진 기분으로 불쑥불쑥 그 노인들에 관해 떠올리게 되는. 마지막이라는 걸 알았다면 허 고문에게는 기어이 연의 씨에 대해서 들려주었을 것이다. 돌처럼 딱딱해서 물도 흡수하지 못하는 그 씨가 발아할 수 있는 건 오랜 시간 동안 호수 바닥에서 이리저리 긁힌 상처 때문이라고. 그 깎인 외피로 물이 스며들면 손처럼 생긴 녹색의 싹이 삐어 나온다는 것을. 연변 할머니에게는 집을 떠나던 날 문 앞에 귀머거리 개를 그냥 떠맡기듯 내려놓고만 올 게 아니라 제대로 부탁하는 말을 하고 왔어야 했다고. 개가 이유도 없이 허공을 보고 짖을 땐 손바닥으로 코를 가볍게 눌러주는 시늉을 하면 그만둘 거라는 말은 꼭 하고 왔어야 했을지 모른다. 어째서인가 한 이야기들보다 하지 못한 말들이 저 빗방울처럼 가슴을 적시고 있는 것 같았다. 어머니에게는 미호가 본 노인들의 한 가지 닮은 점에 관해서 말할 것이다. 그들이 혼자 가끔씩 먼 데를 바라보고 있는 걸 뒤에서 본 적이 있었다고. 미호의 눈에는 마치 기도를 하고 있는 사람 같아 보였다고. 어쩌면 미호에게는 흐르는 강물을 내려다보고 있는 지금이 그러한 순간에 가까울지도 모른다고.

이평재

흙의 멜로디

1998년 동서문학 신인상에 단편 〈벽 속의 희망〉이 당선되어 등단했다. 소설집으로 《마녀 물고기》 《어느 날, 크로마뇽인으로부터》, 장편으로 《눈물의 왕》이 있다. 현재 소설가 모임 '문학비단길'에서 활동하고 있으며, '예술서가'를 이끌고 있다. 2014년 제1회 문학비단길 작가상을 수상했다.

1

끈기가 없었다. 거칠고 메말랐다. 버석거리며 먼지가 날렸다. 거기, 까치살모사 한 마리가 꼬리를 흔들고 있었다. 건드리지 말라는 신호였다. 나는 뗀 발걸음을 어디로 옮겨놓아야 할지 몰라 난감했다. 한참을 망설이며 주변을 살폈다. 이제 촉촉한 대지로 자비를 베풀던 당신은 없었다. 그러나 나는 그대로 버틸 수도 없었다. 곧이어 불어온 북풍에 몸이 휘청거렸고, 중심을 잡느라 박혀 있던 나머지 다리마저 땅 위로 뽑혀 나갔다. 허옇게 드러난 하체가, 아니 몸통을 받치고 있던 나의 뿌리가 내려다보였다. 밝은 대낮에 선홍빛 생식기가 그대로 노출된 느낌, 나는 한없이 고개가 수그러졌다. 그사이에도 몸통은 기우뚱 뒤로 넘어가기 시작했다. 위험했다. 헛짓임을 알면서도 들고 있던 다리를 아무 곳에나 내려놓았다. 역시 당신은 냉정했다. 화석처럼 굳어 나를 내쳤다. 나의 다리는 부러지고 깨져 피가 흘렀다. 예상치 못한 일은 아니었지만 눈물이 났다.

나무였다. 나는 걸어 다니는 나무였다.

그렇다고 새 뿌리를 옆으로 내리고 예전 뿌리를 잘라버리며 비옥한 땅으로 끊임없이 자리를 옮겨 살아가고 있는 아마존의 나무 '빠슈바'는 아니었다. 또 그렇다고 빠슈바와 전혀 관련이 없는 것도 아니었다. 빠슈바는 나의 선조들이 가장 관심을 기울인 나무였다. 천 년, 어쩌면 그 앞으로 천여 년 사이, 세상의 나무들이 하나둘 생명을 낳기 시작할 때부터. 그러니까 그때부터 나의 선조들은 이국의 나무 빠슈바처럼 살아야 한다고 여겼고, 그 후손인 나는 현재 그렇게 살고 있는 것이었다. 그것은 한마디로 진화였다. 어쩌면 퇴화일 수도.

진화건 퇴화건, 어쨌든 나를 비롯하여 세상의 모든 식물이 빠슈바화된 것은 오랜 시간에 걸친 일이었다. 하지만 사람들은 그것을 알아차리지 못했다. 그럴 만도 했다. 우리의 변화는 천천히 미세하게 일어났으니. 그러나 사람들은 갓난아기의 엉덩이 점이 어른이 되면서 어깨나 종아리에 가 있듯이 생각했다. 우리가 스스로 걸어서 움직인 게 아니라 기후와 토양에 따른 지각변동으로 제자리에서 밀려난 것이라고. 게다가 무언가를 눈여겨보기엔 세상이 너무 빠르게 움직였다. 간혹 몇몇 사람들이 우려의 목소리를 냈지만 그 또한 시대의 흐름에 묻혀버렸다. 예컨대 아마존의 '치코 멘데스'를 시작으로 미국의 시인 '게리 스나이더', 나무의 어머니라고 불리는 케냐의 '왕가리 마타이', 독일의 '페트라 켈리' 같은 사람들은 최근까지도 식물성의 변화에 관해 어떤 식으로든 언급을 했었다. 심지어 곧 큰 재앙이 올 거라고 경고까지 했었다. 수천 년의 수령을 가진 나의 선조들은 하나같이 말했다.

아주 오래전부터 예고된 일이었다고.

천 년, 어쩌면 그 앞으로 천여 년 사이, 사람들은 진실을 알아차리지 못했다. 무엇이 진짜이고 중요한 것인지. 부족들은 끼리끼리 모여 오로지 더 많은 것을 갖기 위해서만 궁리를 했다. 하나, 둘 나라를 세우며 남의 것을 사정없이 빼앗아댔다. 그로 인해 우리 나무들의 시달림은 시작되었다. 특히 위협을 받고, 쫓기고, 지배당하고, 뒤섞인 종족의 땅에서 뿌리를 내리고 있던 나무들은 불길에 휩싸였고 허리가 잘려 나갔다. 남겨진 나무들도 검게 혹은 하얗게 변하며 가지를 꺾고 잎을 떨궜다. 한편 위협을 하고, 쫓고, 지배하고, 뒤섞은 반대쪽 침략자의 땅에 있던 나무들도 무사치는 못했다. 겉으로 드러나지 않았을 뿐 오랜 시간 시름시름 병을 앓았다. 수없이 많은 공장이 생겨나고, 그 풍요를 누리는 사람들의 웃음이 깃발처럼 펄럭일수록 우리는 점점 더 생기를 잃어갔고 왜소해졌다.

그런 시간 속의 어느 날이었다. 위협을 받고, 쫓기고, 지배당하고, 뒤섞인 종족의 아직은 피폐한 땅에서 손바닥에 붉은 점을 쥔 사내아이가 태어났다. 아이는 아이의 조모가 새벽마다 백팔 배를 올리는 사이에 잉태된 외동이었다. 백팔 일이 세 번이나 반복되어 삼백이십사 일이 지나고, 또다시 반복되는 이틀째가 되자 조모의 후들거리던 늙은 다리는 그대로 꺾여 더 이상 일어서지 못했다. 보름 전 침략자들에게 끌려간 아들이 전사했다는 연락을 받은 탓이었다. 그런데 그

와중에도 조모는 반가운 꿈을 꾸었고, 마침내 그토록 원하던 손자를 얻게 되었다. 눈썹이 짙고 얼굴이 우락부락한 어느 한 스님이 홀연히 나타나 작은 괴나리봇짐 하나를 건넸는데, 그 봇짐을 풀자 갓난 아이가 붉은 점이 있는 손바닥을 활짝 펴 조모의 옷소매를 붙잡았다는 내용의 꿈이었다.

아이는 잘 자랐다. 그 재롱에 조모의 꺾였던 다리에도 점차 힘이 붙었다. 어느덧 아이와 같은 속도로 걷기를 회복했다. 처음엔 접혔던 오금이 조금씩 펴지고 발목과 발가락이 차례차례 움직였다. 곧이어 버둥거리다가 아이처럼 다리를 들어올렸다. 십일 개월이 되어 아이가 일어나 서자 같이 일어나 섰다. 일 년이 되어 아이가 발걸음을 떼어놓자 천천히 발걸음을 옮기기 시작했다. 아이가 다섯 살이 되었을 쯤엔 지팡이를 짚었지만 제법 빠르게 움직였다. 그리고 아이의 뒤를 부지런히 따라다녔다. 때때로 아이가 넘어지거나 다칠 때는 초인처럼 돌변했다. 지팡이 없이도 바람처럼 달려가 아이를 일으켜 세웠다. 끌어안고, 보듬고 아이의 상처 부위를 혀로 핥았다.

조모의 며느리인 아이의 엄마는 상처 부위에 혓바닥을 가져다댈 만큼은 아니었다. 어릴 적 침략자들에게 가족을 모두 잃은 탓에, 또한 얼마 전 남편마저 잃은 탓에 그 상처만큼이나 방어벽을 높게 쌓았다. 때문에 아이에겐 세 걸음 정도, 조모에겐 열 걸음 정도 물러나 있었다. 때문에 밀교와 관련이 있다는 이웃마을 유가의 말도 무시했다. 산비둘기 한 쌍이 툇마루까지 올라와 잠시 머물다 날아간 날 저녁, 마치 방문을 약속이나 한 듯 대문을 밀고 들어온 유가는 다짜고짜 말했다. 붉은 점은 아기를 간절히 원하는 집안으로 누군가 차례를 어기고 급하게 환생했다는 뜻이다. 그러니 이 아이는 환생의 순리를 깬 대가를 치러야 한다. 곧 죽음의 고비를 맞이할 것이다. 그것을 피할 방법은 재물을 모두 뒷산에 묻어버리고 아이를 이 집에서 가능한 한 멀리 떠나보내는 거다. 아이의 엄마는 어처구니가 없었다. 유가에게 욕을 하며 소금을 뿌렸다. 조모도 함께 소금을 뿌렸다. 그러나 며칠 뒤, 조모는 아이를 데리고 집을 떠났다.

조모는 '가능한 한 멀리'라는 말만 마음속에 새겼다. 많지도 않는 재물을 모두 뒷산에 묻은 뒤, 한 손으론 아이를 끌어당기며, 지팡이를 든 또 한 손으론 쉴 새 없이 땅을 찍어대며 발길을 잡아나갔다. 산을 넘고 강을 건너 집에서 멀리멀리 달아났다. 결국 반도를 벗어나 대륙까지 흘러들어갔다. 그리고 몇 년 뒤 그들의 소식이 소문으로 전해졌다. 그곳에서 조모가 늠름한 청년으로 성장한 아이를 잃었다는 것이다. 전염병이 돌아 마을의 냇가가 오염이 되었고, 그 물을 마신 사람들 대다수가 목숨을 잃었는데 그중에 손바닥에 붉은 점이 있는 청년이 끼어 있었다는 이야기. 그뿐이 아니었다. 언제부터인가 아이의 고향마을 입구 느티나무 아래에 지팡이를 짚고 괴나리봇짐 멘 노파가 나타나기 시작했는데, 그 괴나리봇짐 속에는 붉은 점이 있는 손 하나가 들어 있다는 거였다.

조모의 며느리인 아이의 엄마는 아이가 사라진 뒤에도 덤덤하게 굴었다. 차라리 잘된 일이라고 거듭 혼잣말을 했다. 그래야만 숨을 쉬고 살 수 있을 것 같았다. 그러나 유가를 시작으로 서너 명의 사내를 거치며 모든 것이 시들해지고 별다른 감흥이 없는 나이가 되자 정신이 번쩍 들었다. 되는대로 아무렇게나 산 자신의 삶이 후회스러웠다. 특히 아이가 지금쯤이면 할머니도 죽고 혼자가 되었을 거라는 생각이 들자 잠도 오지 않았다. 결국 까치살모사 한 마리가 비를 피해 툇마루 아래로 기어들어가는 것을 물끄러미 내려다보다가 결심한 듯 벌떡 일어나 봇짐을 쌌다.

역시 겉으로 보이는 것이 전부는 아니었다. 지팡이를 짚고 괴나리봇짐을 멘 채 마을 입구 느티나무 아래에 나타난 노파의 정체는 아이의 조모가 아니라 아이의 엄마였던 것이다. 아이를 만나기 위해 아이의 엄마도 괴나리봇짐을 메고 걸음을 걷기 시작했던 것이다. 삼백육십구 일 만에 이른 벼 수확을 끝낸 계단식 논을 오르고, 벌써 땅을 갈아엎어 군데군데 검은 흙으로 뒤덮인 평야를 거쳐, 걷어올린 바지 아래로 진흙이 묻은 종아리가 드러난 한 농부에게 길을 묻고, 굴뚝에서 피어오르는 하얀 연기가 느리게 붉은 노을로 스며들고 있는 서쪽 하늘을 올려다보며, 아이가 숨 쉬고 있는 땅으로 한 걸음, 한 걸음 다가갔다. 그리고 마침내 대륙의 가장자리 아이가 있다는 변방의 마을로 들어선 아이의 엄마는 까무룩 정신을 잃었다.

이미 아이의 주검이 기다리고 있었다. 하필이면 아이의 시신을 내려다보며 조모의 시신도 딱딱하게 오그라들고 굳어 메줏덩이처럼 천장에 매달려 있었다. 방문을 열자 버선발의 하얀 뒤꿈치가 먼저 눈에 들어왔다. 정신이 든 아이의 엄마는 한동안 그대로 방에 처박혀 있었다. 살길이 없다는 생각뿐이었다. 차라리 죽는 게 사는 거였다. 칼을 들고 아이 옆에 나란히 길게 누워, 조모의 버선발을 올려다보며 잠이 들고 깨기를 반복했다. 그리고 두런두런 사람들의 말소리가 들리고 방문이 활짝 열리자, 용수철이 튕기듯 상체를 일으켜 세우면서 광기의 눈을 번쩍 떴다. 그 광기와 손에 든 칼에 놀란 사람들이 얼떨결에 다시 문을 닫았다. 그사이, 아이의 엄마는 본능만 남은 동물처럼 움직였다. 한 손으로 붉은 점을 쥔 아이의 손을 꼭 붙잡았다. 저승에서라도 아이가 자유로울 수 있도록 힘껏 손목을 잘라냈다.

사실, 아이의 주검에 대한 소문도 진실이 아니었다. 마을을 침략한 무리들이 있었던 것이다. 그들이 검은 옷자락을 펄럭이며 흐르는 냇물에 '독약의 왕' 혹은 '왕의 독약'이라고 불리는 비소를 뿌리고 감쪽같이 사라진 것이었다. 왕을 비롯한 지배층을 독살하는데 쓰이던 비소가 변방의 작은 마을 냇물에 뿌려졌다는 것은 무자비한 화학전을 뜻했다. 끔찍한 일이었다. 어쨌든 그런 식의 아이의 죽음은 흔한 일이었고 우리 선조들에게 많은 일깨움을 주었다. 유가의 그럴싸한 말에 휘둘린 노모와 아이의 허망한 삶도 마찬가지였다. 그런 식의 악화는 어디서건 기승을 부렸다. 수천 년의 지혜안을 지닌 우리의 선조들은 아이의 불행한 인생이 무엇을 의미하는지 알 수 있었다.

그것은 훗날 찾아올 재앙의 서곡이었다.

재앙은 흙, 당신으로부터 모습을 드러냈다. 그 시작은 어느 여류 소설가의 작품이 발표된 그즈음의 여름날이었다. 소설의 일부를 발췌하자면 이랬다. 무더위가 계속 이어지자 사람들은 이성을 잃기 시작했다. 빵을 만들던 밀가루 반죽을 집어 던졌고, 재봉질하던 옷감을 찢어버렸다. 페인트칠을 하던 손길은 부들부들 떨다가 선 밖으로 나갔고, 얌전히 길을 걷던 이들도 허공을 향해 고함을 치며 삿대질을 해댔다. 급기야 이럴 수가, 하는 사건 사고가 끊이지 않고 뉴스에 보도되었다. 화장실을 오래 사용한다는 이유로 서로에게 주먹을 휘두른 이십 대 여성들이 무더기로 경찰에 붙잡혔고, 칭송이 자자했던 공직자가 여섯 명의 아이들을 지하실에 가두고 성폭행한 사실이 드러났고, 세계적인 물리학자가 아내에게 맞아 목뼈가 부러져 중태에 빠졌고, 잘나가는 치과의사가 도박을 말리는 만삭의 아내를 목 졸라 죽이고 자신도 자살을 했다. 그런 사건들은 이상 기온과 맞물려 사람들을 더욱 불안에 떨게 했고, 그 틈새로 자연스레 괴담이 파고들었다.

2

아이는 시끄러웠다. 벌써 한 달째 낮과 밤이 바뀌어 울어댔다. 나는 잠을 자야 했다. 그래야 아이가 깨어 있는 밤을 버틸 수 있었다.

아이는 저녁 아홉 시부터 다음 날 아침까지 셀 수 없이 이기적인 신호를 보냈다. 나는 선잠을 자다가 깜짝깜짝 놀라며 튕겨져 일어났다. 아침이 되면 기분이 상쾌할 리 없었다. 손발이 저리고, 어깨가 결리고, 등이 시리고, 목이 돌아가지 않았다. 목소리까지 탁하게 갈라졌다. 그라도 곁에 있었으면 좋으련만 그는 육 개월째 소식이 없었다. 그리고 나는 세 달 전 아이를 낳았다.

그런 최악의 상황에서 아이를 낳은 건 나의 문학적 자존심이었다. 사실 나는 꽤 알려진 여류 소설가였다. 그렇다고 문학적 자존심이 뭔데? 하고 물으면 할 말이 없었다. 노란 은행잎이 바람에 비처럼 날려 치맛자락에 달라붙던 스산한 거리에서 선배 소설가 '한'은 말했다. 정신 차려라. 나는 피식거리며 웃었다. 한이 다시 말했다. 그래도 낳을 거야? 나는 바보처럼 계속 웃었다. 한이 인상을 쓰며 또다시 물었다. 왜? 대답할 수 없었다. 그냥 그래야 할 것 같았으니까. 하지만 한은 기어코 대답을 듣겠다는 자세였다. 나는 적당히 부푼 배 위로 양손을 가지런히 모으며, 애써 여유 있고 부드러운 표정을 지으며, 머릿속으로는 단아하면서도 절개 있는 여인상을 떠올리며, 그러나 실상은 아무렇게나 말을 해버렸다.

문학적 자존심이야!

문학적 자존심이라는 말은 많은 부분을 자유롭게 했다. 왠지 한은 더 이상 나를 괴롭히지 않았다. 난처하게 굴지도 않았다. 이쯤에서 그냥 나랑 살자, 하는 농담도 건네지 않았다. 그 와중에도 내가 작품을 쓰고 발표를 하자 오히려 경이로운 시선을 보냈다. 그리고 동료 중 누군가 나에게 왜? 하는 표정을 지으면 나보다 앞서 문학적 자존심이라잖아! 하고 도장을 찍듯 대꾸했다. 그래도 상대가 멈추지 않고 그게 뭔데? 하고 물으면 그런 게 있어, 그걸 왜 모르지? 너 작가 맞아? 하고 되물었다. 때문에 상대는 그야말로 문학적 자존심이 상해 입을 꾹 다물어버렸다. 상대방 역시 문학적 자존심이 뭔데? 하고 물으면 한마디로 설명할 수 없겠지만. 우리에겐 어떤 그, 목에 탁! 걸리는 덩어리가 있었다.

어쩌면 그를 떠나보낸 것도 문학적 자존심 때문일 수도. 아이가 생겼다고 하자 그는 그래? 하고 남의 일처럼 말했다. 그러곤 공원 산책을 나가듯 티셔츠를 갈아입으며 한숨을 쉬었다. 나는 그 한숨에 담긴 말을 읽을 수 있었다. 뭐 좋은 세상이라고. 태어나야 고생이지 뭐. 터미널 지하도 입구 계단에 호박잎과 콩, 고추, 말린 호박씨 등을 펼쳐놓고 앉아 있다가 세상을 떠났다는 그의 어머니가 떠올랐다. 하지만 나는 러닝화를 신고 있는 그에게 일부러 떼를 쓰는 어린아이처럼 물었다. 어디 가? 그는 못 들은 척 문을 닫았다.

창가에 서서 공원 쪽을 살폈다. 마로니에 아래 벤치가 텅 비어 있었다. 매일 이 시간이면 조깅을 마치고 그곳에 앉아 내 쪽을 향해 손을 흔들던 그가 떠올랐다. 오늘은 없었다. 어제의 그와 오늘의 그에게서 오는 괴리감이 아무렇지도 않게 느껴져 오히려 웃음이 나왔다.

한참이 지나도 공원 입구로 들어서는 그는 보이지 않았다. 창문을 열고 목을 길게 빼 도로 쪽을 살폈다. 북쪽으로 저 멀리 횡단보도를 건너고 있는 그가 보였다. 나는 고개를 끄덕이며 그의 등에 대고 중얼거렸다. 여기까지구나.

이해할 수 있다고, 되새기면서도 저녁이 되면 창가로 다가갔다. 공원 마로니에 아래 벤치를 살폈다. 한 달째 그는 없었다. 어디선가 자책을 하고 있을 그가 그려졌다. 차라리 아무 말도 하지 말걸. 나는 그를 떠나보내야 할 것 같았다. 이제 그에게 나는 어제의 나가 아니었다. 무엇보다 나에게도 그는 어제의 그가 아니었다. 그러니 그가 다시 온다고 해도 안 되는 일이었다. 나는 마로니에가 바람에 흔들리는 것을 보며 그에게 전할 마지막 말을 생각했다. 바보같이 왜 그래, 하고 문자를 썼다가 지워버렸다. 아이는 부담 가질 필요 없어, 하고 썼다가 더 빨리 지워버렸다. 결국 우리 여기까지면 됐지 뭐, 자정쯤에 문밖에다 자기 짐 내놓을게, 하고 써서 웃음을 알리는 이모티콘까지 찍어 전송 버튼을 눌렀다.

일단은 마음이 한결 편했다. 그러나 그의 짐이 정리되어 자리가 비워질수록 나는 점점 더 힘이 들었다. 나 자신이 부끄러웠다. 정말이지 그에게 아이가 생겼다는 말을 하지 말았어야 했다. 그래도 혹시? 했던 나의 이기심으로 인해 그가 평생을 시달릴 터였다. 스스로에게 욕이 나왔다. 치사한 년, 나쁜 년. 나는 그렇게 중얼거리며 그의 짐으로 가득 찬 가방을 닫았다. 똑바로 세워 지퍼를 닫았다. 가방이 꽤 무거웠다. 그가 딱 이 무게만큼만 아프고 훌훌 벗어났으면 좋겠다는 생각이 들었다. 하지만 그의 성격상 나와 아이에게서 한 걸음, 한 걸음 멀어질수록 가방이 점점 더 무겁게 느껴질 것이었다. 어쩌면 가방을 풀지 못하고 평생을 떠돌지도. 그래도 어쩔 수 없었다. 그것은 그가 스스로 풀어야 할 몫이었다. 나는 현관문을 열고 문밖으로 가방을 내놓았다.

아이가 태어나기 전부터 나는 주술을 걸듯 스스로에게 거듭 다짐했었다. 이 아이는 사생아가 아니라 문학적 자존심이다. 역시 효과가 있었다. 태명까지 '문학적 자존심'을 두 글자로 줄여 '문자'라고 부르자 아이가 소설가로서의 나의 삶을 완성시켜줄 거라는 생각마저 들었다. 문자야 사랑해, 하고 말을 걸면 아이가 발로 배를 툭, 찼다. 역시 아이는 어미의 마음을 아는 듯 수월하게 태어났다. 큰 문제도 없었다. 단지 손바닥에 붉은 점을 쥐고 있었는데, 그것도 별건 아니었다. 점점 희미해지더니 흔적도 없이 사라져버렸다. 나는 아이의 손바닥을 한 번씩 들여다보며 편안하게 지냈다. 아이는 순했다. 거의 모든 시간을 잠들어 있었다. 배가 고파 한 번씩 깨어날 때도, 기저귀를 갈 때도 크게 보채지 않았다. 혼자 있어도 나비모빌을 올려다보며 방싯방싯 웃기만 했다. 뭔가 불편할 때에도 음매, 하고 아주 짧게 아기 염소 울음소리를 냈다. 나는 그 소리를 '엄마'라고 우기며 한에게 수다를 떨었다. 그밖에 나는 특별히 할 일이 없었다. 아이가 잠든 시간 틈틈이 출산 전 마치지 못했던 단편소설을 마저 완성했다. 이상기온으로 무더위가 계속 이어지는 이야기였다. '가름의 메스티치아'라고 제목을 붙였다.

그런데 두 달이 지나자 아이가 달라졌다. 내 아이가 맞나? 나는 몇 번이고 아이를 유심히 살폈다. 음매, 하던 울음소리는 앙칼지게 변해 사이렌 소리처럼 자극적으로 들렸고, 나비모빌을 올려다보며 방싯방싯 웃던 얼굴은 일그러져 벌겋게 부어올라 보기 싫었다. 또한 잠든 시간보다 깨어 있는 시간이 더 많았다. 나는 정신이 없었다. 머리도 못 빗고 아이를 병원으로 데려갔다. 그러나 아이는 아무런 이상이 없었다. 혹시 뾰족한 것에 찔렸는지 온몸을 살펴봤지만 그것도 아니었다. 의사는 오히려 나를 의심했다. 갑자기 낮과 밤이 바뀌고, 끝없이 보채고, 운다고 하자 원래 아이는 그런 거라며 피식거렸다. 의사와 내가 동문서답을 하는 것 같아 멍하니 앉아 있자 출산우울증을 거론했다. 나는 눈을 내리깔고 자리에서 일어났다. 서둘러 아이를 안았다. 그때, 의사가 한마디 더 했다. 그 붉은 점도 곧 없어질 것이니 염려하지 마세요.

분명히 흔적도 없이 사라졌었는데, 거짓말처럼 붉은 점이 다시 생기다니. 한은 그럴 수도 있지, 하고 나를 위로했다. 아무리 생각해도 그럴 수는 없었다. 나는 아이가 운다는 핑계로 한과의 통화를 빨리 끝냈다. 그러나 바로 아이에게 달려가지 않았다. 우는 아이를 그대로 요람에 놔둔 채 창밖을 내다보았다. 역시 공원의 마로니에가 먼저 눈에 들어왔다. 언제 그렇게 자랐는지, 생각보다 나무가 크고 가깝게 느껴졌다. 왠지 아이의 울음소리도 크게 들렸다. 아이와 나무가 나에게 시위를 하는 것 같았다. 나는 아이 쪽으로 고개를 돌리며 그가 무언으로 들려준 마지막 말을 떠올렸다. 뭐 좋은 세상이라고. 태어나야 고생이지 뭐.

어쩌면 그럴 수도. 그러나 나는 그의 생각을 부정하듯 고개를 저으며 아이에게 다가갔다. 붉은 점이 있는 손바닥을 펴보았다. 그런데 뭔가 달랐다. 붉은 점이 아니었다. 얼핏 보기엔 붉은 점 같았으나 불그스름한 그 무엇이었다. 살갗이 얇게 까지거나, 불에 살짝 덴 자리 같기도 했다. 하지만 어디에 쓸린 듯 가장자리로 깨알 같은 피딱지가 붙어 있었다. 손끝을 대자 점점이 붙어 있던 딱지가 까슬까슬 일어나 바스러지며 떨어졌다. 그 느낌이 너무 메마르고 건조해 깜짝 놀랄 정도였다. 뭘까? 그보다 의사는 왜 이걸 보지 못했는지. 하긴 엄마인 나도 몰랐으면서 누굴 비난할 수도 없었다. 다행히 아이는 손바닥이 아픈 것 같지는 않았다. 만져도 몸을 움츠리지 않았다. 혓바닥을 대 침을 발라주자 오히려 가려운 데를 긁어준 듯 울음을 그치고 잠이 들었다. 그 곁에서 나도 깜박 잠이 들었다.

전화벨 소리에 이어 아이의 울음소리가 잠결을 파고들었다. 얼떨결에도 아이를 먼저 안고 전화를 받았다. 한 출판사의 잡지 팀장이 웃으면서 물었다. 선생님, 소설 써놓은 거 있으시죠? 한 작가님이 선생님은 있는 거 같다고 하시네요. 무슨 말인지 알 것 같았다. 한이 자신의 발표지면을 나에게 준 것이었다. 한에게 미안했다. 하지만 어차피 내가 거절한다고 해도 한의 작품이 실리는 건 아니었다. 그렇다면 한의 호의를 받는 것이 옳았다. 나는 품에 안겨서도 울음을 그치지 않는 아이에게 우유를 먹였다. 먹지 않고 혀로 밀어냈다. 기저귀를 살펴보았다. 말짱했다. 이제 방법이 없었다. 다시 재우기 위해 규칙적으로 흔들었다. 계속 칭얼거리자 마구 흔들어대기 시작했다. 아이가 어지러울 것이라는 생각을 하면서도 울음소리가 점점 잦아들고 있어 멈추지 않았다. 아이는 몇 번씩 눈을 떴다 감았다 하다가 겨우 잠이 들었다. 나는 조금씩 한의 진심이 느껴지는 것을, 그에게 의지하고 싶은 마음이 생기는 것을 우려하면서 〈가름의 메스티치아〉를 팀장에게 보냈다.

머릿속이 복잡했다. 쉬고 싶었다. 무엇보다 아이가 깨어나는 것이 두려웠다. 그래도 버텨야 했다. 이 시간 또한 흘러가리라, 하는 생각으로 마음을 다잡았다. 그제야 미역국을 끓이고 밥을 지을 수 있었다. 그러나 식탁에 앉아 숟가락을 들자 왈칵 눈물이 쏟아졌다. 먹을 수 없었다. 숟가락을 놓고 창가로 다가갔다. 공원에 모래바람이 날리고 있었다. 그 속에서 마로니에도 이리저리 쏠리며 심하게 흔들렸다. 그 흔들림 때문인지 마로니에의 위치가 조금 달라 보였다. 창 프레임 안에서 가운데에 있었는데 오른쪽으로 한참 치우쳐서 있는 것 같았다.

밤이 되어 깨어난 아이는 내가 우려했던 것보다 더 크고 그악스럽게 울어댔다. 나는 문을 열고 달아나고 싶었다. 하지만 그의 무거운 가방을 떠올렸고, 한의 진심을 떠올렸다. 또한 문학적 자존심을 떠올렸다. 본명을 제쳐두고 오랜만에 문자야! 하고 부르며 아이에게 다가갔다. 먼저 아이의 손바닥을 들여다보았다. 붉은 기운이 사라진 대신 거칠었다. 건조한 노인의 발바닥처럼 딱딱하게 굳어 살갗이 자글자글 갈라져 있었다. 손으로 만지자 빵가루처럼 각질이 부슬부슬 떨어져 나왔다. 나는 소스라치게 놀랐다. 아이의 옷을 벗겨보았다. 온몸이 불긋불긋 부어올라 있었다. 팔에도, 목 뒤에도, 다리에도. 등 부분은 손바닥보다 더 증세가 심했다. 손바닥으로 쓸어내리자 거북등처럼 거칠었고 각질이 하얗게 묻어났다. 게다가 아이는 숨을 쌕쌕거렸다. 한 번씩 숨을 못 쉬고 컥컥거리다가 다시 자지러지게 울어댔다. 입안의 혀도 두꺼워진 것 같았다. 입술도 부풀어 올랐다. 불과 몇 시간 만에 이런 일이 생길 수 있는 건지. 아이에게 엄청난 재앙이 덮친 것 같았다. 나는 아이의 온몸을 혀로 핥았다. 그러다가 끌어안고 울며 한에게, 그에게 전화를 했다. 아무도 받지 않았다.

3

그날 밤, 여류 소설가의 아이는 죽었다. 수천 년의 지혜안을 지닌 우리의 선조들은 아이가 병원에 닿기도 전에 구급차 안에서 죽을 것을 알고 있었다. 재앙 앞에는 문학적 자존심도 소용없었다. 그 어떤 예술도 종교도, 과학도 무력했다. 재앙은 갓 태어난 아기에게도, 배 속의 아기에게도 냉정했다. 다시 말해 희망조차 없음의 상징이었다. 또한 자연은 너무 느렸고, 문명은 너무 빨랐다. 이제 세상은 순환의

고리조차 끊어진 전무全無였다. 그것은 흙, 당신의 죽음에서 비로소 드러나기 시작했고, 우리는 식물성을 버렸다. 최후의 선택만이 남아 있었다. 빠슈바의 확장된 몸짓이 우리의 DNA였고, 바로 나였다.

나는 수령이 백이십 년 된 마로니에였다. 시원하게 생긴 잎새 일곱 장이 둥글게 손바닥처럼 모여 있어 칠엽수란 이름으로도 불렸다. 우리 마로니에는 봄이 한창 무르익을 무렵 꽃을 피웠는데, 예전엔 파리 몽마르트르 언덕의 가로수로 아주 유명했었다. 수없이 많은 예술가들이 우리 그늘 아래서 문학을 이야기하고, 그림을 그렸었다. 그러니까 그 당시는 일 년에 십 센티미터 정도 걷던 시절이었다. 그러나 언제부터인지 갑자기 사정이 달라졌다. 우리는 추위나 병충해에는 잘 견뎠지만 공해에 약했다. 특히 비옥한 땅이 아니면 잘 자라지 못했다. 때문에 끝없이 비옥한 땅을 찾아 걸어 다니는 나무가 되었다. 지난 백 년 가까이 수목원에서 살던 나 역시 처음엔 공원 한쪽으로 옮겨졌지만 지금은 중앙까지 와 있었다. 일 년에 백이십 센티미터 정도를 걷는데, 한 달에 십 센티미터씩 움직이다 보니 사람들은 아직도 그것을 알아차리지 못했다. 일이 년 만에 공원을 찾는 사람들은 공원 측이 나무를 옮겨 심었다고 여겼다. 〈가름의 메스티치아〉를 발표한 한 여류 소설가의 아이가 재앙처럼 죽고, 잇달아 수많은 아이들이 똑같은 증세로 구급차 안에서 죽기 전까지는.

그날, 나는 평소와 달리 힘이 들었다. 지난 며칠, 아무리 새 뿌리를 내려 땅을 더듬어봐도 갈 곳이 마땅찮았다. 부드럽고 포근한 흙을 간직한 땅이 없었다. 나는 새 뿌리를 든 채 이틀을 보냈다. 결국 온 힘을 다해 앞으로 성큼 걸어갔다. 다행히 바람이 뒤쪽에서 불어와 이동이 수월했다. 체력이 고갈되어 더 이상 한 걸음도 옮길 수 없을 때 몸을 슬쩍 밀어주는 한 점 바람의 위력이 얼마나 위대한지를 새삼 느끼며 나는 조금 더 멀리 고꾸라지듯 뿌리를 박아 넣었다. 그래도 한 번에 일 미터 이상을 옮겨간 건 기적에 가까웠다. 그러나 나는 휘청거리는 몸을 간신히 가누며 뭔가 단단히 잘못되었다는 것을 감지했다. 조심스럽게 무게 중심을 앞으로 옮기며 건너편 여류 소설가의 창을 주시했다. 그곳에서 아이의 울음소리가 사이렌처럼 울리고 있었다. 순간, 나는 깨달았다. 이제 공원 안에도 살아 숨 쉬는 흙이 없다는 것을. 뿌리를 찔러 넣으면 포근히 감싸 안으며 둥둥 심장이 뛰는 소리로 생명의 멜로디를 들려주는 당신이 없다는 것을.

그날, 사람들도 당신이 없음으로 인해 일어나는 사태에 대책 없이 휩쓸려 들어갔다. 텔레비전 뉴스에 나온 한 여성은 그 시작을 이렇게 말했다. 아침에 일어나자마자 화분에 물을 주는데 조금 이상했어요. 화분 가운데 심어놓은 백일홍이 한쪽으로 치우쳐 있는 거예요. 다시 가운데로 밀어놓으며 다른 화분들을 봤는데 다 똑같이 그런 거예요. 오, 주여! 햇빛을 향하기 때문인가 여겼지요. 하지만 그게 아니었어요. 오, 주여! 마당으로 내려가면서 깜짝 놀랐어요. 정원의 나무들이 한 그루도 제자리에 있지 않았어요. 처음엔 제 눈을 의심했지요. 오, 주여! 큰 소리로 아이들과 남편을 깨웠어요. 맨발로 달려 나온 가족들도 입을 쩍 벌리고 서 있었지요. 혹시 우리 집에서만 일어난 일인가 싶어 문밖으로 나가보았지요. 아니었어요. 가로수들도 모두 제자리를 벗어나 있었어요. 오, 주여! 우리를 버리지 마시옵소서.

매스컴에서는 곧 학자들을 동원해 이 사태를 진단했다. 긍정론자들은 '빼슈바' 나무를 거론하며 그럴 수도 있다고 시민을 안심시키려는 발언을 했다. 부정론자들은 판 구조론을 내세워 지각변동을 들먹이며 최악의 경우 지구의 폭발을 예고했다. 특히 태평양판 주변에서 가장 활발한 지각변동이 있었음을 간과해서는 안 된다고 목소리를 높였다. 그러던 중 한 녹색단체에서 나무의 이동이 가장 심한 지역의 땅을 파헤쳐보았다. 그곳의 흙을 채취하여 지표가 될 수 있는 몇 군데의 흙과 비교 분석을 한 뒤 그 내용을 발표했다. 그들은 당신을 이렇게 정의했다. 흙은 지구 표면의 바위가 부스러져 생긴 가루인 무기물과 동식물에서 생긴 유기물이 섞여 이루어진 물질입니다. 그런데 이번에 채취한 흙은 99.99퍼센트가 무기물로만 이루어져 있었습니다. 어쨌든 이제 곧 모든 나무들이 차례로 고사를 할 것이며, 이는 우리 인간들에게 재앙이 덮쳤음을 의미합니다. 결론은 당신에 대한 사망 선고였다. 그리고 사람들에 대한 사망 선고였다. 그것은 곧 문명에 대한 사망 선고를 의미했다.

그 모든 것은 시작에 불과했다. 사람들이 아무리 오, 주여!를 외쳐도 여기저기서 비명이 터져나왔다. 거리는 온통 구급차의 사이렌 소리로 채워졌고, 그 소리와 함께 갑각류처럼 변한 아이들이 무수히 죽어나갔다. 여류 소설가의 아이처럼 갑자기 기도가 부어오르고 혓바닥이 퉁퉁 부어올라 호흡곤란을 일으켰던 것이다. 설사 아이의 부모들이 기지를 발휘하여 숟가락 같은 것으로 아이의 혀를 누르고, 빨대 같은 것을 기도에 꽂아 호흡기관을 확보했다고 해도 살아남지는 못했다. 구급차에서 사망 선고를 받지 않을 뿐이었다. 병원에 도착한 아이는 갑각류처럼 변했다가 곧 가루가 되어 부스러져 내렸다.

당신처럼 무기질화되는 것이었다.

그뿐이 아니었다. 거리는 순식간에 질서가 깨져버렸다. 우리 나무들의 걷잡을 수 없는 이동으로 거리의 모습이 바뀌자 크고 작은 혼란이 일어났다. 수많은 미아와 행방불명자가 발생했고, 외출했다가도 집을 잘못 찾아 들어가는 등 사건 사고가 끊이지 않았다. 질이 나쁜 사람들은 그 혼란을 이용해 거침없이 범죄를 저질렀다. 무엇보다 사람들이 길을 헤매느라 약속된 시간을 지키지 못하자 생산과 소비의 균형이 깨졌고, 그로 인해 마트나 상점도 아수라장이 되었다. 당신에서 비롯된 거대한 순환이 깨지자, 사람들의 일상의 크고 작은 모든 순환도 무너져 내린 것이었다. 그 모든 것이 톱니바퀴처럼 맞물려 있다는 것을 잘 알고 있으면서도 사람들은 왜 모르는 척하고 산 것인지.

우리는 더 이상 방법이 없었다. 보름 전부터 사람들과 거의 똑같은 속도로 걸어 다니며 당신을 찾아 헤맸다. 거리엔 뿌리가 드러난 나무들이 여기저기 쓰러져 있었다. 일부의 사람들이 쓰러져 죽어가고 있는 나무들에게 불을 붙였다. 그리고 그 재를 땅속에다 묻었다. 정부에서는 무기질화된 당신에게 유기질을 넣어 다시 생명을 불어넣으려는 시도를 했다. 우리 나무들을 보이는 대로 잡아 공장으로 끌고 갔다. 잘게 가루처럼 썰어 물을 붓고 썩힌 뒤 필요한 땅에 가져다 묻었다. 필요한 땅의 순위가 당신의 생명을 빼앗은 순위와 똑같아 아이러니했지만 우리 나무들은 그것을 문제 삼지 않았다. 오히려 기꺼이 받아들였다. 세상은 한 덩어리였고, 오직 당신이 부활하기를 바라는 마음뿐이었다.

그러나 오늘도 아침부터 사이렌이 계속 울렸다. 어디든 마찬가지라는 생각에 그냥 공원에 머물고 있던 나는 몇몇의 사람이 빙 둘러서서 웅성거리고 있는 쪽으로 걸어가 보았다. 길 건너편 한 빌라 건물에서 정체를 알 수 없는 물체가 이동침대에 묶여 실려 나오고 있었다. 사람들이 뒷걸음질 치며 비명을 내지르게 한 물체는 희한했다. 사람과 나무가 하나로 뒤섞여 있었다. 사람이 나무에게 기생을 한 건지, 나무가 사람에게 기생을 한 건지 모르지만 그들은 한 덩어리로 뭉쳐 괴성을 지르며 발버둥을 쳐댔다. 아랫부분은 사람의 다리였다. 엉덩이 부분에는 술 달린 치마를 입은 것처럼 나무의 잔뿌리가 너풀거리고 있었다. 배와 가슴 부분은 반반이었다. 사람의 살과, 나무의 껍질이 군데군데 뒤섞여 있었다. 그리고 사람의 얼굴이 우듬지의 두 갈래로 갈라진 나뭇가지 사이에 얹혀 있었다. 물론 사람의 머리 위로 가지가 뻗어 나와 있어 여러 개의 안테나가 달린 것처럼 보이기도 했다. 나무의 모든 가지에는 순수한 녹색의 나뭇잎이 아닌

탁한 잿빛의 두꺼운 비늘 같은 것이 펄럭거리고 있었다.

그것은 식물성과 동물성의 교접이었다.

나는 절망스러웠다. 알고 있는 모든 것이 전복되는 순간이었다. 생명은 생명일 뿐이었다. 생명의 그 속성대로 움직일 뿐이었다. 세포 하나하나가 자신의 이기심대로 아우성을 칠 뿐이었다. 식물성과 동물성을 구분하는 것 자체가 오류라는 생각이 들었다. 나는 그만 쉬고 싶었다. 살기 위해 걷는 것도 지겨웠다. 물체가 구급차에 실려 떠나가는 것을 보며 벤치 앞으로 돌아왔다. 갈증이 났다. 비라도 내리기를 바라며 하늘을 올려다보았다. 그러자 우듬지 쪽 나뭇잎 대여섯 장이 후드득 떨어져 내렸다. 차라리 잘된 일이었다. 나는 바람에 몸을 흔들어 약한 나뭇잎 몇 장을 더 털어냈다. 그때, 어디선가 갓 태어난 아기의 울음소리가 들렸다. 그리고 후다닥거리는 소리도 들렸다.

나는 온몸의 감각을 닫고 당신이 없는 땅바닥에 길게 드러누웠다. 그리고 당신이 온전히 숨을 쉬고 있었던 천여 년 전의 세상을 떠올려보았다. 태양이 스며든 대지의 온기, 먹잇감을 찾아 내달리는 동물들에게서 뿜어져 나오는 거친 숨결, 음식을 나눠 먹으며 떠들썩하게 웃어대는 사람들의 인기척, 그리고 선조들의 나뭇잎 사이로 불어오는 저녁바람, 그로 인한 나뭇잎의 떨림, 어딘가 둥지를 튼 어미새의 날갯짓, 쑥 향기, 날벌레들의 윙윙거림, 계곡을 흐르는 물소리,

맨발로 풀밭을 걷는 아이들의 웃음소리, 그리고 아기를 낳는 여인의 까무룩 감기는 눈꺼풀, 아이를 받아낸 산파의 땀방울. 나는 그들 곁으로 돌아가는 상상을 하며 온몸의 힘을 뺐다. 그런데 하늘에서 비가 내리기 시작했다. 그러면서 왠지 갓 태어난 아기의 울음소리가 내 안으로 스며들었다. 후다닥거리는 발소리도 따라왔다. 그 발소리가 왜 둥둥둥 심장이 뛰는 소리로 들렸는지, 당신이 들려주는 생명의 멜로디로 다가왔는지는 모를 일이었다. 그래도, 하는 간절한 염원일 터.

윤성희

휴가

© 문학과지성사

1999년 동아일보 신춘문예에 단편 〈레고로 만든 집〉이 당선되어 등단했다. 소설집으로 《레고로 만든 집》《거기, 당신?》《감기》《웃는 동안》이 있으며, 〈유턴지점에 보물지도를 묻다〉로 현대문학상을, 〈부메랑〉으로 황순원문학상을 수상했다.

그거 참 이상한 질문이구나. 액자를 떼어내며 어머니가 말했다. 나는 어머니가 넘어지지 않게 의자를 붙잡고 있었는데, 어머니가 움직일 때마다 치맛자락이 얼굴에 닿아 재채기가 나려 했다. 내가 무엇을 물어봤는지는 기억이 나지 않는다. 하지만 어머니의 목소리만은 어제 들은 것처럼 생생하게 떠올랐다. 평소에도 다정하게 말하던 분은 아니었지만 그날의 목소리는 유난히 차가웠다. 겨울이라 그렇게 느껴졌는지도 모르겠다. 마루에는 보일러가 설치되어 있지 않아서 겨울이면 입김이 보일 정도로 냉기가 돌았다. 난로가 있었지만 어머니는 연탄 값이 아깝다며 기온이 영하로 내려가는 날이 아니면 때지 않았다. 아홉 살 때였을 것이다. 어쩌면 열 살이거나 열한 살이었을 수도. 아니면 내가 가짜로 만들어낸 장면이거나. 동네에 수프 전문점이 생긴 이후로 나는 일요일이면 슬리퍼를 신고 이곳에 와서 늦은 아침을 먹었다. 따뜻한 수프가 식도를 넘어갈 때면 이상하게도 어머니의 말이 환청처럼 들렸다. 억양이 느껴지지 않는 목소리로. 그거 참 이상한 질문이구나. 아홉 살짜리가 한 이상한 질문은 과연 무엇이었을까? "서비스예요." 날이 더워지니 장사가 안 된다며 가게 주인이 수프 한 그릇을 더 가져다주었다. "안 팔리는 거 주는 거죠?" 내가 웃으며 말했다. "우리

집 음식은 전부 안 팔려요." 주인도 웃으며 대답했다. 하지만 나는 따라 웃지 않았다. 정말로 장사가 안 되었으니까. 주인은 이 주 동안 가게 문을 닫는다고 했다. 스킨스쿠버 동호회 회원들과 동남아로 휴가를 떠난다고. 장사가 안 되는 가게의 주인치고는 좀 느긋한 편이었다. "나도 내일부터 휴가예요. 밥하기 싫어 자주 오려 했는데 안 되겠네." "저기 찻길 건너 죽 집 생겼어요. 거기 맛있어요. 우리 옆 집 돈가스도 맛있고요. 음, 콩국수 맛있는 집도 있는데 가게 이름이 생각 안 나네. 동사무소 옆에 있는데." 나는 주인에게 휴가 내내 혼자 밥해 먹는 일도 고문이라고 말해주었다. 며칠 만에 회사 급식이 그리워질지도 모르겠다고. 수프 두 그릇을 먹으려니 배가 불러왔다. 그래도 바게트를 추가로 주문해서 수프에 적셔 먹었다. 그때마다 엄지와 검지에 수프가 묻었다. 나는 손가락을 빨았다. 그러면 기분이 좋아졌다. 내가 이곳에 오는 이유가 어쩌면 이것 때문일지도 모른다는 생각이 들 때가 있다. 일부러 손가락에 음식을 묻히기에는 수프만큼 좋은 게 없으니까.

집으로 돌아와 샤워를 했다. 세탁기를 돌리는 동안 잠깐 침대에 누웠는데 그사이 잠이 들고 말았다. 일어나보니 두 시가 지나 있었다. 자는 동안 땀을 흘려 온몸이 끈끈했다. 다시 샤워를 했다. 이러다간 휴가 내내 샤워만 하는 거 아닌지. 에어컨이 없는 집에서 휴가를 보내는 것보다는 차라리 회사가 더 나을지도 모른다는 생각이 들었다. 그사이 박에게서 전화가 와 있었다. '왜?' 메시지를 보냈다. 박이 곧바로 전화를 걸어왔다. "밥 먹으러 와. 장모님이 토종닭 보냈어." 나는 작년 여름에도 박의 장모님이 보낸 토종닭을 얻어먹었다. 삼계탕을 좋아하는 편이 아니어서 그다지 맛있게 먹지는 않았다. 생각해보니 재작년 여름에도 얻어먹었다. "싫어. 나 휴가야. 일주일 동안 집에 콕 박혀 잠만 잘 거야." 그러자 박이 삼계탕에 낙지를 넣어주겠다며 나를 꼬였다. 나는 낙지가 들어간 음식이라면 뭐든지 좋아하지만, 그래도 그걸 먹기 위해 집 밖에 나가고 싶지는 않다고 했다. 전화를 끊고 한참 지나 박에게서 메시지가 왔다. '휴가 기념!' 아이스커피 모바일 상품권이었다. 역시 올해의 영업왕을 삼 년 연속 탈 만한 녀석이었다.

쿠폰을 보니 갑자기 아이스커피가 먹고 싶어졌다. 커피도 배달이 되면 얼마나 좋을까? 짜장면 한 그릇도 배달되는데. 커피는 그보다 원가가 더 싸니 괜찮은 장사일 텐데. 냉동실을 뒤져봤지만 얼음은 없었다. 얼음 통에 물을 채워 넣고, 인터넷으로 얼음을 얼리는 데 걸리는 시간을 검색해보았다. 세 시간에서 네 시간이 걸린다는 답이 있었다. 리모컨으로 텔레비전 채널을 하나씩 위로 올렸다. 152번이 끝이었다. 다시 채널을 아래로 내리다가 중간쯤에서 멈추었다. 블랙박스에 찍힌 사고 영상이 방송되고 있었다. 수십 건의 교통사고 현장을 보고 있자니 얼마 전에 회사를 그만둔 최종민 대리가 생각났다. 같은 부서는 아니었는데, 이상하게도 화장실에 갈 때마다 만났다. 오줌을 누고 있을 때 옆에 와서 구십 도로 인사를 하는 후배였다. 그때마다 여간 불편한 게 아니었다. 한번은 퇴근길에 편의점에서 우연히 만나 술을 같이한 적이 있다. 장 차장님, 하고 누군가 불러 뒤를 돌아보니 최 대리가 편의점 야외 테이블에 앉아 내게 손을 흔들고 있었다. 회사에서는 구십 도로 인사를 하더니. 그런 생각이 잠깐 스쳐 지나갔다. 테이블에는 맥주 한 캔이 놓여 있었다. 최 대리가 내게 잠깐 기다리세요, 하고 말하더니 편의점 안으로 뛰어들어갔다. 잠시 후 맥주 한 캔과 안주를 사가지고 나왔다. "이게 편의점에서 제일 맛있는 안주예요." 최 대리가 말했다. 세 알씩 진공 포장된 메추리알조림이었는데, 사실 나도 좋아하는 안주였다. "이거 세 알과 맥주 한 캔이면 딱이지. 내 친구 중에는 이거 세 알로 맥주 세 캔을 먹는 놈도 있어." 내가 말했다. 최 대리가 자기 친구 중에도 그런 녀석이 있다고 맞장구를 쳤다. 그날 나는 최 대리의 취미를 알게 되었다. 최 대리는 편의점 야외 테이블에 앉아 맥주를 마시며 지나가는 사람들의 수를 세었다. 보이는 모든 사람의 수를 세는 것이 아니라 매일 주제를 정해 거기에 해당되는 사람의 수만 세는 것이었다. 이를테면 흰색 티셔츠를 입은 사람을 찾기로 결정한 날은 그런 사람만 세는 식으로. 그는 지갑만 한 크기의 수첩을 늘 가지고 다녔는데 거기에 매일의 기록을 적었다. 최 대리가 내게 수첩을 보여주며 말했다. "어젠 유모차를 끌고 다니는 여자를 여덟 명 보았어요. 그제는 생수병을 손에 든 사람, 다섯 명이네요. 날은 더운데 생각보다 많지 않더라고요. 제가 이상하게 보이죠?" 나는 최 대리의 수첩을 만져보았다. 그러곤 이상하다는 생각이 들진 않지만 참 쓸모없는 취미라는 생각이 드는 것은 사실이라고 말해주었다. "맞아요. 하지만 얼마나 많은 사람들이 쓸데없는 짓을 하면서 행복해하는지 알면 깜짝 놀랄 거예요." 그러면서 최 대리는 자신의 아버지 이야기를 들려주었다. 아침이면 신문을 뒤져 전날 몇 명이 죽었는지를 세었다고. 그게 하루의 시작이었다고. 젊은 시절에 죽을 고비를 세 번이나 넘겼다는 최 대리의 아버지는 신문 부고란을 읽을 때 비로소 자신이 살아 있는 게 느껴진다고 했다. 그래야 그날 하루가 안심이 된다고 했다. "아버지는 아직 정정하세요. 어머니는 해마다 약해지는 게 눈에 보일 정도인데, 아버지는 그 반대예요. 어떨 때는 그게 좀 징그럽다는 생각이 들기도 해요." 최 대리가 말했다. 최 대리가 사표를 냈다는 소식을 들었을 때 나는 놀라지 않았다. 그 소식을 전한 직원에게 그럴 것 같았어, 라고 대답했다. 그날 우리는 한 사람당 다섯 캔의 맥주를 마셨다. 물론 메추리알도 열다섯 알씩 먹었다. 언젠가 나도 뉴스에서 전하는 교통사고 소식을 들으며 하루를 시작하게 될까? 저 사고현장에 내가 없어 다행이다, 이런 생각을 하면서 위로를 받을까? 더 나이가 들면? 아니, 아니. 나는 고개를 저어보았다.

냉동실을 열어보니 얼음은 아직 얼지 않았다. 지난여름 백만 관객이 들었다는 영화를 뒤늦게 보았다. 뻔한 내용인데도 재미있었다. 영화를 다 보니 배가 고파졌다. 참치 통조림을 프라이팬에 붓고 김치를 가위로 잘게 썰어 넣었다. 김치가 볶아지는 동안 즉석밥을 전자레인지에 데웠다. 그릇에 밥을 담고 그 위에 볶은 김치와 고추장을 한 숟가락 얹었다. 마지막으로 참기름 약간. 밥을 비벼 그릇을 들고 선 채로 먹었다. 창밖으로 고등학교 건물의 뒤편이 보였다. 전망은 근사하지 않지만 그래도 앞집 담벼락을 보는 것보다는 낫지 않습니까, 라고 부동산 중개인은 말했다. 그 말에 이사를 결심한 것은 아니지만 그래도 중개인의 말은 맞았다. 저 고등학교에는 야구부가 있다. 언젠가 학교 운동장에서 연습 중인 야구부를 본 적이 있다. 등번호 팔십구 번. 이름 이대호. 키가 작고 마른 선수였다. 자신과 똑같은 이름의 선수가 유명한 사번 타자라면 기분이 어떨까? 팔십구 번은 누구보다 슬라이딩을 잘했다. 베이스를 향해 미끄러지는 모습을 보다 나도 모르게 아, 하는 짧은 감탄이 나왔다. 슬라이딩을 하는 동안은 몸의 무게가 전혀 느껴지지 않았다. 중력이 없는 곳에서 뛰는 사람처럼. 땅에 엉덩이가 하나도 닿지 않는 것처럼 보이기도 했다. 그 선수를 본 뒤로 나는 창 너머 고등학교를 볼 때마다 기도를 하게 되었다. 오 년 후 도루왕이 되어라. 밥을 다 먹고 설거지를 했다. 그리고 아이스커피를 타서 한 잔 마셨다. 해가 졌다. 몇 편의 예능 프로그램을 보니 밤이 되었다. 일요일이 지나갔다.

*

늦잠을 자려고 마음먹었지만 일찍 눈이 떠졌다. 휴가 첫날인데 출근하는 날보다 더 일찍 일어나다니, 뭔가 억울한 생각이 들었다. 꿈속에서 할머니를 만났다. 할머니는 해마다 여름이면 꿈에 나타나 늘 똑같은 말을 하고 사라졌다. 물 조심해라. 마치 내가 물에 빠져 죽을 운명을 타고난 사람처럼. 내가 열네 살 때 돌아가신 할머니는 생의 마지막 몇 년 동안 정신이 온전치 않았다. 허공을 보며 중얼거리곤 했는데, 보이지 않는 누구와 대화를 하는 것 같았다. 나는 할머니와 함께 밥도 먹지 않았다. 귀신이 내게 옮겨올 것만 같아서. 그런 할머니를 무서워하지 않는 사람은 누나뿐이었다. 심지어 누나는 할머니의 말을 노트에 받아 적기도 했다. 누나 말에 의하면 그걸 두세 번 반복해서 읽다 보면 슬퍼진다고 했다. 누나는 아버지에게 미친 년이란 욕을 자주 들었다. 할머니 꿈을 꾸고 나니 누나가 보고 싶어졌다. 더 자려고 눈을 감아보았지만 잠은 오지 않았다. 더웠다. 아침 해가 뜨자마자 더워지다니, 오후에는 얼마나 찌려고. 샤워를 하고, 냉장고를 뒤져 유통기한이 아직 지나지 않은 우유를 마셨다. 누군가 초인종을 눌렀다. 아침부터 날 찾아올 사람은 없었다. 어쩌면 휴가철 빈집털이범일지도 몰랐다. 빈집인 걸 확인한 후 현관 어딘가에 동그라미나 세모 같은 표시를 남겨둘 것이다. 그리고 내일 다시 오겠지. 나는 아무도 없는 척했다. 다시 한 번 초인종이 울렸다. 그와 동시에 휴대폰도 울렸다. 박이었다. "나야. 문 열어." 문을 열어보니 박과 그의 첫째 아들이 서 있었다. "서형아, 웬일이야?" 첫째가 폴짝 뛰어 내게 안겼다. 무거워서 몸이 휘청거렸다. "삼촌 놀러 가자." 첫째가 말했다. 박은 자기도 이번 주가 휴가라고 했다. "집사람한테 너도 휴가라고 말했지. 그랬더니 같이 가자네. 고속도로 진입 전에 차 돌려 온 거야." 나는 아무리 외로워도 가족여행에 따라가 눈칫밥을 얻어먹는 사람이 되고 싶지 않다고 했다. 박이 신발을 벗고 집 안으로 들어왔다. 그리고 방으로 들어갔다. 첫째가 이마의 혹을 보여주었다. "만져봐, 삼촌. 튀어나왔지?" 이마에 손을 대니 혹이 만져졌다. "아파?" 첫째는 아프지만 참을 만하다고 했다. "근데 이 혹에서 용기가 나오는 것 같아." 첫째는 혹이 난 후에 갑자기 용기가 생겼다고 했다. 좋아하는 여자아이에게 고백까지 하게 되었다고. "그래서 이 혹이 영원히 안 없어졌으면 좋겠어." 나는 혹을 살짝 눌러보았다. 그사이 방으로 들어간 박이 내 가방을 메고 나왔다. "세면

도구 챙겼어. 가자." 박이 내 팔을 잡아끌었다. 첫째가 내 엉덩이를 밀었다. "할머니가 물 조심하랬어. 바닷가 가면 난 죽을지도 몰라." 내가 말했다.

박의 아내가 나를 보자마자 검지를 입술에 대고 조용히 하라는 신호를 보냈다. 막내 민지가 엄마의 품에 안겨 자고 있었다. 둘째 형민이도 자고 있었다. 나는 조수석에 앉았다. "잘 있었어요?" 박의 아내가 목소리를 낮춰 물었다. "꼽사리 끼어 미안해요." 나도 낮은 목소리로 대답했다. 별말 다 한다는 듯 박의 아내가 내 어깨를 손으로 가볍게 두드렸다. 결혼 초기에 박은 아내와 자주 부부싸움을 했다. 친구야? 가정이야? 선택해. 박의 아내는 늘 같은 이유로 화를 냈다. 박은 왜 둘 중 하나를 선택해야 하는지, 그게 왜 문제가 되는지를 전혀 이해하지 못했다. 나와 박과 대수는 열다섯 살에 만나 이십여 년을 뭉쳐 다녔다. 반 아이들은 우리 셋을 박장대소라고 불렀다. 우리 셋의 별명을 말해주면 사람들은 꼭 이렇게 대꾸했다. "그렇게들 웃겨요?" 우리는 유머감각이라고는 전혀 없었는데, 이상하게 셋이 뭉쳐 있으면 웃긴 일이 생겼다. 우리의 의지와 상관없이. 처음에 그 별명은 대수 혼자만의 것이었다. 체육대회 날 대수가 전교생이 보는 앞에서 우스꽝스러운 자세로 넘어지는 바람에 박장대소라는 별명이 붙게 되었다. 그러다 시간이 지나자 그 별명은 자연스럽게 우리 셋을 가리키게 되었다. 대수 말고 나머지 우리 둘이 박씨와 장씨였기 때문이었다. 박의 아내는 우리를 지긋지긋한 박장대소라고 부르곤 했다. 그랬는데, 이제는 맛있는 음식이라도 하는 날이면 밥 먹으러 오라고 먼저 전화까지 한다. 왜 변했을까? 대수가 죽어서일까? 내가 파혼을 해서일까? 아니면, 세 아이의 엄마가 되니 마음이 너그러워진 걸까? 박이 담배 한 대를 피우고는 차에 올라탔다. “출발합니다.” 박이 몸을 반쯤 뒤로 틀어 뒷좌석에 앉은 아들과 아내에게 말했다. 박은 예전부터 결혼을 하면 무조건 아이 셋을 낳는다고 말하곤 했다. 그것도 꼭 이남 일녀로. 박이 왜 이남 일녀의 아버지가 되고 싶어 하는지는 나만이 알고 있는 비밀이었다. 성인이 된 아이들에게 술 한 잔을 사주며 니들의 아버지가 왜 이남 일녀를 꿈꾸게 되었는지 말해주는 장면을 나는 종종 상상하곤 했다. 첫째는 박을 닮았으니 아마 술을 꽤 마실 것이다. 식탐이 있는 둘째는 안줏발을 세울지도 모르겠다. 지난달에 돌잔치를 한 막내는 커서 나와 술을 마셔줄지 모르겠다. 어떤 여대생이 늙은 남자와 술을 마셔주겠는가. 나는 룸미러로 뒷좌석에 앉은 박의 아내와 아이들을 보았다. 박의 아내가 자고 있는 아이들에게 부채질을 해주고 있었다. 첫째는 배트맨 모양의 선글라스를 끼고 팔짱을 낀 채 창밖을 보고 있었다.

차가 막혔다. 나는 잠깐 잠이 들었다. 눈을 떠보니 고속도로를 벗어나 국도로 가고 있었다. 박이 잠에서 깬 나를 보더니 말했다. “점심 먹고 가자. 이쪽에 맛있는 막국수집 있거든.” 소문난 가게답게 주차장이 차로 가득했다. 대기표를 받고 이십 분을 기다렸다. 박은 물막국수를 먹는다고 했다. 그러자 두 아이들 모두 나도, 하고 대답했다. 하지만 엄마가 비빔막국수를 먹는다고 하자 둘째가 또 나도, 하고 대답했다. 첫째가 고개를 가로저으며 그럴 줄 알았다는 표정을 지었다. 둘째는 둘 중 하나를 고르는 일을 세상에서 가장 어려워했다. 나는 둘째에게 비빔막국수를 선택하라고 충고해주었다. “비빔막국수를 반 정도 먹어. 그리고 육수를 부으면 바로 물막국수가 되거든. 그럼 한 번에 두 가지를 먹는 거지." 내 말을 들은 둘째가 그럼 비빔, 하고 큰 소리로 말했다. 나도 둘째처럼 비빔을 시켜 반쯤 먹은 다음 육수를 부었다. 맛있었다. 다시 고속도로로 들어서자 오전보다 차가 더 막혔다. 박이 끝말잇기를 하자고 해서 다섯 명이 게임을 했다. 박은 끝말잇기를 좋아했다. 오죽하면 세 아이의 이름도 이렇게 지었을까. 서형, 형민, 민지. 첫째가 다섯 번을 이기고, 박의 아내가 세 번을 이기고, 박이 한 번을 이겼다. 나도 세 번 이겼다. 박은 운전에 집중해야 해서 한 번밖에 이기지 못한 거라고 말했다. 한 번도 이기지 못한 둘째가 화를 참지 못하고 울었다. 둘째가 우는 바람에 막내가 따라 울었다. 둘째는 사내자식이 그까짓 것 가지고 운다고 아빠한테 혼나고, 동생을 울렸다고 엄마한테 혼났다. 그러자 둘째가 울며 내 어깨를 흔들었다. 마치 자기편을 들어달라는 듯이. 나는 눈을 감고 자는 척을 했다.

펜션은 근사했다. 첫째와 둘째는 다락방을 보고는 서로 그곳에서 자겠다고 싸웠다. 작지만 아담한 수영장도 딸려 있었다. "지금부터 두 남자가 아이들 봐요. 난 이제 휴가예요." 박의 아내가 말했다. "선베드에 누워 책 읽으며 휴가를 보내는 게 소원이란다." 박이 나를 보며 눈을 찡긋거렸다. "이박 삼일 여행인데 책을 다섯 권이나 가져왔어." 아이들이 수영복을 달라며 소리쳤다. 박이 아이들에게 수영복을 입히는 동안 나는 튜브에 바람을 채웠다. 튜브 세 개와 공 하나를 불고 나니 어지러웠다. 이러려고 나 데려온 거지, 하고 내가 투덜댔다. 박이 챙겨준 배낭을 열어보니 속옷 두 벌과 칫솔 한 개가 들어 있었다. 할 수 없이 박의 반바지를 빌려 입었다. 나한테 좀 컸지만 고무줄 반바지라 흘러내리지는 않았다. 태어나서 처음으로 수영장에 발을 담그는 거라며 박은 민지를 튜브에 앉히고 사진부터 찍었다. 물에 들어간 막내가 기분이 좋은지 발길질을 했다. 박은 물장구치는 솜씨가 예사롭지 않다며 수영선수를 시켜야겠다고 말했다. 선베드에 누워 있던 박의 아내가 그 이야기를 듣고는 호들갑 떨지마, 하고 소리쳤다. 첫째와 둘째는 수영장을 한 달 정도 다니다 피부병에 걸려 그만둔 적이 있다. 그래서 손을 잡아주면 둘 다 조금씩 앞으로는 갔다. 나는 손을 잡고 있다 중간에 슬쩍 놓았다. 그러면 둘 다 몇 초도 버티지 못하고 가라앉았다. 그때마다 나는 거짓말을 했다. "저기부터 여기까지 혼자 왔어. 삼촌이 손도 안 잡았는데." 첫째와 둘째가 한 팀이 되어 나와 수구 게임을 하기도 했다. 둘째가 어찌나 끈질기게 나를 붙잡고 늘어지는지 반바지의 고무줄이 끊어졌다. 박이 웃으면서 자기 반바지에 달린 끈을 풀어주었다.

사소한 사고가 있기도 했다. 하나는 게임을 하다 내 안경이 수영장에 빠진 것이었고, 다른 하나는 곰돌이 모양의 젤리를 먹다가 첫째의 이가 빠진 것이었다. 안경을 찾기 위해 나는 할 수 없이 수영을 할 줄 모른다고 고백했다. 그러자 아이들이 놀렸다. "누구나 세상에서 어려운 게 있어. 삼촌은 그게 수영이야." 내가 말했다. 박이 잠수를 해서 내 안경을 찾아주었다. 첫째는 빠진 이를 보고도 울지 않았다. 이미 몇 번이나 유치가 빠지는 걸 보았으니까. 나는 빠진 이를 손바닥에 올려놓고 한참을 바라보았다. "첫 번째 이는 축구장에 묻었어." 첫째가 말했다. "축구장? 새들이 물어간 게 아니고?" 옆에 있던 박이 부연설명을 해주었다. 터키인가 어느 나라인가, 암튼 그 나라에서는 유치가 빠지면 그걸 장래희망을 이룰 곳에 파묻는다고. 축구선수가 되고 싶으면 축구장에, 교사가 되고 싶으면 학교에. 설명을 하다 말고 박이 부인이 있는 쪽을 힐끔 보더니 목소리를 낮췄다. "애 엄마가 나보고 대학병원에 묻으라고 했는데 알았다고 하고는 축구장으로 갔지. 서형이 엄마는 아직도 이가 대학병원 화단에 묻혀 있는 줄 알아." 첫째가 내 허벅지를 손가락으로 찔렀다. 내가 고개를 숙이자 내 귀에 대고 속삭였다. "삼촌, 엄마한테 비밀인 거 알지?"

저녁은 당연히 바비큐 파티였다. 돼지고기 알레르기가 있는 첫째 때문에 돈이 너무 많이 든다고 박이 투덜댔다. 첫째가 상추쌈을 싸서 고기를 굽고 있는 아빠의 입에 넣어주었다. "돈 들어 미안, 아빠." 둘째는 소시지를 젓가락에 끼워 왼손에 들었다. 소고기 한 점. 소시지 한 점. 번갈아가며 먹었다. 그러다 이유식을 먹는 동생을 보고는 불쌍하다고 중얼거렸다. "안됐다. 이렇게 맛있는 것도 못 먹고." 박이 호박과 양파와 토마토를 구워 아내의 접시에 올려놓았다. 막내가 손을 뻗어 음식을 만지려 했다. 못 만지게 접시를 밀어놓자 이내 눈물을 터뜨렸다. 그러자 박의 아내가 재빨리 열쇠고리를 손에 쥐여주었다. "저 열쇠고리만 주면 눈물을 뚝 그쳐. 정말 웃기지?" 박이 말했다. 박의 말처럼 정말 웃겼다. 열쇠고리가 변기 모형이었기 때문이었다. 막내는 변기 모형을 빨면서 기분 좋은 웃음을 짓고 있었다. "이건 정말 아닌 거 같아요." 내가 낄낄거리며 웃었다.

그리고 휴대폰을 꺼내 막내가 변기를 빨고 있는 모습을 찍었다. "이거 간직했다가 민지 시집갈 때 팔아야지." 고기를 배 터지게 먹은 두 녀석은 텔레비전을 한 시간 정도 봐도 좋다는 허락을 받고 방으로 들어갔다. 박의 아내도 맥주 한 잔을 마신 다음 자리에서 일어났다. "재우는 건 내가 할 테니 둘이 한잔 더 해요." 우리 둘이 동시에 고맙습니다, 하고 구십 도로 허리를 굽혀 인사했다. 아내가 숙소로 들어가자 박이 트렁크에서 양주 한 병을 꺼내왔다. 그러고는 고기를 겉만 살짝 익혀 내 접시에 올려주었다. "술안주는 이래야지. 아깐 애들 때문에 너무 바싹 구웠어." 우리는 건배를 했다. 박이 고추와 마늘을 된장찌개 뚝배기에 넣었다. 아이들이 먹다 남긴 고기도 집어 넣었다. 그리고 물을 더 부은 다음 불판에 올려놓았다. 나는 파김치를 젓가락에 감아 숯불에 살짝 익혀보았다. 의외로 맛있었다. 모기가 종아리를 물었다. 그때마다 손바닥으로 종아리를 때렸다. 고기가 떨어지자 우리는 된장찌개를 안주 삼아 술을 마셨다. 비싼 양주인데 안주가 된장찌개라니, 하고 박이 투덜거렸다. 하지만 된장찌개 안주를 나보다 더 맛나게 먹었다. 박은 취하면 취할수록 말수가 줄어들었다. 이십 대엔 안 그랬는데 삼십 대를 넘기면서 생긴 술버릇이었다. 영업하는 데 지장은 없는지 물었더니 술에 취해 실언을 하는 것보다는 낫다고 대답했다. "말실수해서 무너지는 인간 여럿 봤거든." 나는 달이 무지하게 크네, 모기가 무지하게 많아, 파김치가 무지하게 맛있어, 하고 중얼거렸다. "그리고 무지하게 더운 밤이고."

아침부터 짙은 구름이 보이더니 비가 오기 시작했다. 빗줄기가 눈에 보이지 않을 정도로 가느다란 안개비였다. 박이 썰매장에 가자고 했다. "눈도 안 오는데 무슨 썰매?" 내가 되묻자 첫째와 둘째가 그것도 모르느냐며 핀잔을 주었다. "여름엔 물로 가. 눈썰매보다 물썰매가 더 재미있어." 박이 말했다. "비 오니 더 재미있겠다." 박의 아내가 두 아이를 보며 박수를 쳤다. 비를 맞으며 썰매를 탄다니. 어떤 기분일지. 나도 얼른 가서 타고 싶은 생각이 들었다. 박의 아내가 막내와 숙소에 남아 있을 테니 실컷 놀다 오라고 했다. 어제 물놀이를 해서 그런지 막내에게 감기 기운이 보인다고 했다. 박이 막내의 이마를 만져보았다. 나도 만져보았다. 미열이 있는 것 같기도 하고 아닌 것 같기도 했다. "우리 걱정 말고 이 말썽꾸러기들이랑 얼른 나가주세요. 그게 날 돕는 거예요." 박이 막내의 이마에 뽀뽀를 했다. "아가씨, 아빠랑 오빠들은 놀고 올게요."

첫째와 둘째는 우비를 입었다. 공룡 모양의 우비였는데 엉덩이 부분에 꼬리도 달려 있었다. 똑같은 우비를 입은 두 아들을 세워놓고 박이 사진 한 장을 찍었다. 우리는 튜브처럼 생긴 썰매를 들고 언덕을 올라갔다. 비가 오는데도 놀러 온 사람들이 꽤 있어서 우리 차례가 되기까지 조금 기다려야 했다. 출발선에 서자 둘째가 무섭다고 울먹였다. "막상 타면 안 무서워." 첫째가 동생에게 말했다. 안전요원이 둘째의 튜브를 붙잡아주면서 안심시켜주었다. "너보다 더 어린 애들도 잘 탄단다." 인공 잔디 위로 물이 분수처럼 뿌려지고 있었다. 저 사이를 통과하는 거다. 나는 내 자신에게 말했다. 첫째가 출발과 동시에 몸을 뒤로 젖혔다. 나를 앞질렀다. 나는 결승선에 도착하자마자 첫째와 하이파이브를 했다. 첫째가 일등한 게 아무래도 이마에 난 혹 덕분인 것 같다고 말했다. 곧이어 박과 둘째가 도착했다. 나는 둘째와도 하이파이브를 했다. "하나도 안 무섭네." 둘째가 의기양양한 표정을 지었다. 좀 부끄러운 이야기지만, 몇 년 전부터 겨울이면 그렇게 눈썰매가 타고 싶었다. 텔레비전에서 눈썰매를 타는 장면이라도 나오면 저길 가는 사람들은 얼마나 재미있을까, 하는 부러운 마음까지 들었다. 마흔이 다 되어 눈썰매가 타고 싶다니. 십 대 시절에는 전혀 느끼지 못한 감정이었다. 몇 번 썰매를 타고 난 뒤 우리는 내기를 했다. 일등 한 사람을 나머지 세 사람이 안마해주기. 첫 번째는 박이 이겼다. 두 번째는 첫째가, 세 번째는 다시 박이 이겼다. 나는 일부러 손끝에 힘을 주고 박의 어깨를 주물렀다. 박이 아프다는 내색을 하지 않았다. "좀 져. 형민이 저러다 또 일등 못하면 운다." 네 번째 경기는 내가 이겼다. 원래는 형민이를 이기게 하려고 박과 첫째의 진로를 방해했는데 어쩌다 보니 내가 먼저 들어왔다. 다섯 번째는 첫째. 여섯 번째는 박. 둘째가 거의 이길 뻔했는데 마지막에 와서 썰매가 뒤집혔다. 화가 난 둘째는 박의 어깨를 주먹으로 내리쳤다. "형민아, 안마 똑바로 해야지." 박이 말하자마자, 둘째의 눈에서 눈물이 떨어졌다. 게임에서 진 것 가지고 운다고 박이 둘째를 혼냈다. "꼭 아빠랑 형을 이겨야겠어?" 둘째가 울먹이며 말했다. "그게 아니야. 이기고 싶은 게 아니라 지고 싶지 않은 거라고." 둘째의 코에서 콧물이 나왔다. 박이 자신의 옷으로 콧물을 닦아주며 말했다. "인마, 그게 같은 말이지." 동생이 우는 걸 지켜보던 첫째가 동생의 편을 들었다. "아빠, 그건 다른 말이에요." 첫째의 말에 둘째가 갑자기 눈물을 그쳤다. "맞아, 형."

우리는 매점으로 가서 사발면을 사 먹었다. 첫째는 육개장 사발면을 골랐다. 첫째는 사발면 중에서는 오직 육개장 사발면만 먹었다. 박의 말에 의하면 그건 장인어른의 장례식 이후부터였다고 한다. 그때 장례식장 육개장이 유난히 매웠다. 그건 나도 기억이 난다. 슬퍼서 눈물이 나는 게 아니라 매워서 눈물이 나네, 하고 누군가 말하기도 했다. 육개장이 매워 박은 할 수 없이 첫째에게 사발면을 끓여주었는데, 그날 먹은 사발면이 육개장 사발면이었다. 그다음부터 첫째는 오직 그것만 먹었다. 다른 라면은 입에도 대지 않았다. 둘째는 진라면과 짜파게티 사이에서 또 갈팡질팡했다. "삼촌, 내가 퀴즈 하나 낼게요. 형민이랑 절대 가면 안 되는 곳은 어디게요?" 첫째가 내게 물었다. "음, 마트? 아님, 편의점?" "땡. 배스킨라빈스." 나는 둘째에게 진라면과 짜파게티를 둘 다 먹으라고 말해주었다. "반반씩 먹어. 남은 건 삼촌이 먹어줄게." 박이 못마땅한 표정을 지었지만 나는 모른 척했다.

숙소로 돌아오는 길에 박이 내게 예전에 대수랑 눈썰매장에서 아르바이트를 한 적 있다는 이야기를 해주었다. "언제? 난 모르는 일인데." "너 군대 갔을 때." 둘은 썰매장에서 안전요원으로 일을 했다. 대수는 그곳에서 눈 둔덕에 처박힐 뻔한 여자를 구했다. 여자는 하이힐을 신고 있었다. 대수가 여자에게 발뒤꿈치로 브레이크를 걸어야 한다고 말했다. 다시 눈썰매를 탄 여자는 이번에도 대수 쪽으로 미끄러져 내려왔다. 대수가 브레이크, 하고 소리쳤다. 여자가 뒤꿈치에 힘을 주었고, 눈보라가 주변으로 날렸다. 여자는 안전하게 착지를 했지만 하이힐의 굽은 떨어져 나가고 없었다. 양쪽 다. 여기까지 이야기를 듣다 나는 웃음을 터뜨리고 말했다. “그 굽은 어디 간 거야?” 그다음 이야기는 이랬다. 대수가 눈 속을 뒤져 굽을 찾아왔다고. 그걸 인연으로 사귀게 되었다고. “얼마 못 사귀었어. 한 여섯 달 정도. 진짜 이상한 여자였어. 내가 본 것만 해도 세 번인가 네 번인데 웃기게도 그때마다 굽이 부러졌어. 술집 계단에서 굴러 부러진 적도 있었고, 보도블록 틈에 끼어 부러진 적도 있었어.” 나는 데이트를 할 때마다 굽이 부러졌던 대수의 애인을 상상해보았다. 그럼 집에는 어떻게 돌아갔을까. 절뚝이며? 대수라면 가방에 못과 망치를 가지고 다니며 고쳐주었을지도 모를 일이다. 뒷좌석을 보니 두 녀석이 서로 기댄 채 잠들어 있었다.

*

고등학생 때, 수학여행을 갔다가 범퍼카를 스무 번도 넘게 탄 적이 있었다. 줄서기 싫어 사람이 별로 없는 놀이기구를 선택한 것이었는데, 한 번 타고 나니 자꾸 타고 싶어졌다. 나는 한 사람만 선택해서 그 차만 집중 공격했다. 내 차와 상대방의 차가 박치기를 하는 순간, 온몸이 출렁거리던 그 순간, 이상하게도 마치 산 정상이라도 정복한 것처럼 자신감이 솟구쳤다. 여학생에게 인기가 없는 여드름쟁이 남학생이기 때문이었을까? 그날 밤, 집에 와서 샤워를 하다 양쪽 어깨에 피멍이 든 것을 발견했다. 어디서 멍이 들었지. 곰곰 생각해보니 범퍼카 안전띠에 눌린 자국이었다. 저녁을 먹고 숙제를 하려고 책을 펼쳤는데 글자가 여러 겹으로 보였다. 잠을 자려고 자리에 누웠는데 속이 울렁거렸다. 그날 이후, 나는 멀미가 생겼다. 한창 심할 때는 택시를 타고 십 분 거리도 가지 못했다. 고등학교 삼학년 때는 걸어서 학교를 다니기도 했다. 첫째가 내 말을 믿지 않았다. 범퍼카를 타다 멀미가 생겼다니. 그런 거짓말은 초등학생도 하지 않는다는 거였다. 그리고 자기가 지금 멀미를 하는 것은 아침을 안 먹었기 때문이라고 했다. "지금 식당 가는 길이야. 조금만 기다리면 세상에서 가장 맛있는 백반을 먹을 수 있어." 박이 내비게이션을 손가락으로 가리켰다. 박의 아내가 내게 글로브박스에서 껌을 찾아달라고 했다. 박스를 열어보니 몇 년 전 내가 잃어버렸다고 생각한 가죽장갑이 들어 있었다. "이거 여기 있었네." 나는 장갑을 꺼내보았다. 껌을 씹어도 계속 속이 울렁거린다고 첫째가 말했다. "그런데 삼촌, 왜 지금은 멀미를 안 해요?" "글쎄, 그냥 없어졌어." 멀미가 언제 생겼는지는 정확하게 기억났지만 언제 사라졌는지는 기억이 나지 않았다. "그거 참 이상한 일이네." 휴대폰으로 게임을 하던 둘째가 혼잣말처럼 중얼거렸다.

박이 말한 세상에서 가장 맛있는 백반집에 도착해보니 다른 가게로 바뀌어 있었다. 박의 아내가 근처 아무 집이나 가서 먹자고 말했지만 박은 고집을 피웠다. 할 수 없이 우리는 다시 세상에서 다섯 번째로 맛있다는 돼지불고기 백반집으로 출발했다. 식당에 도착해보니 열한 시도 안 되었는데 빈자리가 거의 없었다. "불백 오인분이요." 박이 우리 의견은 묻지도 않고 주문했다. 고기는 맛있었다. 첫째와 둘째는 반찬으로 나온 달걀 프라이 다섯 개를 순식간에 먹어치웠다. 박은 달걀 프라이를 주지 않는 백반집은 엉터리라고 했다. 박이 생각하는 백반의 기준은 이랬다. 달걀 프라이를 일인당 하나씩 줄 것. 밥은 꼭 흰쌀밥이어야 할 것. 세 종류 이상의 나물이 나올 것. 박의 아내가 지나가는 종업원에게 달걀 프라이를 세 개만 더 해주면 안 되겠느냐고 말했다. 그리고 소주도 한 병 주문했다. "반주 하고 싶죠? 운전도 안 하는데 한잔해요." 박의 아내가 내게 술 한 잔을 따라주면서 말했다. "아침부터 혼자 마시면 청승맞아 보여요. 한 잔만 같이 해요." 나도 박의 아내에게 술 한 잔을 따라주었다. 종업원이 달걀 프라이 세 개를 가져다주며 특별히 드리는 거예요, 하고 생색을 냈다. 박의 아내가 뒤돌아선 종업원을 보며 입을 삐죽 내밀었다. 둘째가 달걀 프라이를 먹으려고 하자 박의 아내가 그만, 하고 말했다. "어른들도 하나씩 먹자." 박의 아내는 자신의 밥그릇과 박의 밥그릇 위에 달걀 프라이 하나씩 올려놓았다. 나도 달걀 프라이를 밥 위에 올렸다. 노른자가 터지면서 밥알이 노랗게 물들었다. 박의 아내가 술 한 잔을 마시고는 숟가락으로 노른자만 동그랗게 파서 먹었다. 나는 빈 잔에 술을 따라주며 같이 여행해서 즐거웠다고 말했다. "나도 고등학생 때 수학여행을 가서 범퍼카를 탄 적이 있었어요." 박의 아내가 말했다. 고등학교 이학년 때였다고 했다. 십 대 시절 박의 아내는 얼굴에 커다란 흉터가 있어서 늘 고개를 숙이고 다녔다. 수학여행을 가서 친구들과 범퍼카를 탔는데, 처음 보는 남자가 자기가 탄 차를 쫓아와서는 뒤를 박았다. 도망을 가면 쫓아오고 도망을 가면 쫓아왔다. 그 순간 박의 아내가 한 생각은 이랬다. 자신의 얼굴이 흉측해서 저 사람이 놀리는 거라고. 그날 이후 박의 아내는 심장이 두근거리는 병을 앓았다. 성형수술을 해서 흉터를 없앤 후에야 두근거림은 사라졌다. "대수 씨 장례식을 치를 때였어요. 이 사람이 장례식장에서 밤을 새운다 해서 저는 아이들을 데리고 친정에 갔어요. 그런데 친정 엄마의 화장대 서랍에서 어린 시절 사진을 발견했어요. 성형수술을 한 뒤 옛날의 사진을 모조리 태웠는데, 어찌해서 한 장이 남아 있더라고요." 그 사진을 가만히 들여다보다 박의 아내는 자신도 모르게 대성통곡을 하며 울었다. 눈물이 멈추질 않았다. "그냥 그런 이야기예요. 내가 미안하다는." 나는 박의 아내가 술잔을 들었다가 마시지 않고 다시 내려놓는 것을 보았다. 흉터가 있었어도 예뻤을 거라는 생각이 들었다. 어색한 분위기를 참지 못하는 박이 농담을 했다. "그때 이 사람 범퍼카 박은 사람이 너 아냐?" "그래, 나다. 어쩔래." 내가 웃으며 대답했다.

국도를 지나가다 폐교를 활용해 만든 미술관을 보았다. 박이 잠깐만 들러보자고 했다. 박의 아내가 커피를 마시고 싶다고 대답했다. "미술관이라면 커피도 팔겠지." 박이 말했다. 나는 무조건 오케이, 하고 대답했다. 입장료는 이천 원씩이었다. 아이들은 무료라고 했다. 커피 팔아요? 하고 직원에게 물었더니 자판기가 있다고 했다. "하지만 웬만한 커피가게보다 더 근사한 정원에서 마실 수 있어요." 직원이 조각공원으로 꾸며놓은 학교 운동장 끝을 가리켰다. 가보니 등나무 아래 벤치가 놓여 있었다. 신기하게도 아이스커피가 나오는 자판기가 있었다. 박의 아내가 커피를 마시고 있을 테니 천천히 미술관 구경을 하고 오라고 했다.

미술관에 들어서니 복도 바닥에 수백 개의 실내화가 그려져 있었다. 어렸을 적 내가 신었던 실내화 모양도 있었다. 나는 그 위에 발을 대보았다. 작았다. 아이들이 첫 번째 교실로 들어가더니 이게 뭐야, 하고 소리쳤다. 박이 재빨리 아이들의 입을 막았다. 하지만 나도 그림을 보자마자 속으로 이게 뭐야, 하고 생각했다. 두 번째 교실에 전시된 그림들은 제목이 모두 똑같았다. 기억. 하지만 아무리 보아도 왜 기억이라고 제목을 붙였는지 짐작이 가지 않았다. 세 번째 교실에서 휠체어를 탄 남자를 보았다. 남자의 휠체어 손잡이에는 빨간색 하이힐이 하나씩 걸려 있었다. 나는 그림을 보는 척하며 남자의 두 다리를 힐끔 보았다. 하이힐을 휠체어에 달고 다니는 남자라니. 남자는 천천히 그림을 보았다. 휠체어를 앞으로 밀었다가 뒤로 밀었다가 하면서. 그녀는 좋아, 라는 말을 자주 썼다. 내가 내일 영화 볼래? 하고 말하면 좋아, 좋아, 좋아, 하고 세 번 반복해서 말했다. 처음은 큰 소리로. 그다음 두 번은 점점 작게. 마치 메아리처럼. 그러면 그 말은 내 귀 안으로 들어와 끊임없이 울렸다. 어떤 날은 귓속에서 종일 '좋아'라는 말이 메아리치기도 했다. 그녀가 처음부터 나를 속일 생각은 아니었을 것이다. 그랬을 것이다. 그녀의 의지와 상관없이 거짓말이라는 놈이 스스로 제 몸의 부피를 늘려나갔을 것이다. 그런데 아직도 궁금한 게 하나 있긴 하다. 도대체 그녀가 늘 말하던 조카들은 누구였을까? 그녀가 그렇게 자랑하던 언니들은 존재하지 않았는데. 과학자가 되어 지구 온난화를 막겠다는 조카는 어디에 존재하는 걸까? 충치 치료를 하러 치과에 갔다가 무서워 기절을 한 조카는 또 누구인가? 생일날 문방구에서 꽃반지를 사주었다는 조카와 같이 찍은 사진을 보여주기까지 했는데. 눈매가 정말 닮았었는데.

그럼에도 내가 그녀를 원망하지 않는 것은 내가 바보 같기 때문이 아니다. 어렸을 때부터 나는 언젠가 다리를 절게 될지도 모른다는 생각을 해왔다. 길을 가다 다리를 절룩이는 사람을 보기만 해도 그 사람 얼굴에 내 얼굴이 겹쳐 보였다. 미술시간에 그림을 그리면 목발을 짚고 있는 사람을 한쪽 구석에 그려 넣곤 했다. 누구에게도 말할 수 없는 막연한 공포를 오랫동안 안고 살다 보니 실연의 상처 정도는 원래 내 것인 양 익숙해졌다. 다섯 번째 교실로 가니 박과 아이들이 있었다. 누워보세요, 라고 바닥에 쓰여 있었다. 나는 누워보았다. 첫째와 둘째도 누웠다. 박은 눕지 않았다. 그리고 서서 나를 내려다보았다. "뭐가 보여?" 나는 어떤 사람의 눈, 코, 입이 보인다고 말해주었다. 박이 휴대폰으로 내 얼굴을 찍었다. 마지막 교실을 둘러보고 나오는데 출구 앞에 어떤 여자가 앉아 있는 것이 보였다. 앉아 있는 것만 보아도 키가 아주 큰 여자라는 것을 알 수 있었다. 여자는 맨발이었다. 나도 모르게 당신이군요, 하고 말할 뻔했다. 하이힐의 주인이 당신이군요. 반가워요. 우리 악수할까요. 한 번 말을 시작하면 멈추지 않을 것 같았다.

밖으로 나오니 눈이 부셨다. 박의 아내가 유모차를 끌며 조각공원을 산책하고 있었다. 첫째와 둘째가 그쪽으로 뛰어갔다. 박이 조심해, 하고 소리쳤다. 나는 자판기 쪽으로 걸었다. 아이스커피를 마실 생각을 하니 발걸음이 빨라졌다. 자판기 앞에서 등나무 뿌리에 다리가 걸렸지만 다행히 넘어지지는 않았다. 커피를 뽑으려고 지갑을 꺼내보니 잔돈이 없었다. 나는 괜히 거스름돈이 나오는 구멍에 손을 넣어보았다. 당연히 돈은 없었다. 더웠다. 나는 이마의 땀을 닦은 다음 운동장에서 아이들과 놀고 있는 박을 향해 소리쳤다. "동전 있어?" 박이 손을 흔들었다. 나는 내게 손을 흔드는 박을 보면서 생각했다. 셋 중 한 명이라도 실패하지 않아 다행이라고. 그리고 박에게 다시 한 번 소리쳤다. 커피 마시게 얼른 뛰어오라고.

손홍규

배회

2001년 작가세계 신인상을 수상하며 등단했다. 소설집 《사람의 신화》 《봉섭이 가라사대》와 장편소설 《귀신의 시대》 《청년의사 장기려》 《이슬람 정육점》 《서울》 등이 있으며, 2004년 대산창작기금을, 2005년에는 문예진흥기금을 받았고, 제비꽃 서민소설상, 노근리 평화문학상, 백신애문학상, 오영수문학상을 수상했다.

그는 박 부장과 술을 마셨다.

그들은 서로를 위로해야 할 명분이 있었고 위로받을 자격이 있었다. 술자리는 우울했다. 가을이 깊어 저녁은 쉬이 이울었다. 서둘러 물든 한 그루 은행나무가 그들의 테이블을 내려다보았다. 그들은 이따금 고개를 들어 가로등 빛에 드러난 은행나무의 뱃구레를 올려다보았다. 바람이 은행나무를 흔들고 지나가면 연노란 이파리들이 뭍으로 끌려 나온 물고기의 비늘처럼 번득이다가 하나둘 팽그르르 돌며 그들의 머리와 어깨 그리고 등과 발치로 곤두박질했다. 주점 바깥 테이블에 자리 잡은 손님은 그와 박 부장뿐이었다. 그는 추운 줄을 몰랐고 박 부장도 마찬가지였다. 어쩐지 이 술자리가 박 부장과 함께하는 마지막 술자리인 것만 같았고 이런 불길한 기분을 과거에도 느껴본 적이 있는지를 잠깐 생각해보았다. 이내 그는 그런 생각 자체가 모두 부질없게 여겨졌다. 밤이 이슥했다. 서로를 위로하려는 한마디 말조차 서로의 슬픔을 박탈하려는 시도로 여겨질 즈음이었다. 취하고 싶었으나 취하지 않았고 취할 수 없었으므로 취하기를 간절히 바랐다.

자네도 아이를 기르니 알 거야. 사람이 태어나서 가장 먼저 하는 게 뭐지.

당연히 압니다. 울죠.

맞아, 그다음엔.

웃죠.

아니야.

그럼요.

울음을 그치는 거.

말은 되네요.

그런 생각해본 적 있나.

무슨 생각이요.

태어나자마자 울었는데 그치는 법을 몰라 여태도 울고 있다는.

박 부장님은 감상적인 분이군요.

자네는 감상에 빠지는 걸 두려워하는 사람이고.

빈소를 지키는 상주는 박 부장의 막내였다. 고등학생인 상주는 맞절을 한 뒤 무슨 말을 해야 할지 몰라 무르춤하게 선 그에게 한 걸음 다가오더니 그의 주름진 손을 잡았다. 열일곱 살 소년의 손은 부드럽고 차가웠다. 이 아이는 너무 이른 나이에 어른이 되길 강요받았구나. 발달장애를 앓던 형의 죽음에 이어 아버지의 장례를 치르는 소년이었다. 조문객이 거의 떠나버려 휑뎅그렁한 접객실에 들어선 그는 구석자리 상 앞에 홀로 앉은 아내를 보았다. 직접 얼굴을 마주하게 된 건 별거한 지 두 달 만이었다. 아내는 그사이 더 늙어버린 듯했다. 아내의 눈에는 그 역시 그렇게 보일 거였다. 그를 바라보는 아내의 눈빛에는 여전히 헤아리기 어려운 감정이 담겨 있었다. 그는 아내 맞은편에 조심스레 앉아 소주 한 병을 천천히 마셨다.

당신도 한잔해.

괜찮아요.

그는 소주 한 병을 더 마셨다.

교통사고였다지.

사고가 아니었어요.

자살이었군.

자살이었죠.

박 부장의 부음을 듣는 순간 그는 자살한 것임을 알았다. 박 부장은 한밤중에 술에 취해 도로를 무단 횡단했다. 내리막길이 시작되는 곳이었다. 고개를 막 넘어온 트럭 운전자가 주의를 기울였다 해도 사고가 나기 쉬운 장소였다. 박 부장은 좀처럼 취할 만큼 마시지 않는 사람이었고 설령 폭음을 한다 해도 웬만해선 취하지 않는 사람이기도 했다. 적어도 그에게 그리고 지금 그의 아내에게 박 부장의 죽음이 자살이라는 사실은 의심의 여지가 없었다. 의심의 여지가 없기에 비밀스러웠다. 누구나 알지만 영원히 공표될 수 없으므로.

난 그만 돌아가려네.

나도 일어서려던 참이었어요.

그는 아내와 함께 장례식장을 나섰다. 새벽이었고 눈이 흩날렸다. 아내는 그와 나란히 걸었으나 가까이 다가오지는 않았다. 장례식장 후문을 나서 주택가 이면도로를 걷는 동안 그와 아내는 아무 말도 하지 않았다. 술기운 탓에 걸음이 불안정한 그가 잠깐씩 설 때마다 아내도 발걸음을 멈추고 조용히 섰다.

일기는.

읽었어요.

어때.

더 혼란스러울 뿐이에요.

그가 무슨 말이라도 하려고 애쓸 때 아내가 말했다.

고모께서 임신하셨대요.

그는 아내의 얼굴을 물끄러미 바라보았다. 아내는 고개를 돌렸다. 아내의 희끗한 귀밑머리에 그의 시선이 머물렀다. 아내의 말투에서는 분노가 느껴졌다. 그가 혼란에 빠져 입을 다문 동안 아내는 택시를 잡았다. 그가 먼저 내렸다. 아내는 그가 택시에서 내리기 전에 분명히 이렇게 말했다. 당신은…… 죽지도 못해요?

그는 아내와 별거한 뒤 구한 원룸으로 돌아갔다. 눈은 여전히 분분히 흩날렸다. 창문으로는 저 멀리 십 년 가까이 그들 가족의 보금자리였으나 이제 아내 홀로 지키고 있는 아파트가 바라다보였다. 샤워를 한 뒤 냉수를 두 잔 마시고 시계를 보니 새벽 세 시였다. 잠자리에 들었으나 잠은 오지 않았다. 술기운이 시나브로 가셨고 정신이 맑아졌다. 그는 고모가 임신했다는 아내의 말이 무슨 뜻인지 헤아려보았다. 그가 알기로 고모는 열아홉 살에 처음 임신을 했고 스물일곱에 두 번째 임신을 했으며 아내의 말이 사실이라면 일흔에 세 번째 임신을 한 셈이다. 처음에는 유산을 했고 그다음에는 무사히 낳긴 했으나 생후 석 달 만에 백일해로 잃었다. 세 번째이자 마지막일 게 분명한 이 아이는 낳을 수가 없을 거였다. 상상임신일 테니. 고모는 상상임신을 한 사람들 가운데 최고령자에 속할 거였다. 어떤 방식으로도 고모의 헛된 믿음을 단념시킬 수 없으리라는 사실을 그는 잘 알았다. 초음파검사를 한 뒤 임신이 아니라고 일러준다 한들 이미 사십 대 후반에 폐경을 맞았다는 사실을 상기시켜준다 한들 고모의 가슴 한쪽에 언제나 있었으나 이제는 뱃속으로 자리를 옮겨 똬리를 튼 단단한 신념을 파괴해버릴 수 있는 사람은 아무도 없을 터였다. 그는 동이 틀 무렵에야 잠이 들었다.

그는 아들의 학교 근처 커피숍에서 담임이었던 역사 선생을 만났다. 삼십 대 중반인 역사 선생은 그동안 시간을 내지 못했던 건 일이 바빠서였지 만남을 피하려는 의도는 아니었다고 했다. 그는 역사 선생에게 아무것도 알아내지 못하리라 예감했다. 역사 선생은 그의 아들이 발표 과제를 무척이나 진지하게 대했다고 말했다. 그는 이미 알고 있었다. 사실 아들의 죽음과 학교생활은 큰 관련이 없어 보였다. 그의 아들은 여름방학 때 양평에서 열린 영어캠프에 갔다가 사고를 당했다. 의심의 여지없이 사고였고 의심의 여지가 없다는 사실이 불안의 근원이 되어 그들 부부를 괴롭힐 즈음 그에게 한 통의 이메일이 도착했다. 아들이 영어캠프에 참가하기 전에 예약 발송한 일기였다. 예전에도 아들은 모든 이메일 계정을 없앴다가 되살리거나 새로 개설한 적이 있기에 그것을 결정적인 증거라고 볼 수는 없었다. 예약 발송된 이메일, 그것도 일기가 담긴 이메일은 한마디로 요령부득이었다. 그는 아내와 상의 끝에 학교 측에 아들이 평소 왕따를 당하거나 폭력에 시달리지는 않았는지 조사해줄 것을 요청했다. 그의 아들이 학교생활에 어려움을 겪었다는 증거는 찾아내지 못했다. 성적은 언제나 상위권이었고 교우 관계도 원만했다는 식의 평범한 사실만 재확인할 수 있을 뿐이었다. 그와 역사 선생 앞에 놓인 찻잔의 커피는 식어갔다.

선생님은 정말 사고였다고 생각하시나요.

사고가 아니라면요.

자살이라면요.

그럴 리가요.

그럴지도요.

역사 선생은 손으로 이마를 짚고 생각에 잠겼으나 무언가를 심사숙고하기 위해서라기보다는 그의 말이 얼마나 터무니없는지를 확신하는 데 필요한 약간의 시간을 벌기 위해 그러는 듯했다. 역사 선생은 이마를 짚었던 손을 내리고 그를 바라보았다. 아버님의 심정은 이해가 가지만 아드님은 결코 그럴 학생이 아닙니다. 이처럼 단호하게 말하는 대신 그의 아들이 평소에 얼마나 부드럽고 정직했으며 동급생들 사이에서 신망이 높았는지를 더듬더듬 늘어놓은 건 그가 자식을 앞세운 부모라는 점을 배려해서인 듯했다. 그가 마음이 아팠던 건 자살을 무시무시한 범죄로 취급하는 듯한 말투 탓이었다. 역사 선생은 그에게서 아무것도 알아내지 못할 거였다. 그가 더 이상 아무 말도 하지 않으리라 마음먹었으므로.

그는 고모의 아파트로 향했다. 고모는 생각보다 활기가 있었다. 그와 그의 아내의 안부를 묻고 소소한 일상을 이야기하는 내내 그의 손을 어루만졌다. 고모의 손은 메마르고 차가웠다. 그러는 동안 그의 마음도 차분해져 고모의 임신을 두고 농담 몇 마디쯤 던질 수도 있을 것만 같았다. 고모는 목소리와 달리 낯빛이 어두웠고 그를 바라보는 두 눈의 흰자위가 누랬다. 아들의 일기에서 보았던 문장이 떠올랐다. 고모할머니는 당신의 것이 아닌 시대를 사는 사람이며 한 번도 자신의 시대를 살아본 적이 없는 사람이다. 그의 아들은 그의 고모가 살아온 세월이 신산하고 각박했음을 절감했던 듯하다. 아들의 일기는 중학생이 쓴 글이기에 현학적이거나 수사적이라는 느낌을 불러일으키지 않았다. 다른 형태의 삶을 간접적으로 체험할 수밖에 없기에 필연적으로 빈곤한 구체성을 추상성으로 대체하려다 균형을 잃는 부분이 간혹 눈에 띌 뿐이었다. 그렇게 느낀 가장 큰 이유는 무엇보다 아들의 글에 타인의 처지와 상황을 이해하고 공감하려는 자세가 엿보여서였다. 아들이 선택한 관념어는 의미가 고정된 단어가 아니라 아들에 의해 순수하게 체험된 언어인 것 같았고 이 서투름과 미성숙함이 외려 중학생에 불과한 아들이 쓴 기묘한 문장에 신선함을 불어넣는 듯했다. 그의 아들 역시 강요에 의해 너무 이른 나이에 어른이 되어버렸는지도 모른다.

그는 고모의 백발을 물끄러미 바라보았다. 푸석하고 윤기 없고 숱 적은 머리칼이 언젠가 그 역시 미끄러져 들어가게 될 노인의 삶을 은유하는 듯했다.

너도 믿지 않지.

뭘요.

임신한 거 말이다.

그는 뭐라 말해야 할지 몰라 잠시 머뭇거렸다. 고모가 슬쩍 웃었다.

상대가 있어야죠.

상대가 왜 없겠니.

사실이라면 귀신이겠군요.

귀신이라면 믿겠니.

믿을게요.

피곤하다며 이부자리에 누운 고모는 손짓으로 낡은 자개 서랍장을 가리켰다. 그는 서랍을 열고 서류봉투를 꺼냈다. 고모는 오래전부터 써온 소설이라고 했다. 소설보다는 수기에 가까웠으나 누가 뭐라 해도 고모는 소설을 쓴다고 믿을 거였다. 다른 일들이 그렇듯이 그 일도 고모의 고집 가운데 하나일 테니. 그는 고모가 건넨 서류봉투를 받았다. 그는 우두커니 앉아 고모가 잠들기를 기다렸다. 고모의 작은 아파트는 괴괴했고 외풍이라도 드는지 이따금 한기가 그의 목덜미를 쓰다듬고 지났다. 그는 현관을 나가 아파트의 기다란 복도를 걸어 엘리베이터를 타고 내려갔다. 한 걸음 한 걸음 그의 다리에 힘이 풀렸다. 그는 아파트 단지 입구 근처의 차가운 돌벤치에 앉아 지금 자신을 사로잡은 감정이 무엇인지 자문해보았다. 정확히 무어라 불러야 할지 알 수 없었다. 한 편의 희비극을 감상한 기분이라고 해도 좋았고 악몽에서 깨어난 직후에 찾아오는 씁쓸함이라 해도 좋았다. 어쨌거나 그는 서러웠다. 원룸으로 돌아간 그는 아내에게 전화를 걸었다.

정말 임신하신 건 아니겠죠.

당신 외숙부 기억하지.

기억해요.

증상이 비슷해 보여.

간암이신가요.

그런 것 같아.

입원시켜야죠.

소용없을 거야.

그는 마지막 말을 후회했다. 아내는 그의 이런 태도를 달가워하지 않았다. 그는 고모의 소설을 다시 읽을 생각이 없었다. 이미 아들의 일기를 읽으면서 고모가 소설을 쓴다는 사실을 알게 되었고 아들의 유품에도 프린트된 고모의 소설이 한 부 있었다. 정확히 말하자면 고모는 소설을 쓴 적이 없었다. 지난 추억을 끊임없이 반추하기는 했으나 머릿속으로 그럴 뿐이었다. 고모는 종손인 그의 아들에게 손이 떨리고 눈이 침침해 글을 쓸 수 없으니 구술하겠노라 했고 그의 아들은 흔쾌히 고모할머니의 부탁을 들어줬다. 아들은 고모할머니를 찾아가 이야기를 들으며 녹음을 한 뒤 집에 돌아와 풀어서 쓴 듯했다. 어느 날의 일기장에는 이렇게 쓰여 있었다. 고모할머니의 구술 태도는 노련한 배우를 연상시켰다. 강렬하고 결정적인 인생의 한순간을 언급할 때면 서투른 배우가 흔히 그러듯이 비장한 음성을 꾸미지는 않았다. 차라리 고모할머니는 침착하게 으르렁거리는 쪽이었고 그러한 태도에서 그 순간이 얼마나 격정적이었는지를 나도 모르게 실감하게 된다. 고모할머니가 살아오는 동안 맞닥뜨린 여러 차례의 뜻하지 않은 불운을 묘사할 때면 과거의 그 순간 고모할머니가 느꼈던 불안과 공포가 손에 만져질 듯 생생하게 전달되어 나는 전율에 휩싸일 수밖에 없었다. 그는 이런 문장들에서 아들이 유서를 남기듯이 스스로의 감정 상태를 솔직하게 밝히려 애썼다는 사실을 감지하곤 했다. 역사 수업의 과제로 제출하기 위한 메모라 보기에는 지나치게 꼼꼼했다. 그것이야말로 한 편의 소설이라 해도 상관없고 혹은 유서라 해도 상관없을 듯했다. 아들은 고모할머니의 소설을 대필하는 기분을 일기에 이렇게 표현했다. 고모할머니의 삶을 대필하는 이 순간 고모할머니를 대신해 소설을 쓴다기보다 유서를 대필한다는 기분이 드는 건 어쩔 수 없다. 어쩌면 문학이란 유서의 수많은 변형태 가운데 하나에 불과할지도 모른다.

눈이 펑펑 쏟아졌다. 쌓이지는 않았다. 도로와 인도는 눈 녹은 물로 번들거렸다. 그는 십 분 뒤 만나게 될 아이가 아들과 진정 어떤 관계였을지 생각해보았다. 그의 생각들이 정수리에서 가슴팍으로 분분히 쏟아져 쌓였다가 눈 녹듯이 스르르 녹아 발치로 흘러내렸다. 빨간 패딩을 입고 목도리로 얼굴을 반쯤 가린 아이가 구부정하게 선 그에게 다가왔다.

어떻게 알았니.

장례식장에서 봤어요.

그랬구나. 몰라봐서 미안하다.

괜찮아요. 한 가지 먼저 말씀드리자면.

말해보렴.

사귀는 사이는 아니었어요.

너처럼 예쁜 아이와 그런 사이가 아니었다니 실망이구나.

저도요. 사귀었다면 훨씬 나았을 거예요.

그러지 않아서 문제라도 있었니.

어떤 면에서는 존경스러웠거든요.

아이는 눈을 치켜뜬 채 그를 바라보았다. 그는 아이의 뒤를 따랐다. 아이가 들어간 곳은 패스트푸드점이었다. 주문한 음식이 나오기를 기다리는 동안 그는 창밖 거리를 바라보았다. 내리는 눈 탓인지 그가 실감하는 시간이 차츰 헝클어졌다. 패스트푸드점 내부를 채운 공기는 따뜻했지만 역겹기도 했다. 이 층에 올라 작은 탁자에 마주 앉자 아이는 그의 몫으로 주문한 햄버거의 포장을 벗기고 플라스틱 칼을 꺼내더니 서슴없이 반으로 갈랐다. 아이는 자신의 몫으로 주문한 햄버거도 반으로 잘라 한 조각씩 교환했다.

이렇게 먹었구나.

어떻게 아셨어요.

그냥 안다.

여기에서 자주 만난 것도요.

……그래.

햄버거를 먹던 아이가 그를 물끄러미 바라보았다.

정말 알고 싶으신 게 뭐예요.

그날 보았던 거.

알고 계시잖아요.

경찰한테만 들었다.

경찰에게 말한 그대로예요.

혹시 두 팔을 양쪽으로 활짝 벌렸니.

날개처럼요.

그래, 날개처럼.

어떻게 아셨어요.

그냥 안다.

그걸 뭐라 부르죠.

고가 농수로.

그 위에서 발을 헛디뎠을 때 그랬어요.

팔을 벌려서 발을 헛디딘 건 아니고.

……잘 모르겠어요.

내게 말해줄 수 있는 확실한 건 없니.

팔을 허우적거리지 않은 건 확실해요.

왜 경찰한테 그 말은 안 했니.

아이가 고개를 숙였다. 아이의 어깨가 가늘게 떨렸다. 이윽고 아이가 고개를 들어 그를 바라보았다. 두 볼 위로 흐르는 가느다란 눈물 줄기가 패스트푸드 매장의 조도 높은 인공 빛을 받아 섬세하게 반짝였다. 아이의 눈동자에 비열할 수도 있는 중년 사내의 왜곡된 얼굴이 비쳤다.

자살이라고 생각하시는 거죠.

그럴 수도 있다고 생각한다.

저도 그렇게 생각해서 말할 수 없었어요.

자리에서 일어난 그는 아이에게 죄를 지은 기분이 들었기에 아이의 얼굴을 바라볼 수 없었다. 눈은 여전히 펑펑 쏟아졌다. 어느새 늦은 오후였고 기온이 하강하면서 인도에는 한 꺼풀의 눈이 쌓였다. 그는 고모의 소설에서 아들의 전형적인 문체로 쓰인 문장을 떠올렸다. 미식가의 욕망은 인간을 맛보려는 은밀한 욕망을 효과적으로 은

폐할 수 있는 한에서만 윤리적이다. 미식가가 최후의 순간에 윤리의 금제를 뛰어넘기 위해 자신의 살점을 뜯어 구워 먹는 게 놀랍지 않은 이유는 추락의 욕망이 비상을 통해 실현되고 비상의 욕망이 추락을 통해서만 실현될 수 있는 것과 마찬가지이기 때문이다. 이어지는 문장은 그의 고모가 스물여덟 살일 때 백일해를 앓던 갓난아기를 포대기째 묶어 강에 던져 버리는 장면을 묘사했다. 그다음 문장은 이러했다. 윤희는 자신의 품에서 헐떡이던 아기가 딱딱해진 걸 알았다. 윤희는 황톳물로 흐르는 탁한 강을 내려다보며 강을 경계 삼아 저 너머 깊은 심연에 가난하고 못생긴 자들이 억압받지 않고 살 수 있는 새로운 세계가 있으리라는 헛된 희망을 되새겼다. 윤희는 두 팔로 그러안은 포대기를 슬쩍 놓았다. 윤희에게 그것은 헬륨 풍선의 엉덩이를 툭 쳐서 저 하늘로 띄워 올리는 행위와 별다르지 않았다. 강은 입을 벌려 포대기째 추락하는 아기를 덥석 받아 삼켰고 그 순간 강 위로 발을 질질 끌며 불어 가던 바람 소리였는지 혹은 온몸을 꿈틀대며 북으로 흐르는 강이 뒤척이던 소리였는지 알 수 없으나 아기 울음이 환청처럼 들려왔다. 그 울음은 앞으로 평생을 두고 윤희의 내부에서 끝없이 재생될 소리였다. 그는 이 장면이 고모가 유일하게 출산했던 아기의 죽음에 얽힌 비밀을 드러내주는 것임을 알았다. 만약 소설에서 묘사된 장면이 사실이라면 그가 전혀 알지 못했던 고모의 비밀이라고 할 수 있었다. 그러나 비밀이란 얼마나 무용한가. 고모가 석 달밖에 안 된 아기를 강물에 던져 버릴 때 아기가 정말 숨이 붙어 있었는지 아니면 고모가 스스로를 학대하여 역설적으로 죄책감을 희석시키기 위해 고안한 거짓말이었는지 가늠할 방법은 없었다. 그가 아는 고모라면 차라리 후자가 진실에 가까울 테고 그의 아들이라면 아마도 전자를 믿었을 거였다. 그의 아들은 생의 비밀이 지닌 이중성을 이해하기에는 너무 순진했을 테니까.

점묘화의 아이러니는 화면 전체를 빈틈없이 점으로 채우는 순간 새로운 여백이 탄생한다는 데 있다. 점과 점이 겹쳐지는 지점에 원근이 생겨나는 동시에 원래 평면이었던 화면에 입체감이 부여된다. 무수히 많은 점으로 화면을 뒤덮으려 애쓸수록 무수히 많은 여백이 태어난다. 이 여백은 시선으로 포착할 수 없는 곳에 존재하기에 존재의 궁극적인 정체성이라 부를 수 있다. 비유하자면 사람은 폭설이 내리는 날 허공을 그으며 낙하하는 한 송이 눈과 같다. 폭설이 폭설다울수록 세상은 폭설로 수렴되지만 눈송이들이 겹쳐지며 시야에 가려진 공간이 무한대로 늘어나면서 이 세계는 원래 존재했던 것보다 수천수만 배의 크기로 확장된다. 인간이 흔해진 시대에 인간을 조롱하지 않으면서 삶의 의미를 구현할 수 있는 단 하나의 방법은 저 눈송이들이 빈틈없이 허공을 채우는 순간 세계가 무한히 확장되듯이 인간이 지구 위에서 한없이 증식할수록 인간과 인간 사이의 거리라는 추상적 공간이 무한히 확장되어 인간이 살아가는 세계가 무량해진다는 사실을 인정하는 것이다. 인간의 의미는 인간에게 있지 않고 인간과 인간 사이의 그 공간, 여백이라 불러도 좋고 무어라 불러도 좋은, 그러나 단 하나 분명한 점은 결코 인간에게 속하지 않는 그 공간에 있다. 그의 아들은 이 일기의 마지막 단어 옆에 괄호를 치고 이렇게 덧붙였다. 있을지도 모른다. 이 일기가 쓰인 날 그의 가족은 함박눈이 내리는 세종로를 함께 걸었다. 그의 아들은 두어 걸음 뒤에서 그와 아내를 따라왔고 아들의 눈에 비친 눈 내리는 풍경에서 그와 아내 역시 하나의 눈송이로 인식되었을 것이다. 그의 아들은 조금 서글펐을지도 모른다. 이 세상을 지우고 이 세상에 감춰진 또 다른 세상을 불러내기 위해 하나의 점으로 살 수밖에 없는 부유하는 존재들. 부모마저 그런 존재라는 사실을 문득 깨달았을 때 어쩌면 그의 아들은 인간이란 이처럼 비루하고 비참하게 존재하여 숭고한 존재라는 생각을 갖게 되었을지도 모른다. 그는 패스트푸드점 현관에서 오래도록 눈 내리는 거리를 바라보았다. 그는 등을 돌려 패스트푸드점 안으로 들어갔다. 아이는 그가 돌아오길 기다렸던 것만 같았다. 그가 자리를 떠날 때 모습 그대로 단정하게 앉아 있었다.

고가 농수로에서 발을 헛디뎌 추락하는 걸 보았지.

맞아요.

그 아래는 계곡이었고 네가 있는 곳에서는 계곡이 보이지 않았어.

실감이 나지 않았어요.

네 비명을 듣고 사람들이 계곡으로 달려갔지.

저도 뒤늦게 정신을 차리고 따라갔어요.

거기에서 본 건 내 아들이 아니란다.

무슨 말씀이세요.

고가 농수로에서 추락한 아들과 계곡에서 발견된 아들은 같은 사람이 아니니까.

잘 모르겠어요.

넌 추락하는 내 아이를 본 게 아니라 비상하는 내 아이를 본 거야.

정말로 그렇게 생각하세요.

그렇단다, 얘야. 슬퍼하지 않아도 돼.

위로가 되지는 않아요.

언젠가는 위로가 될 거란다.

그의 고모는 배가 조금 부풀었다. 복수가 차서 그럴 테지만 고모는 배 속 아기가 자라는 중이라고 믿었다. 그는 아들의 유품에서 찾아낸 고모의 소설과 고모가 직접 건네준 소설이 많이 다르다는 사실을 뒤늦게 발견했다. 백일재를 치르고 돌아온 날 아내는 그가 지내는 원룸으로 함께 왔다. 그가 괜찮다고 손사래를 쳐도 아내는 묵묵히 청소를 하고 빨래를 하고 냉장고를 정리했다. 아내는 그가 책상 겸 밥상으로 쓰는 작은 플라스틱 상 앞에 앉아 고모의 소설을 읽었다. 어디쯤인가를 읽다가 고개를 들고 그에게 물었다. 당신 알고 있었나요? 뭘. 고모님께 친오빠가 있었다는 거. 고모한테는 남동생인 우리 아버지뿐이야. 이거 안 읽었군요. 아내가 돌아간 뒤 그는 고모가 건네준 소설을 차근차근 읽었다. 읽다가 원래 가지고 있던 소설을 꺼내 다른 부분들을 비교해보기도 했다. 그가 이미 읽었던 소설은 그가 아는 고모의 인생사 그대로였으나 새로 읽게 된 소설에는 그가 짐작도 하지 못했던 많은 비밀들이 묘사되어 있었다. 이전의 소설은 고모가 구술한 걸 그의 아들이 별다른 수정 없이 어조의 일관성만 부여해 서술한 것이라면 고모가 건네준 소설은 아들의 일기에서 엿볼 수 있는 문체와 똑같은 문체였다. 그가 짐작하기로 아들은 고모할머니의 인생사를 받아 적는 것으로 만족하지 못했던 듯

하다. 구술된 이야기의 일화들 사이에 도저히 납득할 수 없는 모순이 있었거나 다 말하지 않은 채 감춰둔 것들을 모른 체하기 힘들었던 것이다.

그가 처음 맞닥뜨린 그의 기억과 어긋나는 부분은 할머니의 제사가 있던 어느 해 봄이었다. 고모가 방직공장 기숙사를 나설 무렵은 이미 밤이었다. 그 시절에 보통 제사는 자정에 치러졌다. 아직 자정까지는 두어 시간 남았고 밤길이라고는 해도 한 시간 안에 도착할 수 있을 것 같았다. 낮 동안은 화창했던 하늘이 어디선가 몰려온 구름에 가려 어두웠다. 군데군데 구름층이 엷은 곳만이 희미하게 달빛을 걸러 보내고 있어 하늘은 덕지덕지 꿰매놓은 상보 같았다. 그의 집에서는 촌수는 멀지만 그나마 친척이라 할 수 있는 몇몇 어른들이 모여 자정이 되기를 기다리고 있었다. 그의 어머니와 아버지는 멀리서 개 짖는 소리가 들리면 그의 고모가 온 게 아닌가 싶어 문을 열어보곤 하였다. 언제 기숙사를 출발했는지 알고 있던 터라 도착할 시간이 얼추 지났음에도 부산스러운 고모의 목소리와 발소리가 들리지 않자 밤길을 걱정하는 말이 한두 마디씩 툭툭 튀어나왔다. 이윽고 자정을 삼십 분쯤 남겨두었을 때 그의 고모가 도착했다. 그의 고모는 하얗게 질린 얼굴이었다. 그의 아버지가 뛰어나가 누님을 부축했고 그의 어머니는 물그릇을 들고 부엌에서 나왔다. 숨을 헐떡이며 가슴을 두드리던 그의 고모는 천장에 백열등 하나 매달린 조붓한 방에, 제상까지 차려진 터라 더욱 비좁은 방에 길게 누웠고 사람들은 고모의 몸을 주물렀다. 이윽고 자정이 되었다. 그의 부모와 친척들은 고모에게 무슨 일이냐고 묻지는 못한 채 억지로 궁금증을 삭이며 제사를 지냈다. 제사를 다 지낸 후 고모가 털어놓은 이야기는 이러했다. 아랫마을에서 그의 마을로 오려면 무지개다리를 하나 건너야 했다. 장마철이면 종종 물에 잠겨 쓸모가 없게 되는 작은 다리였다. 그러나 그 길이 아랫마을에서 그의 마을로 오는 가장 빠른 길이었고 그 다리를 건너지 않으려면 먼 길을 돌아와야 했다. 봄 가뭄으로 개울이 넘칠 일은 없으니 고모는 당연히 무지개다리를 건너는 길을 바라고 걸어왔다. 잡초가 무성한 개울가에는 관목들도 어지럽게 자라 어둠보다 어두워 그 속에 무언가 숨어 있을 것만 같았다. 고모는 무지개다리를 건너다 우뚝 섰다. 다리 건너편 어른 키만 한 나무 옆에 누군가 서 있었다. 고모는 그게 사람이 아니라는 걸 대번에 알았다. 그의 어머니가 고모에게 누구였느냐고 물었다. 고모는 어머니였다고 대답했다. 친척들은 제사 지내러 오는 걸 알고 어머니가 딸을 마중하러 갔던 모양이라며 혀를 찼다. 고모는 무서워서 새벽길은 차마 못 가겠노라고 하더니 모두 돌아가고 그의 식구들만 남자 서둘러 집을 나섰다. 이 일화는 그가 너무나 자주 들어서 고모를 생각하면 가장 먼저 함께 떠오르는 사연이었다. 이 사연을 고모를 비롯해 그의 부모마저 되풀이해서 이야기해온 이유는 그의 할머니가 당신의 제삿날에 맞춰 왔다가 친딸도 아닌 수양딸의 밤길을 살펴주기 위해 마중 나갔다는 사실이 애틋해서만은 아니었다. 그날 이후 고모가 귀신을 보게 된 탓이 가장 컸다.

아들이 쓴 이 장면은 그가 아는 것과 사뭇 달랐다. 그날 고모는 오는 길에 수양어머니의 귀신을 보았으나 돌아가는 길에는 친오빠의 귀신을 보았다. 수양어머니 귀신은 살아생전의 모습과 비슷하게 인자한 형상이었으나 친오빠의 귀신은 섬뜩하기 이를 데 없었다. 고모가 기억하는 친오빠의 마지막 모습이 그러했다. 그의 아들은 이 부분을 묘사할 때 되도록 수식을 자제했다. 아마도 고모가 느낀 경악을 효과적으로 드러내기 위해 고심 끝에 선택한 문장들이었으리라. 하지만 그는 의문이 생기지 않을 수 없었다. 왜 그날 고모는 두려움을 떨치고 기어이 새벽길을 나섰던가. 그의 아들은 방직공장으로 돌아가던 고모를 이렇게 묘사했다. 윤희는 귀를 곤두세웠다. 어디선가 새벽닭이 우는 소리가 들려올까 봐 초조했다. 닭이 울면 남은 생을 울면서 보내야 할지도 모른다는 예감에 사로잡힌 채 달렸다. 튀어나온 돌에 발부리가 걸려 넘어지고 무릎이 깨졌다. 윤희의 내부에 있던 무언가도 그렇게 깨져버렸다.

그를 찾아온 사람은 박 부장의 막내였다. 학생용 모직코트를 걸쳤으나 목도리도 없이 새빨개진 얼굴로 골목 귀퉁이에 서 있었다. 그는 아이를 데리고 식당에 들어갔다. 설렁탕을 한 그릇씩 놓고 마주 앉았으나 달리 나눌 말은 없었다. 그는 소주를 한 병 주문했다. 그가 술잔을 내밀자 아이가 머뭇거렸다.

한 잔쯤은 마셔도 돼.

그럼 마실게요.

박 부장의 막내는 아버지를 닮아서인지 술 한 잔쯤에 기색이 변하지는 않았다. 한 잔이 두 잔이 되고 두 잔이 석 잔이 되었다. 두 병째의 소주를 거의 다 비웠을 무렵 아이가 입을 열었다. 그때까지도 아이는 교장 선생 앞에 앉은 신입생처럼 부자연스럽게 조심스러웠다.

아버지가 뭐라고 하셨죠.

언제 말이냐.

돌아가시기 전에 마지막으로 만난 분이 아저씨였어요.

그건 보름도 더 전에 있던 일이었어.

그 뒤로 아버지는 아무도 안 만나셨어요.

그건 몰랐다.

아버지는 한 번도 죽고 싶다는 식의 말씀을 하신 적이 없어요.

내가 알기로도 그렇구나.

그런데 왜 그러셨죠.

사고였잖니.

사고가 아니라는 걸 아시잖아요.

그는 박 부장과의 마지막 술자리에서 나누었던 대화를 들려주었다.

그게 다인가요.

그게 다였어.

제가 어떻게 받아들여야 하죠.

네 아버지는 많은 걸 견딘 분이었어.

알아요. 저라면 그렇게는 못 살았을 거예요.

너도 형을 돌보느라 애쓴 거 안다.

사실 전 형을 증오했어요.

증오와 애정은 한 몸이야.

아버지가 목숨을 끊은 건요. 증오인가요 애정인가요.

뭐가 두려운 거니.

아버지가 형만 사랑했던 게 아닐까 싶어서요.

그는 시선을 어디에 두어야 할지 몰라 차라리 빈 술잔을 물끄러미 바라보았다. 아이의 솔직함에 가슴이 먹먹해서였고 아이를 위로할 수단이 없어서이기도 했다.

네가 아버지 입장이라면 어땠겠니.

저보다는 형을 사랑했을 것 같아요.

이해는 하지만 받아들일 수는 없다는 거구나.

우리 아버지가…… 그토록 외로우셨나요.

외로우셨다.

박 부장의 막내는 입을 꾹 다문 채 눈물을 두어 방울 떨구었다. 아마도 이 아이는 앞으로도 몇 번에 걸쳐 이와 비슷한 혹은 더 많은 눈물을 흘려야 할 것이며 그러고도 오랜 세월이 흐른 뒤에야 죽은 아버지의 외로움이 아버지만의 것이 아니라 사람이라면 누구나 지닐 수밖에 없는 보편적인 슬픔 가운데 하나라는 걸 알게 될 거였다. 적어도 이 아이는 그보다는 행복할 것이다. 그가 지니지 못한 솔직함과 용기를 가졌으니 쓰러지지는 않을 것이다. 박 부장의 막내는 구청 앞 버스정류장에서 버스를 타고 떠났다. 그가 손을 흔들자 아이가 뭐라고 말했는데 묻는 말인 듯했다. 그의 귀에는 이렇게 들렸다. 아저씨, 지금도 감상에 빠지는 게 두려우세요?

고모의 배는 한층 더 부풀어 올랐다. 그는 고모가 정신을 잃고 쓰러지면 구급차를 불러 병원으로 데리고 갈 생각이었다. 그가 대학생이 되어 서울에 올라왔을 때 의지했던 사람이 고모였다. 고모는 왕

십리에서 작은 식당을 운영했고 수입이 썩 괜찮은 편이었다. 음식 솜씨가 좋다는 입소문이 퍼져 단골뿐만 아니라 뜨내기손님도 적지 않았다. 그는 종종 고모의 일손을 돕기 위해 식당에 나가곤 했으나 고모에게 지청구만 먹고 쫓겨나기 십상이었다. 고모가 돌아오면 그는 따뜻한 물을 대야에 받아 부엌 바닥에 놓아주었다. 술에 취한 고모는 정신을 잃을 만큼 마시는 법은 없었기에 발을 씻으면서 노래를 흥얼거리거나 옛 추억을 들려주곤 했다. 미닫이 유리문으로 나뉜 작은 방 두 칸이었기에 옆방에 누운 고모가 끙끙대는 소리며 잠뜻을 하는 소리며 귀신을 쫓는 호령 따위가 생생하게 들려왔다. 그와 마주 앉아 밥을 먹다가도 번쩍 고개를 들고 천장 한구석을 바라보며 저놈의 귀신! 하고 버럭 호통을 치면 그는 화들짝 놀라 숟가락을 놓치곤 했다. 귀신을 보는 고모에 익숙해질 무렵 이미 고모의 사타구니 부근에 탈장 기미가 있었다. 오랫동안 수술을 권유했음에도 몸에 칼을 대는 건 싫다면서 그가 결혼할 무렵부터 이십여 년 가까이 탈장대를 차고 다닌 고모였다. 고모가 탈장대를 벗어버리고 수술대에 누운 건 그의 아들이 영어캠프를 떠나기 전이었다. 고모의 수술은 무사히 끝났고 퇴원하기를 기다렸다가 부음을 전했다. 그런 소식을 들었다고 해서 통곡을 하거나 정신을 잃고 쓰러질 고모가 아니라는 사실은 잘 알았지만 그는 고모의 심연 깊은 곳에서 자라나 고모를 점령해버린 그 뜨거운 냉정함에 처음으로 진저리를 쳤다. 고모가 보여준 무서우리만큼 담담한 태도에 그의 아내는 질색을 했고 다시는 고모와 상종도 하지 않겠다고 그에게 선언했다. 아내는 감정적인 사람이 아니었다. 고모가 보여준 태도가 서운했더라도 진심은 가슴

속 깊은 곳에 갈무리한 채 어떠한 경우에도 발설하지 않을 사람이었다. 아내가 그처럼 폭언이라 해도 좋을 만큼 난폭한 선언을 한 이유는 어쩌면 아들의 죽음에 고모의 책임이 있을지도 모른다고 의심한 탓일 가능성이 컸다. 그의 아내는 제일 먼저 고모가 아들의 생일 혹은 명절에 선물해준 다트며 한정판 레고며 세계문학전집 따위를 할 수 있는 만큼 부숴버리거나 찢어버린 뒤 내다 버렸고 사십구재를 치르기 전에 별거를 요구했다. 아내는 여전히 아들을 잃은 슬픔을 치러내는 중이었고 아내답게 조용하면서도 격렬하게 견뎌내는 중이었다. 그는 부엌 개수대의 식기건조대에 낯익은 방식으로 단정하게 쌓인 그릇들을 보았다. 아내가 한두 번 고모를 찾아온 듯했다.

그는 고모가 잠들었을 때 가만히 고모의 배 위에 손을 얹어보았다. 차분하게 오르내리는 횡경막의 움직임을 따라 그의 손도 부드럽게 파도를 타듯 움직였다. 기분 탓인지는 몰라도 그 아래 그로서는 짐작도 할 수 없는 어떤 의지가 숨 쉬는 것만 같았다.

고모는 베개를 겹쳐 쌓아 등을 기대고 누운 채 이따금 배를 손으로 쓸어보곤 했다. 그럴 때 고모의 얼굴은 행복해 보였다. 그는 아침과 저녁에 고모의 아파트에 들렀다. 어느 정도 부풀어 오른 배는 더 이상 변화가 없었다. 그는 할 수 없이 가사도우미를 신청했다. 고모에게 의향을 물으니 괜찮다며 고개를 끄덕였다. 그는 밤이 깊을 때까지 고모 옆에 앉아 있었다. 그는 묻고 싶은 게 많았으나 아무것도 묻지 않았다. 그의 고모는 친고모가 아니었다. 전쟁 발발 이듬해에 그의 할아버지가 수양딸로 거두었다. 그의 아버지가 여섯 살 그의 고모가 여덟 살이던 해였다. 그의 아버지는 난데없이 누나가 생겨 기뻤다는 말을 생전에 종종했다. 두 남매의 우애는 친남매보다 돈독해서 그의 아버지는 고모의 일이라면 두 발 벗고 나섰다. 사연은 간단했다. 고모의 친아버지와 그의 할아버지는 배다른 형제였는데 고모의 친부모가 모두 세상을 떠나자 그의 할아버지가 수양딸로 삼았던 것이다. 그가 몰랐던 사실 하나는 고모에게 오빠가 있었고 빨치산이었다는 것과 바로 그해에 죽었다는 거였다. 그리고 정말 그가 몰랐던 사실은 고모의 오빠가 고모의 눈앞에서 죽었다는 거였다. 여덟 살 계집아이가 감당하기에는 벅찬 일이었지만 세월이 흘러 성숙한 처녀가 되었을 때 귀신으로 나타난 죽은 오빠 역시 감당하기가 쉽지는 않았을 것이다. 그 이후 고모가 겪어야 했던 인생의 우여곡절은 모두 그것과 관련이 있었다. 첫 번째 시집에서 쫓겨난 것도 유산이 결정적인 이유가 아니었고 두 번째 결혼생활이 파탄으로 끝난 것 역시 갓난아기를 잃은 게 결정적인 이유가 아니었다. 그의 아들은 소설에서 이렇게 썼다. 윤희는 눈앞에 닥친 일들이 대체 무슨 이유로 그처럼 사납게 자신을 할퀴고 짓밟는지 알 수 없었으므로 현명하게도 그에 대해 생각하기를 멈추었다. 생각이 중지된 상태에서 세월이 흘렀고 어느 날 문득 자신을 찾아온 죽은 오빠의 귀신을 마주대하는 순간 아무것도 중지된 적이 없으며 모든 게 세월과 더불어 흘러왔음을 깨달았다. 윤희에게는 자신의 시대라는 게 없었다. 시간은 한 번도 윤희의 것이 아니었으며 오직 망각했다고 믿었던 슬픔만이 윤희의 것이었다. 그의 아들은 이 부분에서 어떤 혼란을 겪었던 모양인지 문체가 달라졌다. 좀 더 감정적이었고 좀 더 비관적이었다. 인간의 역사는 인간과 동떨어진 채 흘러갔다. 역사는 발전하지 않았고 어떤 법칙에도 구애받지 않았다. 역사는 괴물 그 자체였다. 그리고 어느 날 윤희는 필연적으로 거울에 비친 얼굴에서 괴물을 발견하게 되었고 지금까지 숱한 귀신들을 향해 호통을 치며 살아왔던 자신이야말로 사실은 귀신들로부터 호통을 받으며 살아왔음을 인정하지 않을 수 없었다. 그리고 귀신들이 윤희에게서 떨어져 나갔다. 스스로 만들어낸 환영들이 희미해지면서 세계가 본래면목을 드러냈다. 그이가 마주친 실재 세계는 그이가 오래전부터 예상했듯이 우울했다.

고모는 잠들었다. 그는 조용히 일어났다. 불을 끈 채 잠시 어둠에 눈이 익길 기다렸다. 오랜 세월을 말없이 견디느라 진이 빠져 푸석해진 고모의 육신이 어둠을 천천히 찢으면서 태어났다. 귀신을 본다는 건 쓸쓸한 일일 게 분명했다. 망각해야 할 것을 기억하는 가장 참혹한 방식일 테니. 그는 방문을 닫고 고모의 아파트를 나섰다.

그는 일주일 내내 아들이 일기에서 언급한 장소를 아무런 희망 없이 찾아다녔다. 몇 군데는 그도 잘 아는 곳이었고 몇 군데는 그가 처음 가보는 곳이었다. 아들이 발걸음을 멈추었으리라 짐작되는 곳에서 그도 멈추었고 아들의 시선이 머물렀으리라 여겨지는 곳을 그도 바라보았다. 아들의 일기는 일관되게 무질서했다. 하루의 일과를 간단히 메모하는 경우도 있었고 그날 경험했던 강렬한 인상을 모호한 문장으로 남겨둔 경우도 있었다. 무위의 하루를 보낸 것처럼 혹은 소설 습작이라도 되는 것처럼 맥락 없이 연결되는 문장들로 채워진 경우도 있었다. 그 모든 무질서에도 불구하고 아들의 일기는 그의 내밀한 곳에서 어떤 감탄을 불러일으켰다. 아들이 사는 세대만의 독특한 감성 때문이기도 했지만 아들이 결코 그에게 혹은 아내에게도 말한 적 없는 사유와 성찰에서 그가 알지 못했던 낯선 아들을 만날 수 있기 때문이었다. 그러나 아무리 읽어보아도 아들의 일기에서 죽음과 관련된 단서를 찾을 수는 없었다. 모든 문장이 단서처럼 여겨지다가 금세 모든 문장이 아무것도 증명해주지 못한다는 사실을 깨닫기를 수없이 되풀이했다. 그러나 영어 캠프를 떠나기 전 모든 이메일 계정에서 탈퇴하고 유서나 유언처럼 최근 삼 년 동안에 쓴 일기를 남겨둔 이유를 설명할 수 있는 건 단 하나뿐이었다.

그는 아들의 동급생 두엇을 더 만났다. 영어캠프 실무자와 현지 경찰관도 만났다. 아들과 관계된 사람들을 하나둘 만날수록 아들에게 가까이 다가간다는 기분이 드는 게 아니라 아들의 주변을 배회하며 한 걸음씩 멀어진다는 기분이 들었다. 아파트를 처분하고 이사를 가겠다는 아내를 만나려고 어쩔 수 없이 옛집으로 갈 수밖에 없었다. 그는 아내와 다투었다. 그와 아내 그리고 그들의 아들. 비록 이제는 그 모든 추억들이 하나하나 가시가 되어 찔러올지라도 세 식구가 공유했던 단 하나의 공간을 그토록 쉽게 버려버릴 수는 없었다. 당신 정말 모르겠어요? 몰라, 난 아무것도 몰라. 일기를 읽었잖아요. 그게 무슨 상관인데? 우리 아들은. 우리 아들은? 우리 때문에 죽었어요. 그런 내용은 없어. 모든 글이 그걸 증명해요. 아무것도 그런 걸 증명하지는 못해. 우리는 한 번도 우리 아들에게 가까이 간 적이 없어요.

그는 하마터면 아내에게 폭력을 행사할 뻔했다. 그도 잘 알고 있었다. 아들의 일기를 구성하는 모든 문장들은 삶의 본질 주변을 배회하는 한숨 같은 거라는걸. 그럴 수밖에 없는 이유는 삶의 본질이 무엇인지 알 수 없기 때문이라는걸. 아들이 살아 있다면 그는 이렇게 말해주었을 것이다. 아들아, 그런 건 누구도 모른단다. 아무도 모르고 누구도 알 수 없어. 알 수 없는 건 알 수 없는 채 내버려둬야 해. 그걸 모르는 게 네 잘못은 아니잖아. 그렇다면 아들은 그에게 이렇게 대답했을지도 모른다. 내버려두지 않기 위해서요. 아무것도 그 무엇도 그냥 있는 그대로 내버려두지 않기 위해서요. 아들은 이렇게 썼다. 나는 원하지 않았으나 아버지의 통화 내용을 엿듣고 말았다. 똑똑히 엿들은 건 아니었다. 간헐적으로 들렸기에 맥락을 파악할 수 없었다. 아버지의 목소리는 짙은 우수에 잠겼고 말보다 침묵을 더 자주 사용했다. 그럼으로 나는 우수에 잠긴 침묵이 어떤 것인지를 새삼 알게 된 기분이었다. 아버지는 이렇게 말했던 것 같다. 먹고사느라고. 연민이 뒤섞인 분노가 솟았다. 먹고살기 위해 당신은 얼마나 많은 이들을 직접적으로 혹은 간접적으로 살해하며 살아왔을까. 그렇게 해서 아버지는 결국 당신 스스로를 살해하며 살아온 것일지도 모른다.

그가 고모의 아파트 앞에 도착했을 때 패스트푸드점에서 이야기를 나누었던 아이의 전화가 걸려왔다.

아저씨 말씀이 잊히질 않아요.

잊어도 돼. 필요할 때 기억하면 되니까.

정말 언젠가는 위로받을 수 있을까요.

그럴 거야.

아저씨, 우리 사귄 거 맞아요.

알고 있다.

어떻게 아셨어요.

네 이름이 윤희라서.

화 안 나세요.

화난다.

화내는 것 같지 않은데요.

그보다 먼저 화나는 일이 있었거든.

그게 무슨 상관인데요.

아직 그 화가 안 풀렸단다.

그게 풀려야 새로 화를 내신다는 건가요.

그래.

무슨 일이었는데 아직까지 화를 내고 계세요.

내가 태어난 거.

……저도요.

넌 그만하렴.

그럴 수 있을까요.

그럴 수 있단다.

이렇게 마음이 아픈데도.

그렇게 마음이 아프니까.

아이의 고백에 그의 마음도 흔들렸다. 고모의 아파트는 고즈넉했으나 누군가와 대화를 나누기라도 하듯 가만가만한 목소리가 방에서 들려왔다. 가사도우미는 일을 마치고 돌아간 지 한참일 것이므로 아내가 왔는지도 몰랐다. 그가 방문을 열자 고모가 고개를 돌렸다. 반쯤 겁에 질린 얼굴이었다. 고모 말고는 아무도 없었으므로 그는 한숨을 내쉬었다. 익숙한 얼굴이었다. 어딘가에 가 닿지는 못한 채 그 주변을 서성거리는 얼굴들. 체온을 재보니 삼십팔 도였다. 그는 고모의 이부자리를 살피고 보일러 온도를 확인한 뒤 불을 껐다. 잠이 든 줄만 알았던 고모가 어둠 속에서 서서히 형체를 드러내며 그의 이름을 불렀다.

왜 그러세요.

그냥 갈 거니.

내일 아침에 올게요.

정녕 그냥 갈 거니.

다리 주물러드릴까요.

네 아들하고 아무 말도 안 할 거니.

어디에…… 있는데요.

네 등 뒤에.

……언제부터요.

고모는 대답이 없었다. 고모한테 속지 않을 것이다. 고모가 은밀하게 간직했던 사연들조차 알고 나면 별게 아니듯이 고모의 임신이며 고모가 살아온 날들이며 그 모든 것들이 사실 그와는 완전히 무관하다 할 수 있었다. ……그는 꼼짝도 할 수 없었다. 뒤돌아서거나 고개를 돌릴 수도 없었다. 고모가 한평생 배회하며 살아온 것들이 이제 그를 둘러싸고 있었다. 그의 차례가 되었는지도 모른다. 그는 고개를 돌려야 할지 말아야 할지 오랫동안 망설였다. 설령 거기에 어둠만이 있을 뿐이라 해도.

한유주

일곱 명의 동명이인들과 각자의 순간들

2003년 단편 〈달로〉로 문학과사회 신인문학상을 수상하며 등단했다. 2009년 단편 〈막〉으로 제43회 한국일보문학상을 수상했다. 소설집으로 《달로》《얼음의 책》《나의 왼손은 왕, 오른손은 왕의 필경사》, 옮긴 책으로 《지속의 순간들》《작가가 작가에게》《교도소 도서관》《눈 여행자》 등이 있다. 현재 문학동인 '루'에서 활동하고 있다.

훔친 자전거를 끌고 지나가는 중학생들의 뒤통수에서 고개를 돌리면 거대한 오피스텔 건물이 눈에 들어온다. 준공 당시에는 제법 근사하게 보였을지는 몰라도 이제는 다른 고층 건물들에 밀려 십 년도 지나지 않아 쇠락한 분위기를 풍기는 외관이 눈에 띈다. 간판이 떨어져나간 흔적이 남아 있고, 보이지는 않지만 엘리베이터가 서너 번 이유 없이 멈춘 적이 있으며, 역시 이제는 보이지 않게 되었지만 중학생들이 서너 번 떨어져 내린 적이 있다. 일 층부터 삼 층까지는 상가, 사 층부터 꼭대기 층까지는 주거용이다. 건물의 사면을 둘러 주거용 공간들이 배치된 까닭에 건물 중앙부는 텅 비어 있고, 엘리베이터를 타고 꼭대기 층으로 올라가서 밑을 내려다보면 까마득한 높이를 느낄 수 있다. 중정은 건물 안이나 안채와 바깥채 사이의 뜰을 말한다고 한다. 주거용 공간에 가로막혀 햇빛이 들지 않는 이곳을 사람들은 중정이라고 부른다. 그리고 가끔 이곳으로 누군가가 추락한다. 이 일은 삼사 년에 한 번씩 일어난다. 사람들이 충격을 받고, 잊고, 다시 충격을 받기에 충분한 간격이다.

일 층에서 엘리베이터를 기다리고 있는데 늙은 여자가 옆에 와 선다. 그는 나를 올려다보며 입술을 달싹인다. 이십 층. 십구 층. 엘리베이터가 내려오고 있다. 삼 층. 이 층. 일 층. 엘리베이터가 도착하고 문이 열린다. 두 사람이 내린다. 늙은 여자는 내가 엘리베이터에 먼저 타기를 기다렸다가 천천히 발을 안으로 들인다. 삼면에 부착된 거울을 통해 나는 애써 보려 하지 않아도 늙은 여자를 볼 수 있다. 그가 입술을 달싹이며 중얼거린다. 난 혼자서는 이걸 못 타. 한 번 멈춘 적이 있어. 난 혼자서는 못 타. 그는 십오 층 버튼을 누른다. 나는 꼭대기 층까지 갈 생각이었으므로 그가 내리기 전에 내가 먼저 내리지 않아도 되어 다행이라고 생각한다. 그가 언제부터 이 건물에 살기 시작했는지는 모르겠지만 매일 누군가가 나타나기를 기다렸다가 엘리베이터를 타야 한다면 안 된 일이라고 생각한다. 일 층에서는 늘 엘리베이터를 기다리는 사람과 마주친다. 상가가 들어선 이 층과 삼 층에서도 엘리베이터를 기다리는 사람을 쉽게 본다. 그러나 사 층부터는 엘리베이터 이용자가 다소 줄어든다. 그는 혼자 사는가. 그는 십오 층에 사는가. 출퇴근 시간과 등하교 시간을 제외한 비교적 한가한 시간에 십오 층에는 얼마나 많은 사람들이 남아 있는가. 이런 생각을 하는 사이 엘리베이터는 십오 층에 도착한다. 문이 열리고 늙은 여자가 내린다. 일흔 살쯤 되었을까. 그의 뒷모습을 가리며 문이 닫힌다. 나는 가능하다면 내일도 늙은 여자와 마주치고 싶다고 생각한다. 나는 십오 층에는 아무런 볼일이 없지만 그가 낯선 존재에 의지해 다소 마음 편히 엘리베이터를 탈 수 있다면 그가 나타날 때까지 십오 층 엘리베이터 앞에서 몇 시간쯤 기다릴 수 있을 것 같다고 생각한다. 이십이 층. 이십삼 층. 엘리베이터가 올라간다. 밖에서 둔중한 소리가 들려온다. 엘리베이터가 멈추지 않는다.

이십칠 층. 이십팔 층. 엘리베이터가 멈춘다. 문이 열리고 먼 곳에서 누군가의 비명 소리가 들려온다. 여기저기서 현관문이 열리고 닫히는 소리가 들려온다. 나는 중정이 내려다보이는 난간으로 다가간다. 밑이 까마득하다. 사 층부터 이십구 층까지 난간들이 층층이 쌓여 있다. 군데군데 아래를 내려다보는 사람들이 보인다. 그들의 시선은 한 방향으로 모여든다. 건물 중정의 가장자리에 누군가의 치맛자락이 펼쳐져 있다. 여전히 비명 소리가 들려온다. 가운데 부분이 통째로 뚫려 있는 이 건물은 그 자체로 거대한 소리통이 된다. 슬리퍼를 끄는 소리, 숨을 삼키는 소리, 낮은 탄식과 엘리베이터 문이 열리고 닫히는 소리가 건물을 뒤흔든다. 나는 난간에 기대어 아래쪽을 내려다보는 사람들의 뒤통수를 내려다보며 주머니에서 삼각 김밥을 꺼낸다. 포장을 풀고 한 입을 베어 문다. 피 맛이 난다. 그러나 삼각 김밥에 철분제는 들어 있지 않다.

아침에 일어나 몸무게를 재보면 전날 밤보다 오백 그램씩 줄어 있다. 하루가 지나가고, 가끔 먹고, 가끔 배설하고, 밤에 다시 몸무게를 재보면 사백 그램이 늘어나 있다. 그러므로 하루에 백 그램씩 몸무게가 줄어들고 있는 셈이다. 열흘이면 일 킬로그램이 줄어든다. 한 달이면 삼 킬로그램이 줄어든다. 몸이 몸을 유지하기 위한 최소한의 몸무게는 얼마가 되어야 하는지 궁금하다. 나의 몸무게는 자발적으로 줄어든다. 나는 몸무게를 억지로 줄이지 않는다. 그리고 날마다 줄어들고 채워지는 과정을 통해 점진적으로 줄어들고 있는 몸무게를 꼼꼼하게 기록한다.

먹고 마시고 배설하고 기록하는 어느 하루, 문자 수신음이 울린다. 통장이 압류되었다고 한다. 건강보험을 열두 달 동안 내지 않았기 때문이다. 나는 건강보험료를 내지 않았거나 내지 못했다. 지나치게 많은 금액이 청구되었기 때문이다. 나는 건강보험공단을 찾아갔고, 항의했고, 본인으로서는 아무런 해결책을 제시할 수 없으며 산출근거 자체가 잘못된 것이므로 본사에 항의서를 넣으라는 실무자 앞에서 더는 아무 말도 하지 못하고 돌아왔다. 그리고 항의서를 냈고, 세 달 뒤에 기각되었다는 통지서를 받았고, 몇 번의 압류 및 차압 경고장이 날아들었고, 무시했고, 결국 통장이 압류되었다. 통장의 잔액을 조회하니 십삼만 사천 원이 들어 있다. 내가 내지 않은 건강보험료는 물론 이 액수를 상회한다. 칠 년 넘게 다닌 직장에서는 나의 건강보험료를 지원해주지 않는다. 아직까지 해고되지 않은 것만으로도 감사해야 할 지경이다. 그러나 감사한 마음은 조금도 생기지 않는다. 꿈에서 대통령을 보았고, 법인세 인하분을 어째서 근로소득세 인상으로 메우려고 하느냐고 따졌다. 그러나 실제로 나는 근로소득자가 아니다. 나는 직장이 있는데도 자영업자로 분류된다. 그리고 십일조보다 과한 비율로 건강보험료를 내야 한다. 그래서 내지 않았고, 통장을 압류당했고, 날마다 몸무게가 백 그램씩 줄어든다. 언젠가 받은 연금 안내장에 의하면 내가 2046년부터 매달 사십삼만 원씩 받을 수 있다고 한다. 2046년이 오기 전에 세계가 멸망할 것이다. 통장에 남아 있는 십삼만 사천 원은 2046년에 얼마만큼의 가치를 가질 것인가. 2046년에 십삼만 사천 원으로 교환할 수 있는 것은 무엇인가. 2014년인 지금도 건강보험료 한 달분을 미처 내지 못하는 돈이다. 그리고 날마다 몸무게가 백 그램씩 줄어든다. 나는 2046년이 오기 전에 소멸할 것이다. 건강도 연금도 없을 것이다. 내가 매달 받게 된다는 사십삼만 원은 다른 사람에게 돌아갈 것이다. 누군지는 몰라도 그는 매달 커피 한 잔쯤 사마실 수 있을 것이다. 아니면 껌 한 통을 사거나.

그러나 아직은 해결할 수 있는 문제다. 건강보험공단을 찾아가 드잡이를 하거나 바닥을 뒹굴거나 서너 달 치를 내고 압류를 해제할 수도 있다. 그러나 모든 방편들은 일시적일 뿐이며 나의 항구적인 증오를 사라지게 할 수는 없다. 전화를 걸면 상담원에게 연결된다. 상담원은 내게 사랑한다고 말한다. 나는 너를 사랑하지 않는다. 너도 나를 사랑하지 않을 것이다. 나는 지난해 총소득을 말해주고 이해할 수 없는 액수의 건강보험료가 청구되고 있다고 말한다. 상담원은 죄송하다고 말한다. 그러나 너는 내게 죄송하지 않을 것이다. 나는 화가 난다. 식당이나 호텔에서 형편없는 서비스를 받은 손님이 지배인을 찾는 장면을 영화나 드라마를 통해 여러 번 본 적이 있다. 나 역시 지배인을 찾고 싶다. 그러나 지배인이 누구인지 부를 수 있는 사람인지 한 사람인지 여러 명인지 알 수가 없다. 내가 전화를 끊지 않자 상담원의 목소리가 타들어간다. 죄송하다고 말하지만 나는 상담원의 사과를 들을 생각이 없다. 상담원은 아무것도 잘못하지 않았다. 나도 안다. 그러나 그는 내 얘기를 들어줄 유일한 사람이다. 나는 날마다 몸무게가 백 그램씩 줄어들고 있다고 말한다. 상담원은 또 다시 죄송하다고 말한다. 한 달에 삼 킬로그램씩 몸무게가 줄어들고 있다. 이 상태가 지속되면 일 년 뒤에는 이십사 킬로그램이 사라질 것이고 내

몸은 반쪼가리가 될 것이다. 나는 이 따위 이야기를 계속하며 전화를 끊지 않는다. 상담원은 참을성 있게 내 이야기를 들어준다. 어쩌면 이미 수화기를 내려놓았는지도 모른다. 그러나 이처럼 방향이 엇나간 사소한 복수는 아무것도 해결하지 못한다. 짜증이 머리끝까지 치민 나는 울음을 터뜨린다. 고성을 지르며 전화기를 집어던지려다 그만둔다. 상담원이 말한다. 선생님, 이의신청서를 제출하세요. 이미 한 번 했던 일이다. 건강보험공단을 직접 찾아갔을 때에도 나는 선생님으로 불렸다. 그들은 모든 사람들을 선생님이라고 부른다. 이 어처구니없는 호칭이 더욱 모욕적으로 여겨진다. 나는 상담원에게 죄송하다고 말한다. 상담원은 말이 없다. 짧은 순간이지만 나는 상담원에게 진정으로 미안한 마음이 들었다. 진정으로, 라니. 어처구니없는 표현이다.

밤, 다시 몸무게를 잰다. 아침에 오백 그램이 줄어 있었다. 지금은 거기서 삼백 그램이 늘어나 있다. 이백 그램이 빈 셈이다. 울음과 고성과 분노가 백 그램을 소모시킨 모양이다. 내가 잃어버린 것은 지방인가 근육인가 혈액인가 살갗인가 방향 없는 분노인가. 텔레비전을 켜고 뉴스를 본다. 건강보험공단이 다음 달부터 칠십오 세 이상 노인에게 임플란트를 반액으로 시술할 수 있는 혜택을 준다고 한다. 내 이는 멀쩡하다. 내가 칠십오 세가 되려면 지금까지 살아온 만큼을 더 살아도 모자라다. 내가 칠십오 세가 되는 시점은 2046년이 지난 후다. 내가 아는 노인들을 떠올리며 그들에게 이가 있었는지 없었는지를 생각한다. 내가 내지 않은 건강보험료는 노인 한 사람이 새 이를 해 넣을 수 있는 액수와 같다. 가망 없는 싸움을 포기하기에 적당한 이유다.

착한 커피에서 커피를 마시고 다음 날은 더 착한 커피에서 커피를 마신다. 날은 춥고 눈이 내리지 않는다. 날마다 커피 값으로 사천 원을 지불하고 달마다 오십오만 원의 임금을 받는다. 환기가 잘 되지 않는 지하 공기가 습하다. 이곳에서 일주일에 오 일을 일한다. 명목상의 사장은 가게에 잘 나오지 않는다. 대신 사장의 아버지가 자리를 지키며 팝콘을 튀기고 맥주 통을 나른다. 가끔 테이블 대신 바에 앉는 손님들이 있다. 그중 한 사람은 독일인이다. 독일인이지만 한국말을 빼어나게 한다. 그는 한 달에 두어 번 이곳에 온다. 오늘도 동행이 있다. 그들은 한국어로 이야기를 나누고, 그들이 바에서 나누는 대화는 들으려고 하지 않아도 들을 수밖에 없다. 독일인은 젊었을 적 소도시 변두리에 위치한 작은 식당에서 아르바이트를 한 적이 있다고 말한다.

"변두리여서 동네 사람들이 자주 찾는 장소였어. 거기서 아르바이트를 했지."

"독일인이 독일에서 아르바이트를 했군."

"그렇지. 한데 어느 날 낯익으면서도 낯선 손님이 어떤 여자와 함께 들어왔어. 어디서 본 적이 있는 얼굴이라고 생각했지. 알고 보니 전에 시내 식당에서 일할 때 자주 오던 단골이었어. 항상 아내를 동반했지. 그런데 그날 데리고 온 여자는 아내가 아니었어."

"그러면?"

"물을 따라주면서 그들의 대화를 엿들었지. 그 여자는 아내가 아니라 애인이었어. 시내에서는 다른 사람들의 눈에 띌까 봐 일부러 변두리까지 왔던 거야. 그런데 내가 자기를 알아볼 줄은 몰랐겠지."

"짐작조차 못 했을 거야."

"그런 것 같았어. 그는 식사를 끝내고 내게 후한 팁을 남겼어. 끝까지 나를 알아보지 못한 것 같았지. 나는 괜히 가슴이 두근거렸어. 그의 비밀을 알고 있는 유일한 사람이 나라는 생각이 들어서였지."

그리고 독일인은 독일어로 무슨 말인가를 중얼거린다. 그의 동행이 소도시에서 비밀이 유지될 수 있는 가능성에 대해 말한다. 그러자 독일인은 서울에 살아서 기쁘다고 말한다. 그의 동행이 묘한 표정을 짓는다.

가게에 오지 않는 사장의 아버지가 시간을 때우려고 신문을 펼친다. 독일인이 맥주를 한 잔 더 달라고 말한다. 맥주를 따르는데 마침 맥주 통이 바닥난다. 사장의 아버지가 신문을 덮고 창고에서 새 맥주 통을 가져온다. 못 쓰는 거품을 따라내고 맥주를 받는다. 독일인의 동행이 한국 맥주를 어떻게 견디고 있느냐고 말한다. 독일인은 한국 맥주도 나쁘지 않다고 말한다. 다만 감자가 맛이 없다고 한다. 내가 독일인에게 맥주를 건네주고 다시 자리에 앉자 사장의 아버지가 지하철에서 부츠를 신은 여자를 보았다고 말한다. 아직 날이 춥지도 않고 눈도 오지 않았는데 버르장머리 없이 부츠를 신고 다니는 여자들에 대한 성토가 이어진다. 나는 사지 못한 부츠를 생각하며 운동화 속에서 발가락을 오므린다. 환기가 잘 되지 않는 지하 공기가 축축하다. 나무바닥의 갈라진 틈에서 버섯이 자라날 때가 있다. 나는 그 버섯을 뽑아 쓰레기통에 버린다. 착한 커피에서 커피를 마시고 더 착한 커피에서 커피를 마시면 일주일에 삼만 이천 원이 사라진다. 일주일에 삼만 이천 원씩 한 달을 모으면 그럭저럭 괜찮은 부츠를 살 수도 있다. 일주일에 삼만 이천 원씩 일 년을 모으면 독일행 비행기 표를 살 수도 있다. 오래 머물지는 못할 것이다. 독일인과 그의 동행이 술값을 치르고 자리에서 일어선다.

어느 일본인 작가의 소설에서 여름 옷감을 한 필 선물받았으니 살아야겠다고 생각했다는 대목을 읽은 적이 있다. 나는 막연히 다자이 오사무의 소설에서 본 내용일 것이라고 생각하고 있었다. 그러나 지금으로서는 기억이 확실하지 않다. 어쨌거나 나는 가끔 이 말을 생각한다. 우리를 살아 있게 하는 것은 때로 한낱 감각적인 것에 불과하다. 공항은 한산하다. 무장한 경찰들이 가끔 지나다닐 뿐이다. 그들은 작은 가방 하나와 커다란 말 인형 하나를 들고 있는 외국인 여행객에게는 별 관심을 기울이지 않는다. 다른 사람들은 허름한 면세점을 기웃거린다. 나도 조금 전까지 그들과 마찬가지로 허름한 면세점을 돌아다녔다. 딸이 말을 사다달라고 부탁했기 때문이다. 내일모레면 서른이 될 딸이 아버지에게 말을 사다 달라고 한다. 웃어야 할지 울어야 할지 알 수가 없다. 어쨌거나 몽골은 말로 유명하다. 비행기를 타고 몽골로 와서 말 두 필을 사서 번갈아 타며 유럽까지 갔다는 사람의 이야기를 들은 적이 있다. 나라면 그런 여행은 하지 않겠다. 일단 두 마리의 말을 무엇으로 먹일 것인가. 마구간이 딸린 숙소는 어떻게 찾을 것인가. 유럽에 도착하면 말은 어떻게 처분할 것인가. 몽골의 말은 유럽의 말보다 작다. 기동성은 좋겠지만 장거리

여행에 적합한지는 알 수 없다. 아니다. 내가 말에 대해 뭘 알겠는가. 어쨌든 칭기즈칸 시대에도 말로 유럽을 정복하지 않았는가.

그러나 나는 말 대신 비행기를 탄다. 그리고 가이드가 따라붙는 여행만을 고집한다. 언젠가 베트남에 간 적이 있다. 가이드는 나를 포함한 관광객들을 라텍스 공장과 보석 상점, 코코넛비누 상점으로 끌고 다녔다. 라텍스 공장에서는 아들의 딸을 위한 유아용 베개를 샀고 보석 상점에서는 딸에게 줄 자수정 목걸이를 샀다. 코코넛비누 상점에서는 아무것도 사지 않았다. 비누와 함께 뱀술을 팔고 있었다. 내가 아무것도 사지 않자 가이드는 얼굴을 찡그렸다. 다른 사람들이 뱀술을 사자 가이드는 얼굴을 폈다. 내가 뱀술은 한국 공항에서 압수될 것이라고 참견하자 가이드는 다시 얼굴을 찡그렸다. 어쨌거나 다른 사람들은 뱀술을 샀다. 그들이 산 뱀술이 압수되었는지는 알 수 없었다.

비행기가 출발하려면 아직 사십 분쯤 남아 있다. 딸이 말을 사다 달라고 했을 때는 분명 농담이었다. 나는 검역절차가 복잡하므로 미안하지만 사다줄 수 없겠노라고 역시 농담으로 받아쳤다. 그런데 면세점에서 말 인형을 발견했다. 베개만 한 크기였다. 좀 더 작은 크기의 인형은 없느냐고 묻자 직원은 내 말을 애써 이해하지 못하는 척하며 큰 인형을 강권했다. 나는 어쩔 수 없이 커다란 말 인형을 샀다. 그리고 게이트 근처 벤치에 앉아 작은 가방에 커다란 인형을 집어넣으려고 애를 쓰고 있다. 나는 한 직장에서 삼십오 년 근무했다. 삼십오 년간 받은 급여와 퇴직금 대다수가 동생의 빚잔치에 들어갔다. 나는 동생을 용서했지만 아내는 시누이를 용서하지 않고 아들은 고모를 용서하지 않는다. 아무려나 나는 일부 건사할 수 있었던 돈으로 몽골이나 베트남, 중국을 짧게 여행한다. 그리고 몽골에서 서른이 다 된 딸을 위해 말 인형을 산다. 베트남에서는 자수정 목걸이를 사다 주었다. 딸이 그 목걸이를 걸고 있는 모습은 한 번도 본 적이 없다. 일 년에 한두 번 보는 딸이니 마음 상할 일은 아니다. 화장실에서 나온 가이드가 내게로 다가온다. 사장님, 말 인형을 사셨네요. 손주 선물인가 보죠. 나는 그저 고개를 끄덕이며 웃는다. 여행을 다닐 때마다 좋은 점은 늘 사장님 소리를 듣는다는 것이다. 나와 일행들은 모두 사장님 혹은 사모님으로 불린다. 여행지에서 우리는 이렇게 평등하다. 생각해보니 이번에는 손주를 위한 선물을 사지 않았다. 나는 핸드폰을 꺼내 짐 가방에서 비어져 나온 말 인형을 사진 찍고 딸에게 전송한다. 한국은 오후 세 시쯤 되었을 것이다. 게으른 딸도 일어났을 시간이다. 게이트에서 탑승하라는 안내방송이 나온다. 면세점을 기웃거리던 일행들이 이쪽으로 다가온다. 도통 가방에 들어가지 않는 말 인형을 도로 꺼내든다. 기내에서 베개로 삼을 생각이다. 사흘간 저녁마다 같이 맥주를 마셨던 일행들이 말 인형을 보고 한마디씩 던진다. 손주 주실 건가 봐. 몽골 말이 아니라 중국 말이겠지. 게이트에서 직원이 항공권을 스캔한다. 그때 주머니에서 진동이 울린다. 핸드폰을 꺼낸다. 여동생의 전화다.

날이 밝고 있다. 새들이 짖는다. 새들이 한 시간째 짖고 있으니 동트기 시작한 지 한 시간쯤 지났을 것이다. 한 시간 전에 해가 뜨기 시작했다면 이미 날은 밝았을 것이다. 가끔 날이 밝았다고 해야 할지, 날이 밝고 있다고 해야 할지 알 수 없을 때가 있다. 창밖은 환하다. 방 안은 어둡다. 잡동사니들이 흩어져 있다. 자질구레한 물건들이다. 자질구레한 잡동사니라는 단어를 누가 처음 말했을지 생각하고, 그가 누군지는 알 수 없지만 감사한 마음이 된다. 그러나 시제를 발명한 사람에게는 어째서 좀 더 노력을 기울여 더 많은 시제를 발명하지 않았는지 묻고 싶다. 그러나 내가 알기로 시제는 발명되지 않았다. 생겨났을 뿐이다. 여러 사람들에 의해. 그들 모두에게 책임을 묻다가는 인생이 끝날 것이다. 책임을 묻다가 인생이 끝난다면 그걸로도 만족할 수 있을 것이다. 아니다. 책임을 물을 수 없는 대상에게 책임을 묻는 것은 무책임한 행위다.

케이블 채널을 돌리다 낯선 풍경과 마주한다. 모래색 건물과 검은 그림자. 화면으로도 건조함이 느껴지는 하늘. 구름 한 점 없다. 깃발이 펄럭이고 그림자가 검게 흔들린다. 나이지리아 대통령궁이다. 나이지리아 대통령의 이름은 굿럭 조나단이라고 한다. 행운을 빌어, 조나단. 그러나 그에게 행운은 없다. 적어도 지금 그는 불행할 것이다. 아니다. 불행한 표정을 하고 있지만 속으로는 어떤 생각을 하는지 알 수 없다. 아이에게 굿럭이라는 이름을 붙일 때 부모는 어떤 생각을 하고 있었을까. 행운을 빈다는 말은 아직 행운이 오지 않았다는 것을 뜻한다. 모든 희망은 현재적이지 않다. 모든 희망은 미래에 있다. 그리고 미래는 결코 현재가 되지 않는다. 그러므로 행운은 없다. 나의 이름에 행이나 운은 없다. 내 이름은 평범하다. 늘 같은 이름을 지닌 사람들을 만나게 된다. 평범한 이름에 불만은 없다. 가끔 내 이름을 인터넷으로 검색하고, 나와 같은 이름을 지닌 사람들의 일상을 관찰한다. 그들은 적당히 행복하고 적당히 불행하다. 나와 같은 이름을 지닌 사람들이 너무 많아서 원한다면 하루 종일 그들의 평범한 일상을 관찰하며 보낼 수도 있다. 누군가는 최근 세이셸로 여행을 다녀왔다. 나는 세이셸이라는 이름을 처음 접했다. 사진 속 풍경은 아름다웠다. 아프리카 남단에 있는 섬나라라고 했다. 세이셸, 이라고 천천히 발음해본다. 가본 적도 없는 나라에 대한 그리움을 불러일으키는 이름이다. 굳이 세이셸까지 가지 않더라도 나와 동명이인인 사람들 대부분은 그럭저럭 행복한 일상을 살아가고 있는 것처럼 보인다. 그럭저럭이라고 말하는 이유는 사람들은 보통 불행에 대해서는 말하지 않기 때문이다. 적어도 불특정 다수가 보는 블로그 따위에 불행을 떠벌리는 사람들은 행복을 떠벌리는 사람들에 비해 그 숫자가 현저히 적다. 나는 동명이인들의 블로그들 중 몇 군데를 정기적으로 찾는다. 그리고 글을 올리는 주기나 말투, 사진, 행간 등에서 그들의 불행을 읽어내고 내심 즐거워한다. 착각일지도 모른다. 그들은 불행하지 않을지도 모른다. 실은 나도 딱히 불행하지는 않다. 다만 행복하지 않을 뿐이다. 그리고 이제는 행복이 무엇인지도 알 수 없게 되었다. 전에도 안 적은 없었다. 다만 짐작했거나, 착각했을 뿐이었다. 실은 불행이 무엇인지도 알지는 못한다. 다만 불행은 아는 것이 아니라 느껴지는 것이고, 나는 내가 불행하다고 느낀다. 그 이유가 동명이인들이 많아서는 아니다. 하지만 동명이인들을 불행의 구실로 삼을 수는 있다. 같은 이름을 지닌 사람들이 나보다 행복하게 살고 있는 것처럼 보이기 때문이다. 나도 블로그를 개설했다. 쉬운 일이었다. 그러나 블로그에 한 줄도 쓰지 못했다. 사진 한 장 올리지도 못했다. 보는 것과 하는 것은 달랐다. 철 지난 노래 몇 곡을 링크하고 나자 더는 흥미가 생기지 않았다. 당연히 방문자도 없었다. 아무도 나의 행복을 염탐하지 않았다. 아무도 나의 불행을 염탐하지 않았다. 심지어는 나도 나를 염탐하지 않았다. 나는 행복하지도 불행하지도 않았다. 그리고 행복한 사람들을 모사하는 일에도 실패하고 말았다.

라디오에서 공익광고가 나온다. 더 많이 가지려고 하지 마세요. 당신은 지금도 충분히 행복할 수 있어요. 나는 헛소리라고 생각하며 채널을 바꾼다. 월요일 오전 여덟 시의 교차로는 한산하다. 몇 년 전까지만 해도 토요일이나 일요일 아침이면 토사물을 쪼고 있는 새들을 볼 수 있었다. 그러나 이제는 새들도 사라지고 없다. 취객들의 토사물만이 남아 있다. 오후가 되면 토사물은 치워진다. 그리고 밤이 되면 다시 토사물로 뒤덮인다. 다른 동네로 옮길 생각도 했다. 그러나 다른 동네로 이사한다고 해서 삶의 질이 더 나아질 것처럼 보이지는 않는다. 삶의 질이라는 것이 애초부터 존재했는지도 의문이다. 바꾼 라디오 채널에서 남해에 새로 생겼다는 리조트 광고가 나온다. 바다가 바라보이는 객실에서 하룻밤의 낭만을 즐겨보라는 광고다. 텔레비전 광고가 나름대로 비약적인 발전을 해온 반면 라디오 광고는 이십 년 전과 달라지지 않은 것처럼 보인다. 아니, 들린다. 라디오 광고를 듣고 마음이 동한 적이 없다. 생각해보면 텔레비전 광고를 보고 마음이 동한 적도 많지 않은 것 같다. 교차로를 지나 길가에 차를 세우고 비상등을 켠다. 편의점에 들어가 캔 커피를 사들고 나오는데 핸드폰이 진동한다. 확인해보니 누군가가 커피 교환권을 보내왔다. 스승의 날 선물이라고 한다. 나는 누굴 가르쳐본 적이 없다. 잘못 보내진 문자인 모양이다. 오늘이 스승의 날이라는 것도 이제야 안다. 나는 캔 커피를 마시며 문자를 잘못 보내셨노라고 알려주려다가 그만둔다.

사무실에도 라디오가 나오고 있다. 점심시간이 다가올 무렵 라디오에서 사연 하나가 소개된다. 잃어버린 개를 찾았다는 내용이다. 잃어버린 개가 옆집에 있었다고 했다. 개 주인이 옆집 여자에게 왜 개를 훔쳤느냐고 따지자 개 도둑은 이렇게 대답했다고 한다.

"이 개들은 여기서 행복하다구요. 나는 개와 대화할 수 있어요. 개들은 여기서 전에 살던 곳보다 더 큰 행복을 느낄 수 있어요."

어쩐지 이상하게 들리는 말이다. 진행자가 사연을 읽다 말고 반문한다.

"그렇다면 개가 한 마리가 아니라는 건가요?"

나는 개를 훔친 여자가 정말로 그런 말투를 사용했을지 그게 더 궁금하다. 일반적으로는 잘 쓰지 않는 말투이기 때문이다. 진행자가 질문을 하나 더 던진다.

"개들과 대화할 수 있는 능력은 대체 뭘까요?"

게스트로 나온 남자가 웃음을 참지 못한다.

"그러니까 이웃을 잘 만나야 돼요. 미친 사람이 세상에 너무 많아요."

진행자도 웃음을 터뜨린다.

"아무튼 개를 찾으셨다니 다행입니다. 옆집 여자분, 남의 집 개를 훔쳐가시면 안 되죠. 이것도 형사처벌 대상입니다."

내 옆자리에서 근무하는 강이 키보드를 두드리다 말고 나를 돌아본다. 유괴나 마찬가지잖아요, 라는 표정이다. 내가 뭐라 말을 꺼내려는 찰나, 핸드폰으로 전화가 걸려온다. 모르는 번호다.

전화를 받자 모르는 목소리가 대뜸 화부터 낸다. 문자가 잘못 갔으면 잘못 보냈다고 알려줘야 하는 거 아닙니까. 나는 대꾸하지 않는다. 그거 쓰지 마세요. 알았어요? 알았냐고요. 나는 한참 시간을 끈 후에 대답한다. 네. 그리고 전화를 먼저 끊어버린다. 잠시 기다렸지만 핸드폰은 다시 진동하지 않는다. 나는 강에게 잠시 나갔다 오겠다고 말한다. 마침 점심시간이 다 되었다. 옆 건물 일 층에 스타벅스가 있다. 더운 여름에는 시원한 아이스 아메리카노 한 잔. 나는 스타벅스 직원에게 문자를 보여주고 잠시 기다린다. 직장인들이 거리를 메우기 시작한다. 커피를 받아들고 나오는데 실종 노인을 찾는다는 전단이 눈에 들어온다. 여, 79세. 약간의 치매 증상. 나는 이름을 확인하고 짧게 놀란다. 나와 이름이 같다. 플라스틱 컵에서 차가운 물방울이 흘러내린다. 물방울은 손목에서 잠시 머물다가 이내 보도로 떨어진다. 나는 사무실이 있는 건물로 돌아간다. 엘리베이터 앞에서 강을 비롯한 동료들을 마주친다. 점심, 안 먹어? 나는 고개를 끄덕인다.

누군가의 시상식장이다. 많은 사람들이 와 있다. 나는 좀 늦게 도착했으므로 뒤쪽으로 가서 선다. 옆에서 누군가 알은체를 한다. 나는 고개를 약간 숙이며 인사한다. 꽃다발을 든 사람들이 보인다. 심사경위가 발표되고 축사가 이어진다. 시인이 축사를 읊는다. 시인은 상을 받은 소설가에게 이제 사후의 명성을 생각하라고 말한다. 이 말이 묘하게 들린다. 축사가 끝나고 수상자가 겸연쩍은 얼굴로 앞에 나와 감사의 말을 전한다. 박수가 이어진다. 나도 박수를 친다. 그러면서 사후의 명성에 대한 생각에 잠긴다.

그러나 생각은 길게 이어지지 않는다. 술자리에 있기 때문이다. 잔이 배분되고 술이 따라진다. 잔이 부딪치고 술이 넘친다. 화제는 최근 있었던 필화 사건과 북한의 미사일 발사와 누군가의 결혼 소식을 옮겨 다닌다. 낯익은 얼굴들과 낯선 얼굴들이 번갈아 나타난다. 그러다 누군가가 옆에 와 앉기에 고개를 숙이며 인사하고 처음 뵙겠다고 말한다. 그러자 그가 버럭 화를 낸다. 그에 의하면 우리는 몇 년 전에 이미 인사를 나눈 적이 있다. 나는 기억나지 않는다. 나는 얼굴과 이름을 잘 기억하지 못한다. 자랑은 아니지만 사실이 그러하다. 나는 죄송하다고 말한다. 그는 내 사과를 받아주지 않는다. 분위기가 잠시 얼어붙는다. 그는 자리에서 일어난다. 나는 그를 따라 일어나다가 다시 엉거주춤 자리에 앉는다. 아무리 생각해도 그의 이름이 떠오르지 않는다. 내가 기억하지 못하는 이름은 그의 이름만이 아니다. 이런 변명이 통하지 않으리라는 것을 나도 알고 있다. 맞은편에 앉아 있던 사람이 그의 이름을 넌지시 알려준다. 이름을 기억하지 못한 것은 이번이 처음이 아니지만 이름을 기억하지 못해서 분노의 대상의 된 것은 이번이 처음이다. 나는 자리에서 일어나 그가 앉아 있는 테이블로 간다. 그는 누군가와 대화하는 중이다. 그가 대화하고 있는 사람의 이름도 기억나지 않는다. 아니, 그 테이블에 앉아 있는 사람들 중에서 내가 이름을 기억하는 사람은 한 명도 없다. 그의 주의를 끄는 데 실패한 나는 술집 안을 둘러본다. 술집 안에 앉아 있는 사람들 가운데 내가 이름을 기억하는 사람은 단 한 명도 없을지도 모른다는 두려움이 생겨난다. 아니다. 물론 이름을 알고 있는 사람들이 있다. 그러니까 내가. 그러나 그들의 이름이 생각나지 않는다. 하나도. 나는 그에게 조심스럽게 다가간다. 아까는 죄송했습니다. 제가 기억력이 별로 좋지 않아서요. 실례가 많았습니다. 그러나 그는 손을 내저을 뿐 나를 돌아보지도 않는다. 나는 화가 치밀지만 다시 한 번 죄송하다고 말한다. 그제야 그는 나를 돌아보며 가라고 말한다. 그래서 나는 간다.

조금 전에 앉아 있던 테이블로 돌아가기가 머쓱해진 나는 화장실로 향한다. 내가 들어가려는 찰나 안에서 누군가가 나온다. 그가 내게 고갯짓으로 인사한다. 나도 그에게 고갯짓으로 인사한다. 그러나 이름이 기억나지 않는다. 미칠 노릇이다. 나는 뒤를 돌아본다. 사람들의 뒤통수와 옆통수가 보인다. 백 명은 족히 될 것이다. 오늘의 수상자가 멀리 앉아 있다. 그의 이름이 무엇이었는지도 이제는 기억나지 않는다. 물론 거짓말이다. 그러나 오늘의 실수를 만회하려면 여기 있는 사람들 모두의 이름을 기억하지 못해야 할 것 같다. 심지어는 내 이름조차 잊어야 할 것 같다. 나는 화장실에 들어가 수돗물을 틀고 손을 가져다댄다. 물은 차갑다. 손을 말리고 돌아서려는데 누군가가 화장실에 들어온다. 역시 이름이 기억나지 않는 사람이다. 김씨 아니면 이씨일 것이다. 아니면 박씨거나. 나는 그의 시선을 슬그머니 피하며 화장실을 나온다. 음악 소리와 말소리가 뒤섞여 귓가를 울려댄다. 나는 다시 한 번 내게 화를 냈던 사람에게로 다가간다. 그는 여전히 나를 돌아보지 않는다. 내가 딱하게 보였던지 그 옆에 앉아 있던 사람이 일어서며 나를 밖으로 데리고 나간다. 나는 미안하다는 말을 대신 전해달라고 말한다. 그는 알았다고 대답한다. 나는 집으로 돌아가기로 한다. 그에게 즐거운 시간 보내시라는 말을 하며 돌아선다. 그 순간 가방을 놓고 나왔다는 생각이 든다. 나는 다시 술집으로 들어간다. 그리고 이름을 알 수 없는 무수한 얼굴들과 다시 마주친다.

이장욱
크리스마스캐럴

2005년 문학수첩작가상을 받으며 등단했다. 소설집 《고백의 제왕》, 장편소설 《칼로의 유쾌한 악마들》《천국보다 낯선》 등이 있으며, 김유정문학상을 수상했다.

우리는 누구나 다른 존재가 되고 싶다. 공무원이 드러머가 되고 싶고, 은행원이 이종격투기 선수가 되고 싶고, 모범생이 일진처럼 존나 욕을 해대고 싶은 것이다.

충분히 이해할 만한 일이다. 그런데 반대쪽은 어떨까? 드러머는, 격투기 선수는, 일진 멤버는, 뭔가 다른 것이 되고 싶을까? 그럴 것이다. 그들 역시 때로는 리듬에서, 주먹다짐에서, 욕설에서 벗어나고 싶을 때가 있을 테니까.

뭔가 다른 존재가 되고 싶다는 것, 그건 사람이라면 누구에게나 조금씩 있는 마음속의 구멍과 비슷하다. 구멍으로 바람은 들게 마련이고, 그런 바람이라도 좀 들어야 숨을 쉴 수 있는 법이니까.

그런데 이 친구, 밤늦게 전화를 걸어온 이 젊은 친구는 좀 특이했다. 그는 내가 되고 싶다고 말했던 것이다. 정확히는, 내 와이프가 잠든 침대에서 내 와이프의 남편이 되어 잠들고 싶다는 것이다. 그게 자정이 다 된 시간에 휴대폰으로 전화를 걸어온 낯모를 청년이 다짜고짜 내뱉은 말이라니, 믿어지는가? 잠결에 몇 마디를 들은 뒤 나는 웬 미친놈인가 싶어 전화를 끊으려 했다. 당연한 일이다. 그러자 상대는 다급한 목소리로 이렇게 말했다.

"아, 자, 잠깐만. 나는 댁의 아내, 기, 김수연의 전 남친입니다."

그제야 자기소개를 한 셈이었다. 그 순간 아하, 나는 대략 사태 파악이 되었다. 전화기 저편의 젊은 친구에게 "잠시만"이라고 말한 뒤, 나는 조용히 침대를 빠져나왔다. 와이프가 깨지 않도록 주의했다. 방문을 열면서 침대 쪽을 바라보니 어슴푸레하게 그녀의 앳된 얼굴이 보였다. 평화 그 자체인 표정. 매끄럽고 부드러우며 탄력이 넘치는 피부. 이것이 삶이 아니라면 무엇이 삶이란 말인가? 그렇게 외치고 있는 얼굴이랄까. 그녀는 배 속의 아기와 함께 단잠에 빠져 있는 것이다. 요즘 호텔 피트니스센터에 나가 태교수영을 하고 있는 덕분이다. 오늘도 저녁타임에 강습을 받았다고 했다. 나른한 몸으로 잠들었으니 웬만한 소음에는 깨어나지 않을 것이다.

나는 등 뒤로 조심스럽게 방문을 닫았다. 탈칵, 부드러운 소리와 동시에 거실 야간등이 스르르 켜졌다. 고요한 공간이 눈에 들어왔다. 꽤 널찍하고 중후한 느낌을 주는 거실이다. 얼마 전 이 아파트로 이사 올 때 마음에 들었던 건 칠십사 평이라는 크기만은 아니었다. 내 마음을 움직인 건 창밖의 풍경과 거실의 적절한 매칭이었다. 쓸데없이 화려하다거나 들뜬 느낌 같은 게 없었다. 부분적으로 리모델링을 하면서 거실만은 내 취향대로 꾸몄다. 블랙과 화이트 컬러를 베이스로 절제된 분위기를 연출하자 거실의 침착함은 더 내 마음에 들었다. 창밖으로 보이는 도곡동 특유의 고즈넉한 풍경과 잘 어울렸다.

게다가 오늘은 크리스마스이브가 아닌가. 창밖으로는 교회 옥상에 세워진 거대한 트리가 보이고, 그림처럼 눈이 내리고 있었다. 소담스런 눈이 검은 하늘을 배경으로 천천히 떨어져 내렸다. 허공으로 썰매가 지나가도 이상하지 않을 것 같은 분위기랄까. 나는 교회를 다니지 않는다. 와이프는 다닌다. 하지만 그게 뭐 대수인가? 잠시 이런 식으로 분위기를 즐기는 건 어떨까요? 경쾌한 음악을 들으며 잠시 숨구멍을 트는 것도 좋지 않겠어요? 라고 사회가 권하는 것이다. 그게 크리스마스다.

나는 소파에 앉았다. 휴대전화를 귀에 대려다가, 리모컨을 들어 새로 들인 오디오에 파워를 넣었다. 바흐의 평균율이 낮고 절제된 볼륨으로 흘러나왔다. 모든 음악은 결국 평균율로 돌아간다. 음과 음 사이의 간격이 규칙적인 것. 이미 완성되어 있는 것, 제자리를 지키는 것, 적절한 기준으로서의 평상심. 그런 것은 내 생활신조이기도 하다. 그런데 지금은? 뭔가 어긋난 느낌이었다. 별자리들이 잠깐 궤도에서 이탈한 기분이라고 할까. 밤늦게 걸려온 이상한 전화를 받아야 하니 당연한 일이다. 나는 가볍게 한숨을 내쉬고 휴대전화를 귀에 댔다.

상대의 숨소리가 다소 거칠게 들렸다. 꽤 흥분한 상태. 알코올 기운이 느껴졌다. 눈 내리는 자정의 창밖에 시선을 두고 있자니 조금씩 감이 왔다. 내 전화번호를 어떻게 알았는가 하는 것은 별로 중요하지 않다. 와이프의 전 남친이라지 않는가. 전화번호쯤이야 어디서든 손쉽게 알아낼 수 있다. 알려고 들면 계좌번호까지 다 빼가는 세상이다. 화를 낼 필요도 없고 흥분할 이유도 없다. 단지 약간의 피로감이 느껴지는 것은 어쩔 수 없었다. 물론 열일곱 살 연하의 젊고 아름다운 와이프를 얻는 데 이 정도의 비용은 치를 가치가 있다고 나는 생각하는 편이다. 다행히 내게는 그럴 만한 능력도 있다.

게다가 이 젊은 친구는 그녀를 사랑한다지 않는가. 도저히 못 잊겠다고 투정을 부린다면 심야의 무례한 전화 정도는 참아줄 수 있다. 그건 취한 청춘의 만용 같은 것이기도 하고, 생각하기에 따라서는 귀엽고 흥미로운 일이기도 하니까. 그런데 문제가 그보다는 심각했다. 여보세요, 말씀하시죠, 라고 내가 사무적인 어조로 말하자마자 이 친구, 엉뚱한 말을 내뱉었던 것이다.

"나, 나는 지금 자, 자살할지도 모릅니다."

이런. 나는 나도 모르게 눈살을 찌푸렸다. 말까지 더듬는 것으로 보아 전화를 걸기 전에 꽤 오랫동안 연습을 한 모양이었다. 최대한 자연스럽게 이 말을 하겠노라는 굳은 결심이 그의 혀를 부자연스럽게 만들었을 것이다. 내가 대답이 없자 전화를 끊으려는 것으로 판단했는지 상대의 목소리가 다급해졌다.

"잠깐만요. 정말 자, 자살할지도 모른다니까요."

같은 말을 반복하는 사람을 나는 별로 좋아하지 않는다. 게다가 정말 자살할 사람의 말투도 아니었다. 죽기로 결심한 사람은 이렇게 상대에게 매달리지 않는다. 죽을 때는 누구나 완전한 혼자가 되니까. 무언가를 놓아버린 상태가 되니까. 완전히 혼자인데다 모든 것을 놓아버린 사람이 이렇게 매달릴 이유는 없을 테니까.

하마터면 나는 아, 네, 그러시군요, 와이프는 지금 취침 중이니 내일 다시 전화를……이라고 말할 뻔했다. 하지만 나는 그렇게 매정한 사람이 아니다. 대신 적절하고 예의 바른 대답을 해주었다.

"자살 같은 건 안 하는 게 좋을 것 같군요. 크리스마스이브에 어울리는 행동도 아니고."

상대는 침묵했다. 유머를 모르는 친구로군. 나는 생각했다. 전화기 저편에서 후우, 작은 한숨 소리가 들렸다. 나는 한숨 소리에 대답이라도 하듯 덧붙였다.

"자살을 하거나 하지 않는 것은 물론 그쪽의 선택이고, 내가 관여할 문제는 아닙니다만."

나는 가급적 정중하고 형식적인 어조를 유지했다. 경멸의 뉘앙스가 드러나지 않도록 특히 유의했다. 그런데 이 친구, 조금은 침착해진 어조로 이렇게 말하는 게 아닌가.

"과, 과연, 그럴까요? 관여할 문제가 아닐까요? 내가 정말 자살을 해버린다면, 당신은 어떻게 될까요?"

응? 이건 뭘 하자는 건가? 쯧쯧. 나는 나도 모르게 혀를 찼다. 전화기 저편까지 소리가 전해질 정도였다. 떠난 연인을 못 잊어 자살한 사람의 사연이라면 세상에 차고 넘친다. 그건 그저 동정이 필요한 가십일 뿐이다. 신문의 단신조차 되지 않는다. 그런데, 떠난 연인도 아니고 그 남편이 대체 무슨 상관이란 말인가? 자신을 탓할 일이지, 대체 누구를 연루시키겠다는 말인가?

하긴 아예 무관할 수야 없을지도 모른다. 내 이름이 호사가들의 입방아에 오르내리긴 할 것이다. 경제신문이나 옐로페이퍼 한 귀퉁이에 단신으로 처리될지도 모른다. 〈신흥 투자자문업체 CAC 컨설팅의 오너, 자살사건에 연루〉 또는 〈투자자문업계의 떠오르는 별 CAC 컨설팅, 삼각관계에 휘말리다〉 뭐 이런 식으로. 그런데, 그게 뭐 어쨌다는 건가?

"글쎄, 이런 장난전화는 크리스마스가 아니라 만우절에 하는 것이…….”

내 목소리의 톤이 다소 높아졌다. 경멸의 뉘앙스를 감출 수 없었다. 하지만 이번에는 상대가 내 말을 잘랐다. 유머는 물론이고 예의도 없는 친구였다. 단호한 어조로 그가 내뱉은 말은 이런 것이었다.

“아니, 오늘이 크리스마스이기 때문에, 나는 당신을 당장 만나야 합니다.”

만나? 만나자고? 크리스마스이브의 자정에? 대한민국 컨설팅 업계의 총아가 여자 때문에 자살하려는 찌질한 청년을? 이건 꽤 우스꽝스러운 상황이 아닌가.

내 입 꼬리가 꿈틀거렸다. 그런데 뜻밖에도 그저 불쾌한 느낌만은 아니었다. 창밖에 내리는 포근한 눈송이 때문이었을까? 다소 갑작스럽고 기이한 감정의 변화가 내게 일어났다고 해도 좋았다. 말하자면 흥미로운 기분이랄까. 더 엉뚱하게 말하자면, 크리스마스이브의 자정에 전화를 걸어온 이 젊은 친구를 다 이해할 수 있을 것 같은 너그러운 기분에 휩싸였던 것이다. 어쩐지 오랫동안 친숙했던 사람과 편안하게 대화하는 기분이 되어 나는 소파에 등을 기댔다. 휴대전화를 반대편 귀로 바꿔 들었다. 내 목소리는 더욱 여유로워졌다.

“글쎄, 내가 그쪽을 만나야 할 이유가 뭐지요? 지금은 자정에 가까운 시간이고, 게다가 크리스마스에 눈까지 내리고 있지 않습니까? 그리 적절한 만남은 아닌 것 같은데?”

나는 조금은 농담조로 물었다. 심지어 장난스러운 기분이 된 게 사실이었다. 유머 없는 친구가 역시 진지하기 이를 데 없는 목소리로 말했다.

"당신은 오늘, 주, 죽을지도 모릅니다. 믿어주십시오."

점입가경이군. 이건 요컨대, 협박인가? 이왕 이렇게 된 거 협박이라도 해보자는 것일까? 아니, 그건 아닌 것 같다. 직감에 의지해 말하건대, 이 자는 협박 같은 걸 할 만한 위인이 못 된다. 어조 역시 위협이 아니라 간청에 가까웠다. 믿어달라지 않는가? 물론, 그래도 체크가 필요한 말이긴 했다.

"지금, 협박하는 겁니까?"

"아니, 아닙니다. 협박이 아닙니다. 나는 간청을, 맞습니다, 간청을 하고 있을 뿐입니다. 기회를 주기 위해서."

"기회?"

"그렇습니다. 기회."

젊은 친구는 그렇게 말하더니, 다짜고짜 P대학교 앞의 주점에서 기다리겠다는 말을 남기고 전화를 끊었다. 지금 당장 나와주세요, 부탁입니다. 그게 마지막 멘트였다.

나는 소파에 몸을 묻은 채 통화가 끊어진 휴대전화 화면을 바라보았다. 어이없는 웃음이 내 얼굴에서 흘러내렸다. 흘러내리는 웃음을 만져볼 수도 있을 것 같은 느낌이었다. 나는 두 팔을 들고 크게 기지개를 켰다. 자아, 오늘은 크리스마스이브다. 크리스마스이브의 자정에 학교 앞 주점에서 나를 기다리겠다는 청년이 있다. 앳되고 아리따운 와이프의 옛 남친이라는 것이다. 이만하면 기억에 남을 만한 크리스마스가 아닌가? 나는 소리를 내지 않고 크게 웃음을 터뜨렸다. 넓디넓은 거실이 더 깊고 고요해졌다.

와이프에게 남친이 있었다는 건 물론 알고 있다. 자신의 모든 걸 바치겠다고 선언한 남친이라고 했다. 무릎을 꿇고 빌었다고도 했다. 울음을 터뜨렸다고도 했다. 웃음이 나왔다. 그런 애절하고 감동적인 사랑이 내게도 있었던가? 그랬던 것도 같다. 지금 생각해보면 우스꽝스럽기 짝이 없는 그런 사랑이. 참으로 순진무구하던 시절에.

작년에 우리가 결혼할 당시, 와이프는 대학을 갓 졸업한 상태였다. 이름만 대면 알 만한 고급 공무원 집안에서 태어나 적절한 가정교육을 받은 재원. 나와 같은 영문학을 전공하고 유학 경력이 있으며 미모 상당함. 말하자면 모든 면에서 상위 이 퍼센트 안에 속해 있는, '시장성'이 있는 여자였다. 남친은 당연히 있어야 했고, 그것도 한 트럭분은 되어야 했다. 그래서 내가 그녀를 와이프로 맞이한 것이라고 하면 너무 속물적으로 들릴까? 그렇다. 나는 속물이다. 그래서 뭐 어떻다는 말인가?

사실 그녀는 스테레오타입에 가까운 여자다. 셴존과 샤넬의 최신 트렌드에 민감하며 백화점과 청담동을 사랑하는, 요컨대 상투적인 유형이다. 그러나 그게 전부라고 생각하면 오산이다. 그녀는 자신의 성향을 잘 알고 있고, 그러한 성향이 '된장녀'로 불린다는 것도 알고 있으며, 따라서 자신의 욕망을 적절히 포장할 줄도 안다. 매달 일정액을 아프리카구호단체에 납부할 줄도 알고, 내가 만든 사내 자선모임의 부인회에서 다정다감한 막내이자 숨은 권력자 역할을 수행하는 데 능숙하다.

나는 어떤가? 나는 그녀가 친구들과 어울려 쇼핑 다니는 것에 거부감이 없고, 내 허락 없이 지인들을 초대해 미니바에 앉아 수다를 떠는 것도 용인하며, 무엇보다 벤틀리와 호텔 피트니스센터와 갤러리아 명품관으로 구성된 일상을 무한 제공할 충분한 재력이 있다. 심지어 나는 그녀가 그렇게 하는 것을 부추기기까지 한다. 왜? 그것이 나에게 어울리기 때문에.

그런 와이프의 옛 남친이라니, 나로서는 아무래도 호기심이 생길 수밖에. 게다가 이 친구의 목소리에는 묘하게 마음을 끄는 힘이 있었다. 여러모로 어리숙하고 횡설수설하는데도 왠지 모르게 어필하는 데가 있달까. 또는 허점투성이라는 바로 그 이유로 상대에게 친근한 느낌이 들게 하는 유형이랄까. 게다가 크리스마스이브의 자정에 이 친구가 나오라는 곳, 그곳은 내 모교 앞의 주점이었다. 놀랍게도 그 주점은 대학시절 내가 단골로 다니던 바로 그 술집이었던 것이다.

이 친구, 뒷조사를 꽤 철저히 한 모양이군.

소파에 앉은 채 나는 중얼거렸다. 하지만 무슨 속셈인 것일까? 그녀를 행복하게 해주지 않으면 가만두지 않겠다는 식의 로맨틱하고 귀여운 위협을 하려는 건 아니겠지? 그녀와 자신이 얼마나 자주 여관을 돌아다녔는지, 그녀와의 섹스가 얼마나 훌륭했는지, 그런 것을 떠벌리고 싶은 유치한 복수심에 시달리는 건 아니겠지?

나는 그런 치기만만한 이야기를 듣는 데 시간을 허비할 만큼 한가한 사람이 아니다. 과거까지 독점하려는 미성숙한 남성호르몬에 지배되는 유형도 아니다. 심지어 나는, 어떻게 하면 그녀와 훌륭한 섹스를 할 수 있는지에 대해 강의를 들을 수 있다면 강의료를 지불할 용의도 있는 사람이다. 그것도 꽤 두둑하게.

일주일에 한 번씩, 퇴근길의 내가 운전기사에게 수유리의 한 오피스텔로 가자고 하는 데는 그런 이유도 있다. 다른 여자와 관계를 맺어봐야 와이프와의 섹스도 발전이 가능하니까. 다양한 경험이야말로 쾌락의 감도를 좌우하는 것이니까. 나는 그녀가 나의 비밀을 속속들이 알게 되더라도 나를 떠나지 않을 거라는 걸 알고 있다. 물론 한 가지 전제가 있긴 하다. 내가 내 모든 것을 고백할 만큼 어리숙한 인간이 아니라는 점 말이다. 그건 그녀 역시 마찬가지일 것이다. 어리숙한 것을 솔직함이나 진실함으로 착각하는 부류가 아니라는 뜻이다. 그러니까 이보게, 지고지순한 과거 같은 건 자네가 가지게. 나는 현재와 미래만 필요하니까. 그렇게 말해주면 이 친구, 말귀를 알아먹을까?

하지만 그런 추상적인 말이 먹힐 것 같지는 않다. 이 친구는 이미 정상궤도를 벗어나 있으니까. 자신을 버린 여자의 남편에게 전화를 거는 친구가 아닌가? 그것도 크리스마스이브의 자정에. 눈이 소담스럽게 내리는, 우편엽서 속처럼 흘러가는, 이 달콤하고 희귀한 시간에.

나는 집을 나왔다. 차를 몰고 갈까 하다가 택시 쪽을 택했다. 대학가의 주점으로 나오라지 않는가. 구질구질한 대학가 술집 대신 서초동의 단골 바로 오라고 하려다가 마음을 바꿔먹은 데는 이유가 있었다. 평소와는 다른 분위기에서 흥미를 끄는 상대와 한잔하고 싶은 기분도 있었지만, 입이 무거운 게 장점이었던 마담이 최근 나에 대해 이러쿵저러쿵 쓸데없는 얘기를 흘린다는 소문도 한몫했다. 이 바닥의 권력자들에게 서비스를 제공하는 것으로 먹고사는 주제에, 자기가 권력을 가지고 있다고 착각하는 자들이 얼마나 많은가.

사실 내가 만나는 인간들은 대개 정형화되어 있다. 그들은 수단과 방법을 가리지 않고 이익을 취하는 데 도가 튼 인간들이지만, 그렇기 때문에 무해한 인간들이다. 그들은 상대에게 호감을 표시하는 데 익숙하며, 상대의 기분이 상하지 않도록 최선을 다하는 종류의 인간들이다. 물론 돌아서면 온갖 욕을 다 하고 갖은 음모와 계략을 꾸민다는 건 알고 있다. 상관없다. 돌아서서 하는 말은 중요하지 않다. 중요한 건 공개된 말과 태도다. 증명할 수 없는 진실이 아니라 오픈된 프로세스가 중요한 것이다. 나는 그게 인류사회의 발전이라고 생각하는 사람이다.

주점은 여전했다. 학교 후문 쪽의 평범한 건물 이 층. '개의 태양'이라는 이상한 이름 역시 변하지 않았다. 계단을 올라가며 창밖을 바라보았다. 낯선 간판들이 몇 개 생긴 것 외에는 특별히 바뀐 게 없었다. 몇 년 만인가? 이 거리는 용케 그대로 남아 있군. 나는 중얼거렸다.

문을 열고 들어간 주점 내부도 마찬가지였다. 열 평이 채 안 되는 실내는 카운터 쪽을 리모델링한 것을 제외하면 별반 달라진 게 없었다. 김현식의 노래가 허공을 떠돌고 있었다. 크리스마스이브에 김현식이라니, 과연 '개의 태양'답군. 나는 쓴웃음을 흘렸다. 아직도 턴테이블을 사용해서 음악을 틀고 있었지만, 낡고 오래된 것 특유의 평화롭고 안정된 느낌은 없었다. 어딘지 어수선한 분위기랄까. 인테리어 탓도 있었다. 호텔도 아닌 주제에 국제 시간을 가리키는 시계가 카운터 위쪽에 다섯 개나 매달려 있었으니까. 서울, 로스앤젤레스, 상파울루, 런던, 베이징의 시계들이 제각각 엉뚱한 시간을 가리키고 있었다. 물론 나로서는 향수를 자극하는 장식이기도 했다. 오래전 나는 이 주점의 단골이었으니까. 지금 생각하면 이해가 가지 않지만.

자정이 가까운 시각이었는데도 주점에는 제법 손님들이 있었다. 크리스마스이브이니 당연한 일인지도 모른다. 나는 잠시 문가에 서서 어색한 기분에 휩싸였다. 도심의 고급요정에 들어서는 자취생의 어색함이 이럴까? 아니, 대기업 회장이 비서도 대동하지 않고 변두리의 허름한 막걸릿집에 들어설 때의 어색함이라고 해두자.

젊은 친구는 먼저 와서 나를 기다리고 있었다. 나는 별 어려움 없이 그를 식별해냈다. 이런 주점에 혼자 앉아 있는 사람은 드문 법이니까. 젊은 치 역시 직감으로 나를 알아본 모양이었다. 자리에서 엉거주춤 일어서는 것으로 그는 자신의 위치를 알렸고, 나는 그를 향해 똑바로 걸어갔다. 부석부석한 머릿결에 아무렇게나 걸친 베이지색 파카, 왜소한 몸피와 평범한 얼굴을 빠르게 훑어보면서.

그는 창가 좌석에 자리를 잡고 있었다. 색깔과 모양이 제각각인 플라스틱 의자들이 눈에 띄었다. 창밖으로는 여전히 크리스마스이브의 눈이 동화 속처럼 내리고 있었다. 대학 시절이라면 약간은 감상에 젖을 만한 풍경이었다. 와이프가 아니라 와이프의 옛 연인과 마주 앉아야 한다는 게 아무래도 이상하긴 했지만 말이다.

자리에 앉으면서 나는 그에게 손을 내밀었다. 악수나 하자는 뜻이었는데 이 친구, 내 손을 보지 못한 척, 몸을 가누지 못하는 척, 그냥 제자리에 주저앉는 것이 아닌가. 악수를 하고 싶지 않다는 뜻인 줄은 알겠으나, 이만한 형식을 갖출 여유도 없는 것일까? 나는 고개를 갸우뚱하면서 소리 나지 않게 의자를 빼고 앉았다. 코트를 벗어 옆자리에 자연스럽게 올려두었다.

경력이든 신입이든, 사원을 뽑을 때 나는 외양을 중시한다. 적당한 긴장감, 섬세한 시선 처리, 말투의 고저장단 및 어미활용, 노련하고 자연스러운 손동작, 그런 것들 말이다. 자기소개서의 정형화된 헛소리나 경력과시보다 그런 것들이 훨씬 더 중요하다. 말의 내용보다는 유려한 말투나 뉘앙스가, 불필요한 PR이나 과도한 의욕보다 말꼬리의 적절한 높낮이가 중요한 것이다. 그런 것들은 연습한다고 쉽게 얻어지는 게 아니다. 단순한 형식이 아니라, 그 인간의 물질적인 기반을 보여주는 것이기 때문이다. 성장환경, 기질, 습성 같은 조건반사의 구조들 말이다. 서류가 말하지 않는 것, 직감만이 알아볼 수 있는 것, 그걸 발견해내는 게 오너의 능력이다.

면접을 보러 온 취업지망생을 바라보듯이, 나는 그의 얼굴을 살폈다. 면접 때의 얼굴은 물론 가면일 뿐이다. 면접이 끝나고 문을 열고 나갈 때 스쳐가는 표정, 호프집에서 친구를 만나 회사를 씹을 때의 표정, 그런 게 '진짜' 얼굴에 가까울 것이다. 하지만 인생은 호프집에서 흘러가는 게 아니다. 친구와 시시덕거리며 보낼 수 있는 종류의 것도 아니다. 진짜 얼굴이 아니라 가면을 쓰고 살아가는 것, 그게 인생의 본질에 좀 더 가깝다는 걸 알아야 한다.

가면을 벗고 진실만으로 살아가자고 떠드는 자들은 아직 인생을 이해하지 못한 애송이들일 뿐이다. 가면을 벗으면 거기 있는 것은 진실이나 진심 같은 게 아니라, 붉은 피로 물든 살갗이다. 피와 모세혈관과 꿈틀거리는 힘줄로 가득한 '진짜 얼굴' 말이다. 아무도 그런 얼굴로는 살아갈 수가 없다. 상상해보라. 이런 주점 같은 곳에서 서로 피가 뚝뚝 떨어지는 얼굴로 마주앉아 핏발 선 진실을 안주로 술을 마시는 꼬락서니를.

젊은 친구의 얼굴은 어디선가 본 듯했다. 처음 봤는데도 낯익은 얼굴, 흔하디흔한, 그런 얼굴. 눈썹은 꽤 짙은 편이었지만 부어오른 눈두덩과 뭉툭한 콧날이 인상을 흐리고 있었다. 피부는 대체로 어둡고 입술은 부르터 있었다. 그리고 예민한 턱 선. 말수가 적은 편이지만, 한 번 건드려주면 금방 자신을 누설하는 유형. 쌍꺼풀은 아마도 피곤 때문에 생긴 듯했다.

하긴, 얼마나 고민하다가 전화를 했을 것인가. 젊은 친구의 얼굴을 살피면서, 나는 컨설팅보다는 카운슬링 쪽으로 가닥을 잡았다. 카운슬링과 컨설팅은 비슷해 보이지만 돌고래와 상어처럼 종류가 다르다. 카운슬링은 듣는 일이고, 컨설팅은 말을 하는 일이다. 카운슬링은 상대가 이미 가진 답을 밖으로 끌어내는 일이고, 컨설팅은 답을 만들어주는 일이다. 카운슬링이 상대의 몸속에 숨어 있는 답안을 내장 꺼내듯이 끄집어내 보여주는 일이라면, 컨설팅은 다르다. 거기에는 책임이 따른다. 하다못해 인공장기라도 새로 집어넣어줘야 하는 것이다.

일을 의뢰받으면, 우선 나는 해야 하는 일이 카운슬링인지 컨설팅인지 판단한다. 그리고 거기에 맞게 태도와 가격을 정한다. 돌고래와 상어를 헷갈리는 일은 없다. 그런데 이번에는? 좀 애매한 데가 있었다. 와이프의 옛 남자를 만났을 때는 돌고래가 돼야 하는가, 상어가 돼야 하는가? 대화를 해야 하는가, 말싸움을 해야 하는가? 헤드기어를 쓰고 아웃복싱을 해야 하는가, 맨몸으로 이종격투기를 해야 하는가? 답은 하나이면서 동시에 여럿이다. 상황과 상대에 따라 가변적일 수밖에 없다는 뜻이다.

젊은 친구의 얼굴을 보자마자, 나는 일단 카운슬링 쪽으로 진로를 잡았다. 요컨대 '상담'을 해주기로 마음먹은 셈인데, 그건 그의 나이가 어렸기 때문만은 아니었다. 우선 시선 처리가 형편없었다. 상대와 눈을 마주치지 못하는 유형이었다. 자신감이라고는 전혀 없는 스타일에, 노련하다거나 유려하다거나 하는 것과는 거리가 멀었다. 초식동물처럼 예민하고 순해 보이지만, 돌발적인 발언이나 극단적인 행동으로 상황을 망치는 것도 이런 친구들이다. 내가 채용을 기피하는 유형인 것이다.

이런 친구가 와이프의 옛 남자라니. 약간은 김이 새는 기분이었다. 뭔가 세련된 스타일에 자신만만할 거라고 기대한 건 아니었다. 그런 유형이 아니라는 것쯤은 전화 통화를 할 때 이미 간파했다. '자살' 같은 자극적인 어휘를 발음할 때의 그 미세한 떨림, 애원도 아니고 협박도 아닌 어정쩡한 어투, 스스로 무슨 말을 어떻게 해야 할지 갈피를 못 잡는 말솜씨. 뻔한 노릇이었다.

애송이.

그 이외의 다른 표현은 불필요했다.

문제는 이 친구가 꽤 취해 있다는 점이었다. 상대가 오기도 전에 혼자 취해버리는 유형. 또는 상대를 대하기 위해 스스로 취해야 하는 유형. 그건 자신감 없는 인간들의 특징이기도 하다. 이윽고 젊은 친구가 입을 열었다. 탁자 위에 시선을 둔 채였다.

"제 이름은……."

"알고 있어요. 아까 얘기했잖소."

"아까요?"

"아까 전화로."

"그랬나요? ……죄송합니다."

젊은 친구는 맥이 풀린 표정으로 시선을 떨궜다. 이미 기 싸움 같은 건 필요 없었다.

"아니, 죄송할 거 없어요. 어쩐지 흥미로운 것도 있고."

너그럽고 여유 있는 목소리가 내 입에서 흘러나왔다. 너그럽고 여유롭지 않을 이유가 없지 않은가.

물론 그렇다고 우회할 생각은 없었다. 직진하는 것이 편할 때가 있는 법이니까. 내가 덧붙였다.

"아, 뭐, 흥미라는 건, 그쪽이 내 와이프의 남친이었다니까. 게다가 크리스마스이브의 눈 내리는 밤에 전화를 걸어 나를 만나자고 한 분이니까."

애송이가 고개를 끄덕였다. 그러고는 풀죽은 표정으로 입을 열었는데, 뜻밖에도 선명한 목소리가 흘러나왔다.

"흥미로운 건 나도 마찬가집니다. 내가 사랑한 여자의 남편을 만나는 자리니까요."

흥미로운 건 마찬가지다? 마찬가지라고? 나는 살짝 눈가를 찌푸리며 그를 바라보았다. 그가 다시 입을 열었다.

"그런데, 어쩐지 그쪽을 어디서 만난 것 같은 느낌이 듭니다."

이젠 말도 더듬지 않았는데, 내게 실례가 될 만한 호칭을 썼다는 것도 모르는 모양이었다. 방금까지만 해도 나를 '선생님'이라고 불러야 할지 '사장님'이라고 불러야 할지 모르겠다는 표정이었는데, 정작 입에서 튀어나온 건 '그쪽'이었다. '그쪽'이라니. 이것 봐라.

"뭐, 내 얼굴이 좀 흔해 보이기는 하지. 어디서 본 것 같다는 이야기를 많이 듣는 편이니까."

젊은 치가 내 대답을 무시하고 카운터 쪽을 바라보며 말했다.

"뭘, 드시겠습니까?"

제법 자연스러운 국면전환이었다. 나는 그의 앞에 놓여 있는 소주잔을 바라보았다. 이미 한 병을 비운 모양이었다. 역시 술의 힘을 빌린 것이다. 주위를 의식하지 않게 만드는 것. 그게 취기의 유일한 장점이자 치명적인 단점이 아니던가.

나는 대답 대신 카운터 쪽에 시선을 주었다. 카운터에는 꽁지머리를 한 청년이 커다란 헤드셋을 쓴 채 모니터를 들여다보고 있었다. 예전 내가 드나들던 시절의 주인을 닮은 걸 보니 아들쯤 되는 모양이었다. 턱이 튀어나온데다 머릿결은 웨이브를 살렸고 반쯤 감은 눈은 나른해 보였다. 태평하게 인생을 즐기는 타입이다. 내 직감은 그렇게 말했다. 하지만 의외로 내밀한 스트레스도 많은 유형이지. 경험이 그렇게 대답했다.

나와 눈이 마주친 꽁지머리는 헤드셋을 벗어두고 테이블로 다가왔다. 이런 대학가 분위기에는 물론 소주가 어울린다. 하지만 크리스마스이브가 아닌가. 여기가 '개의 태양'이라고 해서, 마주 앉은 상대가 소주를 마신다고 해서, 나까지 따라야 하는 건 아니다.

"위스키 있나? 얼마건 상관없으니까 제일 좋은 걸로 한 병. 그리고 맥주도."

꽁지머리가 나를 멀뚱히 바라보고 서 있더니, 뭐 그 정도쯤이야, 하는 표정으로 고개를 끄덕이고는 멀어져갔다. 장사고 뭐고 빨리 끝내고 동거녀한테라도 달려가고 싶어 하는 뒷모습이었다.

"수연이는…… 제 애인입니다."

젊은 친구가 입을 열었다. 상투적이고 신파적인 시작이었다. 게다가 이 친구, 시제를 헷갈리고 있지 않은가. 그는 현재형이 아니라 과거형으로 말했어야 했다. 수연이는 제 애인이었습니다, 라고 말이다. 처음부터 이렇다면 전개가 뻔하다. 돈을 보고 당신과 결혼했지만 그녀의 마음만은 여전히 내 곁에 있다, 아직도 그녀와 나는 서로를 사랑한다, 뭐 그런 주말드라마 대사 같은 문장이 이어질 게 뻔하지 않은가. 나를 김중배로 만들어서 자기가 이수일이 되려는 설정만큼 유치한 시대착오가 어디 있겠는가. 물론 자기만족을 위한 정신적 코스프레가 필요하다면 장단을 맞춰줄 용의가 없지는 않았다.

"맞아. 자네 애인이었고, 지금도 그럴지도 모르지."

앞의 말은 사실이었고, 뒤의 말은 사실이 아니었다.

내가 아는 한, 와이프는 옛사랑을 그리워할 여자가 아니다. 그녀의 세계는 명료하고 단순하다. 시간이 복잡하게 얽혀 있는 세계는 그녀의 것이 아니다. 아름다웠던 과거라든가 유토피아적인 미래 같은 환상을 만들어서 거기에 얽매이는 유형이 아닌 것이다. 당연하게도 나는 심플하게 직선적인 시간을 살아가는 자들을 선호한다. 과거에 얽매여 사는 자들, 배배 꼬여서 세상에 불평이나 해대는 자들, 미래의 모호한 위험을 부풀리는 자들을 나는 신뢰하지 않는다.

꽁지머리가 글라스와 얼음 통, 그리고 밸런타인 한 병을 탁자에 내려놓았다. 입으로는 여전히 뭐라 뭐라 흥얼거렸는데, 랩이라도 읊는 듯했다. 내 앞에 놓인 위스키 잔을 바라보며 이윽고 젊은 친구가 입을 열었다.

"맞습니다, 지금은 내 애인이 아니죠. 그건 나도 알고 있습니다."

뜻밖에 순순한 인정이었다. 잠시 뜸을 들였다가 그가 덧붙였다.

"……나도 주제파악 정도는 하는 편이니까요."

"주제파악이라, 다행이군."

나는 그렇게 대꾸하고는 글라스에 얼음을 넣고 술을 삼분의 일가량 부었다. 잔을 들어 단번에 들이켰다. 차가운 액체가 타는 듯한 느낌으로 바뀌어 스르르 식도를 내려갔다.

주제파악.

그건 내가 좋아하는 단어이기도 하다. 얼마 전 내가 속한 MBA 동문회의 인문학 강의에서도 그런 얘기를 들었다. 그리스 비극은 언제나 인간의 '운명'에 대해 말하죠. '운명'을 다른 말로 하면 '주제파악'이거든. 주제파악을 하고 주어진 운명에 순응해야 사회가 유지된다는 뜻이에요. 최근 정부에서도 창조, 창조 하는데, 창조란 것도 사실 주제파악 속에서만 가능한 거거든. 자기 주제를 알고, 그 안에서 창조를 하라는 거거든. 주제파악을 못하는 창조는 창조가 아니라 파괴예요, 파괴. 정부에서도 그걸 잘 알지요. 헤헤.

나는 그 강의가 마음에 들었다. 헤헤거리는 웃음소리만 빼고.

나는 엉뚱한 곳을, 그러나 아주 기본적인 곳을 찔러보기로 했다.

"와이프보다 어려 보이는데?"

"아니, 동갑입니다. 우리는 심지어 생일까지 같죠. 그래서……."

생일까지? 그건 의외군. 나는 그렇게 대꾸했다. 예상대로 젊은 친구는 자신을 순순히 누설하기 시작했다. 표정은 심각했고, 어조는 달떠 있었으며, 밤은 깊어가고 있었다. 나로서는 자못 로맨틱한 밤이라고 할밖에.

간간이 고개를 돌려보니 창밖의 눈은 폭설로 변해가고 있었다. 모든 게 자욱한 느낌이었다. 거리에는 인적이 드물었다. 캐럴은 들리지 않고 죽은 가수의 노래만이 허공을 맴돌고 있었다. 후후, 역시 비현실적인 밤이로군. 나는 속으로 뇌까렸다.

나는 이따금 짧은 질문을 던지면서 그의 말을 끌어냈다. 그렇군, 어떻게? 그런가? 등등 약간의 추임새를 넣어주는 것만으로도 그는 예민하게 반응을 보였다. 제 얘기를 구구절절 털어놓았다는 뜻이다.

물론 그게 다 의미 있는 정보는 아니다. 핵심은 취하고 쓸데없는 정보는 버린다. 판단은 빠를수록 좋다. 불필요한 정보를 폐기하는 것이야말로, 실은 핵심으로 파고들어가는 지름길이다. 불필요한 잉여를 제거하지 않고는 인생도 사회도 기업도 업그레이드되지 않는다. 불필요한 인력, 불필요한 인간들을 제때제때 정리해야 하는 것이다. 요컨대 비인간적이 되는 건 기업인의 자질이다.

몇 개의 유도질문만으로 나는 다음과 같은 핵심정보를 추출해냈다. 나이는 이십오 세, 영문과 사학년. 디킨스를 좋아함. 하지만 흔해빠진 어학연수조차 가본 적 없음. 그림동아리 방에서 숙식을 해결하며 게임에 빠져 있는 잉여. 취업은 거의 포기상태. 생활비가 떨어지면 아르바이트를 전전하다 다시 잉여로 돌아가는 패턴. 좌파신문 애독자지만 시위에 참여한 적은 없음. 부친은 사업실패 후 병사. 모친은 지방 소도시에서 식당주방 일 따위를 하며 늙어가는 중.

듣지 않아도 훤히 알 것 같은 유형이었다. 어디에나 널려 있는 한심한 청춘의 스테레오타입이랄까. 만일 그가 원한다면 나는 그의 하루와 그의 과거와 그의 미래까지 다 묘사해줄 수 있다. 어쩌면 그 자신보다도 더 정확하고 더 상세하게 말이다. 이제 본론으로 들어갈 때가 되었다고 생각하는 순간, 젊은 친구가 선수를 쳤다.

"나한테 유일한 희망은 그 애였어요. 그쪽이 와이프라고 부르는 그 애."

목소리에 잔뜩 취기가 밴 어조였다. 나는 약간 의아해졌다. 어떻게 그런 정보를 알아낸 것일까? 어린 아내를 지칭할 때 내가 꼬박꼬박 와이프라는 단어를 쓴다는 것 말이다. 내 마음을 읽기라도 한 듯 그가 덧붙였다.

"아까 그쪽이 와이프라고 부르지 않았습니까?"

"응? 아까? 그랬던가?"

"그래요. 와이프의 남친이라는 둥, 와이프보다 어려 보인다는 둥."

"아아, 그랬었지."

나는 가벼운 탄식을 내뱉은 뒤 조금 앞질러 나가기로 했다. 주제를 선점하는 것은 대화의 기본이다.

"그래서, 섹스는 어땠나?"

말을 뱉고 보니 불필요한 오버인 것처럼 느껴졌다. 진도가 맞지 않는달까. 나 역시 제어장치가 조금은 풀어진 탓이다. 생각보다 빠르게 취해가고 있었던 것이다. 아니, 그뿐만은 아닌 것 같았다. 사실을 말하자면, 나는 어쩐지 이 대화를 즐기고 있다는 느낌마저 들었다. 카운슬링이 아니라 컨설팅으로 옮겨가야 하는 타이밍인데, 내 기분은 다른 쪽으로 움직이고 있었다. 카운슬링이고 컨설팅이고 다 집어치우고, 그저 세상모르는 이 순진한 청춘과 좀 놀아보자는 쪽으로. 꽤나 뜻밖의 감정이었다.

"섹스요?

"그래, 섹스."

젊은 친구가 문득 위스키가 섞인 맥주잔을 들어 비웠다. 내가 권한 것이었다.

"그쪽은."

상대가 입을 열었다. 나는 스트레이트 잔을 들어 단번에 마셨다. 시선은 젊은 치를 향한 채였다.

"오늘 죽을지도 모릅니다."

"응? 내가?"

"네, 그쪽이."

"자네가 아니고 내가?"

흐흐. 나는 웃음을 흘렸다. 젊은 친구는 그런 나를 말없이 바라보았다. 나도 웃음을 멈추고 그를 바라보았다. 우리의 눈이 마주쳤다. 그 순간 이상한 느낌이 나를 스쳐갔다. 그의 눈에서 어딘지 슬픔이라고 할 만한 감정이 내게 전해졌던 것이다.

슬픔? 슬픔이라니. 그런 감정이 세상에 남아 있었던가? 나는 이 순진한 친구의 사랑하는 연인이 아니라, 그 연인의 공식적인 남편이 아닌가. 그런 내 앞에서 슬픔이 깃든 눈빛을? 역시 로맨틱한 친구로군. 신선해. 마음에 들어. 게다가 우리는 생일까지 같지 않은가? 나 역시 와이프와 생일이 같았다.

하지만 언제나 중요한 것은 감정이 아니라 팩트다. 팩트에 의거하지 않으면 감정 따위는 헛것에 불과하다. 나는 그것을 환기시켰다.

"죽는다고 한 건 내가 아니라 자네 아닌가? 아마 잊었나 본데."

명백한 팩트 앞에서 상대는 말이 없었다.

"다시 말하지만, 자살 운운한 건 내가 아니라 자네라는 말이야. 아닌가?"

나는 반복해서 말했다. 내 목소리가 약간 높아진 듯했다. 젊은 친구가 고개를 숙였다가 천천히 쳐들면서 입을 열었다.

"그렇습니다. 자살은 내가 하는 것이죠. 그쪽은 그런 데는 관심이 없을 테니까요."

당연한 말이었다. 나는 당연한 말을 하는 자들을 좋아하지 않는다. 에너지 낭비일 뿐이니까. 나는 그의 다음 말을 기다렸다.

잠시 주저하는 듯 술잔을 비우더니 그가 천천히 말했다. 슬픔에 젖은 듯 축축한 목소리였다. 우울증 환자의 표정에 우울증 환자의 목소리. 내가 가장 혐오하는 유형.

"그래요. 난 자살 충동을 느낍니다. 자살 말입니다. 그래서 나는 그쪽을 만나야 했습니다. 내가 죽으면…… 그쪽 역시 죽게 된다는 말을 해야 하기 때문에……."

점입가경이었다. 횡설수설도 정도가 지나쳤다. 혹시 이 친구는 지금 너 죽고 나 죽자는 말을 이런 횡설수설로 전하고 싶은 것일까? 자신이 나를 살해할지도 모르니 대비라도 해달라는 것일까?

"아니, 그게 아닙니다. 내 말은…… 내가 자살하기 전에 그쪽을 죽이겠다거나, 살해하고 싶다거나, 그런 게 아닙니다. 너 죽고 나 죽자는 얘기가 결코 아닙니다."

"아니면?"

나는 일그러진 미소를 띤 채 반문했다. 웃음이 터져 나오기 직전이었다. 우리의 대화는 점점 코미디에 가까워지고 있었다. 가슴 저미는 비극을 기대하며 구경하고 있었는데, 알고 보니 희극인 셈이랄까. 아니면 부조리극의 우스꽝스러운 클라이맥스를 관람하고 있는지도 몰랐다.

취기가 천천히 몸속에서 피어올랐다. 자, 창밖에는 크리스마스의 폭설이 내리고 있다. 말 그대로 폭력적으로 쏟아지는 눈발이다. 시야가 꽉 막힌 이런 날에도 어디선가 아기들은 태어나고, 어디선가 노인들은 죽어가고 있을 것이다. 캐럴도 사라지고 구원도 없는 밤에 신기한 일이 아닐 수 없다. 그리고 컨설팅 업계의 무서운 신예로 향후 대한민국 재계를 주름잡을 혈기왕성한 사내는, 지리멸렬한 인생을 보내고 있는 애송이 청년과 마주앉아 죽음을 논하고 있는 것이다. 정치도 아니고, 경제도 아니고, 겨우 죽음 따위를 말이다. 이만하면 크리스마스 코미디로 손색이 없지 않은가?

"그래, 자네나 나나 어차피 죽게 되겠지. 하지만 자네는 자네의 죽음을 선택할 권리가 있고, 나에게는 나의 죽음을 선택할 권리가 있다네. 게다가 나는 건강관리를 잘하고 있기 때문에……."

내가 거기까지 말했을 때, 상대의 시선이 나를 벗어나 옆쪽으로 미끄러졌다. 노인 하나가 바로 옆 테이블에 와 앉았기 때문이다. 나도 얼결에 입을 닫고 노인 쪽을 바라보았다. 칠십 대 후반이나 팔십 대 초반으로 보이는 노인이었는데, 베이지색 점퍼에 중절모를 쓰고 있었다. 점퍼에 중절모라고는 했지만 몹시 낡고 너저분한 차림이어서 보기에 따라서는 노숙자로 보일 지경이었다. 깡마른 노인은 모자를 벗어 탁자 위에 올려놓았다. 아주 느린 동작이었기 때문에, 주점의 시간이 갑자기 속도를 늦춘 기분이 들었다. 주위는 미친 듯한 속도로 돌아가고 있는데, 문득 슬로비디오 속으로 들어온 것 같은 느낌이었다.

크리스마스이브의 대학가 주점에 혼자 자리를 차지하고 앉은 팔십 노인이라니, 이건 또 뭔가? 자정이 넘은 시간이니 누굴 기다리는 것도 아닐 것이다. 나는 미간을 찌푸리며 노인 쪽을 바라보았다. 희극 배우가 하나 더 나타난 것 같은 기분이랄까. 젊은 치 역시 노인을 바라보고 있었지만 표정에는 변화가 없었다. 오히려 눈빛이 더 그윽해져 있었다. 시선은 노인 쪽에 둔 채 젊은 친구가 입을 열었다. 마치 내가 아니라 노인에게 말을 걸기라도 하는 듯했다.

"우리는 모두…… 언젠가는…… 죽습니다."

나는 혀를 찼다.

"신선한 말은 아니군. 게다가 노인을 옆에 두고 할 말도 아니고. 원래 그렇게 상투적이고 지루하고 예의 없는 말을 선호하나?"

내가 쏘아붙였다. 상대는 대꾸가 없었다. 혈관을 빠르게 흐르는 알코올이 느껴졌다. 정신이 몽롱해져가고 있었다. 젊은 치가 위스키에 뭔가를 탄 것이 아닌가 하는 의심마저 들 정도였다. 나는 고개를 흔들었다.

화장실을 다녀오겠다는 표시로 손짓을 하고 자리에서 몸을 일으켰다. 중심을 잡지 못해 비틀거렸다. 젊은 치는 아무래도 상관없다는 듯 표정에 변화가 없었다. 혼자 앉아 있는 노인은 몸을 웅크린 채 우리 쪽을 바라보고 있었다. 얼결에 보니 눈이 검고 깊었다. 저 눈구멍 속에 눈알은 들어 있을까. 그런 엉뚱한 생각을 하며 나는 비척비척 몸을 움직였다.

화장실은 불결했다. 오줌을 누면서 보니 작은 거울에 내 얼굴이 비쳤다. 눈에 쌍꺼풀이 져 있었다. 피곤해 보이시는군요. 젊은 치가 그렇게 말했던가, 아닌가. 짙은 눈썹 아래로 눈두덩이 부어 있었다. 입술은 부르터 있었다. 나는 몸을 추스르고 거울 속의 사내를 노려보았다. 확실히 잘생긴 얼굴은 아니다. 하지만 특별히 못생겼다고도 생각하지 않는다. 단지 흔해빠진 얼굴인 것만은 인정한다. 젊은 치는 그것을 지적했다. 어디서 많이 본 얼굴이라는 식으로. 흐흐. 나는 나 자신도 의미를 알 수 없는 웃음을 흘렸다.

자리로 돌아왔을 때는 뜻밖에 작은 소동이 일어나 있었다. 꽁지머리가 노인과 실랑이를 하고 있는 모양이었다. 그는 노인을 억지로 일으켜 세우려 하고 있었다.

"할아버지, 여기서 이러시면 안 된다니까. 안 사요, 안 사."

노인은 울상인 표정으로 꽁지머리에게 팔을 잡혀 있었다.

"아니, 난 뭘 팔려는 게 아니라…… 술을 마시려는 거라니까."

"아, 저번에도 와서 껌 파셨잖아. 껌만 팔았나? 구걸하느라 손님다 내쫓고 말야."

"아닐세, 잘못 본 거야. 난 그런 사람이 아니라네."

노인은 기어들어가는 목소리로 항변했지만, 꽁지머리에게는 예의가 없었다. 노인이 다시 힘겹게 덧붙였다.

"내가 젊었을 때 여기 단골이었어. 내가 이 학교 출신이라니까."

그러자 노인을 윽박지르던 꽁지머리가 노인의 얼굴을 주의 깊게 들여다보는가 싶더니, 빙글거리며 대꾸했다.

"아, 그러고 보니 어디서 많이 본 분이네. 낯이 익어요, 낯이."

건방진 농담으로 노인에게 모욕을 주려는 모양이었다. 더 두고 볼 수가 없었다. 이번에는 내가 꽁지머리를 제지했다.

"이봐, 이분이 술을 마시러 들어왔다고 하잖나."

꽁지머리가 내 쪽을 바라보았다. 이건 뭔데 끼어들어? 그런 표정이었다. 꽁지머리의 험악한 표정을 보자 갑자기 전의가 불타올랐다. 몸속의 알코올이 정수리로 몰려드는 느낌이었다.

"뭘 노려봐? 내가 누군 줄 알아? 이분 술값 내가 낼 테니, 얼른 술 갖다드려!"

내 목소리가 커지자 주위 손님들의 시선이 내 쪽으로 몰려들었다. 순식간에 그들은 소동의 전말이 궁금한 관객들로 변해 있었다. 무대 위에 선 채 흥분한 나에게는 얼굴이 보이지 않는, 검고 어두워서 무슨 가면이라도 쓰고 있는 것 같은, 불특정 다수에 예측 불가능한, 그런 관객들 말이다.

내 고성을 들은 꽁지머리의 눈에서 붉은 빛이 돈다는 느낌이 들었다. 꽁지머리가 몸을 돌려 완연히 내 쪽을 향했다. 이젠 노인이 문제가 아니라는 투였다. 꽁지머리의 손에 소주병이 들려 있는 게 힐끗 보였다. 정말 휘두르기라도 할 태세였다. 꽁지머리의 입에서 불손한 말이 튀어나왔다.

"아니, 아저씨, 돈이면 다 되는 줄 알아? 어디서 졸부 흉내야, 흉내가?"

요즘 세상에 이렇게 막나가는 알바가 있다니. 아니, 알바가 아니라 주인이던가? 주인의 아들이던가? 그런 멍청한 생각이 내 머리를 스쳤다. 이젠 와이프의 전 남친이고 뭐고 문제가 아니었다. 나는 몸속의 알코올이 시키는 대로 주먹을 불끈 쥐었다.

그 순간 잠자코 사태의 추이를 지켜보던 젊은 친구가 천천히 자리에서 몸을 일으켰다. 그리고 조용하고 낮은 목소리로 꽁지머리를 향해 말했다.

"아, 아, 형. 이러지 마세요. 이분, 내 손님이야."

젊은 친구의 한마디는 뜻밖에도 효력을 발휘했다. 꽁지머리의 표정이 어이없이 풀려버린 것이다.

"응? 그래? 그럼 진작 그렇게 말을 했어야지."

꽁지머리의 말에 젊은 친구가 타이르는 어조로 덧붙였다.

"특별히 모신 거라구. 내가 자살을 할까 생각중인데, 이런 소식은 알려드려야 할 것 같아서."

나는 멍청한 표정으로 젊은 치 쪽을 바라보았다. 또 그 헛소리를 하고 싶은 모양이군. 아니, 자살은 자기가 하는데 내가 대체 무슨 상관이라는 말인가? 내 얼굴이 찌푸려졌다. 입을 열어 뭔가 말하려는데 꽁지머리가 선수를 쳤다.

"하하, 이거 죄송합니다. 제가 실례를 했구만요. 너그럽게 이해해 주십쇼."

꽁지머리의 말투는 이미 조금 전의 그 험악한 어조가 아니었다. 내 입에서 빽 소리가 나오기 직전, 다시 자리를 잡고 앉은 노인이 나를 향해 나지막한 목소리로 뇌까렸다.

"자네도 참으시게. 자네 말마따나 오늘은 크리스마스이브가 아닌가."

나는 뭔가 말하려고 했으나, 노인의 말이 이상한 힘으로 내 입을 틀어막았다. 온몸에서 맥이 빠지는 기분이었다. 동시에 취기가 몰려들었다. 나는 자리에 털썩 몸을 부렸다. 그렇다. 오늘은 크리스마스이브인 것이다. 이런 기괴한 소동을 겪어야 하는, 이상한 크리스마스이브인 것이다. 창밖은 한 치 앞이 안 보일 정도의 폭설이 점령한.

꽁지머리가 아무 일도 없었다는 듯 자리로 돌아갔다. 젊은 치도 제자리에 앉았다. 옆 테이블의 노인은 물끄러미 나를 바라보고 있었다. 마음에 들지 않는 시선이었다. 나도 노인을 노려보았다.

뭐? 뭐? 뭐가 더 필요한 거요?

내 시선은 노인을 향해 그렇게 말하고 있었다. 당신은 이 소동의 원인을 제공한 자가 아닌가? 용서를 빌어도 시원찮을 판에 뭘 빤히 쳐다보는가?

그래도 노인은 시선을 돌리지 않았다. 표정은 인자한 할아버지의 그것이었다. 모든 걸 다 이해한다는 듯한 표정, 사람을 애 취급하는 표정, 그 표정이 무슨 동아줄이라도 된 것처럼 나를 결박했다. 나는 얼굴을 일그러뜨린 채 노인을 노려보았다. 노인이 조용히 입을 열었다.

그래도, 고마우이.

노인의 입은 그렇게 말한 것이 틀림없었다. 뭐가? 왜 고맙다는 말인가? 그러자 내 마음을 읽기라도 한 듯 노인의 입이 열렸다. 천천히 목소리가 흘러나왔다.

자네가 술값까지 내준다고 하지 않았나. 감동일세그려.

노인은 지그시 나를 바라보다가 덧붙였다.

내게는 술값이 없으니, 줄 것이 껌밖에 없구먼. 아주 오래오래 씹으시게.

노인은 점퍼 주머니에 손을 넣더니 정말 노란색 껌 한 통을 꺼냈다. 아주 오래전부터 그 호주머니에 들어 있었을 게 틀림없는, 유통기한이 지나도 한참 지났을 게 확실한, 아무리 질겅질겅 씹어도 단물이 나오지 않을 것 같은, 포장지에 '쥬시후레쉬'라고 조악한 글자가 적힌 껌이었다.

나는 얼굴을 찌푸린 채 그 노란 껌을 바라보고 있다가, 주섬주섬 뒷주머니에 손을 넣어 지갑을 꺼냈다. 그래, 돈이 필요하다면 주면 되는 것이다. 매년 자선단체에 기부하는 돈만 해도 얼마인데, 노인 하나 돕는 거야 말 그대로 껌이 아닌가. 그 정도야……. 나는 지갑에서 오만 원짜리를 꺼내 검지와 중지 사이에 끼워 노인에게 내밀었다.

가져가시오, 이게 필요한 거지? 거지 같은 노인양반.

나는 속으로 그렇게 말했다. 뜻밖에 노인은 순순히 내 돈을 받았다. 하긴 자존심 같은 걸 챙길 계제가 아니겠지. 그렇게 생각하는데 노인이 입을 열었다. 말을 하는 건지 마는 건지 알 수 없을 만큼 웅얼거리는 목소리였다.

그건 그렇고…… 자네는 이 젊은 양반 얘기를 잘 들으시게.

이건 또 뭔가? 또 무슨 헛소리를 하려는 것인가? 그러자 노인이 다시 웅얼거렸다.

헛소리가 아니라니까. 실은 난 오늘 일어날 일을 구경하러 온 거라네. 아니, 구경만 할 건 또 아니지. 이 친구가 스스로 못하면 내가 이 친구를 대신해서 일을 치러줄 수도 있으니까. 히히.

나는 깨달았다. 아아, 이건 미친 노인이었구나. 꽁지머리를 말리지 말았어야 했는데. 이런 노인이니까 내쫓으려고 한 거겠지. 나는 내 경솔함을 후회했다. 젊은 친구는 이제 할 말을 다 했다는 표정으로 창밖만 바라보고 있었다. 세상의 모든 것을 다 덮을 것처럼 쏟아지는 폭설과, 그 폭설에 묻혀가는 도시를.

나는 몸속의 알코올이 시킨 것처럼 문득 몸을 일으켰다. 불쾌감이 나를 사로잡았다. 더 이상 앉아 있을 이유가 없는 것처럼 느껴졌다. 지폐 몇 장을 탁자 위에 내려놓고 코트를 낚아채듯이 집어 들고는 휘적휘적 문 쪽으로 걸어갔다. 아무도 나를 잡지 않았다. 문고리를 잡은 채 멈춰 서서 뒤를 돌아보았다. 꽁지머리는 아무 일도 없었다는 표정으로 모니터에 신경을 쏟고 있었다. 젊은 친구는 시선을 창밖에 둔 채 여전히 움직이지 않았다. 노인만이 내가 휘적휘적 걸어 나가는 모습을 바라보고 있었다. 음흉하고 기괴한 노인이다. 게다가 그놈의 히히. 히히라니. 크리스마스이브에 내가 왜 그런 미친 웃음소리를 들어야 하는가?

문을 열고 비틀거리며 계단을 내려갔다. 주점을 나오자마자 곧바로 주황색 택시가 미끄러지듯 내 앞에 정차했다. 이런 심야의 폭설 속에서도 운행을 하는군. 하긴 크리스마스이브이니 대목이긴 하겠지. 나는 택시에 몸을 실으면서 큰 목소리로 "도곡동!"을 외쳤다. 속이 부글거렸다. 크리스마스이브에 와이프의 전 남친이라는 자와 아무짝에도 쓸모없는 대화를 나누고, 기분 나쁜 노인 때문에 쓸데없이 에너지를 낭비하다니. 이런 미친…….

운전기사가 백미러를 바라보며 말했다. 뭐라구요? 미쳤다구요?

아니, 언제 내 입에서 말이 튀어나갔지? 하긴 꽤 마시긴 했지. 당신한테 한 말이 아니라는 뜻으로 나는 손을 휘휘 내저었다. 운전기사는 불만스러운 표정으로 백미러를 힐끗거렸다. 앞이 거의 보이지 않는 눈발을 뚫고 택시는 미친 듯이 달려갔다. 폭설 속이라고는 도저히 믿을 수 없을 만큼 빠른 속도로.

아파트에 도착한 뒤 휴대전화를 꺼내 시간을 확인했다. 새벽 여섯 시가 가까워져 있었다. 주점에 머문 건 한 시간도 채 되지 않은 듯한데, 어째서 벌써 여섯 시라는 말인가? 취한 김에 강북의 오피스텔에라도 갔다 온 것인가? 방금 한 일도 기억이 안 날 만큼 취한 것인가? 나는 어이없는 웃음을 흘렸다. 정말 물처럼 얼굴이 흘러내릴 것 같았다. 엘리베이터를 타고 오 층을 눌렀다. 아아, 이래서 내가 알코올과 마약을 좋아하지 않는다니까. 인간을 어디로 튈지 모르도록 만드는 게 그것들이니까. 게다가 오늘처럼 개 같은 경우라니…….

현관문을 열고 들어서자 집 안에서 음악 소리가 들렸다. 아까 끄지 않고 나간 모양이군, 빌어먹을. 나는 구두를 벗어던지고 무너지듯 가죽소파에 몸을 묻었다. 결국 아무 일도 일어나지 않은 것이다. 한심한 청춘과 멍청한 노인네한테 시간을 뺏기고 돌아온 것뿐이다. 누운 채 바라본 창밖으로 세상을 다 덮을 것처럼 폭설이 쏟아지고 있었다. 아니야, 저건 세상이 다 사라진 뒤에 내리는 눈발 같군. 나는 중얼거렸다.

그 순간 허공을 떠돌던 노래가 내 귀를 찔렀다.

창밖을 보라. 창밖을 보라.

흰 눈이 내린다.

창밖을 보라. 창밖을 보라.

찬 겨울이 왔다.

썰매를 타는 어린애들은

해 가는 줄도 모르고

눈길 위에다 썰매를 깔고

즐겁게 달린다.

긴 긴 해가 다 가고 어둠이 오면

오색 빛이 찬란한 거리거리에 성탄 빛!

추운 겨울이 다 가기 전에

마음껏 즐기라.

맑고 흰 눈이 새 봄빛 속에

사라지기 전에.

아니, 아까 평균율 CD를 튼 것 같은데, 왜 캐럴이 흐르고 있는 거지? 와이프가 일어난 건가? 아니면 도우미 아줌마가?

아무려나. 어쨌든 창밖의 폭설과 크리스마스캐럴은 어울리지 않는다. 나는 소파에서 힘겹게 몸을 일으켰다. 오디오로 다가가 신경질적으로 파워 버튼을 눌렀다. 그리고 비틀거리며 안방 문을 열고 들어갔다. 그녀, 그녀 때문이다. 이 모든 게 저 여자 때문이다. 뜻밖의 적의가 피어올랐다. 나는 거칠게 스위치를 올렸다. 하지만 불은 들어오지 않았다. 탈칵, 탈칵, 탈칵. 스위치가 부서지도록 전원을 올렸으나 역시 형광등은 반응이 없었다. 빌어먹을. 나는 체중을 실어 침대가 흔들리도록 이불 위에 걸터앉았다. 왜 이 여자 때문에 내가 이런 꼴을 당해야 하는가? 죽는다느니, 죽인다느니, 그런 헛소리를 들어야 한다는 말인가? 나는 그녀가 덮고 있는 이불을 홱 걷어치웠다. 모로 누워 있던 여자가 끄응 소리를 내며 나를 향해 돌아누웠다. 창밖의 폭설 탓에 방 안에 희끄무레한 빛이 스며들었다.

흐린 빛 속에 드러난 여자의 얼굴을 바라보는 순간, 나는 고개를 갸웃거렸다. 희미한 빛이 만든 그림자 탓인지 그녀의 얼굴이 낯설게 보였기 때문이다. 아니, 낯설게 보인 것이 아니라…… 그녀의 얼굴이…… 그녀의 얼굴이 아니었다. 와이프라고 할 수 없는 이상한 여자의 얼굴이 거기 있었다. 얼굴을 온통 뒤덮고 있는 잔주름들…… 검푸르게 죽어 침침한 피부색…… 퀭하게 살 속으로 파고들어간 눈…… 흐물흐물 늘어진 목덜미의 살갗…….

대체 이건 누군가? 누군데 남의 침대에 누워 있는 것인가? 하지만 나는 놀라서 벌떡 일어서지는 않았다. 인상을 찌푸리고 노려보았을 뿐 소리를 지르지도 않았다. 평상심, 평상심이 중요하다고 생각했기 때문만은 아니었다. 확실히 이것은 노파의 얼굴이다, 이것이 죽음이 아니라면 무엇이 죽음이란 말인가? 그렇게 외치는 듯한 얼굴이다. 하지만 동시에, 침대에 누워 있는 이 늙은 여자는 바로, 내 와이프가 아닌가…….

기괴한 직감이었지만, 거부할 수 없는 직감이었다. 나는 얼어붙었다. 아아, 나의 앳된 와이프는 어디로 가버린 것인가? 매끄럽고 부드러우며 탄력이 넘치는 얼굴은 어디로 사라진 것인가? 그녀는 어째서 이런 엉뚱한 존재가 돼버린 것인가? 나는 소리가 나지 않게 외쳤다. 울부짖었다고 해도 좋았다. 늙어버린 여자, 노파가 된 여자, 그뿐인가? 지금 이 여자의 배 속에는, 배 속에서 일생을 보낸 늙은 아이가 잠들어 있을 것이다. 노파의 몸을 찢고 곧 튀어나올 것 같은 아이가 잠들어 있을 것이다…….

몸 안의 세포들이 하나하나 흐트러지는 느낌이었다. 영혼의 뼈마디들이 제각각 움직이려는 듯했다. 거의 해골에 가까운 그녀의 얼굴이 곧 내 얼굴인 것처럼 느껴졌다. 그때 채 닫히지 않은 방문 사이로 노랫소리가 들려왔다. 아주 느리고,

부드럽고,

아름다운,

늙은 아이의 목소리였다.

창밖을 보라,

창밖을 보라,

흰 눈이 내린다.

창밖을 보라……

창밖을 보라……

찬 겨울이 왔다……

3부

제39회 이상문학상 선정 경위와 심사평

2015년도 제39회 이상문학상 심사 및 선정 경위

2015년도 제39회 이상문학상(이하 '본상'이라고 한다) 심사 과정은 이미 2014년 11월 말에 준비회의를 거쳐 본격적으로 시작되었다. '본상' 후보작 추천위원들의 작품 추천이 모두 마무리된 것은 12월 중순이었고, 그 후 예심을 통해 대상 후보작 열한 편을 선정하였다.

2014년도에 발표된 중편 소설 및 단편 소설을 모두 수집하여, 소정의 절차를 거친 뒤 그 가운데 가장 뛰어나고 개성이 뚜렷한 열한 편의 작품을 선별했다. 이 작품들은 최종 심사를 담당할 이상문학상 심사위원회로 넘겨졌다. 심사위원회에 참여한 본심 심사위원은 아래와 같다.

이상문학상 최종 심사위원

최일남(소설가, 1986년 대상 수상작가)

김윤식(문학평론가, 서울대 명예교수)

이태동(문학평론가, 서강대 명예교수)

윤후명(소설가, 1995년 대상 수상작가)

김성곤(문학평론가, 서울대 명예교수)

심사위원들은 본심에 오른 작품들이 각기 서사를 이끌어나가는 접근성이 진지하며 젊은 작가들의 개성이 현저히 드러나는 경향에 대하여 한국소설의 가능성을 낙관했다.

이상문학상 본심은 심사위원들이 본심에 오른 열한 편의 작품들에 대한 전반적인 평을 피력한 후, 먼저 우수상을 선정하고 이어 각각 대상 선정에 대한 의견을 집중적으로 토의했다. 그 결과 최종 후보작은 김숨의 〈뿌리 이야기〉, 이장욱의 〈크리스마스캐럴〉, 이평재의 〈흙의 멜로디〉, 조경란의 〈기도에 가까운〉 등으로 좁혀졌다. 전성태의 〈소풍〉은 군더더기 없이 깔끔한 문체와 형식으로 단편의 미학을 잘 살리고 있으며, 윤성희의 〈휴가〉는 잔잔한 진행이 오히려 재미있었다는 평가가 지배적이었다.

조경란의 〈기도에 가까운〉은 시종일관 차분하고 담담한 분위기 속에서 진행되는 일련의 이야기들이 때로는 섬뜩하게 느껴졌으며, 작가의 농익은 필법으로 태무심하게 작품을 그려놓았다는 평가를 받았다. 이평재의 〈흙의 멜로디〉는 '흙'과 '멜로디'의 소재가 생각을 머물게 하는 발상이라는 평을 받았다. 이장욱의 〈크리스마스캐럴〉은 많은 가능성을 보여준 작품이며, 순수한 삶과 허위적인 삶과의 대결구도가 흥미로웠다는 평을 받았다.

심사위원들은 토의를 거듭한 끝에 김숨의 〈뿌리 이야기〉를 대상 수상작으로 선정하는 데 의견 일치를 보였다. 소설가 최일남 위원은 온갖 뿌리의 의인화랄까 감정 이입이 다양하게 전개된 점에 주목했다. 특히 '지구상에 존재하는 것들 중 가장 풍부하고 절묘한 표정을 짓는 것은 인간의 얼굴이 아니라 나무뿌리가 아닐까'라는 표현에서처럼 작가가 심혈을 기울인 작품이라는 것에 높이 평가했다. 문학평론가 김윤식 위원은 "'뿌리'의 특성을 무게 있는 주제로 삼아 집요하게 추적해나갔으며" "뿌리에 대한 언급 부분에서 중편이기에 잦은 반복을 보여주지만 주제는 심중하게 접근"한 작품이라며 이 소설의 완성도를 인정했다. 문학평론가 이태동 위원은 "이 작품이 주목을 끄는 것은 기계문명에 의해 파괴되고 있는 생명에 관한 주제"라며 "기계문명이 생명력을 파괴하는 문제는 D. H. 로렌스를 비롯하여 많은 현대 작가들이 다루어온 주제인데 김숨은 그것을 실험실에서 보존하는 여러 가지 형태의 나무뿌리 모양은 물론 모나리자의 슬픈 얼굴과 메말라가는 카네이션 꽃잎 같은 참신한 이미지들을 통해 새롭게 형상화하는 데 성공"하고 있다고 평가했다. 소설가 윤후명 위원은 "김숨이라는 도저한 소설가를 다시 만난다. '도저한'이라기보다 원리주의자라고 해야 할지 모른다"고 격찬했다. 문학평론가 김성곤 위원은 "생태주의적 시각으로 한국의 비극적 근대사를 잔잔하게 조명한 작품"으로 "자칫 평범할 수 있는 소재를 가지고, 이 정도 시의적절하게 깊이 있는 이야기를 만들어낼 수 있는" 작가의 역량을 높이 평가했다.

대상 수상작과 일곱 편의 우수상 수상작은 아래와 같다. (가나다순)

대상 수상작

김숨 〈뿌리 이야기〉

우수상 수상작

손홍규 〈배회〉, 윤성희 〈휴가〉, 이장욱 〈크리스마스캐럴〉, 이평재 〈흙의 멜로디〉, 전성태 〈소풍〉, 조경란 〈기도에 가까운〉, 한유주 〈일곱 명의 동명이인들과 각자의 순간들〉

2015년도 제39회 이상문학상
심사평

죽은 뿌리 살리기

—최일남·소설가

자신의 아날로그성 정체停滯와 후진적 감각을 경계하면서 두 중편을 포함한 열한 편의 작품을 조심조심 읽었다.

평소에도 남의 소설을 부지런히 챙기는 편이므로 지면상으로는 대부분이 구면이었다. 그런 관점에서 본 김숨의 〈뿌리 이야기〉는 꽤나 낯설다. 오랫동안 품고 다듬은 작품이라는 느낌을 갖게 한다. 별별 나무뿌리에 생명을 불어넣되 가혹한 현실에 열패한 사람들의 삶을 뿌리의 재생으로 보듬는 과정이, 또는 그 형식이 전작들과 너무 달랐다. 작심하고 새 판을 짠 느낌마저 준다.

나무뿌리마다 특유의 냄새가 있다고 했다. '당신 겨드랑이처럼 습진 땅에 내려 물기를 흠씬 머금은 뿌리일수록 냄새가 짙고 깊지'라는 글의 첫머리가 벌써 예사롭지 않다. 〈뿌리 이야기〉 속의 '나'와 사 년째 진전 없는 연인 관계를 이어오고 있는, 다시 말하면 뿌리를 오브제로 선택한 '그'가 꾸며낸 말인 듯하다.

나중에는 경기도 안산 과수원에서 구해왔다는 복숭아나무 뿌리를 가리키며 일렀다. "땅속에서 수분을 빨아올리기 위해 안간힘을 쓸 때 지었을 표정을 상상해"보라고.

온갖 뿌리의 의인화랄까 감정 이입이 그토록 다양하게 전개된다. "지구상에 존재하는 것들 중 가장 풍부하고 절묘한 표정을 짓는 것은 인간의 얼굴이 아니라 나무뿌리가 아닐까" 하고 단언할 정도로.

김숨의 섬세하고 친절한 묘사가 뒤를 받쳐 지루하지 않다. '잠깐'을 '달걀 삶는 시간쯤 뜸을 들인 뒤에야'로 고쳐 쓰는 수법이 행간에 자글자글 넘치니까.

긴긴 중편을 끌고 가는 작중인물은 '나'와 '그'뿐이다. 때문에 둘이서만 주고받는 대화에 변화를 줄 요량으로 상대방의 독백 같은 말을 다른 서체로 처리했는데, 이 작품의 한 미덕을 '그'라는 전위미술가를 끌어들여 비유의 달인으로 만든 점에서 찾을 수도 있다.

아니다. 사실은 '나'의 입을 통해서만 등장하는 고모할머니가 따로 있다. 옛 일본의 종군위안부였던 그녀는 밤마다 이불 속을 더듬어 '내' 손을 움켜쥐었다. 드디어 핏줄의 인연을 재확인시키는 결말을 결정적으로 잘 도왔다. 개발의 명분으로 짓밟히고 거덜 난 뿌리들의 분노와, 졸지에 삶의 터전을 잃은 철거민들 이야기도 간접적으로 거드는 구실을 하면서.

전성태의 〈소풍〉은 깔끔한 단편의 어떤 전형이다. 가족끼리 놀러 갔다가 겪은 장모의 치매 기운이 군더더기 없이 그냥 슬프다. 유구무언의 마지막 장면이 특히.

중년의 홀아비가 친구 가족에 끼어 며칠을 보낸 윤성희의 〈휴가〉는 너무너무 아무 일이 없어 재미있다. 외려 무슨 사달이 터지기를 바라는 독자가 무렴할 지경으로 수더분한 진행이. 이런 생각은 어디서 오는 것일까.

조경란의 〈기도에 가까운〉은 서른네 살의 중국어 번역가인 미호가, 모두 합치면 이백 살도 넘을 세 노인들의 이런저런 사연을 옮긴 것이다. 한 사람은 이미 죽고, 한 사람에게는 죽음이 다가오는 중(데이케어센터를 들락거리는 어머니)이며, 다른 한 사람은 미호와 크게 관계가 없다.

이 소설 역시 차분하고 또 담담한 분위기에 차 있는데, 귀머거리 개와 사는, 자정에서 세 시 사이에 가장 불안을 느끼는 노인 얘기가 섬뜩했다. 겉으로 멀쩡하고 속으로 정신적 신열을 앓는 노년의 한밤중이 나는 오싹했거늘 작자는 태무심하게 그렸다. 농익은 필법을 짚이는 데가 많은 주변을 떠올리며 흥미롭게 읽었다.

뿌리의 특성을 주제로 삼아 집요하게 추적해나간 역작

—김윤식 · 문학평론가, 서울대 명예교수

김숨 씨의 〈뿌리 이야기〉는 '뿌리'의 특성을 주제로 삼아 무게 있고 집요하게 추적해나간 역작. '뿌리'라고 해서 다 같은 뿌리는 아니다. 또한 물론 '날카로움'이라 해서 다 같은 날카로움일 수 없다. 냄새도 그러하다. 같은 것은 오직 생명력이 아니겠는가.

화자 '나'는 마흔을 코앞에 둔, 여행사를 그만둔 여인. 맞선을 본 당사자와 그의 작업실에서 만났다. 작업실 한가운데 단풍나무 뿌리를 '나'는 보았다. '뿌리'에 새겨진 존재들. 가지, 뿌리, 지렁이 등등을 상상해보라. 사방으로 얽히고설킨 것들. 33퍼센트의 공포와 19퍼센트의 슬픔.

'나'는 그에게 고백한 적이 있다. 뿌리가 '나'의 손을 떠오르게 한다고. 어릴 때 고모할머니 이름은 남귀덕. 살아남은, 등록하지 않은 종군위안부였다. 한방에서 일 년 반 지내는 동안 잠들려는 '나'를 슬그머니 움켜쥐던 할머니의 손. 이 '뿌리'는 무엇일까. 그렇다면 울산과 경주에 살았다는 입양고아인 그의 '뿌리'는 무엇일까.

뿌리란 손으로 더듬더듬 다가오는 것이 아니겠는가. 그의 작업실 속 뿌리들이란 결국 세상의 뿌리가 아니었을까. 비평적 포인트. 중편이기에 반복이 잦다. 그렇지만 주제는 심중하다.

생명의 고전적 주제의식과 새로운 은유적 접근

—이태동 · 문학평론가

작가가 시대를 만드는가 아니면 시대가 작가를 만드는가에 대한 거대담론은 차치하더라도 우리는 작가들이 그들의 재능인 상상력을 통해 일상적인 삶에서 벗어난 새롭고 보다 건전한 삶의 세계나 모드를 열어주기를 원한다. 작가가 독자들인 우리의 기대를 충족시키며 낯선 경험의 세계를 보여주는 일은 결코 쉽지 않기 때문에 그들은 언제나 끝없이 노력하며 깨어 있어야만 한다는 것은 새삼 강조할 필요가 없다.

디지털 시대의 영상문화가 활자문화를 억압하고 있기 때문인지 근년에 와서 한국 작가들이 창작과정에서 '상상력의 고갈 현상'을 보여주고 있는데 이

번 2015년도 이상문학상 본심에 오른 몇몇 작품들은 각기 나름대로 작가의 개성을 나타내면서 시대적인 상황을 반영하는 거울로서뿐만 아니라 인간의 본질 문제를 탐색하는 소설 미학을 보여주고 있다. 이들 중 가장 돋보인 작품은 김숨의 〈뿌리 이야기〉이다. 이 작품이 주목을 끄는 것은 기계문명에 의해 파괴되고 있는 생명에 관한 주제이다. 작가 김숨은 단풍나무 뿌리를 오브제로 사용하여 현대사회에서 생명의 근원이 어떻게 유기되고 황폐화되고 있는가를 혼기를 놓친, 메말라가는 자신의 삶은 물론 요양원에서 숨을 거둔 위안부였던 고모할머니의 슬픈 삶의 모습과 대조해서 우화적인 기법으로 그리고 있다. 산업화 과정에서의 기계문명이 생명력을 파괴하는 문제는 D. H. 로렌스를 비롯하여 많은 현대 작가들이 다루어온 주제다. 그러나 김숨은 그것을 실험실에서 보존하는 여러 가지 형태의 나무뿌리 모양은 물론, 모나리자의 슬픈 얼굴과 메말라가는 카네이션 꽃잎 같은 참신한 이미지들을 통해 새롭게 형상화하는 데 성공했다. 그리고 지적이면서도 감성적인 그의 언어 또한 단단하다.

이장욱의 〈크리스마스캐럴〉 또한 많은 가능성을 보인 작품으로 평가되었다. 문장력도 훌륭하고 순수한 삶과 허위적인 삶과의 대결 문제를 다루는 것도 좋았다. 특히 그가 자칫 잘못하면 센티멘털리즘으로 흐를 수 있는 사건을 연민과 웃음과 함께하는 유머를 통해 희비극적으로 처리하는 데 남다른 재능을 보이고 있는 점은 높이 살 만하다.

현실과 역사에 펼친 그물망

—윤후명 · 소설가

한국소설은 어디로 가는 것일까. 이따금 작품들을 읽는 동안 내내 당혹감에 휩싸이는 경우가 적지않다. 내용과 형식 어느 것에서도 면밀한 의도를 읽을 수 없었기 때문이다.

삶의 양식이 급속도로 변하고 있는 탓일까. 우선 우리의 수명이 길어졌다는 기본사항 때문인지 한국소설의 짧은 호흡은 허덕이고 있음이 눈에 보이는 듯싶다. 힘이 소진된 마라토너를 안타깝게 바라보는 느낌이 들기도 한다.

이제 한국소설은 '터닝 포인트'를 앞서서 계산하고 있었음이 드러나고 있다는 느낌이 들기도 한다. 아니, 소설은 전진과 탐색만 있을 뿐인데 과거에 설정해놓은 '룰'에 머물러 있는 것은 아닐까. 소설은 문화이며, 문화는 삶이다. 살아 있는 문화를 품어 안지 않으면 소설은 문자 그대로 사문화死文化하는 것이다. 시대착오적인 '이야기'나 뒷북치는 감탄 따위에 눈을 주려는 사람은 없다.

본심에 오른 작품을 보면 이평재의 〈흙의 멜로디〉는 그의 작업으로서도 새로운 것이었다. '이게 뭘까?' 하고 긴장시키는 점도 인정되었다. '한국의 바흐만' 같을까 했지만, 그것도 걸맞지 않아서 어려웠다. 어쨌든 '흙'과 '멜로디'는 뭔가 생각을 머물게 하는 발상이었다.

그런 문학계 풍토에서 김숨이라는 도저한 소설가를 다시 만나 무척 반가웠다. '도저한'이라기보다 원리주의자라고 해야 할지 모른다. 이번에는 바니안나무의 그것처럼 온통 모든 것을 헤집고 파고 들어가는 뿌리를 보여준다. 앙코르와트에서 보는 모습 이상으로, 현실과 역사에 여러 그물망을 펼친다.

'역시' 하고 말할 수밖에 없다. 그가 언젠가는 이상문학상을 타리라 기대했는데, 이 작품이었다. 놀라운 추진력을 확인하면서, 우리 삶에 들어와 있는 뿌리를 돌아보면 과연 이렇게 얽혀 있음을 알고 놀랄 수밖에 없다.

생태주의적 시각으로 조명한 한국의 비극적 근대사

—김성곤 · 문학평론가, 서울대 명예교수

김숨의 〈뿌리 이야기〉는 생태주의적 시각으로 한국의 비극적 근대사를 잔잔하게 조명한 작품이다. 작가에 의하면 일제의 식민지배, 한국전쟁, 그리고 근대화 · 산업화 · 기계화는 모두 우리 생태계를 파괴한 폭력적 행위들이다. 그 결과 일제의 지배는 종군위안부를 만들었고, 전쟁은 고아들의 양산과 입양을 초래했으며, 산업화와 기계화는 이농민과 도시 빈민과 철거민을 양산했다. 그러한 정치적 · 사회적 폭력은 인간 생태계를 파괴했고, 우리로 하여금 따뜻한 인간성과 목가적 꿈을 상실하게 만들었다.

김숨의 문학세계를 관통하는 주제는 바로 그런 상황에서 인간이 느끼는 고통과 불안이다. 수상작에서 인간을 나무와 병치시키고 인간관계와 인간의 삶을 뿌리에 비유하면서 작가는 근원을 상실한 사람들의 뿌리 들림과 뿌리 상실의 고통, 그리고 타지로의 이주가 초래하는 심리적 불안을 심도 있게 묘사하고 있다. 그리고 궁극적으로는 현대인의 망명의식과 디아스포라까지 다루고 있다.

그런 의미에서 종군위안부였던 고모할머니와 얽힌 뿌리처럼 손을 맞잡은 주인공, 어느 날 자신이 입양아라는 사실을 알게 된 남자친구, 그리고 그의 작업실에 놓여 있는 이식한 나무의 뿌리는 대단히 상징적이다. 우리 각자가 각기 다른 뿌리를 갖고 있지만, 서로 얽혀서 기쁨과 고통을 공유하고 역사적 유산을 나누어 갖기 때문이다. 바로 그런 것들이 역사적 성찰과 무게를 더해 주어, 〈뿌리 이야기〉를 중후한 작품으로 만들어준다.

자칫 평범하다고 볼 수도 있는 소재를 가지고, 이 정도 시의적절하고 깊이 있는 이야기를 만들어낼 수 있는 작가의 역량을 높이 평가해 〈뿌리 이야기〉를 제39회 이상문학상 대상 수상작으로 추천했다.

'이상문학상'의 취지와 선정 규정

알기 쉽게 풀이한 이상문학상 제도

1. **취지와 목적** : 〈문학사상〉(이하 주관사라고 한다)이 1972년에 제정한 '이상문학상(李箱文學賞)'(이하 '본상'이라고 한다)은 요절한 천재 작가 이상(李箱)이 남긴 문학적 유산과 업적을 기리며, 매년 가장 탁월한 소설 작품을 발표한 작가들을 표창하고, 《이상문학상 작품집》(이하 '작품집'이라고 한다)을 발행하여 널리 보급함으로써, 한국문학의 발전에 기여할 것을 목적으로 한다.

2. **수상 대상 작품** : 전년도 〈본상〉 심사 대상(對象) 작품의 마감 이후인 발행일자를 기준으로 하여, 당해년도 1월부터 12월 말 사이에 발표된 작품을 모두 심사와 수상의 대상에 포함한다. 문예지(월간지의 경우 당해년도 1월 초부터 12월 말일 이전 일자에 발행된 것으로 하고 계간지도 포함한다)를 중심으로 해서, 각종 정기간행물 등에 발표된 작품성이 뛰어난 중 · 단편소설을 망라하여 본심에 회부한다. 예비심사 과정에서는 심사 대상에 오른 작품이 대상 또는 우수작상으로 선정될 경우, 본상의 규정에 따른 수락 의사 유무를 직접 또는 간접적으로 확인한다. 중 · 단편소설을 시상 대상으로 하는 까닭은, 문학의 중심이 장편소설에서 점차 중 · 단편소설로 이행하는 추세를 감안하고, 작품 구성과 표현에 있어서의 치밀성과 농축성으로, 짙고 강렬한 소설 미학의 향기와 감동을 자아내게 한다고 믿기 때문이다.

3. **상의 종류** : 본상은 가장 뛰어난 작품에 대한 대상(大賞) 1명과, 10명 이내의 대상(大賞)에 버금하는 작품에 대한 우수상을 선정하여 시상한다.

4. **예심 방법** : 예심은 월간 〈문학사상〉 편집진이 매 연도에 각 매체에 발

표된 작품을 선별하여, 주관사의 편집위원과 편집주간 및 편집임원으로 구성된 이상문학상 운영위원회에서, 저명한 대학교수·문학평론가·작가·각 문예지 편집장·일간지 문학담당 기자 등 약 200명에게 추천을 의뢰하여 비밀리에 예비심사를 진행한다. 3회 이상 우수상을 받은 작가는 추천을 거치지 않고도 당해년도에 발표된 작품 중 뛰어난 작품을 선정하여 본심에 회부할 수 있다.

이와 같은 독특한 예심 방법은 소수의 예심 및 본심의 심사위원이, 짧은 시일 내에 수많은 작품 속에서 본심에 회부할 작품을 선정하고 본심 심사위원이 단시간에 여러 작품을 심사하고 수상 작품을 선정하는 일반적인 문학상 심사제도의 단점을 보완하고, 되도록 문학 발전에 관심이 깊고, 전문 지식을 지닌 다수의 전문가에 의해 장기간에 걸쳐 많은 작품을 수시로 검토하여 심사 대상에 망라함으로써, 신중하고 세심한 예심 과정을 밟기 위한 것이다.

5. **본심 방법** : 예심을 거쳐 본심에 회부된 작품은, 권위 있는 탁월한 평론가와 작가로 구성된 5인 이상 7인 이내의 심사위원회에 넘겨져, 수일간 개별적인 검토를 거친 후 본심위원 회의에서 최종 결정을 한다. 본심 회의는 대체 토론을 통해 본심에 회부된 작품 가운데 10편 내외의 작품을 먼저 선정한다. 이 작품 속에서 1편의 대상(大賞) 작품을 선정하고, 나머지 작품 중에서 우수상 작품을 선정한다. 수상 작품 결정에 있어 심사위원의 의견이 일치하지 않을 경우에는, 3인의 연기명 비밀 투표로써 다수결 원칙에 따라 최종 결정을 한다.

6. **저작권** : 대상(大賞) 수상 작품(이하 '대상 작품'이라고 한다)의 저작권은 본상의 규정에 따라 주관사가 갖는다. 단, 주관사의 작품집 발행 후 3년이 경과한 이후부터, 동 대상 작품을 대상을 받은 작가의 작품집에 한해서 수록할 수 있다. 다만, 어떤 경우에도 본 작품집의 표제(대상 작품명)와 중복되거나, 혼동의 우려가 없도록 하기 위하여 대상 수상작가가 발행하는 작품집의 서명(書名, 표제작)으로는 쓰지 않기로 한다.

7. **이상문학상 작품집 발행** : 이 작품집은 본상의 공정성과 권위를 광범위한 독자에게 널리 알리고, 수록된 작품과 그 작가들에 대한 표창과 영예의 뜻을 담고 있다.

8. **이상문학상 운영위원회** : 주관사의 발행인을 위원장으로 하고 월간 〈문

학사상〉의 편집주간 및 이사회가 선임한 위원으로 구성되며, 본상의 운영에 관한 모든 업무를 관장한다.

9. 이상문학상 심사위원회 : 이상문학상 운영위원회는 매 연도마다 5~7인의 본상 심사위원을 위촉하여 심사위원회를 구성한다.

동 심사위원회는 본상의 대상(大賞)과 우수상을 수여할 작품을 심의 결정한다.

2014. 2. 20. 개정
이상문학상 운영위원회

제39회 이상문학상 작품집

1판 1쇄 발행 | 2015년 1월 23일
1판 19쇄 발행 | 2024년 10월 14일

지은이 | 김숨 외
펴낸이 | 임지현
펴낸곳 | (주)문학사상
주소 | 경기도 파주시 회동길 363-8 (10881)
등록 | 1973년 3월 21일 제1-137호

전화 | 031)946-8503
팩스 | 031)955-9912
홈페이지 | www.munsa.co.kr
이메일 | munsa@munsa.co.kr

ISBN 978-89-7012-913-6 03810

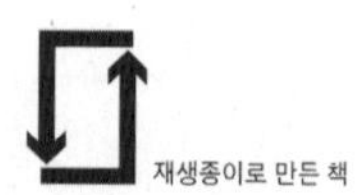